Sandra Helinski lebt zusammen mit ihrer Familie in der Pfalz. Ihre Bücher entstehen abends, wenn die Kinder im Bett sind. Es ist die Faszination für Rockstars, die Sandra Helinski auch nach langen Arbeitstagen antreibt, zu schreiben. Rockstars leben in Extremen, da sind einerseits grenzenlose Möglichkeiten und die Bewunderung ihrer Fans, andererseits der immense Druck und die fehlende Privatsphäre. Die Konflikte, die daraus entstehen, sind es, die den Stoff für die Bücher von Sandra Helinski liefern.

SANDRA
HELINSKI

Rockstar ODER TRAUMMANN?

Überarbeitete Neuausgabe April 2021

© 2021 dp Verlag, ein Imprint der dp DIGITAL PUBLISHERS
GmbH

Made in Stuttgart with ♥
Alle Rechte vorbehalten

Rockstar oder Traummann?

ISBN 978-3-96817-732-8
E-Book-ISBN 978-3-96817-626-0

Copyright © März 2016, dp Verlag, ein Imprint der dp DIGITAL
PUBLISHERS GmbH
Dies ist eine überarbeitete Neuausgabe des bereits März 2016 bei dp
Verlag, ein Imprint der dp DIGITAL PUBLISHERS GmbH erschiene-
nen Titels Groß, blond, Rockstar! Traummann? (ISBN: 978-3-94529-
857-2).
Covergestaltung: Vivien Summer
Umschlaggestaltung: ARTC.ore Design
Unter Verwendung von Abbildungen von
shutterstock.com: © vitek3ds, © Banthita166, © Mile Atanasov,
© kaprik, © 4 PM production
Lektorat: Daniela Höhne
Satz: dp DIGITAL PUBLISHERS GmbH
Druck und Bindung: Books on Demand GmbH, Norderstedt

1. Kapitel

Über dem Grand Hotel schien zum ersten Mal seit einigen Wochen die Sonne und taute die letzten Schneereste weg, als Sarah Förster aus dem Fenster ihres kleinen Büros schaute. Es wurde Zeit, sich darum zu kümmern, dass für den heutigen Tag alles vorbereitet und perfekt war. Ein letzter Blick in den Spiegel. Sie strahlte sich selbst an, um sich Mut zu machen. Dann holte sie noch einmal tief Luft und trat aus dem Büro.

Sie traf auf Bernhard, der seinerseits auf dem Weg in das Büro war. „Hallo, Sarah, viel Spaß heute! Ist ganz schön was los da unten." Sarah lächelte ihn an und wünschte ihm einen schönen Tag. Sie mochte Bernhard, der, obwohl er als Hotelmanager zu jeder Tageszeit voll beschäftigt war, eigentlich immer freundlich grüßte und ein paar nette Worte für sie fand.

Auf ihrem Weg nach unten ins Erdgeschoss traf sie noch einige andere Mitarbeiter des Hotels. Alle grüßten freundlich mit beinahe identischen Worten: *viel los heute.* Ja, das konnte man so sagen.

Das Grand Hotel hatte für die nächsten fünf Tage eine der größten Musikveranstaltungen des ganzen Landes geplant. Direkt ans Hotel angeschlossen befand sich die Musikhalle, eine der modernsten und größten Konzerthallen der Neuzeit, und hier sollte die *World of Music*, eine Art Musikmesse stattfinden. Einige der größten Musiker und Bands würden hier auftreten. Seit fünf Jahren gab es diese Veranstaltung nun schon und sie wurde jedes Jahr größer. Und Sarah hatte als Eventmanagerin die ehrenvolle Aufgabe, für einen reibungslosen Ablauf zu sorgen. Das hieß im Vorfeld vor allem viel Planung und Organisation, aber jetzt, so kurz vor Beginn, ging es vor allem darum, die Hauptakteure zufriedenzustellen.

Da es sich ausschließlich um Musiker handelte, war das keine so leichte Aufgabe; Künstler hatten oft genug recht ausgefallene Wünsche. Außerdem verstanden viele dieser Musiker unter „zufriedenstellen", dass sie mit ihnen ins Bett steigen sollte. Sarah war mit ihren siebenundzwanzig Jahren noch ziemlich jung und nicht unbedingt hässlich. Das reichte den meisten schon, um sie als Beute zu betrachten. Und auch, wenn bei dem einen oder anderen die Verlockung groß sein würde, musste sie auf jeden Fall widerstehen. Würde Sarah sich nur mit einem von ihnen einlassen und würde das irgendwie publik werden, könnte sie ihren Job vergessen. Sie würde fortan von allen nur noch als Freiwild betrachtet und jeder müsste sich und dem Rest der Welt beweisen, dass auch er es schaffen würde, sie ins Bett zu bekommen. An vernünftiges Arbeiten wäre nicht mehr zu denken. Außerdem war Sarah in dieser Hinsicht ein gebranntes Kind, auch wenn das zu ihrem Glück fast niemand wusste. Diese Geschichte blieb ihr Geheimnis.

Ihr Job war ihr wichtig. Es war der Ausgleich zu ihrem Privatleben mit ihrer kleinen Tochter Lilly. Sie liebte das Mädchen über alles und genoss jeden Moment mit ihr. Das konnte sie auch deshalb, weil sie neben Lilly noch ein erfülltes Arbeitsleben hatte, jenseits aller

Mutterpflichten. Und natürlich spielte auch die finanzielle Seite eine Rolle.

***

Vom Erdgeschoss aus fuhr sie mit dem Fahrstuhl hinunter in den Aufenthaltsraum der VIPs, auch einfach Bar genannt, denn beherrscht wurde der Raum von einer riesigen Theke, um die sternförmig mehrere gemütliche Sitzgruppen arrangiert waren. Zu dieser Zeit war hier noch nichts los. Zwei junge Männer saßen an einem Tisch in der Ecke und hatten jeweils ein Bier vor sich stehen. Toni, der Barmann, polierte Gläser. Sarah besprach kurz mit ihm, wie viele Gäste sie heute erwarteten, ob alle Getränke vorhanden waren und diverse andere Kleinigkeiten. Danach wollte sie ein letztes Mal durch die Suiten gehen, um sicher zu sein, dass alles zu ihrer Zufriedenheit vorbereitet war. Das Grand Hotel hatte schließlich einen Ruf zu verlieren. Deshalb störte sich normalerweise auch niemand daran, wenn sie die Arbeit der Zimmermädchen noch einmal überprüfte. Also nahm sie wieder den Fahrstuhl nach oben zur Rezeption, um sich dort die entsprechenden Zimmerschlüssel aushändigen zu lassen.

Ein Blick zum Empfangstresen zeigte ihr, was Bernhard und die anderen gemeint hatten. Normalerweise hielten sich um diese Uhrzeit nur wenige Gäste im Bereich der Rezeption und der Lobby auf. Doch heute lungerten diverse Grüppchen von Männern und Frauen, oft mit Musikinstrumenten, auf den Sofas im Eingangsbereich oder standen vor dem Empfangstresen.

Dabei war heute noch nicht mal der Hauptanreisetag. Sarah sollte sich also beeilen, wenn sie die Zimmer noch kontrollieren wollte.

Sie musste sich regelrecht bis zur Rezeption durchkämpfen, um die Schlüssel zu bekommen.

Gerade versuchte sie, möglichst unbemerkt durch eine Gruppe von Männern hindurchzuschlüpfen, als es sie plötzlich wie ein Blitz traf. Der Mann, der da lässig seine Arme auf den Empfangstresen gelegt hatte und scheinbar heftig mit Laura flirtete, kam Sarah mehr als nur bekannt vor. Seine blonden Haare waren etwas kürzer als damals, dennoch war sie sich sicher, dass sie ihn kannte.

Sarahs Herz schlug so heftig, dass sie Angst hatte, jemand könnte es hören. Schon so oft hatte sie sich eingebildet, ihn irgendwo zu sehen. Jedes Mal hatte es sich als Trugbild herausgestellt. So oft hatte sie sich überlegt, wie sie reagieren würde, wenn es dann doch einmal passierte. Doch momentan war ihr Kopf wie leergefegt. Sie konnte es Laura nicht übelnehmen, dass diese sich wie ein verliebtes Schulmädchen aufführte. Ihr war es damals nicht anders ergangen.

Plötzlich wurde Sarah bewusst, dass es besser wäre, wenn sie ihm nicht hier vor allen Leuten begegnen würde und so wich sie schnell zurück. Sie rempelte dabei ein paar Leute an, aber das war ihr egal. Wie von Furien gehetzt, rannte sie zur Treppe. Toni kam ihr entgegen. Seinen verwunderten Ausruf „Wolltest du nicht hoch zu den Zimmern?" bekam sie nur am Rande mit. Sie murmelte etwas von „vergessen" und rannte nach unten. Direkt hinter der Treppe gab es einen Zugang zu den Heizräumen, die nur im Notfall betreten wurden.

Ein ideales Versteck, um erst mal wieder einen klaren Gedanken fassen zu können.

***

Er war hier! Alexsi Nicolas Morgan, genannt Alex. Deutsche Mutter, Vater Amerikaner mit finnischen Wurzeln. Aufgewachsen in New Jersey. Schulverweis mit sechzehn, seinen Abschluss hatte er später an der Abendschule nachgeholt. Seine Karriere begann er mit fünfzehn, sie war der Grund für seinen Schulverweis, aber auch für seine Entscheidung, den Abschluss später nachzuholen. Er hätte das nicht nötig gehabt. Nach ein paar fruchtlosen Jahren war plötzlich der große Erfolg gekommen, der bis heute anhielt. Ein Ende nicht in Sicht. Vierunddreißig Jahre alt und Schwarm aller Frauen.

Sarah wusste nicht viel über ihn, nicht mehr als alle anderen, die über sein Leben in der Zeitung gelesen hatten. Sie hätte wissen müssen, dass er hier sein würde. Doch sie hatte den Namen der Band, die als Hauptact auftreten sollte, nicht mit ihm in Verbindung gebracht. Irgendwie hatte sie in den letzten Jahren erfolgreich jeden Gedanken an Alex aus ihrem Leben verdrängt. Dabei verband sie viel mit ihm.

Mehr als er selbst ahnen konnte.

***

Es war jetzt ein bisschen über sechs Jahre her. Damals studierte Sarah noch und verdiente sich nebenher ein bisschen Geld, indem sie für eine an ein Hotel angegliederte Eventagentur kellnerte. Eddi, ihr damaliger Chef, merkte jedoch schnell, wie gut sie bei den Gästen ankam, vor allem bei den Prominenten. Sie erstarrte weder vor Ehrfurcht noch brach sie in wildes Kichern aus, wenn sie sie ansprachen, so wie das bei den meisten ihrer Kolleginnen der Fall war. Im Gegenteil, schlagfertig konnte sie jeder Anzüglichkeit mit einem gezielten Konter die Schärfe nehmen. Außerdem sah sie mit ihren langen braunen Locken und den grünen Augen nicht allzu schlecht aus.

Also setzte Eddi Sarah ziemlich bald als „Mädchen für alles" bei den großen Stars ein. So bekam sie einen ersten Eindruck von dieser Welt und vor allem von den Aufgaben einer Eventagentur, die sich wirklich um alles kümmern musste. Von den besonderen Wünschen, über die Behandlung von Wehwehchen, bis hin zu beinahe magischen Fähigkeiten, wenn es darum ging, Skandale zu vermeiden, indem so wenig Informationen wie möglich über alles was im Hotel passierte, an die Öffentlichkeit gerieten. Gerade letzteres erwies sich oft als die größte Schwierigkeit, denn die Stars selbst taten alles, um ihrem guten Ruf Schaden zuzufügen.

Beinahe täglich mahnte Eddi Sarah, den privaten Kontakt zu ihnen um jeden Preis zu vermeiden. Sie sollte also die geheimsten und komischsten Wünsche erfüllen, ohne je das Gefühl aufkommen zu lassen, sie würde diese Leute kennen. Sie sollte nett sein und zuvorkommend, aber ihnen niemals zu nahe kommen. Er schärfte es ihr dermaßen ein, dass sie im Leben nie gedacht hätte, ihr könnte einmal ein solcher Fehler unterlaufen. Eigentlich hatte sie auch keine Bedenken deswegen, denn sie bekam ja Tag für Tag vor Augen geführt, was mit den Mädchen geschah, die nicht so vorsichtig waren.

Sie blieben mit gebrochenem Herzen auf der Strecke.

Manchmal hatte Sarah tagelang nur damit zu kämpfen, die sexuellen Eskapaden ihrer Gäste um jeden Preis geheim zu halten. Und das, während diese selbst mit ihren Erlebnissen prahlten und sich in aller Öffentlichkeit mit ihrem jeweiligen Betthäschen zeigten. Zum Glück beschränkten sie sich dabei meistens auf das Hotel und die nähere Umgebung.

Wenn man also die Hotelangestellten einigermaßen im Griff hatte, ließen sich Skandale weitgehend vermeiden. Ein paar Mal hatte sie versucht, die Mädchen zu warnen, aber wie sich herausstellte, wollten sie solche Warnungen gar nicht hören. *Diese dummen Puten*, dachte Sarah immer. Warum also sollte sie auch so sein wollen? Doch Eddi war offenbar der Meinung, man könnte Sarah gar nicht genug warnen.

Als er also eines Morgens seine typische Gardinenpredigt hielt, weil mal wieder eine Band da war, deren Frontmann wohl zu der übelsten Sorte Schürzenjäger gehörte, verdrehte Sarah nur die Augen und ließ seine Worte an sich vorbeirauschen. Sie hatte die Erfahrung gemacht, dass es sich bei diesen Musikern oft um ganz normale Typen mit besonders dreisten und schlechten Manieren handelte, also was sollte sie an denen finden? Außerdem hatte sie einen festen Freund. Zumindest bildete sie sich das ein, denn sie hatte Jens nun schon ein paar Mal geküsst und sie waren schon seit sechs

Wochen regelmäßig ausgegangen. Die vielgerühmten Schmetterlinge fehlten zwar, aber so konnte Sarah zumindest rational und vernünftig an die Sache herangehen, wie es ihrem Naturell entsprach. Auch für diesen Abend nach der Arbeit war sie mit Jens verabredet. Sie wollten erst zum Italiener und dann ins Kino. Beschwingt von der Aussicht auf einen netten Abend stürzte Sarah sich in ihre Arbeit.

Womit sie allerdings niemals gerechnet hätte, war, dass dieser Typ, den sie heute betreuen sollte, sie so dermaßen umhauen würde. Als sie das erste Mal in seine blauen Augen blickte, durchfuhr sie sprichwörtlich ein Blitz. Ihre Atmung beschleunigte sich und überall in ihr begann es zu kribbeln, als wäre sie elektrisch aufgeladen. Das hatte sie noch nie zuvor erlebt. Es fiel ihr mehr als schwer, sich darauf zu konzentrieren, was sie sagen, was sie tun sollte. Sie zwang sich, wegzuschauen, murmelte eine knappe Entschuldigung und flüchtete beinahe ins Nebenzimmer, um erst einmal tief durchzuatmen.

Was war nur los? Vielleicht war sie krank? Es konnte unmöglich an diesem Typen liegen, den sie heute zum ersten Mal gesehen hatte. So etwas war einfach nicht ihre Art. So eine starke körperliche Reaktion hatte sie noch nie zuvor erlebt.

Sie atmete tief ein und aus und zwang sich, wieder klar zu denken und sich auf ihre Arbeit zu konzentrieren. Ein paar Minuten später hatte sie sich soweit beruhigt, dass sie einen zweiten Anlauf wagen wollte. Ein bisschen musste sie sogar über sich selbst lachen. Was hatte der Typ wohl gedacht, als sie reinkam, ihn nur anstarren konnte und dann rausgerannt war?

Na ja, vermutlich war er diese Reaktion auch gewöhnt.

Diesmal klappte es besser. Sie hielt sich einigermaßen aufrecht und brachte vernünftige Sätze zustande. Sie hatte sogar die Gelegenheit, ihn ein bisschen zu mustern, ohne gleich Gefahr zu laufen, in Ohnmacht zu fallen. Eigentlich war er nichts Besonderes. Groß, muskulöse Statur und blond. Seine Haare hingen ihm wild in die Stirn, so dass man das Bedürfnis hatte, sie ihm ein wenig zurückzustreifen. Aber all das war nichts, was sie normalerweise vom Hocker hauen konnte. Umso lächerlicher kam Sarah plötzlich ihre Reaktion vor.

Wahrscheinlich war es eher eine Art allergischer Schock gegen was auch immer. Während sie ihn in sein Zimmer begleitete, um ihm alles zu erklären und weitere Wünsche von ihm zu besprechen, ärgerte sie sich über sich selbst. Ihre Hände hatten noch immer nicht aufgehört zu zittern und auch in ihrer Stimme war noch ein leichtes Beben zu hören. Deshalb schwieg Sarah lieber und sie fuhren die vier Stockwerke nach oben; schweigend.

Anscheinend hing er seinen eigenen Gedanken nach oder er war an sich ein eher wortkarger Mensch. Das war allerdings eher untypisch für einen, der die Mädels angeblich reihenweise um den Finger wickelte.

Als sie ihm oben alles erklärte und zeigte, hatte sie das Gefühl, dass er ihr nur mit halbem Ohr zuhörte. Das fand sie ziemlich unhöflich. Zusammen mit ihrer Anspannung verursachte ihr das eine unnatürlich schlechte Laune.

Also war sie bestimmt nicht so nett und zuvorkommend wie sonst, als sie sich nach seinen Wünschen erkundigte, eher vielleicht ein bisschen pampig. Da überraschte er sie plötzlich mit einem Lächeln und einem weiteren Blick aus seinen tiefblauen Augen. Sofort wurden ihr die Knie weich und ihr versagte die Stimme. Was war nur heute los? Schnell wandte sie sich ab und sortierte die bereits akkurat platzierten Getränke neu. Erleichtert darüber, dass er keine besonderen Wünsche hatte, verließ sie den Raum so schnell es ging wieder.

Nach diesem Erlebnis war sie dermaßen angespannt, dass nichts mehr richtig klappen wollte. Sie warf eine Vase zu Boden, so dass sie in tausend Stücke zerbrach, rannte beinahe eine Gruppe älterer Frauen über den Haufen und fegte aus Versehen einen Stapel loser Blätter vom Empfangstresen. Als dann noch Eddi kam und sie bat, länger zu bleiben, wäre sie beinahe ausgerastet. Wirklich den Rest gab ihr allerdings, dass Jens auf ihre Absage sehr gelassen, fast erleichtert reagierte.

In der Pause ging Sarah erst einmal zur Bar und ließ sich einen Weißwein einschenken. Eigentlich trank sie höchstens nach der Arbeit mal einen Schluck, aber heute brauchte sie das, um ihre angespannten Nerven zu beruhigen. Nach dem ersten Glas fühlte sie sich auch schon viel besser. Zur Sicherheit ließ sie sich noch ein zweites Glas einschenken.

Plötzlich sagte eine tiefe Stimme mit leichtem Akzent direkt in Sarahs Ohr: „Ich glaube auch, jetzt ist die passende Gelegenheit, sich zu betrinken." Dann bestellte er sich einen Wodka auf Eis. Neben ihr auf dem Barhocker saß dieser blonde Typ von vorhin und grinste sie an. Sie wäre vor Scham am liebsten im Boden versunken. Noch nie in ihrem ganzen Leben war ihr etwas so peinlich gewesen. Sie wollte sofort aufspringen, doch er hielt sie am Arm zurück. „Du hast vorhin gesagt, dass du dafür da bist, dich um mich zu kümmern. Und jetzt brauche ich gerade Gesellschaft." Erneut schenkte er ihr sein entwaffnendes Lächeln. Zusammen mit seinem undefinierbaren Akzent, der seine ohnehin sexy tiefe Stimme noch unwiderstehlicher machte, brachte sie das zum Nachgeben. Resigniert seufzte Sarah auf, nahm ihr Glas und hob es ihm hin zum Anstoßen. Der Wein hatte sie etwas lockerer gemacht, so dass sie ihn nach einer Weile fragen konnte, wo denn der Pulk an Mädchen blieb, die angeblich immer in seiner Nähe zu finden waren. Er sah sie verwundert an, anscheinend war ihm diese Information neu.

So ganz falsch konnte sie aber auch nicht liegen, denn plötzlich lachte er und sagte: „Warum? Du bist doch da!" Sarah war sich nicht ganz sicher, ob sie das jetzt als Beleidigung auffassen sollte, doch angesichts der wirklich irren Situation entschied sie sich dagegen. Dann fing er an, sie auszufragen. Über ihre Arbeit, ihre Hobbies, ihr Privatleben und so weiter. Sie erzählte alles, ließ aber aus, dass sie sich in festen Händen befand. Falls man das überhaupt so bezeichnen konnte, nach Jens' Reaktion war sie sich da nicht mehr so sicher. Warum sie ihm nichts von ihrem Freund erzählte, wusste sie selbst nicht so genau. Genauso wenig wusste sie, warum es sie nicht störte, beinahe ihr ganzes Leben vor ihm auszubreiten, wo er doch fast nichts über sich preisgab. Sie erfuhr lediglich, dass er Alex genannt wurde, achtundzwanzig Jahre alt war und die letzten Monate seines Lebens auf Tour verbracht hatte.

Nebenher tranken sie auf alle möglichen Anlässe, so dass sein Glas mindestens noch fünfmal, Sarahs wenigstens noch ein drittes Mal nachgefüllt wurde. Sie amüsierte sich wie schon ewig nicht mehr. Ihre Unsicherheiten von vorhin waren wie weggefegt, auch wenn es nach wie vor in ihr kribbelte, wann immer er ihr in die Augen sah. Er fühlte sich vertraut an, fast wie ein bester Freund, den sie schon jahrelang kannte. Nur manchmal erwischte sie sich dabei, wie sie seine Hände, seine starken Arme oder seine Lippen begehrlich musterte.

Als Sarahs Hand zufällig seine berührte, wollte sie sie wieder wegziehen und darüber lachen, doch er hielt ihre Hand fest und zog sie zu sich. Das Lachen blieb ihr im Halse stecken, als sie sah, dass er ernst geworden war. Sein Blick war beinahe hypnotisch. Wie von selbst bewegten sie sich aufeinander zu. Der Kuss selbst überraschte sie nicht mehr. Es war sehr schön, beinahe zu schön. Für eine kurze Zeit vergaß sie alles um sich herum. Doch dann wurde sie mit einem Mal schlagartig in die Wirklichkeit zurückkatapultiert. Was machte sie hier? Das ging nicht. Sie stieß Alex beinahe grob von sich.

„Entschuldige", stammelte Sarah.

Er zog die Augenbrauen fragend hoch. „Wofür?"

„Weil ich … du … mein Job …" Oh Gott, was war nur mit ihr los? Sie brachte schon wieder keinen klaren Satz zustande.

„Mein Job ist es, für deine Zufriedenheit zu sorgen", brachte sie schließlich heraus.

„Und das tust du!", erwiderte er mit einem kleinen Lächeln.

„Aber doch nicht so!", schrie sie fast. Dann sprang sie auf, so ruckartig, dass sie den Barhocker fast umwarf. „Ich muss los."

Sie wollte wegstürmen, doch wie zuvor hielt er sie fest. Erst jetzt bemerkte sie, dass er noch immer ihre Hand hielt. Er räusperte sich und fuhr sich mit der anderen Hand durch die Haare, was seine an sich schon strubbelige Frisur noch etwas unordentlicher hinterließ.

„Ich möchte mich bei dir entschuldigen", begann er mit seiner tiefen Stimme, die so sexy klang, dass Sarah die Knie weich wurden, „weil ich dich anscheinend so in Verlegenheit bringe. Das tut mir leid. Es ist auch sonst nicht meine Art, fremde Frauen an der Bar zu küssen ..." Sarah lachte auf; da hatte sie aber ganz anderes gehört.

„Aber irgendwie ist es schwer, dir zu widerstehen!" Wieder hatte seine Stimme diesen rauen Klang. Dazu blickte er Sarah tief in die Augen, fast schon in ihre Seele. Sie schmolz buchstäblich dahin.

„Lass uns einfach weiter reden, ja?", bat sie.

Er nickte und setzte sich demonstrativ so hin, dass er beide Arme auf die Bar legen konnte. Dann griff er nach seinem Glas, warf es aber um. Instinktiv wollte Sarah es auffangen und riss dabei ihr eigenes Glas mit, so dass sich auf der Bar vor ihnen jetzt Wodka mit Weißwein vermischte. Nachdem der Barmann alles aufgewischt hatte und neue Gläser vor ihnen standen, saßen beide schweigend vor ihrem Glas, nebeneinander an der Theke. Ihre Finger zitterten, aber auch er trommelte unruhig mit den Daumen auf der Platte herum. Dann fluchte er auf einmal. Sie drehte sich fragend zu ihm hin und gleichzeitig drehte auch er sich um. Dann ging alles ganz schnell. Er rutschte vom Barhocker herunter, nahm sie in die Arme und küsste sie erneut, diesmal intensiver. Kurz dachte Sarah an die Konsequenzen ihres Tuns, aber irgendwie wollten die Warnungen von Eddi nicht so recht in ihr Bewusstsein vordringen. Also schlug sie alle Bedenken in den Wind und gab sich voll dem Gefühl hin, dass das was sie hier tat, nur richtig sein konnte. Sie lösten sich nur kurz voneinander, um zum Aufzug zu gehen und in sein Zimmer zu fahren. Zum Glück begegneten sie unterwegs niemandem. Zumindest hoffte Sarah das, denn, um bei der Wahrheit zu bleiben, sie bekam nicht mehr viel von ihrer Umwelt mit.

Alex war ein wunderbarer Liebhaber, rücksichtsvoll aber nicht zurückhaltend. Alles fühlte sich total richtig an.

Jedenfalls bis zu dem Moment am nächsten Morgen, als Sarah neben ihm im Bett aufwachte und ihr mit voller Wucht bewusst wurde, dass sie all ihre Prinzipien verraten hatte. Jetzt fielen ihr auch wieder die Warnungen von Eddi ein und die Konsequenzen, mit denen er immer gedroht hatte. Würde sie jetzt ihren Job verlieren? Und vielleicht nie mehr in dieser Branche arbeiten können? Sie konnte nur hoffen, dass niemand etwas mitbekommen hatte. Es war ihr jedoch klar, dass zumindest Eddi sich wohl fragte, wo sie gestern geblieben war.

Schnell suchte Sarah ihre Sachen zusammen, die überall verstreut lagen und warf noch einen Blick auf den schlafenden Alex. Hoffentlich würde er nicht überall damit prahlen, sie ins Bett bekommen zu haben. Eigentlich schätzte sie ihn so nicht ein.

Und wenn doch, würde sie einfach alles abstreiten.

So leise wie möglich zog Sarah sich an. Ein letzter Blick auf Alex, der sogar im Schlaf noch unwiderstehlich aussah, dann verließ sie leise das Zimmer. Obwohl ihr auf dem Weg nach unten mehrere Hotelangestellte begegneten, sprach niemand sie an.

Sie hoffte schon, es unbehelligt nach Hause zu schaffen, als plötzlich Eddi vor ihr auftauchte. Er musterte sie wortlos von oben bis unten und schüttelte leicht den Kopf. Dabei sah er so enttäuscht aus, dass Sarah die Tränen in die Augen schossen. Ihr wurde bewusst, wie sie auf ihn wirken musste, in den Klamotten vom Vortag, total zerknittert und ungeschminkt. Ihm war sicher sofort klar, was passiert war. Seine nächsten Worte bestätigten ihre Vermutung.

„Oh Mädchen, meinst du, dass das klug war?" Dann bugsierte er sie sanft in Richtung Ausgang. „Vielleicht wäre es besser, du nimmst dir die nächsten Tage frei." Mit diesen Worten schickte er sie weg.

***

Und so kam es, dass sie Alex nie wieder sah.

Eine knappe Woche später war sie zurück im Hotel, aber da war Alex natürlich schon lange nicht mehr da. Anscheinend hatte er das Geschehene auch für sich behalten, denn sie hörte an keiner Stelle davon, obwohl sie sich in den nächsten Wochen jede Zeitschrift kaufte, die irgendetwas von ihm brachte. Sarah konnte hoffen, dass ihr Fauxpas unbemerkt geblieben war und keine Auswirkungen auf ihr weiteres Leben haben würde.

Knapp vier Wochen später war klar, dass sie doch nicht so ungeschoren davonkommen würde: sie war schwanger. Sie hatten zwar verhütet, aber anscheinend war keine Verhütung zu einhundert Prozent sicher.

Mit Tränen in den Augen berichtete Sarah Eddi was passiert war. Obwohl er nicht begeistert war, durfte sie weiter für ihn arbeiten, wenn auch in einem anderen Bereich ohne allzu viel Kontakt zu den Gästen.

Irgendwann kam der Tag, an dem sie nicht mehr arbeiten konnte. Sie musste eine Entscheidung treffen. Für ihr Kind hatte sie sich schon lange vorher entschieden, aber jetzt wusste sie, dass sie einen völlig anderen Weg gehen musste, als sie immer für sich geplant hatte. Sie brach ihr Studium ab, bekam Lilly und ging wieder arbeiten, sobald Lilly ein Jahr alt war. Sie hatte Glück, dass Eddi sie auch weiterhin beschäftigen wollte, diesmal allerdings als Zimmermädchen.

Lilly sah ihrem Vater ziemlich ähnlich. Sie hatte seine blonden Haare und blauen Augen geerbt. Da jedoch niemand außer Eddi einen Verdacht hatte und Sarah auch nie ein Wort darüber verlor, wusste niemand, wer Lillys Vater war. Es gab Mutmaßungen und Gerüchte, aber niemand kam auch nur in die Nähe der Wahrheit und Eddi plauderte sein Wissen nie aus.

Diese Erfahrung, wie stark eine einzige falsche Entscheidung ein ganzes Leben verändern konnte, hatte Sarah mehr als alles andere gelehrt, niemals ihre Gefühle entscheiden zu lassen, wenn es um ihren Job ging. Sie arbeitete sich hoch, absolvierte nebenher ein Fernstudium und gründete schließlich ihre eigene

Eventagentur, als Eddi sich zur Ruhe setzen wollte. Ihre Welt hätte nicht schon wieder aus den Fugen geraten müssen, doch offensichtlich hatte das Schicksal andere Pläne.

***

Die Frage war, ob Sarah Alex von Lilly erzählen sollte oder nicht. Doch diese Frage würde sich nicht im Heizungsraum beantworten lassen. Also fasste Sarah einen Entschluss. Sie würde sich ihm stellen und sehen, ob er es verdient hätte, die Wahrheit zu erfahren. Sie konnte ihm sowieso schlecht aus dem Weg gehen, da sie als Eventmanagerin immer Wert darauf gelegt hatte, sich persönlich von der Zufriedenheit aller wichtigen Gäste zu überzeugen. Da *Sakrileg*, Alex' Band, der Hauptact der Musikmesse war, konnte und wollte sie bei ihm keine Ausnahme machen.

„Vermutlich wird er mich sowieso nicht erkennen." Mit diesem Gedanken machte sie sich auf den Weg nach oben. Wie erwartet stand er noch immer bei Laura an der Rezeption. Diese hatte strikte Anweisungen von Sarah, niemanden in sein Zimmer zu lassen, bevor sie es nicht persönlich kontrolliert hatte. Also holte sie tief Luft und drängte sich an ein paar Jungs vorbei, bis sie direkt neben Alex am Empfangstresen stand. Seine Nähe raubte ihr fast den Verstand, sie war nicht fähig, Laura um die Zimmerschlüssel zu bitten. Doch Gott sei Dank war Laura trotz ihres Flirts mit Alex geistesgegenwärtig genug, Sarah die Schlüssel auszuhändigen.

„Warum bekommt sie ihren Schlüssel und ich nicht?“, hörte Sarah plötzlich Alex direkt neben sich fragen. Dann schien sein Blick sie förmlich zu durchbohren. Sarah schnappte sich die Schlüssel und verschwand so schnell, dass sie Lauras Antwort nicht mehr mitbekam. Sie hörte nur noch wie Alex „Moment mal“ rief, dann war sie schon außer Hörweite.

Oben überzeugte sie sich schnell davon, dass alles in Ordnung war, dann fuhr sie wieder runter. Sie holte ein paar Mal tief Luft.

Jetzt war es soweit. Sie würde sich ihm stellen. Ihre nächste Aufgabe bestand nämlich darin, die Musiker in ihre Räume zu führen und mit ihnen den Ablauf der nächsten Tage noch einmal durchzugehen. Es waren noch nicht viele ihrer Gäste da und leider war Alex’ Band die erste und wichtigste, um die sie sich kümmern musste. Je schneller sie es hinter sich brachte, desto besser.

Laura hielt Alex und seine Freunde noch immer bei Laune, das hörte Sarah an ihrem lauten Lachen. Erleichtert ging sie näher und war umso überraschter über den spürbaren Stimmungsumschwung, als sie Alex’ Aufmerksamkeit auf sich lenkte und ihn und seine Bandkollegen aufforderte, ihr zu folgen. Irgendwie hatte sie das Gefühl, dass die Temperatur im Raum plötzlich um ein paar Grade sank. Er musterte sie langsam von oben bis unten. Sein Lächeln verschwand und seine Augen sahen aus wie zwei kalte Gletscherseen. War er wütend auf sie? Das konnte sie sich nicht vorstellen. Vielleicht lag hier ein Missverständnis vor.

***

Wenig später standen sie gemeinsam in der für *Sakrileg* vorgesehenen Suite und gingen den geplanten Ablauf der nächsten Tage durch. Mehr als einmal ertappte sie sich dabei, sich darüber zu wundern, dass sie Alex blaue Augen bei ihrer letzten Begegnung für warm gehalten hatte. *Vermutlich bin ich damals einem Hormonschub erlegen*, dachte sie. Er war mit Sicherheit ein sehr attraktiver Mann, wahrscheinlich noch mehr als damals. Aber anders als früher spürte sie eine Art Barriere zwischen sich.

„Morgen Abend findet euer Akustikkonzert statt. Der Soundcheck dafür wird gegen Nachmittag sein. Da bringt euch jemand hin." Sarah las die Informationen von ihrem Notizzettel ab, obwohl sie den geplanten Ablauf schon lange auswendig kannte, doch nur so war es möglich, Alex' bohrenden Blicken auszuweichen.

Lieber schaute sie die anderen an. „Die folgenden Termine stehen in der Infomappe. Da ist auch meine Nummer. Falls euch etwas unklar ist, könnt ihr mich jederzeit erreichen."

„Bist du sicher, dass du wirklich *immer* erreichbar bist?", fragte Alex mit schneidender Stimme. Die anderen blickten ihn irritiert an.

Sarah versuchte, sich nichts anmerken zu lassen. Sie zwang sich zu lächeln und ihn direkt anzusehen. „Ja, natürlich! Es ist mein Job, mich persönlich um meine Gäste zu kümmern."

Bei dieser Aussage lachte Alex plötzlich zynisch auf. „Ich bin mir sicher, dass du diese Aufgabe ganz besonders ernst nimmst!"

Einer der anderen, Sarah glaubte zu wissen, dass es sich um Rick, den Gitarristen handelte, stieß seinem Freund den Ellenbogen in die Seite und sah ihn böse an. Dann wandte er sich entschuldigend an Sarah. „Das wird schon alles gut klappen. Bitte entschuldige meinen Kumpel, er hat heute wohl seine Manieren vergessen." Sie nickte in der Hoffnung, dass er recht hatte.

Noch nie war Sarah so erleichtert gewesen, die Infomappe übergeben und gehen zu können.

***

Der restliche Tag war unheimlich anstrengend. Es gab wahnsinnig viel zu organisieren und umzuorganisieren. Erst am Morgen hatten sie einen Anruf bekommen. Eine der Bands vom letzten Tag würde nicht kommen können. Sie hatten sich wohl alle gegenseitig mit dem Norovirus angesteckt und waren im Krankenhaus. Eine andere Band steckte wegen eines Streiks am Flughafen in Rom fest ohne Aussicht, in absehbarer Zeit dort wegzukommen. Dazu schlug Sarah den ganzen Tag Alex' abwehrende Haltung auf den Magen. Nach ihrer Begegnung am Vormittag hatte sie ihn zwar nicht mehr gesehen, doch sie zerbrach sich den Kopf darüber, warum er ihr gegenüber so unfreundlich war.

Als sie spätabends nach Hause kam, fühlte sie sich wie gerädert. Wie immer sah sie zuerst nach Lilly, die bereits seit ein paar Stunden fest schlief. Die Kleine sah so friedlich aus. Jedes Mal, wenn Sarah Lilly anblickte, überkam sie ein warmes Gefühl der Liebe. Ihre süße Tochter war einfach anbetungswürdig. Jeder, der sie sah, verfiel ihrem natürlichen Charme augenblicklich. Dazu ihre hellblonden Haare und ihre wunderbaren tiefblauen Augen. Sie hatte eindeutig viel von ihrem Vater geerbt. Dennoch war Sarah stolz behaupten zu können, dass Lillys bescheidene und freundliche Art, die die meisten an ihr lobten, eher eine Erbschaft mütterlicherseits war.

Mira, ihr Au-pair-Mädchen, das sich in Sarahs Abwesenheit um Lilly kümmerte, schlief ebenfalls schon. Jedenfalls war aus ihrem Zimmer kein Laut mehr zu hören. Sarah ging leise ins Wohnzimmer, machte sich noch einen Tee, setzte sich auf ihr Sofa und schloss die Augen, um einfach die Stille zu genießen. Sie musste sich seelisch und moralisch auf die nächsten Tage vorbereiten.

Die Tagespläne sagten ihr, dass sie in dieser Zeit sehr oft auf Alex – den neuen, ablehnenden Alex – treffen würde. Da seine Band mittlerweile zu den erfolgreichsten gehörte, konnte sie ihre Aufgabe auch nicht einem ihrer Mitarbeiter zuschieben, die nebenbei gesagt genug um die Ohren hatten. Als der Tee ausgetrunken war, wusste Sarah noch immer nicht, wie sie die nächsten Tage überstehen sollte, aber zumindest war sie jetzt müde genug, um schlafen zu gehen.

2. Kapitel

Alex

Nach so langer Zeit und völlig unerwartet hatte er sie wiedergesehen: Sarah, die Frau seiner Träume.

Und seiner Alpträume.

Dieses Mädchen mit den wunderbaren braunen, langen Haaren und ihren grünen Augen hatte ihm vor sechs Jahren dermaßen den Kopf verdreht, dass er nicht mehr klar denken konnte und völlig vor den Kopf gestoßen war, als sie morgens nicht mehr neben ihm gelegen hatte und auch nicht mehr auffindbar war. So viel hatte er damals getan, um sie zu vergessen, hatte Tränen vergossen und sich Rachepläne überlegt. Letztendlich hatte er die Hoffnung aufgegeben, sie jemals wiederzusehen und sich nur noch voll auf seine Karriere konzentriert. Mit Erfolg, wie man den Verkaufszahlen entnehmen konnte. Damals wollten viele Medien bemerkt haben, dass er erwachsener geworden war. Er selbst hätte gesagt, er sei einfach ein paar seiner Illusionen beraubt worden.

Und nun stand sie plötzlich vor ihm. Einfach so, als wäre nichts passiert. Gerade hatte er noch mit diesem süßen Mädchen an der Rezeption geflirtet und war wirklich guter Laune gewesen. Und plötzlich blickte er in ihr Gesicht, hörte die Stimme, nach der er sich so lange gesehnt und die er wirklich zu hassen begonnen hatte. Er war wie vom Donner gerührt. Alle seit Jahren vergessen geglaubten Emotionen kochten wieder hoch.

Er hasste sie aus ganzem Herzen.

Sie hatte sein Herz gebrochen und schien sich nicht einmal an ihn zu erinnern. Jedenfalls ließ sie sich kein Erkennen anmerken. Sie behandelte ihn wie einen völlig Fremden, war unverbindlich nett und zuvorkommend. Schon um nicht an seiner Wut zu ersticken, musste er sie mit ein paar bissigen Kommentaren provozieren. Weil sie nicht darauf reagierte, wurde er immer gemeiner. Er hatte die Blicke der anderen sehr wohl bemerkt. Aber er konnte einfach nicht anders, er hatte sich nicht mehr unter Kontrolle. Am liebsten hätte er auf etwas eingeschlagen. Wie sollte er nur die nächsten Tage durchstehen? Er würde ihr zwangsläufig öfter begegnen. Komisch, dass er wirklich geglaubt hatte, sie niemals wiederzusehen. Schon allein wegen ihrer Jobs war ein erneutes Aufeinandertreffen mehr als wahrscheinlich. Aber sie war damals so plötzlich verschwunden und dann wie vom Erdboden verschluckt, dass er kurz gezweifelt hatte, ob er die Begegnung mit ihr nicht nur geträumt hatte.

Er hatte fast zwei Jahre gebraucht, um über Sarah hinwegzukommen. Vor der Begegnung mit ihr hatte er viele Affären und One-Night-Stands. Damals war er sich sicher gewesen, dass es so etwas wie Liebe auf den ersten Blick gar nicht geben konnte. Aber diese kurze Zeit mit ihr war wie eine Reise in eine fremde Galaxie, in der nur sie beide existierten. Und er hatte geglaubt, dass es ihr genauso gehen würde. Wie sehr er sich doch geirrt hatte.

Er hatte damals so gelitten, dass er krank geworden war, sie mussten sogar ein Konzert absagen. Das erste Mal im Laufe ihrer Karriere. Aus dieser Zeit stammten aber auch ein paar seiner besten Songs. Einige Zeit später hatte er sich wenigstens soweit im Griff, dass er arbeiten konnte. Aber das war es dann auch. Aus seiner einstigen Leidenschaft war harte Arbeit geworden. Erst viel später hatte er sich damit abgefunden, sie nie wiederzusehen und konnte sich erneut zu einhundert Prozent auf seine Musik konzentrieren.

Seit damals ging es mit ihnen steil bergauf. Auch weil ein paar der Songs aus dieser Zeit sich dann als richtige Hits entpuppten, die sie nach vorn in die erste Liga katapultierten. Ob sie wusste, dass es sich in all diesen Liedern über verlorene Liebe und Rache für gebrochene Herzen um sie drehte? Wahrscheinlich hatte sie die Lieder nie gehört, obwohl man heutzutage wirklich kaum noch daran vorbei kam.

Aber vielleicht war er für sie auch einfach nur einer von vielen. Sie sprang mit den Künstlern ins Bett, wenn es sich ergab, ließ diese mit gebrochenen Herzen zurück, ging heim und machte dort einen auf heile Familie. In seiner Fantasie war aus Sarah ein richtig berechnendes Monster geworden. Er hatte wirklich gedacht, über sie hinweg zu sein, aber als er sie vorhin gesehen hatte, war sofort wieder alles da gewesen.

Als ob sie nicht schon genug Probleme zurzeit hatten. Seit Andreas, ihr Keyboarder, ihnen eröffnet hatte, dass er aus der Band aussteigen wollte, war ihre Welt aus den Fugen geraten. Die Versuche, ihn zum Bleiben zu überreden, waren gescheitert, schnell mussten sie einsehen, dass das unmöglich war. Seine Freundin hatte vor ein paar Wochen ihr erstes Baby zur Welt gebracht und er wollte bei ihr sein. Letztendlich hatten sie ihn verstanden und seitdem suchten sie nach einem Ersatz. Bisher allerdings erfolglos.

***

Alex beschloss, zur Ablenkung mit den Jungs ein paar Bierchen trinken zu gehen. Wenn man in Deutschland war, musste man einfach Bier trinken. Wie immer waren seine Freunde nicht abgeneigt und wie immer artete alles zu einer richtigen Party aus. Einer Party, auf der nur Männer erwünscht waren und bei der sich so richtig nach Herzenslust über die gemeine Frauenwelt ausgetauscht wurde. Alex schimpfte heute am lautesten und brachte seine Bandkollegen damit zum Lachen. Zum Glück hatten sie keine Ahnung, was der Grund für Alex' Stimmung war. Sie wussten zwar, dass damals etwas vorgefallen sein musste, aber da sie Sarah nie gesehen hatten und Alex auch nie etwas Genaueres erzählt hatte, brachten sie das Wiedersehen zwischen Sarah und Alex nicht mit dem Zusammenbruch ihres Leadsängers vor sechs Jahren in Verbindung.

***

Frühmorgens, als er endlich in seinem Hotelbett lag, hatte Alex plötzlich eine Melodie im Kopf. Der Text dazu formte sich wie von selbst in seinen Gedanken. Er stand auf, schnappte sich seine Gitarre und fing an, die Melodie zu spielen. Dazu summte er leise die Worte mit, die er sich eben überlegt hatte:

Baby you think,
you are better than all others,
you could have every guy.
But you will see
how you feel,
if I broke your heart.
Then you will know
how it feels
to be treated like you treat them.

In seinem Kopf nahm nicht nur der Songtext Gestalt an, es reifte auch eine Idee in ihm. Ein perfider Plan, es Sarah heimzuzahlen.

3. Kapitel

Sarah

Am nächsten Morgen verbrachte Sarah doppelt so viel Zeit wie üblich mit der Entscheidung, was sie anziehen sollte. Sie gab sich auch mehr Mühe als sonst mit ihren Haaren und ihrem Make-up. Warum, war ihr selbst nicht richtig klar. Sie hatte definitiv Angst davor, was ihr der Tag bringen würde. Genauso definitiv gab es nur einen einzigen Grund dafür: Alex.

Andererseits verspürte sie jedoch auch eine unbändige Freude bei dem Gedanken, ihn wiederzusehen. Denn er war ihr trotz all der langen Zeit nicht egal. Er hatte nichts von seiner Ausstrahlung verloren und die Wirkung auf ihr Seelenleben war nach wie vor verheerend. Nur war sie mittlerweile älter und erfahrener geworden. Und sie trug jetzt die Verantwortung für eine Tochter. Sie fühlte sich durchaus stark genug, ihm gegenüber zu treten, wie auch immer diese Begegnung ausfallen würde.

***

Auf dem Weg zum Hotel fiel ihr zum ersten Mal auf, wie weit der Frühling in diesem Jahr schon fortgeschritten war. Dabei war erst Februar. Alles wirkte irgendwie grüner und sonniger als sonst. Ihre gute Laune hielt so lange an, bis sie in die Tiefgarage des Hotels einbog. Plötzlich war sie nervös. Was würde wohl passieren?

Zuerst einmal passierte gar nichts. Sie hatte alle Hände voll zu tun, musste Neuankömmlinge begrüßen, mit Tontechnikern und Bühnenarbeitern sprechen und viele Hände schütteln. Dennoch hatte sie die ganze Zeit ein flaues Gefühl im Magen, das immer stärker wurde, je näher der entscheidende Moment kam, an dem sie Alex gegenübertreten musste. Als sie schließlich an die Tür seiner Suite klopfte, wäre sie am liebsten umgedreht. Ihr Hals war ganz trocken und ihre Handflächen nassgeschwitzt.

Sie hatte alles erwartet, aber nicht dieses absolut freundliche und zuvorkommende Verhalten, welches Alex ihr gegenüber an den Tag legte. Lächelnd öffnete er ihr die Tür und plauderte fröhlich über das Wetter und über die Musikmesse. Als sie der Band den Weg in die Konzerthalle für den heutigen Soundcheck zeigte, entschuldigte er sich sogar bei ihr für sein Benehmen vom Vortag mit der Begründung, er sei schlecht drauf gewesen. Das war zwar ziemlich fadenscheinig, aber Sarah war so froh über seinen Stimmungswandel, dass sie nicht weiter darüber nachdachte. Er grinste sie an und meinte: „Lass uns einfach den Tag gestern vergessen und noch mal von vorn anfangen. Ich bin Alex Morgan …"

„Ich weiß!", entfuhr es Sarah unwillkürlich und wie zur Erklärung fügte sie noch hinzu, „wir haben schon mal …" Sie brach ab. Das war ja wohl zu peinlich. Doch er lachte nur kurz auf und meinte: „Du erinnerst dich also doch noch an mich, das baut mein Selbstvertrauen wieder auf." Er sagte das halb im Scherz, doch Sarah sah ihn trotzdem verwundert an. Er erinnerte sich an sie. Daran hatte sie gestern kurz gezweifelt.

Beim Soundcheck spielten *Sakrileg* einige ihrer Songs an, die Alex mit den Worten ankündigte: „Und das ist für all die schönen Ladies hier im Raum!" Dabei schaute er nur Sarah an, so dass ihr Herz Purzelbäume schlug und ihre Hände feucht wurden. Doch dann blickte er in die Runde und Sarah fragte sich, ob sie sich das nur eingebildet hatte.

Die Lieder gefielen ihr gut. Sie hatte zwar schon einige im Radio gehört, aber irgendwie nie Alex mit *Sakrileg* in Verbindung gebracht. Außerdem hatte sie es vermieden, in Zeitschriften versehentlich über Artikel über ihn zu stolpern. Sie wollte ihn einfach aus ihren Gedanken verbannen, in der Hoffnung, ihren Fehler von damals ungeschehen zu machen. Das war natürlich nicht möglich, sie hatte ja Lilly und die wollte sie auf keinen Fall ungeschehen machen. Aber so konnte sie sich zumindest selbst einreden, dass diese Episode zu ihrer Vergangenheit gehörte und dass es Alex einfach nicht mehr gab. Sie hatte zwar irgendwie gehofft, ihm zufällig zu begegnen, aber dann sollte es vom Schicksal gewollt sein. Anscheinend hatte das Schicksal entschieden, dass genau jetzt der richtige Zeitpunkt gekommen war.

***

Sarah wäre gern länger beim Soundcheck geblieben, doch besorgte Blicke eines ihrer Assistenten erinnerten sie daran, dass sie sich noch um die anderen Bands kümmern sollte. Außerdem musste sie Ersatz für die ausgefallene Band suchen. Die Jungs, die am Flughafen in Rom festgesessen hatten, hatten mittlerweile ihre Anreise angetreten und würden lediglich mit drei Stunden Verspätung eintreffen. Das erforderte nur wenig Organisationsaufwand. Einen Ersatz für eine ausgefallene Band so kurz vor Beginn der Show aufzutreiben, war jedoch schon bedeutend schwieriger zu bewerkstelligen.

Sarah musste all ihre Kontakte und zuletzt auch all ihren Charme spielen lassen, hatte dann aber endlich Erfolg: James Hartfield, einer der besten Sänger und Songwriter der letzten Jahre würde herkommen. Sie hatten James schon vor einigen Monaten als Hauptact für die Musikmesse angefragt, aber er spielte gerade eine Tour in Amerika und wollte den langen Weg nicht extra auf sich nehmen. Dennoch hatte Sarah jetzt versucht, ihn umzustimmen. Es brauchte lange, bis er überzeugt war, dass sich der Aufwand für ihn lohnen würde. Erst nachdem Sarah sich quasi selbst als Karte ausspielte und ihm anbot, mit ihm essen zu gehen, sagte James zu. Er würde heute Abend noch ins Flugzeug steigen und morgen hier in Berlin landen.

Sie kannten sich von früheren Begegnungen und James hatte immer versucht, bei Sarah zu landen. Unzählige Essenseinladungen und auch direktere Einladungen hatte sie schon ausgeschlagen, obwohl James ein sehr höflicher und auch ausgesprochen gutaussehender Mann war. Der Schwarm aller Mütter und Schwiegermütter. Ja, James wirkte wie ein Mann zum Heiraten und Kinder bekommen. Und er war Single. Doch Sarah hatte schon einmal schlechte Erfahrungen gemacht und Eddi hatte es ihr damals richtiggehend eingebläut, sonst hätte sie mit Sicherheit schon viel eher zugestimmt, mit ihm auszugehen.

Wäre es jedoch nach ihrer Tochter gegangen, hätte sie James auch gleich heiraten können, denn Lilly stand total auf seine Musik und seit sie mitbekommen hatte, dass ihre Mutter ihren Lieblingssänger persönlich kannte, bildete sie sich ein, er könnte ihr neuer Papa werden.

***

Beim Gedanken an Lilly musste Sarah lächeln. Ihre Tochter war vermutlich gerade dabei, zu Abend zu essen. Dann würde Mira sie bettfertig machen und ihr noch eine Geschichte vorlesen. Sarah hätte das alles gern selbst gemacht, aber gerade am ersten Tag der *World of Music* war gar nicht daran zu denken, dass sie rechtzeitig nach Hause kam, um ihre Tochter selbst ins Bett zu bringen. Zum Glück hatte sie Mira, die ein echter Goldschatz war. Und am nächsten Tag war eine Veranstaltung für Kinder auf der Musikmesse, bei der auch Lilly dabei sein durfte. So hatten sie wenigstens tagsüber etwas voneinander.

Sarah musste schon wieder lächeln bei dem Gedanken, was Lilly wohl sagen würde, wenn sie hörte, dass auch James Hartfield morgen da war. Sie würde sicher darauf bestehen, ihren „neuen Papa" persönlich kennenzulernen. Mal sehen, vielleicht konnte Sarah etwas arrangieren, auch wenn sie Lilly bis dahin diese Papa-Geschichte unbedingt ausgeredet haben musste.

***

Am Abend fand der erste Teil der Show statt, das Akustikkonzert von *Sakrileg*. Quasi als Einstimmung, bevor sie dann am letzten Tag als einer der beiden Hauptacts auf die Bühne gingen. Eigentlich waren sie ja der alleinige Hauptact, doch seit James zugesagt hatte, hatte Sarah zusammen mit den Sponsoren der Musikmesse ein paar Pläne umgeworfen und neu arrangiert. So würde James als Überraschungsgast direkt vor *Sakrileg* auftreten. Die Sponsoren erhofften sich davon eine Wahnsinnspublicity im Nachhinein, die der Musikmesse im nächsten Jahr noch größere Aufmerksamkeit bescheren sollte. Alle waren so froh, dass Sarah James organisieren konnte, dass es ihr schon fast schäbig vorkam, dass sie ihn mit einem simplen Essen abgespeist hatte.

Sarah war müde und ausgelaugt, als endlich alles für den Tag erledigt war. Sie hätte jetzt nach Hause gehen können und auch sollen, um für den nächsten Tag fit zu sein. Doch sie konnte nicht gehen. Sie wollte Alex' Auftritt unbedingt miterleben. Bis er an der Reihe war, würde sie noch mindestens eine Stunde totschlagen müssen. Arbeiten wollte sie nichts mehr, also ging sie in die Lobby, zog ihre Schuhe aus und setzte sich auf einen der gemütlichen Sessel am Fenster, die so aufgestellt waren, dass man nach draußen sehen konnte, aber sonst von niemandem gesehen wurde. Sie lehnte sich zurück, massierte ihre schmerzenden Schläfen und schloss für einen Moment die Augen.

Als sie erwachte, war sie für einen kurzen Moment orientierungslos. Dann fiel ihr wieder ein, wo sie war und sie schaute erschrocken auf die Uhr. Sie hatte weit über eine Stunde geschlafen. Die Band musste schon lange spielen. Hoffentlich waren sie nicht schon fertig. Sarah schnappte sich ihre Schuhe und hastete in Richtung Musikhalle. Sie kannte ein paar Abkürzungen und war kurz darauf vor einem Seiteneingang. Laute Musik war zu hören.

Ja, es war eindeutig Alex, der da sang. Seine Stimme war sehr markant. Leise öffnete sie die Tür und trat ein. Sofort umfing sie eine besondere Stimmung. Die Musik gefiel ihr sehr gut. Sie schloss die Augen und ließ sich von den rockigen Melodien und Alex' tiefer, rauer Stimme davontragen.

Vor allem ein Lied berührte sie so sehr, dass ihr spontan ein paar Tränen in die Augen traten. Es ging dabei um jemanden, der seine große Liebe findet und gleich wieder verliert. Er verliert beinahe auch sich selbst auf der Suche nach ihr und wird dabei langsam erwachsen. Doch irgendwann gibt er die Suche auf und hasst sie dafür, dass sie sein Herz gebrochen hat. Am Schluss kann er ihr jedoch vergeben.

Der Song war bittersüß und mit solch einer Intensität gesungen, dass Sarah die ganze Zeit Gänsehaut hatte.

Als das Konzert zu Ende war, ging Sarah noch kurz hinüber zum Backstage-Bereich. Sie war wirklich todmüde, aber sie wollte noch schauen, ob die Jungs alles hatten, was sie brauchten. Sie fand Alex und seine Freunde in sehr ausgelassener Stimmung vor. Eine Wodkaflasche machte die Runde. Als Mika, der Schlagzeuger, sie sah, lud er sie spontan ein mitzufeiern, was sie mit einem demonstrativen Gähnen jedoch ablehnte. Nachdem sie sich vergewissert hatte, dass alles vorhanden war, was die Jungs sich wünschten, wollte sie gehen, doch Alex hielt sie auf. Er hatte die Wodkaflasche in der Hand und offensichtlich auch schon einiges daraus getrunken, denn er hielt sich am Türrahmen fest. „Bleib doch!“ Er blickte ihr tief in die Augen. Der Blick fuhr ihr durch Mark und Bein. Obwohl sie so müde war, war sie kurz davor zuzustimmen, doch seine nächsten Worte wirkten wie das sprichwörtliche Eiswasser, das über ihr ausgeschüttet wurde: „Wenn du keine Lust mehr auf eine große Party hast, können wir auch eine kleine Privatparty bei mir feiern.“

Er grinste Sarah bedeutungsvoll an und hob eine Augenbraue. Ungläubiges Staunen über dieses unverschämte Angebot machte sich in ihr breit. Was dachte er denn von ihr? Sie spürte, wie sie wütend wurde. Doch sie wollte die bisher so gute Stimmung zwischen ihnen beiden nicht zerstören, indem sie ihm jetzt vor seinen Freunden die Meinung sagte. Sie tat das Einzige, was ihr einfiel und versuchte, die Situation mit einem Lachen zu entschärfen.

„Bitte sei mir nicht böse, ich möchte einfach nur ins Bett.“

Oh nein, was hatte sie gesagt? Hätte sie das nicht anders ausdrücken können? Natürlich ließ er diese Gelegenheit nicht ungenutzt verstreichen.

Mit jetzt beidseitig hochgezogenen Augenbrauen und eher an die Umstehenden gewandt, die sie mittlerweile interessiert anschauten, antwortete er: „Also ich hätte ja vorgeschlagen, dass wir erst was trinken und ein bisschen reden. Aber wenn du gleich ins Bett willst ..."

Die anderen lachten. Auch wenn Sarah klar war, dass sie diesen Spruch selbst zu verantworten hatte, war sie doch sauer auf Alex, dass er sie so vorführte. Sie schubste ihn unsanft zur Seite und drängte sich an ihm vorbei zur Tür hinaus. „Bis morgen", rief sie noch in den Raum hinein, dann machte sie sich so schnell es ging aus dem Staub.

Vom Ende einmal abgesehen, war der Tag ganz gut verlaufen. Sarah spürte, dass ihr Ärger schnell nachließ. Noch auf der Fahrt nach Hause beschloss sie, sich nun doch die eine oder andere CD von *Sakrileg* herunterzuladen. Die Musik hatte ihr einfach gefallen und tief in ihr etwas berührt. Zu Hause machte sie also noch den Computer an und lud sich die drei letzten CDs auf ihren MP3-Player. Mit Alex' Stimme im Ohr schlief sie schließlich ein.

***

Am nächsten Tag wachte Sarah etwas zu spät auf. So wurde der ursprünglich sehr ruhig geplante Morgen mit ihrer Tochter ein wenig hektisch. Sarah war sauer auf sich selbst, weil sie endlich mal die Zeit gehabt hätte, in Ruhe mit Lilly zu frühstücken und nun mussten sie sich doch beeilen. Lilly fand das nicht so schlimm. Sie freute sich so sehr darauf, mit ihrer Mama zur Arbeit zu fahren und dort beim Zirkusprojekt mitarbeiten zu dürfen, dass sie es sowieso nicht erwarten konnte, loszufahren.

Das Zirkusprojekt sollte gegen zehn Uhr beginnen und um sechzehn Uhr mit einer großen Vorführung enden. Gegen neun Uhr waren sie am Hotel. Die Zeit bis zum Beginn des Projektes verbrachte Lilly im Büro von Bernhard und malte dort. Sarah hatte unterdessen schon wieder alle Hände voll zu tun, denn es war der Hauptanreisetag. Sie musste unzählige Zimmer überprüfen und Bands und Sänger begrüßen. Sie hoffte, sie würde nicht durcheinander kommen. Zwischendurch sah sie immer kurz nach Lilly, doch der ging es gut und bei Bernhard war sie gut aufgehoben. Kurz vor zehn brachte er Lilly höchstpersönlich in den Theatersaal, in dem das Projekt stattfinden sollte.

Sarah war sich bewusst, dass Alex ihr früher oder später über den Weg laufen würde und die Chance dann groß war, dass er Lilly zu Gesicht bekam. Doch sie wollte es einfach darauf ankommen lassen. Das Schicksal sollte entscheiden.

Doch von Alex und seinen Jungs war den ganzen Vormittag lang nichts zu sehen. Erst am Nachmittag, als sie gerade dem gefühlt hundertsten Musiker erklärte, wo der Soundcheck stattfinden würde und wie er am besten ungesehen zur Musikhalle käme, sah sie die Jungs von *Sakrileg* das Hotel verlassen. Anscheinend wollte das Schicksal nicht, dass Alex und Lilly aufeinandertrafen.

4. Kapitel

Endlich kam auch James Hartfield an. Der smarte Sänger war wie immer umringt von einer Gruppe Fans und Bewunderer. Doch als er Sarah sah, ließ er alle stehen und kam sofort auf sie zu. Ihr fiel auf, wie gut er heute aussah. Er trug seine dunklen Haare etwas länger als bei ihrer letzten Begegnung, doch das stand ihm hervorragend. Sein obligatorischer Dreitagebart verlieh ihm ein verwegenes Aussehen, was noch von der dunklen Sonnenbrille unterstrichen wurde. Unter den argwöhnischen Blicken seiner Fans gab er Sarah die Hand und küsste sie dann rechts und links auf die Wange. Sarah fühlte sich plötzlich im Mittelpunkt der allgemeinen Aufmerksamkeit und spürte, wie sie rot wurde. Sie begrüßte James ebenfalls und vergaß auch nicht, sich artig bei ihm zu bedanken, weil er so spontan einspringen wollte. Er grinste sie lausbubenhaft an.

„Mach dir keine Gedanken, es lohnt sich auf jeden Fall herzukommen, wenn du endlich mit mir essen gehen willst." Sarah war es peinlich, dass jetzt auch andere mitbekommen hatten, wie sie ihn rumgekriegt hatte.

James bestand darauf, dass sie ihn persönlich herumführte. Er war interessiert und sehr nett und Sarah wurde immer lockerer. Als sie an der Bar bei einem Latte macchiato saßen, erzählte sie ihm sogar von ihrer Tochter Lilly und dass sie heute hier war, um bei dem Zirkusprojekt mitzuwirken. Als sie dann etwas später am Theatersaal vorbeiliefen, bestand James darauf, Lilly kennenzulernen.

Sarah wusste nicht, was sie von James' Bitte halten sollte.

„Bist du sicher? Sie ist einer deiner größten Fans", gab sie zu bedenken.

„Na, dann ist es umso wichtiger, dass ich sie persönlich kennenlerne", erwiderte er mit einem Lächeln. Sarah zuckte mit den Schultern.

Wenig später betraten sie leise den Theatersaal. Anscheinend waren die älteren Kinder gerade bei ihrer Probe, denn Lilly stand mit ein paar Mädchen in ihrem Alter an der Seite und sah den Älteren gebannt zu. Doch dann entdeckte sie Sarah. Sie rief freudig „Mama!" und kam auf sie zugerannt. Dann drückte sie sich an Sarah und begann gleich darauf übersprudelnd davon zu erzählen, was sie schon erlebt hatte. Plötzlich schien sie James entdeckt zu haben, denn sie hielt mitten im Satz inne.

„Lilly, darf ich dir James Hartfield vorstellen? James, das ist Lilly, meine Tochter", stellte Sarah ihre Tochter voller Stolz vor.

James hockte sich hin, um auf Augenhöhe mit Lilly zu sein. „Es ist mir eine große Freude, dich kennenzulernen. Ich habe gehört, du bist ein Fan von mir?"

Lilly blickte verlegen zu Boden und lächelte schüchtern. So ein Verhalten war Sarah von ihr gar nicht gewohnt. Doch James konnte offensichtlich ganz gut mit Kindern umgehen, denn er verwickelte sie weiter in ein Gespräch und Sarah konnte beobachten, wie Lilly sekündlich auftaute und nach ein paar Minuten schon ebenso freudig von ihren Erlebnissen im Zirkusprojekt erzählte, wie sie es eben noch bei ihrer Mutter getan hatte. Sie wurde unterbrochen, als Maria, eines der Mädchen, die das Projekt leiteten, nach Lilly rief. Als Maria Sarah und James erblickte, kam sie herüber. Erst dachte Sarah, Maria wollte sie etwas fragen, aber Maria blickte nur James an.

„Hallo, ich bin Maria", stellte sie sich selbst mit einem kecken Augenaufschlag vor. „Nachher bei der großen Vorführung gibt es einen Programmpunkt, bei dem die Väter mit ihren Kindern eine kleine Akrobatiknummer aufführen. Wir würden uns freuen, wenn Sie mitmachen könnten."

Sarah wollte James nicht in Verlegenheit bringen und griff schnell ein. „Er ist nicht Lillys Vater, also wird es wohl kaum ..."

Maria blickte nur kurz zu Sarah hinüber. James hielt ihr die Hand hin. „Guten Tag, mein Name ist James Hartfield."

„Ich weiß", erwiderte Maria vielsagend, „und es wäre uns wirklich eine Ehre, wenn Sie an unserem Projekt teilnehmen könnten."

„Oh ja, bitte", mischte Lilly sich jetzt ein. „Das wäre wirklich super. Bitte, James, mach mit!"

Noch bevor Sarah den Mund aufmachen konnte, um etwas zu entgegnen, hörte sie James schon zustimmen.

„Du musst das wirklich nicht tun", versuchte Sarah es noch einmal.

„Ich möchte aber. Und soweit ich weiß, habe ich heute keine anderen Termine, oder?"

„Nein, aber ..."

„Dann ist es also abgemacht. Was muss ich tun?"

Und schon lief James mit Maria und Lilly nach vorn zur Bühne. Sarah ließen sie einfach stehen. Sie blickte den dreien verdutzt nach. Doch dann erinnerte sie sich daran, dass noch ein Haufen Arbeit auf sie wartete, zuckte mit den Schultern und ging nach draußen. Die Extrazeit, die sie jetzt hatte, war ihr sehr willkommen, denn sie wollte unbedingt pünktlich zur Aufführung des Zirkusprojektes da sein. James war ein erwachsener Mann, er musste selbst wissen, was er tun wollte und was nicht. Also stürzte Sarah sich wieder in ihre Arbeit.

Es war wirklich viel zu tun. Ein paar Jungs einer weniger bekannten Band hatten sich anscheinend auf der Straße geprügelt, waren aber wenigstens schlau genug zu verschwinden, bevor die Presse da war. Jetzt waren sie auf ihren Zimmern und ließen sich ihre Wunden vom Hotelarzt behandeln, während Sarah versuchen musste, die neugierigen Reporter abzuwimmeln. Später hatte sie noch allerhand Papierkram zu erledigen, doch sie schaffte es gerade noch pünktlich zum Zirkusprojekt.

***

Der Saal war entgegen ihrer Erwartungen recht voll. Anscheinend waren nicht nur Verwandte und Freunde der Kinder gekommen, sondern auch ein paar Gäste des Hotels. Sarah stellte sich direkt an die Tür, damit sie schnell rausgehen konnte, wenn ihr Telefon klingelte. Ihre Assistenten hatten darauf bestanden, dass sie erreichbar sein musste, falls etwas passierte. Doch sie hatte Glück, das Telefon klingelte nicht und sie konnte sich voll auf die Aufführung konzentrieren. Unglaublich, was Maria und ihre Kollegen in der kurzen Zeit zustande gebracht hatten. Ein paar der gezeigten Kunststücke waren wirklich spektakulär.

Immer wenn Lilly auf der Bühne stand, klatschte Sarah so wild, dass ihr die Hände wehtaten. Die Akrobatiknummer, bei der die Väter mitwirken sollten, war wirklich klasse. James machte seine Sache gut und Lilly schien total glücklich. Sarah jubelte laut auf. Beim Schlussapplaus klatschte sie sich die Hände wund, jubelte und pfiff zusammen mit den anderen Zuschauern. Sie zuckte zusammen, als plötzlich eine Stimme ganz nah an ihrem Ohr sagte: „Ich wusste gar nicht, dass du auch für die Kinderbetreuung zuständig bist."

Alex. Ihr Herz schlug einen Purzelbaum. Was wollte er bei dieser Aufführung? Ausgerechnet! Lilly war hier.

Jetzt war es also soweit, jetzt konnte es passieren, dass er Lilly kennenlernte. Wollte sie das wirklich? Kurz überlegte sie, ihm irgendeine Geschichte zu erzählen, aber dann entschied sie sich für die Wahrheit.

„Nein, ich bin privat hier. Meine Tochter Lilly nimmt an diesem Projekt teil." Sie sah ihn abwartend an.

Er wirkte ehrlich überrascht. „Du hast eine Tochter?"

Sarah konnte seinen Blick nicht deuten. Doch plötzlich fühlte sie sich trotzig und kühn.

„Ja, wenn du kurz hierbleibst, lernst du sie kennen."

„Welche ist es?" Doch diese Frage beantwortete sich von selbst, als Lilly mit wehenden Haaren von der Bühne stürmte und ihrer Mutter in die Arme sprang. James kam mit einigem Abstand hinterher. Die beiden Männer musterten sich abschätzend.

„Hartfield." Alex' Stimme war sehr dunkel geworden.

„Morgan." Auch James' Stimme hatte einen komischen Klang. Die beiden schüttelten sich förmlich die Hände. Anscheinend kannten sie sich, also musste Sarah sie schon mal nicht vorstellen. Dann drängte sich Lilly wieder in den Mittelpunkt.

„Es war so toll hier! Es hat mir riesigen Spaß gemacht. Hast du uns gesehen, als wir die Akrobatik gemacht haben? James war besser als alle anderen Väter."

Kurz bildete Sarah sich ein, Alex überraschten Blick auf sich zu spüren, doch als sie zu ihm schaute, sah er in eine andere Richtung. Dann wandte Lilly sich Alex zu. Sie war noch ganz aufgedreht.

„Hallo, ich bin Lilly. Bist du auch ein Musiker?"

Alex lächelte sie an.

„Ja, ich bin Alex und ich spiele in einer Band."

„Toll!", erwiderte Lilly beeindruckt und fuhr gleich darauf fort: „Mein Lieblingssänger ist James. Wie heißt denn deine Band?"

Alex sagte es ihr, doch Lilly hatte noch nie von *Sakrileg* gehört. Wie auch? Die meiste Musik kannte sie von ihrer Mutter.

Als Sarah Alex und Lilly so dicht zusammen sah, zog sich ihr Herz zusammen. Vater und Tochter. Er musste es jeden Moment merken, sie war ihm so ähnlich. Doch er schien nichts zu spüren, denn er fuhr ganz normal fort zu reden.

„Du musst dir unbedingt mal die Musik von meiner Band anhören und danach kannst du entscheiden, wer dein Lieblingssänger ist."

Lilly nickte. „Okay", sagte sie ernst. Dann sah sie ihre Mutter fragend an. Sarah musste lächeln, weil Lilly diesen Vorschlag von Alex so ernst nahm. Sie beschloss, das Spiel mitzuspielen.

„Ja, mein Schatz, du kannst dir nachher meinen MP3-Player ausleihen und dir die Musik anhören." Es war ihr etwas peinlich vor Alex zuzugeben, dass sie seine Musik auf ihrem MP3-Player hatte. Doch dann sagte sie sich, dass eine Menge Leute seine Musik hörten, warum nicht auch sie.

Plötzlich räusperte sich James.

„Ich würde mich jetzt gern etwas ausruhen. Sarah, kommst du?" Er sah Sarah fragend an und sie nickte. Lilly nahm James bei der Hand und zusammen gingen sie Richtung Ausgang. Dann drehte Lilly sich noch einmal um und winkte Alex zu. Sarah war bewusst, was Alex jetzt denken musste. Doch sie konnte im Moment nichts dagegen tun, also rief sie auch „Tschüss" und eilte hinter James und ihrer Tochter her.

Als sie die beiden eingeholt hatte, übernahm sie die Führung und gemeinsam gingen sie den langen Gang zum Westflügel des Hotels. Die Suiten waren alle schon belegt gewesen, aber Sarah hatte es noch organisieren können, dass James eines der Zimmer im Erdgeschoss bekam. Diese Zimmer waren zwar nicht groß, doch sie waren unheimlich ruhig und alle hatten einen eigenen Zugang zum Park hinter dem Hotel. Die Terrassen waren rechts und links mit einem hohen Sichtschutz ausgestattet, so dass man wirklich seine Privatsphäre hatte. Nach vorn war jedoch der Blick frei auf einen See, der mitten im Park angelegt war. Diese Zimmer waren sehr beliebt, vor allem bei den Gästen, die häufiger kamen und schon einmal in den Genuss eines solchen Zimmers gekommen waren.

***

Während Sarah mit James den Tagesablauf der nächsten Tage besprach, hüpfte Lilly auf dem breiten Bett herum. Irgendwann klingelte Sarahs Handy. Es war Mira, die an der Rezeption stand und Lilly abholen wollte.

„Lilly, komm, zieh dir die Schuhe wieder an. Wir müssen los. Mira wartet."

Lilly hörte auf zu hüpfen. „Ich will aber noch nicht gehen, es ist so schön hier."

Sarah sah ihre Tochter streng an. Diese zog eine Schnute, kam aber wenigstens gehorsam vom Bett runter und zog sich ihre Schuhe an.

„Was ist mit unserer Verabredung?" James sah Sarah fragend an. „Ich habe ein bisschen Hunger. Wie sieht es mit dir aus?"

Sarah wand sich ein bisschen. „Ich kann heute nicht", sagte sie schließlich. „Wir machen ein anderes Mal etwas aus."

James zog eine Augenbraue hoch. „Es war eine Abmachung."

Sarah beeilte sich zu versichern, dass sie sich auf jeden Fall an diese Abmachung halten wollte, dass es

eben nur heute nicht ging, weil sie schon verabredet
war.

Das stimmte nur teilweise. Nur, wenn man gelten
ließ, dass sie mit ihrer Couch verabredet war. Und natürlich mit ihrer Tochter. Aber heute war voraussicht-
lich der einzige Abend, an dem Sarah so früh nach
Hause konnte, dass sie ihre Tochter noch selbst ins Bett
bringen konnte, und das wollte sie auf keinen Fall absagen.

Lilly verabschiedete sich von James und dankte ihm
auch noch einmal brav, dass er beim Zirkusprojekt mitgemacht hatte. James versicherte ihr, wie gut sie das gemacht hatte und strich ihr zum Abschied über den
Kopf, dann gingen Lilly und Sarah zusammen zur Rezeption. Sarah wollte sich schon von Lilly verabschieden, da erinnerte diese sie noch einmal an ihr Versprechen mit dem MP3-Player. Lilly vergaß nie etwas. Ergeben zog Sarah den MP3-Player aus ihrer Handtasche
und gab ihn Lilly mit. Sie würde jetzt garantiert den
ganzen Abend lang die Musik von *Sakrileg* hören. Sarah
kannte doch ihre Tochter. Aber in drei Stunden würde
sie auch Feierabend machen und selbst dafür sorgen
können, dass Lilly wenigstens ohne MP3-Player einschlief.

***

Auf dem Rückweg von der Rezeption begegnete ihr
Alex. Er bat sie, mit ihm ein Glas Wein zu trinken und
sie willigte ein. Einerseits weil es zu ihrem Job gehörte,
solche Wünsche ihrer Gäste zu erfüllen, und

andererseits war sie ja wirklich gern mit ihm zusammen. Außerdem war sie neugierig auf Alex und wollte gern etwas mehr über ihn erfahren.

Als sie dann jedoch mit ihm an einem der kleinen Tische im VIP-Bereich saß, bereute sie ihre spontane Zusage. Zuerst hatte er versucht herauszufinden, ob sie und James ein Paar waren, doch als sie ihm das auch nach mehrmaligem Nachhaken nicht beantworten wollte, war er in brütendes Schweigen verfallen. Er drehte nur missmutig sein Glas zwischen den Fingern. Erst hatte Sarah versucht, das Gespräch aufrechtzuerhalten. Sie hatte ihm zu dem gelungenen Akustik-Auftritt gratuliert, worauf er nur mit einem unbestimmten Brummen geantwortet hatte. Auch weitere Versuche ihrerseits, Konversation zu betreiben, erstickte er im Keim, indem er einfach gar nicht antwortete. Irgendwann gab Sarah es auf. Mittlerweile saßen sie schon mehrere Minuten schweigend nebeneinander. Sarah beschloss, ihr Glas auszutrinken und sich dann zu verabschieden.

Dann, ganz plötzlich, brach er das Schweigen. „Du hast eine hübsche Tochter."

Plötzlich war Sarah am ganzen Körper angespannt. Hatte er doch endlich eins und eins zusammengezählt? Warum sonst kam er auf dieses Thema?

Doch seine Gedanken gingen in eine andere Richtung. „Ist James Hartfield wirklich der Vater?"

Sarah war irritiert. Wie kam er denn auf so etwas? Dann erinnerte sie sich daran, was Lilly gesagt hatte. Man hätte wirklich darauf schließen können, dass James ihr Vater war. Jedenfalls wenn man blind war. Denn James war ein eher dunkler Typ, der Lilly so gar

nicht ähnlich sah. Sarah musste spontan lachen, weil
die Situation so absurd war. Da fragte Lillys Vater sie,
ob ein anderer der Vater seiner Tochter war. Jeder Au-
ßenstehende hätte sofort sagen können, wer von beiden wahrscheinlicher infrage kam.

„Was ist daran so lustig?", wollte Alex wissen. Er
klang frustriert und irgendwie auch ärgerlich.

„Nein, nein", beeilte sich Sarah zu sagen. „James ist
nicht Lillys Vater. Sie haben sich heute erst kennengelernt."

Irgendwie schien diese Aussage Alex auch nicht großartig zu gefallen. Er nickte zwar, aber sagte dann leise,
wie zu sich selbst: „Na, du musst ja wissen, was du tust."

„Wie bitte?", hakte Sarah nach, doch Alex schüttelte
nur den Kopf, trank einen großen Schluck Wein und
starrte weiter grüblerisch vor sich hin. Sarah leerte ihr
Glas und stand auf.

„Tut mir leid. Ich muss wieder arbeiten gehen. Vielen
Dank für die Einladung und für das anregende Gespräch."

Alex blickte sie erstaunt an. Anscheinend hatte er den
Sarkasmus in ihrer Stimme nicht mal wahrgenommen.
Doch Sarah kratzte ihr letztes bisschen Würde zusammen, brachte ihr Glas an die Bar und ließ Alex einfach
sitzen.

<h2 style="text-align:center">5. Kapitel</h2>

Zweieinhalb Stunden später war sie auf dem Weg nach Hause. Es war wieder ein anstrengender Tag gewesen. Diesmal vor allem nervlich, weil sowohl James als auch Alex sich total anders verhalten hatten, als sie es gedacht hatte. James hatte sie positiv überrascht, Alex eher negativ. Doch jetzt wollte sie die Arbeit hinter sich lassen und sich ganz um ihre Tochter kümmern. Wie erwartet hatte Lilly die ganze Zeit die Kopfhörer auf den Ohren gehabt.

„Nicht mal zum Abendessen konnte ich sie überreden, auf die Musik zu verzichten", erzählte Mira, während sie den Abwasch erledigte. Das konnte sich Sarah sehr gut vorstellen. Lilly musste mittlerweile alle Alben auf dem Player mindestens zweimal gehört haben. Doch als sie Lilly bat, im Bett die Musik auszumachen, gehorchte diese überraschenderweise sofort. Sarah hatte mit einem mittleren Drama gerechnet. Vielleicht hatte ihrer Tochter die Musik doch nicht so gefallen, sonst hätte sie doch gekämpft wie ein Löwe, um mit Kopfhörern einschlafen zu dürfen. Doch Sarah hatte sich getäuscht. Sobald sie nebeneinander in Lillys Bett lagen, um noch ein wenig zu kuscheln, fing Lilly an, ihrer Mutter von *Sakrileg* vorzuschwärmen.

Schließlich setzte Lilly sich im Bett auf und sagte mit ernster Miene: „Mama, ich glaube, James Hartfield ist immer noch mein Lieblings*sänger*, aber *Sakrileg* ist mit Sicherheit meine neue Lieblings*band*." Sarah musste lächeln. Sie konnte sich vorstellen, wie Lilly mit der

Entscheidung zwischen den beiden gehadert hatte, so dass sie jetzt für sich diesen Kompromiss geschlossen hatte. Dann schaute Lilly ihre Mutter bittend an. „Kannst du Alex das sagen?"

Sarah zog sie wieder hinunter.

„Mache ich, aber jetzt wird geschlafen, mein Schatz." Sie las Lilly noch ein Kapitel aus ihrem Lieblingsbuch vor, gab ihr dann einen Gutenachtkuss und verließ das Zimmer.

Mira war immer noch dabei, die Küche fertig aufzuräumen, doch dann verabschiedete sie sich ebenfalls und ging in ihr Zimmer, so dass Sarah ganz allein mit ihren Gedanken blieb. Die Begegnung heute zwischen James, Alex und Lilly war irgendwie merkwürdig verlaufen. Sarah vermochte außerdem nicht ganz einzuschätzen, wie James und Alex zueinander standen. Sie kannten sich ganz offensichtlich. Und beide waren super nett zu Lilly gewesen, so als ob sie versuchen würden, über das Kind an sie heranzukommen ... Nein! Das war unmöglich. Bei James konnte sich Sarah das zwar vorstellen, aber andererseits schätzte sie ihn nicht so berechnend ein. Aber egal, beide würden Lilly vermutlich nie wiedersehen, also brauchte sie sich jetzt auch nicht unnötig den Kopf zerbrechen.

***

Sarah wollte den Abend nutzen, ihre Präsentation noch einmal zu überarbeiten und sich zu überlegen, was sie letztendlich dazu erzählen wollte. Sie würde am nächsten Tag im Rahmen der Musikmesse über

Eventmanagement im Musikbusiness und über ihre Eventagentur im Speziellen berichten. Sie war froh über diese Chance, sich auch außerhalb ihres Hotels bekannt zu machen. Dennoch war sie sehr nervös beim Gedanken daran, über ihre Arbeit zu reden. Der Teil über Eventmanagement im Musikbusiness war leichter zu bewältigen, auch wenn Sarah das Gefühl hatte, sie würde hier nur über ihre eigenen Erfahrungen berichten. Aber speziell der Teil, bei der sie ihre eigene Arbeit bewerben sollte, bereitete ihr Magenschmerzen. Am liebsten hätte sie den Vortrag wieder abgesagt. Aber da er jetzt so großartig angekündigt worden war, konnte sie keinen Rückzieher mehr machen.

Bis der Computer hochgefahren war, hatte sich Sarah wieder etwas beruhigt. Sie würde einfach versuchen, ihre Sache gut zu machen und was die anderen davon hielten, war deren Sache. Mit der Präsentation an sich war sie auch ganz zufrieden. Es war unterhaltsam, vermittelte aber genug Inhalte, um nicht sinnlos zu erscheinen. Langweilige Vorträge waren in der Musikwelt verpönt, wo es als hip galt, sich selbst nicht allzu ernst zu nehmen. Aber wenn sich schon jemand die Mühe machen würde, ihrem Vortrag zuzuhören, sollte er auch ein paar Inhalte mitnehmen können. Soviel zur Theorie, ob sie das geschafft hatte umzusetzen, würde sich am nächsten Tag zeigen. Sie hoffte nur, sie würde nicht zu aufgeregt sein. Der Vortrag sollte nämlich auf Englisch sein, und in dieser Sprache fühlte sie sich nicht zu hundert Prozent sicher. Sie würde ihn zwar ganz gut über die Bühne bringen, war sich aber nicht sicher, ob sie auf Fragen auch komplett verständlich antworten konnte. Und wenn sie aufgeregt war, wirkte sich das irgendwie immer auf ihr Sprachzentrum aus. Dann verhaspelte sie sich oder vergaß Wörter. Und das konnte wirklich katastrophal enden.

***

Das Ende ihrer Präsentation gefiel ihr noch nicht und sie wollte es noch einmal überarbeiten. Sie versuchte sich zu konzentrieren, aber immer wieder schwirrten ihre Gedanken um Alex, James und ihre Begegnung mit Lilly heute. Vor allem Alex und Lilly zusammen zu sehen, hatte sie ganz schön aus dem Konzept gebracht. Und er hatte nichts geahnt. Dabei war sich Sarah sicher, dass man eine Ähnlichkeit zwischen beiden auf den ersten Blick bemerken musste.

Sarah holte sich etwas zu trinken, setzte sich für einen Moment mit geschlossenen Augen hin und versuchte, jeden Gedanken an Alex oder James für den Moment zu verdrängen und nur an ihre Präsentation zu denken. Sie brauchte diese Vorbereitungszeit unbedingt, sonst würde morgen alles in die Hose gehen.

Einmal tief durchatmen und dann schaute sie wieder auf ihre Abschlussfolie. Doch ihr wollte einfach keine gute Idee für das Ende kommen. Also entschied sie, einen Probedurchlauf zu machen. Sie stellte auf Präsentationsmodus, stellte sich hin und fing an, zu erzählen. Sie kam sich etwas komisch dabei vor, hier so allein im Wohnzimmer zu stehen und auf Englisch über Eventmanagement zu erzählen. Hoffentlich hörte Mira sie nicht. Da ihre Gedanken schon wieder abdriften, kam sie ins Stocken. Also riss sie sich wieder zusammen, fokussierte sich auf das, was sie sagen wollte und schaffte es diesmal, bis zum Ende zu kommen, ohne zwischendurch wieder gedanklich abzuschweifen. Danach war sie so geschafft, dass sie mit Sicherheit keinen zweiten Probelauf mehr wollte. Und ein gutes Ende war ihr immer noch nicht eingefallen.

„So wird das heute nichts mehr", sagte sie laut zu sich selbst. Dann speicherte sie die letzte Version ab, klappte den Laptop zu und setzte sich auf ihre geliebte Couch. Ein kurzer Blick in die Fernsehzeitung zeigte ihr, dass sie nichts verpasst hatte, also nahm sie sich das Buch, in dem sie in letzter Zeit ab und zu gelesen hatte und legte sich damit gemütlich hin.

***

Am nächsten Morgen war Sarah zeitig wach. Sie hatte einen Alptraum gehabt, in dem sie ihre Präsentation zu Hause vergessen hatte. Also packte sie noch bevor sie sich auf den Weg ins Bad machte, ihren Laptop ein und stellte die Tasche an die Haustür. Dann ging sie Lilly wecken. Die Kleine musste gleich in den Kindergarten. Und wenn Sarah schon mal so zeitig wach war, wollte sie den Morgen auch mit ihrer Tochter verbringen.

Als Mira sah, dass Sarah schon auf dem Weg zu Lillys Zimmer war, verzog sie sich in die Küche, um Frühstück zu machen. Auch eine Eigenschaft, die Mira ausmachte und die Sarah so an ihr schätzen gelernt hatte: sie vermochte sich diskret zurückzuziehen, wenn Sarah und Lilly Zeit für sich haben wollten, aber sie war immer da, wenn sie gebraucht wurde.

Lilly freute sich sehr, als erstes ihre Mutter zu sehen. Beide kuschelten noch kurz in Lillys Bett, dann scheuchte Sarah ihre Tochter ins Bad zum Zähneputzen. Lilly liebte es, mit Sarah um die Wette Zähne zu putzen. Wer länger brauchte, hatte gewonnen und durfte sich vom anderen einen Gefallen aussuchen. Natürlich ließ Sarah Lilly immer gewinnen und tat dann so, als würde sie sich total ärgern, dass sie es wieder nicht geschafft hatte, so lange zu putzen wie Lilly. Und Lilly wünschte sich fast jedes Mal, dass Sarah ihr als Belohnung ein Kapitel aus ihrem Lieblingsbuch vorlas, während Lilly sich anzog. Also saß Sarah an diesem Morgen im Schlafanzug auf dem Bett und las aus *Jenny, die Ponyflüsterin* vor, während das Mädchen vor ihrem Schrank stand und sich einen passenden Pullover zu ihren Jeans aussuchte. Als das Kapitel geschafft war, ging Lilly nach unten, um zu frühstücken, während Sarah sich anzog. Mira würde Lilly gleich nach dem Frühstück zum Kindergarten schaffen. Sarah hatte noch etwas Zeit, bevor sie zur Arbeit musste, also würde sie nachher in Ruhe frühstücken und dabei mal wieder Zeitung lesen.

Als sie die Treppe hinunter kam, hörte sie ihre Tochter unten aufgeregt schnattern. Die Kleine erzählte Mira davon, dass sie James Hartfield getroffen hatte und dass dieser zusammen mit ihr eine Akrobatiknummer im Zirkusprojekt aufgeführt hatte. Mira war nur milde interessiert, also nahm Sarah an, dass Lilly dieselbe Geschichte schon am Vortag erzählt haben musste. Normalerweise interessierte sich Mira nämlich sehr für die Welt, in der Sarah arbeitete. Manchmal hatte Sarah das Gefühl, dass Mira nur deshalb bei ihr angefangen hatte, weil sie sich so eine Gelegenheit erhoffte, selbst einmal auf den einen oder anderen Star zu treffen. Mira war eben auch noch ein junges Mädchen, das von ihrem Prinz Charming träumte. Und James Hartfield war mit Sicherheit genau die Sorte Traumprinz, die Mira gefallen könnte. Sie teilte Lillys Schwärmerei für den Sänger.

***

Als Sarah später im Hotel ankam, hatte sie keine Zeit mehr, an die Begegnungen gestern zu denken. Zu viel Chaos erwartete sie dort. Sie hoffte nur, dass sie später noch etwas Zeit für einen Probedurchlauf ihrer Präsentation direkt im Konferenzsaal hatte, wo sie auch den Vortrag halten sollte. Doch daran war im Moment nicht zu denken. Julia, ihre erste Assistentin, war den Tränen nahe. Jeder wollte etwas von ihr und sie brachte nichts zu Ende, weil sie immer, wenn sie auf dem Weg war, einen Auftrag zu erfüllen, von irgendwem aufgehalten wurde und einen neuen, natürlich noch wichtigeren Auftrag bekam. Sarah musste sich kurz mit ihr in die Lounge setzen und sie beruhigen.

„Am besten, du machst immer erst mal einen Auftrag fertig, bevor du mit dem nächsten beginnst, egal was die anderen von dir wollen und wie wichtig das angeblich ist."

Julia nickte unter Schluchzern. „Auch wenn du kommst und einen neuen Auftrag für mich hast?"

Sarah musste schmunzeln. Sie wusste, dass sie mitunter selbst schuld an solchen Problemen war.

Als die Tränen bei Julia getrocknet waren, kam als nächstes Bernhard völlig aufgelöst zu Sarah und beschwerte sich über eine Band, die das Hotelzimmer völlig in Schutt und Asche gelegt hatten und jetzt keine Verantwortung dafür übernehmen wollte. Sarah versprach, sich darum zu kümmern. Sie wusste zwar auch noch nicht, was sie tun sollte, doch zumindest musste sie mal in Erfahrung bringen, um wen es sich handelte. Mit Schrecken stellte sie fest, dass Bernhard sie hoch zu den Suiten brachte. Dort oben waren die Jungs von *Sakrileg*. Sie hoffte, dass nicht sie es waren.

***

Sie hatte Glück, es handelte sich um eine Heavy-Metal-Band, die nur ein paar Zimmer weiter logierten. Seit sie ein paar Balladen rausgebracht hatten, war ihr Erfolg sprunghaft angestiegen. Als Sarah sich die Bescherung ansah, war ihr gleich klar, was los war. Die Bandmitglieder waren noch sehr jung und hatten jetzt wohl Angst um ihren Ruf als harte Jungs. Deshalb hatten sie sich mit Tequila und teurem Whisky die Kante gegeben und waren anscheinend in Streit geraten. Soweit kein Problem, aber nun wollten sie die Verantwortung für das Chaos nicht übernehmen.

„Hey Jungs, das hier kann ja wohl nicht euer Ernst sein, oder?" Sarah stieg vorsichtig über zerbrochene Gläser und umgefallene Stühle. Zwei der drei anwesenden jungen Männer saßen auf der Couch in der Mitte der Suite, der dritte stand vor der Minibar und kühlte sich mit einer Flasche die Stirn. Sein rechtes Auge war ganz zugeschwollen und Sarah glaubte auch, Blut zu erkennen. Den vierten im Bunde konnte sie nirgends sehen, doch dann drangen eindeutige Geräusche aus dem Badezimmer. Aha, er war also damit beschäftigt, all den Alkohol wieder aus seinem Körper zu bekommen. Gut so!

Sarah hob ein abgebrochenes Tischbein hoch und funkelte die beiden auf der Couch böse an. „Es ist ja wohl klar, dass ihr für den entstandenen Schaden aufkommen müsst!"

Jetzt kam Leben in die Band. Beinahe synchron standen beide auf und kamen auf Sarah zu. Obwohl sie stark schwankten, bekam sie es plötzlich mit der Angst zu tun.

Der Größere von beiden starrte ihr direkt in die Augen. „Kannste vergessen, Mädel!", höhnte er.

Jetzt lachte auch der Kleinere boshaft. „Aber ich habe eine andere Idee, was wir machen könnten!" Mit seinen abgeschorenen Haaren und den vielen Tattoos sah er zum Fürchten aus.

Sarah machte ein paar schnelle Schritte rückwärts, stolperte jedoch über irgendetwas am Boden und konnte sich gerade noch an der Wand abstützen. Der Tätowierte kam ihr mit großen Schritten nach. Ihm schien es nichts auszumachen, dass er in Scherben trat.

Angstschweiß ließ Sarahs Handflächen feucht werden, ihr Herz schlug heftig. Sie hatte keine Chance gegen die betrunkenen Männer, das war ihr klar.

Doch in diesem Moment hörte sie direkt hinter sich eine befehlsgewohnte Stimme.

„Jungs, ihr wollt doch wohl nicht eine Lady angreifen? Was ist denn das für ein Verhalten?" James war unbemerkt aufgetaucht. Trotz der brenzligen Situation kam Sarah nicht umhin, sich kurz zu wundern, was er hier oben zu suchen hatte. Lange konnte sie aber nicht darüber nachdenken. Der Tätowierte, der sie eben noch bedroht hatte, ging stattdessen jetzt auf James los.

„Hey, Alter, was willst du hier? Misch dich nicht ein!", zischte er böse.

„Ja, sonst siehst du schlimmer aus als das Zimmer hier." Die anderen beiden grölten vor Lachen. James ließ sich nicht einschüchtern, doch das schien sie nur noch mehr zu provozieren.

Sarah wusste nicht, was sie tun sollte. Sie hatte schon alle möglichen Schreckensszenarien vor Augen. Warum musste sie auch allein versuchen, das zu regeln? Jetzt hatte James ein Problem, weil er ihr helfen wollte. Sie hätte die Security alarmieren sollen.

Das wollte sie jetzt nachholen, aber mittlerweile waren auch andere auf den Lärm aufmerksam geworden. Die Jungs von *Sakrileg* kamen in das Zimmer gestürmt. Sie versuchten es gar nicht erst mit Diskussion, sondern rangen die betrunkenen Halbstarken gleich nieder. Sarah war schockiert, mit welcher Kaltblütigkeit Alex und seine Jungs die anderen mit Gewalt in die Ecke drängten.

„Haltet bloß still, Jungs! Niemand will hier Ärger haben. Und ihr schon gar nicht. Es ist mit Sicherheit nicht gut für euer Image, wenn ihr euch im Hotel mit Mädchen und Schmusesängern prügelt."

Der kleine Seitenhieb auf James entlockte diesem sogar ein Schmunzeln.

So schnell wie Alex und seine Kollegen aufgetaucht waren, verließen sie das Zimmer auch schon wieder.

James klopfte Alex beim Rausgehen auf die Schultern und bedankte sich. Auch Sarah wollte sich bedanken, doch dazu hatte sie keine Chance mehr, denn Alex und die Band waren schon wieder in ihrer Suite verschwunden.

Die Jungs von der Heavy-Metal-Band waren mit einem Mal handzahm. Sie versicherten Sarah, dass sie für den entstandenen Schaden aufkommen würden. Noch immer etwas mitgenommen von den Ereignissen war Sarah etwas wackelig auf den Beinen, aber sie straffte sich und wandte sich zum Gehen. Dann bedankte sie sich noch artig bei James für sein Eingreifen.

„Keine Ursache. Du kannst dich jederzeit revanchieren, wenn du endlich dein Versprechen einlöst und mit mir essen gehst. Vielleicht heute Abend? Einer der Kellner hat mir einen guten Tipp gegeben, wohin man hier eine schöne Frau ausführen kann." Dabei grinste er so schelmisch, dass Sarah auch lachen musste. Ihre Anspannung löste sich. Irgendwann musste sie ja ihr Versprechen einlösen und da war heute eine genauso gute Gelegenheit wie jeder andere Tag. Also sagte sie zu. Sie würde nach ihrer Präsentation sowieso etwas Ablenkung brauchen, um nicht die ganze Zeit über ihre Patzer nachzudenken.

Sie verabredeten sich für acht Uhr an der Rezeption. Also würde sie wie so oft nicht rechtzeitig zu Hause sein um Lilly ins Bett zu bringen. Aber eigentlich hatte sie sowieso nicht damit gerechnet. Das würde sie wohl erst wieder schaffen, wenn die Musikmesse vorbei war.

6. Kapitel

Der Rest des Tages ging einigermaßen gesittet vonstatten. Gegen Mittag kam Sarah sogar dazu, ihre Präsentation zu üben. Es war schon etwas ganz anderes, es hier im Konferenzsaal zu tun und sich vorzustellen, dass der Raum voller Leute war. Heute schaffte sie es spielend, sich zu konzentrieren. Sie brachte den Vortrag ohne Holpern zu Ende. Nur einen vernünftigen Abschluss hatte sie noch immer nicht gefunden. Notfalls würde sie halt die üblichen Dankesworte verwenden, auch wenn das mehr als langweilig war.

Kaum hatte sie die letzten Worte gesprochen, hörte sie jemanden laut klatschen. Sie hatte kurz Schwierigkeiten zu erkennen, woher das Klatschen kam. Dann sah sie die Silhouette eines großen Mannes, der in der Tür stand, das helle Licht von außen im Rücken. Doch Sarah erkannte die verwuschelten Haare sofort.

„Alex, was machst du denn hier?"

Er kam die Treppe zu ihr herunter. Bis gerade eben war Sarah sich ihrer Sache ziemlich sicher gewesen, doch plötzlich wurde sie wieder unsicher. Sie hatte gedacht, dass ihr niemand zugesehen hätte und sich deshalb nicht ständig darüber Gedanken gemacht, dass sie irgendetwas falsch machen könnte. Doch nun, als ihr klar wurde, dass Alex zumindest einen Teil ihrer Präsentation gesehen hatte, überlegte sie sich unwillkürlich, ob sie vielleicht irgendwie lächerlich gewirkt hatte. War sein Applaus ironisch gemeint? Sie versuchte, alles herunterzuspielen.

„Na, hast du alles gesehen? Wie schlecht war ich?"

Alex wirkte etwas irritiert. „Warum? Du warst doch super!" Sarah lachte etwas schrill auf. Jetzt hatte sie die Nervosität endgültig gepackt. Ihre Stimme zitterte sogar leicht, als sie antwortete: „Vielleicht war es jetzt gut, aber nachher, wenn die Zuschauer da sind, kann ich vor Nervosität nicht mehr sprechen." Es war ihr etwas peinlich, dass sie das vor Alex zugegeben hatte. Doch er fand es offenbar nicht komisch, denn er nahm ihre Hand und meinte nur: „Komm, dagegen weiß ich was!"

Es fühlte sich gut an, Hand in Hand mit Alex durch die Gänge zu gehen. Er führte sie direkt zum Aufzug. Dort ließ er sie leider los. Sarahs Haut brannte an der Stelle, an der er sie berührt hatte. Er fuhr mit ihr hoch in seine Suite. Kurz dachte sie, sie wären allein, doch dann hörte sie Rick, den Gitarristen, wie er auf der Couch auf seiner Gitarre klimperte. Aus dem Badezimmer kam Mika, der Schlagzeuger, dieser verschwand aber nach einem kurzen Gruß an Alex und Sarah in einem der Schlafzimmer. Alex bot ihr einen Stuhl an der kleinen Bar an, die sich in jeder Suite befand. Dann schenkte er ihr einen Wodka ein. Für sich selbst füllte er auch ein Glas.

„Das hilft immer gegen Nervosität. Mir jedenfalls."

Sarah konnte sich nicht vorstellen, dass auch Alex manchmal nervös war und das sagte sie ihm auch. Doch er versicherte ihr, dass er eigentlich immer nervös war, wenn irgendein größeres Ereignis bevorstand.

„Ja, und dann bringt er uns alle um den Verstand mit seiner Hysterie. Ständig malt er sich aus, was alles schiefgehen kann. Aber der Wodka hilft!" Rick kicherte bei diesen Worten vor sich hin, dennoch war Sarah schon etwas überzeugter von Alex' Wundermittel.

Während sie das scharfe Zeug in sich hineinkippte, sprach Alex weiter. „Weißt du, ich mache Musik, die ich mag, singe Songs, die ich selbst geschrieben habe und die mein Leben und meine Gefühle widerspiegeln. Jede Kritik trifft also mich persönlich, so gut sie auch gemeint sein mag. Das kann schon sehr verletzend sein und wehtun. Wenn ich also nicht völlig überzeugt von dem wäre, was ich tue, hätte ich schon lange aufgegeben. Der Wodka macht mich lockerer, aber die eigentliche Wunderwaffe ist meine Überzeugung, dass ich das, was ich tue gern mache und auch genießen kann. Und dass ich mich selbst nicht so ernst nehme."

Dann füllte er ihr Glas noch einmal nach und sah ihr in die Augen. „Machst du das, was du tust aus Überzeugung?"

Sie nickte etwas benommen.

„Und hast du schon etwas darin erreicht?"

Sie musste kurz überlegen. Aber dann fielen ihr gleich mehrere Dinge ein. Sie hatte sich selbstständig gemacht und verdiente genug für sich und drei Angestellte. Das war auf jeden Fall ein großer Erfolg. Also nickte sie wieder.

„Dann versuche dich und das was du da tun willst, nicht so schrecklich ernst zu nehmen, dann läuft alles wie von selbst, du wirst sehen."

Sarah musste einmal tief Luft holen. Sie fand es unheimlich nett von Alex, dass er ihr so half. Nett und ... irgendetwas anderes, was sie nicht benennen konnte. Sie fühlte sich wirklich schon viel besser und war sich nun sicher, die Präsentation, die in zwei Stunden stattfinden sollte, gut zu meistern. Sie wollte wieder gehen, doch Alex überraschte sie mit einer Frage.

„Gehst du mit mir aus, wenn nachher alles vorbei ist?"

Sarah war sprachlos. Er wollte wirklich mit ihr ausgehen? Heute Abend? Warum wollten alle ausgerechnet heute Abend mit ihr ausgehen? Sie hätte gern angenommen, doch sie hatte ja schon James zugesagt. Das wollte sie wiederum Alex nicht erzählen. Außerdem war sie nicht sicher, ob es eine gute Idee war, mit Alex auszugehen. Er hatte nach wie vor eine besondere Wirkung auf sie.

„Tut mir leid. Ich kann nicht."

Er wirkte ehrlich verletzt, als er fragte: „Du kannst nicht oder willst nicht?"

Sarah zögerte. „Ich halte es einfach für keine gute Idee." Sie wusste nicht, was sie noch sagen sollte. Also wandte sie sich zum Gehen. „Vielen Dank für alles! Auch vorhin, als du und deine Band oben bei den Randalierern eingegriffen habt."

Er zuckte nur mit den Schultern. Da er keinerlei Anstalten machte, sie zurückzuhalten, verließ sie schnell den Raum. Sie hatte die Tür schon fast hinter sich zugezogen, als sie ihn hörte: „Hey!" Sie steckte noch einmal den Kopf durch die Tür.

„Was?"

„Ich gebe nie auf, okay?"

Sie musste lächeln und zog dann endgültig die Tür zu. Dieser letzte Satz verursachte ihr solch eine unverschämt gute Laune, dass sie über sich selbst lachen musste.

***

Bis zu ihrer Präsentation war noch einiges zu erledigen. Im Moment fanden viele Interviews statt. Die Reporter mussten zu den Räumen gebracht und mit zusätzlichen Informationen sowie Promotionsmaterial der Künstler versorgt werden. Die Zeit verrann dermaßen, dass Sarah erschrocken war, als Bernhard sie darum bat, langsam in den Konferenzraum zu kommen, da die Zuschauer bereits warten würden. So hatte sie das nicht geplant. Sie wollte sich eigentlich vor Beginn ihrer Präsentation noch ein paar Minuten Zeit nehmen, um sich noch einmal hübsch zu machen und sich vor allem all die Ratschläge von Alex noch einmal ins Gedächtnis zu rufen, die ihr helfen sollten, die Präsentation gut zu überstehen. Und jetzt war es schon so spät, dass sie gerade noch Zeit hatte, ihre Haare zu kämmen, dann musste sie schon in den Konferenzsaal eilen. Ihre Präsentation hätte Punkt achtzehn Uhr beginnen sollen, jetzt war es bereits fünf nach.

Als sie den Saal betrat, war sie noch einmal erschrocken. Er war ziemlich gut besetzt. Viel voller, als es für ihre Nervosität gut war. Sie ging nach vorn und während sie die Reihen entlangschritt, sagte sie sich selbst immer wieder, dass sie das gut machen würde, weil sie das, was sie tat gern machte und davon überzeugt war. Sie wollte genießen, dass sie die Gelegenheit haben würde, ihre Arbeit und ihren Traum vor so vielen Leuten vorzustellen. Also ermahnte sie sich noch einmal, nicht aus Versehen die Arme zu verschränken und nicht so viel herumzuzappeln.

Sie suchte sich einen sicheren Stand, nahm den Laserpointer und steckte den Daumen der anderen Hand in ihre Hosentasche. Kurz ließ sie die Situation auf sich wirken. Sie konnte im Publikum niemanden erkennen, da sie von einem Scheinwerfer geblendet war. Aber das war gar nicht schlecht so. Dann begrüßte sie ihre Zuhörer und fing an, darüber zu erzählen, wie sie im Rahmen eines Studienpraktikums zum Eventmanagement gekommen und warum sie dabei geblieben war. Der Anfang war vielleicht noch nicht so richtig flüssig, doch mit der Zeit wurde sie immer lockerer und spürte auch, dass sie ihr Publikum mitnahm. Sie lachten an den richtigen Stellen, das war immer ein gutes Zeichen. Der Vortrag ging ihr viel leichter von der Hand, als erwartet. Zuletzt improvisierte sie sogar, so dass ihr auch das Ende, was ihr bis zum Schluss Sorgen gemacht hatte, gut gelang.

Die Menge applaudierte und Sarah strahlte. Sie war so froh, so erleichtert! Sie fühlte sich, als ob sie die ganze Welt umarmen könnte. Sie musste während der Fragerunde die ganze Zeit grinsen. Und auch, als sie sich später für ihr Abendessen mit James Hartfield fertig machte, konnte sie das Grinsen nicht aus dem Gesicht bekommen. Sie war also außergewöhnlich guter Laune, als sie ihn an der Rezeption traf. Sie konnte herzhaft über sich selbst lachen, als sie es einfach nicht schaffen wollte, ihre Jacke anzuziehen. Schließlich half James ihr und legte dann den Arm um ihre Schultern. So gingen sie hinaus.

Als sie durch die Drehtür traten, blickte Sarah kurz zurück. Sie dachte, sie hätte Alex gesehen. Und wirklich, er stand an der Lobby-Bar mit ein paar Leuten und einem Kamerateam und gab offensichtlich ein Interview. Hatte er sie gesehen? Sie wusste es nicht.

James wollte ein Taxi rufen, doch sie hielt ihn zurück und bestand darauf, zu laufen. Das Wetter war schön und es war nicht weit zu dem Italiener, zu dem sie gehen wollten.

Nach ein paar Schritten bereute sie diese Entscheidung jedoch schon wieder. Alle paar Schritte wurden sie aufgehalten und James musste Autogramme geben und mit fremden Leuten auf Fotos posieren. Auf diese Weise brauchten sie fast eine halbe Stunde für ein paar hundert Meter Weg. Als sie endlich glücklich an ihrem Tisch beim Italiener waren, fragte Sarah James ob das immer so wäre. Er grinste sie an. „Nein, eigentlich nie. Ich laufe nur nicht gern."

Sarah war kurz irritiert, dann verstand sie, dass er einen Witz gemacht hatte und musste lachen. Blöde Frage, James Hartfield war einer der gefragtesten Künstler zurzeit und das weltweit. Sie bestellten sich einen guten Weißwein, ein paar Muscheln als Vorspeise und dann Pasta. Sarah war immer noch bester Laune und unterhielt sich prächtig. James brachte sie mit Anekdoten aus seinem Leben zum Lachen und fragte sie nach ihrem Job und vor allem danach, wie sie Arbeit und ihre Tochter unter einen Hut brachte.

„Lillys Vater kümmert sich wohl gar nicht um seine Tochter?" Sarah war überrascht über diese Frage und nickte nur.

„So ein Mistkerl. Hat seinen Spaß, will dann aber nicht die Verantwortung tragen." James' Stimme war sein Ärger anzuhören.

Sarah hatte spontan das Bedürfnis, Alex zu verteidigen, doch sie wusste nicht wie, ohne zu viel zu verraten. Also wechselte sie schnell das Thema und fragte James nach seiner Amerika-Tour aus, die er ja wegen ihr unterbrochen hatte.

***

Als sie einige Zeit später das Restaurant verließen, bestand Sarah nicht mehr darauf, zu laufen. Also ließen sie sich die kurze Wegstrecke im Taxi chauffieren. James wollte sie eigentlich bis nach Hause bringen, aber da Sarah noch ihr Auto in der Tiefgarage des Hotels stehen hatte und am nächsten Tag ja auch wieder zur Arbeit kommen musste, war es besser, dass sie mit zum Hotel zurückfuhr. Sie begleitete James noch bis zu seinem Zimmer, da er ihr eine signierte Ausgabe seines neuesten Albums für Lilly versprochen hatte. Sie blieb vor seiner Tür stehen, während er es kurz von drinnen holte und signierte. Statt es ihr dann gleich auszuhändigen, hielt er das Album hinter seinem Rücken.

„Du schuldest mir einen Kuss."

Sarah musste lächeln. Sie fühlte sich geehrt, dass jemand wie James, ein absoluter Traummann, sie praktisch um einen Kuss anbettelte. Und er hatte sich diesen wirklich verdient. Er war absolut zuvorkommend und höflich gewesen, hatte sie gut unterhalten und in keiner Weise bedrängt. Schon allein dafür konnte sie sich mit einem kleinen Kuss revanchieren. Außerdem reizte es sie auszuprobieren, was sie bei einem Kuss mit James fühlen würde. Sie hatte schon lange niemanden mehr geküsst.

Also stellte sie sich auf die Zehenspitzen und gab ihm einen Kuss auf den Mund. Er hielt sie mit einer Hand am Rücken fest und sie spürte, wie er die Lippen öffnete und mit seiner Zunge ihre Lippen umspielte. Sie erwiderte den Kuss, musste aber feststellen, dass sie nichts spürte. Also schob sie ihn nach kurzer Zeit wieder sanft von sich und sagte: „Gute Nacht."

Er wirkte etwas enttäuscht, sagte ihr dann aber auch gute Nacht und drückte ihr noch die CD in die Hände. Sie drehte sich um, lächelte ihm über die Schulter noch einmal zu und ging den Gang entlang in Richtung Rezeption.

***

Alex saß dort noch immer an der Lobby-Bar. Sie hatte ihn zwar nicht gesehen, als sie vorhin angekommen waren, aber sie hatte auch nicht wirklich darauf geachtet. Als er sie sah, stand er auf und kam auf sie zu. Er schwankte ziemlich stark, es war also mit Sicherheit nicht die erste Flasche Bier, die er in den Händen hielt. Er war allein, wer wusste schon, wie lange er schon da gesessen hatte. Als er ganz nah vor ihr stehen blieb und sie zu ihm aufblicken musste, er war immerhin mehr als einen Kopf größer als sie, sah sie eine unerwartete Wut in seinen Augen, die ihr kurz Angst machte. Seine nächsten Worte ließen ihr Unbehagen noch wachsen.

„Küsst du alle Männer so freizügig?"

Hatte er den Kuss gerade eben gesehen?

„Das würde ich gern auch mal ausprobieren." Mit diesen Worten fasste er sie mit seiner freien Hand unter ihr Kinn, zog sie zu sich heran und küsste sie. Man konnte den Kuss nicht gerade liebevoll nennen und

Sarah hatte keine Chance, sich zu wehren. Sie war sich jedoch auch nicht sicher, ob sie sich gewehrt hätte, denn im Gegensatz zu dem Kuss vorher von James, verursachte dieser Kuss von Alex ein Feuer in ihrem Inneren, an dem sie fast verbrannte.

Nach einer Weile nahm sie alle Kraft zusammen und schubste ihn von sich. Dann gab sie ihm eine schallende Ohrfeige. Sie sah sich schnell um, ob es unerwünschte Zuschauer gegeben hatte, doch außer dem Barmann war niemand zu sehen. Und Toni würde sich zu diesem Vorfall nie mehr äußern. Sein Motto war: Misch dich niemals in die Angelegenheiten anderer ein. Ein perfekter Mann für die Bar.

Überrascht hielt Alex sich seine Wange und setzte sich auf eines der Sofas. Wie er da so saß und sie von unten her ansah, wirkte er sehr verletzlich.

Sarah legte ihm die Hand auf die Schulter. „Komm Alex, geh in dein Zimmer und schlaf dich mal richtig aus, du bist ganz schön betrunken."

„Nur wenn du mitkommst." Er grinste schief.

Sarah wusste genau, was Alex meinte, doch sie sah auch die Chance, ihn möglichst ohne großes Aufsehen nach oben zu bekommen. Dort hoffte sie, dass einer seiner Bandkollegen da war und ihr half. Notfalls würde sie auch allein mit ihm klarkommen. Also streckte sie ihm die Hand hin, um ihm aufzuhelfen. Er nahm sie, hievte sich aber allein und ziemlich elegant für seinen Zustand aus dem Sofa. Allerdings ließ er ihre Hand nicht mehr los. Also ging sie notgedrungen händchenhaltend mit ihm zum Aufzug und hoffte die ganze Zeit, dass sie niemand gesehen hatte. Erst ein Kuss mit James Hartfield, dann mit Alex und jetzt ging sie händchenhaltend mit ihm nach oben. Ein gefundenes Fressen für die Presse.

Oben suchte Alex eine ganze Weile nach seinem Schlüssel. Erschwert wurde das, weil er sich noch immer weigerte, ihre Hand loszulassen und so musste er mit der rechten Hand auch in seiner linken Tasche kramen. Schließlich zog er das kleine Schlüsselkärtchen hervor und konnte die Tür öffnen. Zu Sarahs Leidwesen war die Suite wie ausgestorben. Wo waren die anderen nur? Nun musste sie allein mit einem betrunkenen und zu allem entschlossenen Alex fertig werden. Aber gut, würde sie das eben hier und jetzt klarstellen. Und besser machte sie das in seiner Suite als irgendwo unten in der Öffentlichkeit.

Sie baute sich vor ihm auf und schimpfte mit erhobenem Zeigefinger: „Alex, ich finde dein Verhalten gerade ziemlich unhöflich und unpassend!"

Er unterbrach sie, indem er ihren Finger umschloss und nach unten drückte.

„Können wir das später besprechen? Mir ist jetzt eher nach ein bisschen Spaß."

„Spaß?", fragte sie fast schon hysterisch. „Und was genau verstehst du darunter?" Schon während sie die Frage stellte, war Sarah die Antwort klar. Er antwortete trotzdem.

„Na, was man so darunter versteht. Wir küssen uns, dann reißen wir uns die Kleider vom Leib und dann treiben wir es wie wild miteinander." Sarah schnappte empört nach Luft.

„Du glaubst ernsthaft, ich würde jetzt mit dir ins Bett springen?"

„Also meinetwegen muss es nicht das Bett sein. Das Sofa ist auch sehr bequem und auf dem Boden macht es bestimmt auch Spaß." Er sah sich ein bisschen um. „Und diese Kommode dahinten, könnte doch auch ganz interessant sein, meinst du nicht?" Dazu machte er ein paar eindeutige Bewegungen. Sarah konnte vor ihrem inneren Auge sehen, wie sie genau das machten, wovon er gerade redete. Unwillkürlich wurde ihr heiß. Sie wollte all das mit Alex machen. Das war ihr klar. Aber nicht so. Nicht hier und jetzt und in seinem Zustand. Nicht, wo er so wütend auf sie war. Glücklicherweise hatte er sie jetzt losgelassen. Sie wandte sich zum Gehen, bevor sie noch schwach wurde und es sich anders überlegte.

„Ich gehe jetzt nach Hause. Schlaf dich aus, dann reden wir vielleicht morgen, wenn du wieder klar denken kannst."

Währenddessen ging sie betont langsam in Richtung Tür. Es sollte auf keinen Fall wirken als würde sie flüchten. Sie war innerlich sehr angespannt. Doch Alex machte gar keine Anstalten, sie zurückzuhalten. Er blieb mitten im Raum stehen, so dass sie schon dachte, unbehelligt gehen zu können. Doch im letzten Moment zischte er ihr voller Wut zu: „Gehst du jetzt wieder zu Hartfield ins Bett? Er kann es dir anscheinend besser besorgen als ich!"

Sarah war geschockt. Ihr traten vor Überraschung, Wut und vor Scham die Tränen in die Augen. Jetzt war es ihr egal, sie rannte aus dem Zimmer und schlug die Tür hinter sich zu. Sie hetzte am Aufzug vorbei und die Treppe hinunter. Sie konnte jetzt nicht auf den Fahrstuhl warten, sie wollte nur noch weg von Alex und seinen ekelhaften Anschuldigungen. Sie rannte die ganzen fünf Etagen bis in die Tiefgarage hinunter.

Bei ihrem Auto musste sie kurz nach dem Schlüssel in der Handtasche suchen, aber als sie ihn endlich gefunden hatte und aufschließen konnte, setzte sie sich hinter das Lenkrad, riegelte sich ein und drehte das Radio voll auf. Dann erst ließ sie ihren Tränen freien Lauf. Sie heulte und schluchzte und es wollte gar nicht mehr aufhören. All die Anspannung des Tages, all die guten und schlechten Momente, sie alle brachen aus ihr heraus.

Als die Tränen nach langer Zeit endlich versiegten, hatten sie einem Gefühl der Taubheit Platz gemacht. Sie fühlte nun gar nichts mehr. Langsam drehte sie den Schlüssel herum und fuhr aus der Garage nach Hause. Sie war nur froh, dass sie Alex nichts von Lilly erzählt hatte. So jemand wie er hatte ihre kleine Tochter gar nicht verdient. Sie würde die nächsten Tage irgendwie überstehen und dann hoffentlich nie wieder etwas von Alex hören.

7. Kapitel

Am nächsten Morgen spielte Sarah kurz mit dem Gedanken, sich krankzumelden. Sie fühlte sich so müde und ausgelaugt. Aber das war das Problem an der Selbstständigkeit, sie konnte nicht einfach bei so einem wichtigen Termin wie der *World of Music* krank werden. Wer sollte ihre Arbeit machen?

Also quälte sie sich aus dem Bett und versuchte, die Ringe unter ihren Augen mit Schminke zu überdecken. Als sie in Richtung Hotel fuhr, fühlte sie sich einer erneuten Begegnung mit Alex schon fast wieder gewachsen. Aber sie wollte ihm so gut es ging aus dem Weg gehen. Das sollte an diesem Tag kein allzu großes Problem darstellen. Soweit sie wusste, hatte er einen vollgestopften Terminkalender. Und sie auch.

Im Hotel wurde sie von vielen Leuten zu ihrer Präsentation am Vortag beglückwünscht. Sie war erstaunt über so viele positive Reaktionen. Anscheinend war die halbe Hotelbelegschaft da gewesen.

Als sie später James traf, sie sollte mit ihm zusammen zu einem kleinen Musikgeschäft in der Innenstadt fahren, bei dem er einen kleinen, kurzfristig geplanten Sonderauftritt hatte, legte er sofort den Arm um sie. Sie fand diese Vertraulichkeit etwas fehl am Platz, doch dann erinnerte sie sich an den Kuss am Abend zuvor und was er denken musste. Es war ihr unangenehm, dass sie ihn vielleicht zu etwas ermutigt hatte, was sie gar nicht wollte. Sie wollte Lilly auf keinen Fall schaden. Nein, verbesserte sie sich selbst. Lilly würde sich vermutlich eher freuen. Eigentlich wollte sie nicht, dass Alex etwas Falsches dachte.

Ausgerechnet, schalt sie sich selbst. Als ob Alex nicht sowieso schon nur das Schlimmste von ihr annahm. Und warum war ihr das überhaupt so wichtig? Wenn sie dagegen James betrachtete ... Obwohl er sie offensichtlich interessant fand, machte er nie etwas, was ihr nicht gefiel oder wozu sie nicht bereit war. Sie konnte sich bei ihm wirklich sicher fühlen. Er war zwar Musiker, passte aber überhaupt nicht in dieses Klischee der unbeständigen Beziehungen. Wann immer James nach seinem Beziehungsstand gefragt wurde, sagte er, dass er sich nur dann auf eine Frau einlassen würde, wenn er sie wirklich lieben würde. Und so lange er so jemandem nicht begegnete, genügte er sich selbst. Er sagte das meist mit einem Augenzwinkern, bei dem ihm alle Herzen zuflogen. Und soweit Sarah wusste, gab es auch nie Skandale um James. Entweder war er extrem vorsichtig, oder er lebte wirklich so, wie er es jedem erzählte.

Wäre James kein Musiker, wäre er eigentlich genau der Mann, nach dem Sarah immer gesucht hatte. Jemand Verlässliches, der sie und Lilly nicht enttäuschen würde. Vielleicht sollte sie ihm eine Chance geben. Wenn er wirklich an ihr interessiert war, konnte Sarah vielleicht endlich eine komplette Familie haben, der einzige Wunsch, den sie Lilly bisher nie erfüllen konnte. Und wenn er nur deshalb mit ihr geflirtet hatte, weil sie sich so spröde zeigte und damit eine Herausforderung darstellte, würde sie das schnell merken.

Während sie über eine mögliche Zukunft mit James nachdachte, beobachtete sie ihn, wie er sich auf seinen

Mini-Auftritt vorbereitete, mit einer Ernsthaftigkeit und viel Respekt den Leuten gegenüber, die sich um die technische Seite kümmerten. Er wurde nicht ungeduldig, als sein Mikro auch nach dem fünften Versuch nicht richtig funktionierte und hatte für jeden ein Lächeln übrig. Nebenbei gab er Autogramme an alle, die darum baten. Er schien wirklich eine Engelsgeduld zu haben. Und er fand zwischen all dem auch immer noch Zeit, Sarah immer wieder anzulächeln oder ihr zuzuzwinkern. Als er sein erstes Lied auch noch ihr widmete – „Für die schöne Frau, die heute an meiner Seite ist und dafür sorgt, dass hier alles reibungslos über die Bühne geht" – war sie schon fast davon überzeugt, sich ihm gegenüber später offener zu zeigen und sich auf alles, was passieren würde, einzulassen. Sie konnte dann immer die Notbremse ziehen, wenn sie sich doch anders entscheiden würde.

Also lächelte sie zurück, wann immer er zu ihr sah und entzog sich ihm auch später nicht, als er wieder seinen Arm um sie legte. Trotzdem war sie erleichtert, dass er das kurz darauf im Hotel nicht mehr machte. Es wäre ihr irgendwie peinlich gewesen, wenn Gerüchte über sie in Umlauf wären, noch bevor sie selbst irgendwelche Entscheidungen getroffen hatte.

Sie musste weiterarbeiten, also brachte sie ihn noch zu seinem Zimmer, um sich zu verabschieden.

„Gehen wir heute Abend noch einmal essen?"

Sie war trotz allem von dieser Frage überrascht, nickte aber nach kurzem Zögern. Die Chance, dass sie Lilly noch gesehen hätte, war sowieso verschwindend gering. Also konnte sie genauso gut heute Abend damit beginnen, James noch besser kennenzulernen und ihm vielleicht noch etwas näherzukommen. Er verabschiedete sich von ihr mit einem Kuss auf die Wange. Doch plötzlich rückte er von ihr ab und sein Blick wurde ernst. Er sah jedoch nicht sie an, sondern schaute über ihren Kopf hinweg. Sarah brauchte sich nicht umzudrehen, denn James nickte plötzlich und sagte: „Morgan". Hinter sich hörte sie Alex Stimme, die ihr sofort wieder einen Schauer über den Rücken jagte.

„Hartfield."

***

Langsam drehte Sarah sich um. Sie bemühte sich um eine ausdrucklose Miene und machte sich nicht die Mühe, Alex zu begrüßen. Sie sah ihn lediglich mit hochgezogenen Augenbrauen fragend an.

Er räusperte sich. „Sarah, kann ich dich kurz sprechen? Allein?"

Sie tat, als müsste sie überlegen. Dann drehte sie sich betont langsam wieder zu James um. Ihre nächsten Worte wählte sie sehr sorgfältig.

„Entschuldige bitte, James, die Pflicht ruft. Ich nehme dein Angebot gern an. Wir sehen uns also später. Ich freue mich."

Dann gab sie ihm noch ein Küsschen auf die Wange. James sah sie irritiert an. Ahnte er, dass sie dieses Theater für Alex inszenierte? Dann wandte sie sich wieder Alex zu und bat ihn deutlich kühler, ihr in ihr Büro zu folgen. Natürlich hätte sie auch irgendwo anders mit ihm reden können. Aber das Büro würde für eine neutrale und kühle Atmosphäre sorgen. Und was immer

Alex ihr auch zu sagen hatte, sie wollte sich und ihr Herz so gut es ging schützen.

Sie schaute nicht einmal nach, ob er ihr wirklich folgte, aber sie hatte zumindest das Gefühl, dass sie im Moment Oberwasser hatte. Sie schloss die Bürotür auf und ließ ihn dann vortreten. Kurz fühlte es sich so an, als würde sie einen renitenten Mitarbeiter zu einem ernsthaften Gespräch bitten. Doch als Alex sich auf Bernhards Schreibtischstuhl gefläzt hatte und ihr nur die Wahl ließ, sich entweder auf den Mitarbeiterstuhl gegenüber vom Schreibtisch zu setzen oder stehen zu bleiben, fühlte sie sich auf einmal wie ein Schulmädchen, das zum Rektor gerufen war. Sie entschied sich stehen zu bleiben und so uninteressiert wie möglich zu wirken. Damit war sie wohl nicht sehr erfolgreich, denn sie sah ihn kurz lächeln. Dann setzte er sich gerade hin und räusperte sich.

„Ich wollte mich entschuldigen. Ich war gestern, na ja, etwas indisponiert und habe wohl nicht die richtigen Worte gefunden."

Sarah fragte sich, ob er diese Rede wohl vorher geübt hatte, denn da Deutsch nicht seine Muttersprache war, drückte er sich normalerweise nicht so gewählt aus. Doch so leicht wollte sie ihn nicht davonkommen lassen. Sie ließ sich keine Regung anmerken und wartete einfach, ob er noch etwas sagen wollte. Ihre Reaktion schien ihn kurz aus dem Konzept zu bringen, denn er blickte kurz unsicher zu Boden. Doch gleich darauf hatte er sich wieder gefangen.

„Ich möchte dich um etwas bitten."

Jetzt hatte er ihre volle Aufmerksamkeit. Er hatte echt den Mut, sie auch noch um etwas bitten zu wollen?

Unwillkürlich schüttelte sie den Kopf. Egal was er jetzt sagen würde, sie würde auf jeden Fall ablehnen.

„Ein Radiosender von hier hat uns gebeten, dass wir heute Nachmittag spontan in deren Sendung kommen sollen. Es geht wohl um irgendeine Art Quizshow, die hier offenbar ziemlich bekannt ist. Wir hatten eigentlich vor abzusagen, denn ich habe Angst, dass wir uns blamieren. Wir haben nämlich keine Ahnung, was wir da tun sollen. Dann ist mir aber der Gedanke gekommen, dass du uns begleiten könntest und uns diese Sendung erklärst. Du wirst sie ja sicher kennen."

Sarah nickte unwillkürlich. Es gab nur einen Radiosender hier, der nachmittags eine Quizshow hatte. Diese Show hatte es zu einer gewissen Berühmtheit gebracht, denn es ging darum, dass Promis ohne große Vorwarnung eingeladen wurden und dann eine Reihe von Fragen beantworten mussten. Für jede Frage, die sie beantworten konnten, spendete der Radiosender einhundert Euro an ein Kinderheim in der Stadtmitte. Es waren schon viele berühmte Gäste da gewesen und natürlich war es immer sehr gut, wenn die Künstler viele Fragen beantworten konnten. Andererseits war es auch sehr peinlich, wenn sie eben nicht so viele Fragen beantworten konnten. Sarah hatte nicht oft Gelegenheit, diese Sendung zu hören, aber Lilly war leidenschaftlich dabei und erzählte Sarah dann oft, was passiert war.

Alex spielte seinen größten Trumpf aus: „Es wäre eine großartige Promotion für eure Musikmesse, denn natürlich würden wir davon ausführlich und sehr positiv berichten."

Das konnte sie natürlich nicht ablehnen und das wusste er auch. So eine Möglichkeit durfte sie sich nicht entgehen lassen, wenn sie sich nicht den Zorn aller Kollegen hier zuziehen wollte.

Sarah versuchte, sich noch herauszureden: „Könnt ihr nicht jemand anderen mitnehmen? Diese Sendung kennt hier jeder und kann euch darauf vorbereiten, welche Art von Fragen kommen könnte. Ich habe leider keine Zeit."

Alex Lächeln ließ ihr jedoch keinen Zweifel, dass er noch etwas in der Hinterhand hatte. Und so war es auch.

„Entweder du kommst mit oder ich sage das Ganze ab. Ich vertraue dir, du würdest alles dafür tun, dass wir so gut wie möglich da rüberkommen. Du entscheidest."

So ein Mist. Er hatte sie in der Hand. Das passte ihr gar nicht. Sie stimmte widerstrebend zu. Als sie dann hörte, dass es praktisch sofort losgehen sollte, hätte sie am liebsten doch noch abgelehnt. Sie versuchte Zeit zu schinden.

„Ich kann hier nicht einfach alles stehen und liegen lassen, ich muss wenigstens meinen Assistenten noch ein paar Anweisungen geben." Er gab ihr fünf Minuten Zeit und sagte, er würde vor dem Eingang auf sie warten. Natürlich sahen ihre Assistenten diesmal keinerlei Probleme, wenn sie für die nächsten Stunden weg war. Normalerweise bekamen sie schon die Krise, wenn Sarah nur mal einen Atemzug nicht erreichbar war. Aber heute hatten sie das Gefühl, alles im Griff zu haben. Diese Ausrede blieb Sarah also schon mal nicht.

Also nahm sie ergeben ihre Jacke und ihre Handtasche und trat durch den Haupteingang nach draußen.

Erst sah sie ihn nicht, doch dann stieg Alex aus einem schicken schwarzen Sportauto. Sarah hatte angenommen, sie würde mit der ganzen Band zusammen fahren, doch in dieses Auto passten sicher nicht mehr als zwei Personen. Er sah sehr cool aus, wie er da mit seiner Sonnenbrille an die offene Autotür gelehnt stand. Seine blonden Haare bildeten einen interessanten Kontrast zu den schwarzen Brillengläsern, dem schwarzen T-Shirt und dem schwarzen Sportwagen. Sarah nahm sich aber vor, nicht allzu beeindruckt zu sein und ging selbstbewusst auf das Fahrzeug zu.

Sie hatte keine Ahnung von Autos, aber das hier schien sehr teuer zu sein. Sie bekam die Tür nicht gleich geöffnet, aber da war er schon herumgekommen und hielt sie ihr auf. Sie würdigte ihn keines Blickes, als sie einstieg. Sie war ihm noch immer böse, dass er sie praktisch gezwungen hatte, mitzukommen.

Sie war sich der Blicke der Umstehenden sehr wohl bewusst. Was musste das wohl für einen Eindruck machen? Würde sie davon am nächsten Tag in der Zeitung lesen können? Zusammen mit all den unvermeidlichen Mutmaßungen?

***

Sarah hatte sich noch nicht einmal angeschnallt, da fuhr er schon los.

„Wo ist der Rest der Band?", fragte sie, ohne Alex anzusehen.

„Ich fahre allein."

Sarah blickte ihn erstaunt an. Das war komisch. Normalerweise wurden zu dieser Quizshow immer alle Bandmitglieder eingeladen. Umso größer war die Chance, dass zumindest einer aus der Band die Antwort wusste. Und hatte er nicht vorhin von „wir" gesprochen? Aber vielleicht wollte er sich mit dem Rest direkt vor dem Sender treffen? Egal, das würde sie dann schon sehen.

Der Verkehr wurde etwas ruhiger und Alex gab sofort Gas. Plötzlich bekam Sarah etwas Angst. War er ein guter Fahrer? Hatte er etwas getrunken? Sie hatte keine Ahnung und war einfach zu ihm ins Auto gestiegen. Wenn jetzt etwas passierte, was wurde dann aus Lilly? Alex schien zumindest zu merken, dass ihr nicht ganz wohl war, denn er grinste bei einem Seitenblick auf sie, fuhr aber tatsächlich etwas langsamer. Ansonsten sagte er nichts. Und Sarah sah auch keinen Anlass, den ersten Schritt zu tun und ein Gespräch zu beginnen. Er hatte sie mitgenommen, damit sie ihm die Sendung erklärte, dann sollte er gefälligst auch Fragen stellen.

Als er nach mehreren Minuten immer noch nichts gesagt hatte, überlegte sie, ob sie nicht doch einfach von sich aus anfangen sollte zu erzählen. Etwas schnippischer als beabsichtigt fragte sie: „Willst du nun etwas von der Radiosendung hören oder nicht?"

Er schaute sie kurz an. Dann nickte er.

„Klar, erzähl!"

Also begann sie ausführlich alles zu erzählen, was sie so wusste. Das meiste hatte sie tatsächlich von Lilly, die ihr bereits detailliert erklärt hatte, welche Fragen immer so kämen und aus welchem Grund. Lilly hatte auch ihre persönliche Meinung, wie man am besten reagierte, wenn man die Antwort nicht wusste. Auch das erzählte Sarah ihm. Nachdem sie etwa zehn Minuten ununterbrochen geredet hatte, Alex hatte sie tatsächlich kein einziges Mal unterbrochen oder etwas nachgefragt, begann Sarah zu mutmaßen, dass er ihr überhaupt nicht zuhörte. Tatsächlich wippte er im Takt der Musik aus dem Radio und schaute sich immer wieder interessiert die Umgebung an. Sarah beschloss, seine Aufmerksamkeit auf die Probe zu stellen.

„Und am Ende der Show kommt immer die Bundeskanzlerin persönlich und überreicht dem Künstler einen Scheck über eine Million Euro."

Alex reagierte kein bisschen auf dieses Märchen. Sie hatte also recht gehabt. Er hörte ihr überhaupt nicht zu. Beleidigt schloss sie den Mund, verschränkte die Arme vor dem Körper und starrte aus dem Fenster. Wozu hatte er sie überhaupt mitgenommen? Zum ersten Mal schaute sie aus dem Fenster und registrierte verwundert, dass sie sich auf einer Landstraße irgendwo außerhalb der Stadt befanden. Links und rechts sah sie ein paar Bäume und Felder, aber es waren kaum andere Autos unterwegs. Wohin fuhren sie? Sie wusste zwar nicht genau, wo der Radiosender war, aber sie war sich sicher, dass es irgendwo in der Innenstadt sein musste, nicht hier im Niemandsland.

Und dann fiel ihr auch endlich wieder ein, warum sie schon die ganze Zeit ein schlechtes Gefühl bei der Sache hatte. Hätte er ihr nur ein paar Minuten Zeit zum Überlegen gelassen, wäre es ihr gleich aufgefallen: heute war Samstag. Die Radioquizshow zu der er angeblich eingeladen war, kam immer nur sonntags.

Er hatte sie angelogen! Sie konnte es nicht fassen. Sie fuhr hier mit dem absolut schlimmsten Idioten der Welt im Niemandsland herum, ohne Ahnung, was er vorhatte. Wenn er sie jetzt vergewaltigen wollte oder Schlimmeres, sie hätte keine Chance. Der Mann war über eins neunzig groß und kräftig.

Ihre Stimme zitterte, als sie ihn fragte: „Wohin fahren wir?"

Er schaute sie an und grinste frech. „Keine Ahnung. Ehrlich!"

8. Kapitel

Dass er sie angelogen hatte und jetzt auch noch so frech grinste, ließ Sarah ihre Angst vergessen und sie verspürte eine Wut, die so stark war, dass sie ihn am liebsten geschlagen hätte. Sie zwang sich, ganz ruhig zu bleiben. Wenn sie ihn jetzt anschrie, war ihr auch nicht geholfen.

„Du hast mich angelogen! Es gibt heute keine Radiosendung. Wahrscheinlich bist du nie eingeladen worden, stimmt's? Du hast nur nach einem Vorwand gesucht, um ..." Ja, wofür eigentlich?

Er schüttelte leicht den Kopf. „Das stimmt nicht."

„Was?" Was meinte er? Es war doch offensichtlich! Wollte er ihr allen Ernstes immer noch erzählen, dass er sie mitgenommen hatte, um ihn auf eine Radioshow vorzubereiten, die es gar nicht geben würde?

Jetzt sah sie, wie sich ein leichtes Lächeln um seine Lippen schlich. Er schaute sie nicht an, als er antwortete: „Ich wurde zu dieser Sendung eingeladen. Das ist allerdings schon zwei Jahre her. Ich habe mich gut geschlagen."

Sarah war fassungslos.

„Ich habe wirklich einen Vorwand gebraucht, um dich aus diesem verdammten Hotel zu locken und endlich mit dir zu reden. Vorhin in deinem Büro hast du mir ja keine Chance gelassen. Aber nun musst du mir zuhören." Jetzt endlich sah er sie an und wirkte ganz ernst.

„Ich verlange, dass du mich auf der Stelle zurückbringst!“ Sarahs Tonlage war schrill geworden. Alex blieb jedoch ganz ruhig.

„Ich *werde* dich wohlbehalten zurückbringen. Aber erst, wenn wir geredet haben.“

Sarah musste ein paar Mal tief durchatmen. Sie konnte nicht begreifen, was er sich dabei gedacht haben musste. Sie wartete auf eine günstige Gelegenheit. Bald fuhren sie durch einen winzigen Ort mit einer Fußgängerampel, an der tatsächlich jemand wartete. Sobald Alex angehalten hatte, schnallte sie sich blitzschnell ab und stieg aus dem Auto.

„He, Sarah, warte.“ Sie ging so schnell sie konnte und bog in den nächstbesten Feldweg ab, den sie fand. Er fuhr ihr mit dem Auto langsam hinterher, auch wenn der Weg hier nicht mehr war als eine Schotterpiste. Um ihn abzuhängen, ging sie querfeldein weiter. Als sie hörte, dass das Auto anhielt, atmete sie unwillkürlich auf. Doch dann hörte sie die Autotür. Er wollte sie zu Fuß weiter verfolgen. Als sie sich kurz vorstellte, welches Bild sie beide abgeben mussten, stahl sich ein Grinsen auf Sarahs Gesicht. Wo sollte sie überhaupt hinlaufen? Sie hatte keine Ahnung, wo sie sich befand oder in welche Richtung sie gehen musste. Also blieb sie stehen und drehte sich um. Kurz war sie erschreckt, denn er war schon dicht hinter ihr und wäre beinahe in sie hineingelaufen, als sie angehalten hatte.

***

„Gut, rede!" Sie funkelte ihn an. Ob das eine einschüchternde Wirkung auf ihn hatte, bezweifelte sie.

In der Nähe stand eine einsame Bank. Dort ging Sarah hin und nahm Platz. Er setzte sich neben sie und schwieg. Warum redete er jetzt nicht? Sie würde zuhören und sich dann nach Hause fahren lassen und ihn vergessen, so schnell sie konnte. Endlich räusperte er sich und fing leise an.

„Warum bist du damals so schnell verschwunden?"

Sarah war sich kurz unsicher, worüber er sprach. Er konnte aber nur ihre erste Begegnung meinen.

„Wir haben uns doch wirklich gut verstanden. Warum bist du einfach so aus meinem Bett verschwunden?"

Sarah sah ihn an. Was bezweckte er? Sie beschloss, die Wahrheit zu sagen.

„Ich hatte Angst. Wenn herausgekommen wäre, dass ich mit dir im Bett war, hätte ich meinen Job vergessen können."

Er schaute sie ungläubig an. „Du bist gegangen, weil sie dich sonst gefeuert hätten?"

Sarah schüttelte den Kopf. „Nein, es ist etwas komplizierter."

Dann erklärte sie ihm, welche Auswirkungen es gehabt hätte, wenn anderen Künstlern zu Ohren gekommen wäre, dass sie doch nicht immer widerstand. Sie schloss schließlich mit den Worten: „Na ja, und du bist nun mal ein Rockstar und alle wussten doch, dass du jeden Abend ein anderes Mädchen mit auf dein Zimmer nimmst."

Er lachte laut auf. Es klang aber gar nicht fröhlich.

„Na, das hat ja alles ein perfektes Bild ergeben. Also hast du gedacht, du verlässt mich, bevor ich dich verlasse und bist zurück in deine perfekte Beziehung gegangen.“

Jetzt war es an Sarah, verwundert zu sein. Welche perfekte Beziehung meinte er? Die Sache mit Jens hatte damals an exakt diesem Abend ein Ende gefunden und seitdem hatte sie keine ernsthafte Beziehung mehr gehabt.

„Ich verstehe nicht. Wovon redest du?“

„Du brauchst nicht so zu tun, als wüsstest du nicht, wovon ich rede. Ich habe damals deinen Chef nach dir gefragt. Eddi oder so hieß er. Und er hat mir gesagt, dass ich dich in Ruhe lassen soll, weil du in einer glücklichen Beziehung leben würdest und ich diese doch nicht ernsthaft gefährden wolle.“

Sarah wusste nicht, was sie sagen sollte. So etwas sollte Eddi behauptet haben? Er wusste doch, dass es mit Jens nicht so richtig lief. Oder wusste er es nicht? Bestimmt wollte er sie beschützen. Aber viel wichtiger war das, was sie zwischen den Zeilen hörte.

Alex hatte nach ihr gefragt. Er wollte sie wiedersehen.

Es hatte ihm etwas ausgemacht, dass sie damals gegangen war. Hatte sie etwa einen Fehler gemacht? Einen Fehler, der nicht nur sie betraf, sondern auch Lilly? Nein, das konnte nicht sein.

Alex schob gedankenverloren einen Stein mit seinem Schuh zur Seite. „Und so falsch kann ich das nicht verstanden haben, schließlich hast du jetzt ein Kind. Das muss ja kurz danach entstanden sein.“

Sie ist deine Tochter, du Idiot, hätte sie fast geschrien. Konnte er wirklich so blind sein? Doch dieses

Geheimnis wollte sie noch nicht lüften. Sie musste Lilly aus der Sache noch raushalten. Sie musste sich erst sicher sein, was Alex wollte. Vielleicht bestand ja der winzige Hauch einer Chance für sie beide. Aber sie war sich ja nicht mal sicher, ob sie sich selbst diesem Risiko aussetzen würde, sich das Herz brechen zu lassen.

„Auf jeden Fall scheint es viele Missverständnisse damals gegeben zu haben." Sie war verwundert über sich selbst, dass ihre Stimme so fest klang, obwohl sie sich fühlte, als ob sie gleich zusammenklappen würde.

Alex drehte den Kopf ein wenig, so dass er sie aus den Augenwinkeln ansehen konnte. Sein Blick ging ihr durch Mark und Bein. Ihr wurde ganz heiß.

Er hob die Stimme ein wenig. „Es tut mir ehrlich leid, was gestern passiert ist. Aber ich war so wütend. Meine Einladung zum Essen hast du abgelehnt, um gleich darauf mit Hartfield fröhlich auszugehen. Und dann kamst du später aus seinem Zimmer und hast ihn geküsst, da bin ich einfach ausgeflippt."

Sarah sah ihn verwundert an. So hatte er das also wahrgenommen? Sie wollte es unbedingt richtig stellen: „Ich war nicht in seinem Zimmer. Er hat mir nur eine CD gegeben und wollte zum Dank einen Kuss."

Doch Alex ließ sich nicht so leicht überzeugen. „Und vorhin warst du schon wieder mit ihm aus und hast ihn auch schon wieder geküsst. Du kannst mir doch nicht erzählen, dass da nichts zwischen euch läuft."

„Aber da läuft wirklich nichts", antwortete sie schon fast verzweifelt. „Ja, James ist nett, aber ich will nichts von ihm. Er ist ein Freund." Sarah verdrängte die Gedanken, die sie sich früher an diesem Tag gemacht hatte. Darin war James alles andere als einfach ein

Freund gewesen. Jetzt, wo sie hier mit Alex auf dieser einsamen Bank mitten im Nirgendwo saß, kamen ihr diese ganzen Überlegungen, ob James vielleicht eine gute Wahl sein könnte, irgendwie unwirklich und lächerlich vor.

„Beweis es mir!" Alex sah sie herausfordernd an.

„Wie denn?"

Statt einer Antwort beugte er sich zu ihr und küsste sie sanft. Dieser Kuss war sehr leicht, fast als würde ein Schmetterling ihre Lippen mit seinen Flügeln streifen. Doch er ging ihr durch und durch. Unwillkürlich fasste sie seinen Kopf, zog ihn näher zu sich heran und küsste ihn hungrig.

„Wow." Es war sein erstes Wort, nachdem sie sich minutenlang geküsst hatten. „Okay, ich glaube dir." Er grinste nonchalant. Dann zog er Sarah auf seinen Schoß, nahm ihr Gesicht zwischen seine beiden Hände und küsste sie noch einmal. Sie wollten beide mehr. Aber nicht hier, nicht so.

„Lass uns zurückfahren", bat sie atemlos. Er nickte und sie gingen Hand in Hand zum Auto zurück. Bevor er sie einsteigen ließ, küsste er sie noch einmal. Sie musste sich auf die Zehenspitzen stellen.

„Das macht direkt süchtig." Er grinste sie an und öffnete die Autotür für sie. Sie lächelte glücklich, als sie sich auf den Beifahrersitz sinken ließ. Er summte fröhlich vor sich hin, während er einstieg und den Wagen startete. Er drehte das Radio lauter und fing an, jeden Song laut und verdreht mitzusingen. Sarah musste lachen. Sie genoss die Fahrt diesmal sehr. Doch dann fiel ihr etwas ein.

„Ähm, Alex. Ich bin nachher mit James Hartfield zum Essen verabredet."

Er schaute sie kurz an. „Dann sag ab!"

Sarah schüttelte den Kopf. „Das geht nicht. Ich habe es ihm versprochen. Außerdem schulde ich ihm noch was, weil er auf der Musikmesse so kurzfristig eingesprungen ist."

Alex sagte eine Weile gar nichts mehr. War er sauer? Sie wollte aber unbedingt mit James reden, bevor er das mit Alex und ihr von jemand anderem mitbekam. Das wäre unfair gewesen.

Sie schaute Alex an. Er blickte starr auf die Straße. Von seiner guten Laune war nichts mehr zu spüren. Dann nickte er plötzlich, drehte sich zu ihr und grinste sie an. „Okay, aber danach hast du Zeit für mich."

Sarah nickte glücklich. Sie würde später zu Hause anrufen um Mira Bescheid zu geben, dass sie heute nicht mehr kommen würde.

„Ich bin bestimmt gegen neun wieder da. Dann können wir noch etwas unternehmen. Oder wir bleiben auf deinem Zimmer. Was dir lieber ist." Sarah war schon wieder ganz ausgelassener Stimmung.

Alex grinste vielsagend.

***

Als sie am Hotel ankamen, beugte Alex sich zu Sarah rüber und küsste sie. Sarah schob ihn ein Stück weg. „Nicht! Jemand könnte uns sehen!"

Er ließ sich nicht so einfach wegschieben. „Sollen sie doch." Er lächelte in sich hinein. Dann setzte er sich wieder auf seine Seite des Wagens, schob sich die Sonnenbrille auf die Nase und stieg aus. Sarah betete, dass gerade niemand hinsah, dann stieg sie ebenfalls aus dem Wagen und eilte ins Hotel. Sie warf Alex noch ein „Bis später" über die Schulter zu, dann verschwand sie in ihrem Büro. Dort kicherte sie erst einmal unkontrolliert los. Als sie sich wieder einigermaßen im Griff hatte, rief sie Mira an. Sie unterhielten sich ein bisschen über Lilly, dann ließ sich Sarah Lilly noch ans Telefon holen.

„Hallo, mein Schatz. Ich muss heute leider länger bleiben, da lohnt es sich nicht, nach Hause zu fahren. Du bist also heute Nacht allein mit Mira. Mach keinen Unfug, ja?"

Lilly fand das nicht weiter schlimm. Die Abende mit Mira allein versprachen immer lustig zu werden, denn dann bestellten sie sich Pizza und schauten sich irgendwelche komischen Serien im Fernsehen an, die Sarah nicht kannte.

Alles war geklärt und Sarah konnte sich nun auf einen netten Abend freuen. Dabei dachte sie aber nicht an das Essen mit James, wie sie sich mit einem Grinsen eingestand.

***

Etwas später machte sie sich auf den Weg zu James. Sie klopfte an seinem Zimmer. Er öffnete und bedeutete ihr mit der Hand einzutreten. Am Ohr hatte er sein Telefon klemmen. Dann hielt er das Telefon kurz zu und sagte ihr, dass er nur gerade noch ein

Telefoninterview führte und dass sie so lange warten sollte. Also machte Sarah es sich auf dem Bett gemütlich und lauschte dem Gespräch. Zumindest James' Part. Er war wie gewohnt lustig und charmant und antwortete auf alle Fragen mit leichtem Witz. Der Mann war einfach perfekt. Nur kurz verlor er seine gute Laune und antwortete etwas genervt: „Nein, ich habe keine Frau an meiner Seite. Ich warte auf die große Liebe." Er verdrehte die Augen und Sarah musste lachen. Erschrocken hielt sie sich den Mund zu. Wenn der Journalist am anderen Ende der Leitung ihr Lachen gehört hatte, dachte er sich sicher seinen Teil.

Doch schon hatten sie sich wieder anderen Themen zugewandt. Anscheinend ging es jetzt um die Musikmesse, denn James erklärte geduldig, warum er seine Amerika-Tour unterbrochen hatte. „Nein, nein, auch da hatte keine Frau ihre Finger im Spiel. Es sei denn, Sie meinen Sarah Förster, meine charmante Gastgeberin. Sie hat mich nämlich überredet, hier aufzutreten. Ja, Sarah ... Förster wie der Beruf, sie ist die Eventmanagerin der Musikmesse."

Erst nach etwa zwanzig Minuten beendete James das Telefonat. Dann entschuldigte er sich erst einmal bei Sarah für die Verzögerung. Das Interview war wohl für einen früheren Zeitpunkt angesetzt gewesen, aber der Journalist hatte sich verspätet.

Sie fuhren, diesmal im Taxi, in die Innenstadt zu einem Thailänder, den Sarah sehr mochte. Sie bekamen ihren bestellten Tisch, auch wenn sie sich ein wenig verspätet hatten. James lächelte Sarah immer wieder über die Speisekarte hinweg an und Sarah fühlte sich etwas unwohl deswegen. Hoffentlich hatte sie ihm keine Hoffnungen gemacht, die sie gleich wieder enttäuschen musste. Doch James war wie immer charmant und witzig und das Gespräch plänkelte erst mal so dahin. Immer wieder hörte Sarah jedoch Andeutungen heraus, die sie wohl provozieren sollten, einen Schritt auf ihn zuzugehen. Doch sie wollte mit ihrem Geständnis noch bis wenigstens nach dem Hauptgang warten.

Das Essen war wie gewohnt lecker und eine Weile redeten beide gar nicht. James hatte ein Curry genommen und Sarah ihren Lieblingssalat mit gehackter Entenbrust. Dazu tranken sie einen leichten Weißwein.

Als die Teller abgeräumt waren und sie den Nachtisch bestellt hatten, fasste Sarah sich endlich ein Herz. Sie stellte das Glas, an dem sie sich gerade noch festgehalten hatte, ab und sah James an. „James, ich mag dich wirklich sehr. Das Zusammensein mit dir macht immer wieder Spaß und du bist so nett und witzig und …" Er hob fragend eine Augenbraue. „Ich hoffe, du verstehst mich nicht falsch und ich hoffe, du bist mir nicht böse, denn ich mag dich wirklich sehr, aber …"

Er überraschte sie mit seiner Antwort: „Aber gegen Alex Morgan habe ich keine Chance, nicht wahr?" Sarah verschlug es kurz die Sprache. Sie ließ die Augen durch das Restaurant schweifen, um sich wieder zu fassen. Dabei fiel ihr ein Typ auf, der allein an einem der Nachbartische saß und interessiert zu ihnen herüberblickte. Sobald sie ihn ansah, schaute er jedoch schnell weg. Sarah wandte sich wieder James zu. Sie nickte leicht. „Ja, ich weiß auch nicht warum, aber ich denke, ich mag ihn sehr."

James sah nicht ganz so entsetzt aus, wie Sarah befürchtet hatte. Er nickte. „Das habe ich mir schon gedacht. Lilly ist seine Tochter, nicht wahr?"

Wieder verschlug es Sarah die Sprache. Sie schaute sich schnell erschrocken um, ob es jemand gehört haben könnte. Wieder fiel ihr dieser Typ auf. Lehnte er sich wirklich in ihre Richtung, als ob er so besser hören konnte? Wahrscheinlich bildete sie es sich nur ein.

„Nein. Warum denkst du das?" Sarah entschloss sich zum Gegenangriff.

„Nun ja, sie sehen sich so unglaublich ähnlich. Und es ist nicht nur das. Sie haben beide etwas an sich, was andere sofort für sie einnimmt. So eine Aura."

„Bitte, äußere diese Vermutung niemals gegenüber irgendjemandem!", entfuhr es Sarah lauter als beabsichtigt. James legte beruhigend seine Hand auf ihre. Jetzt erst bemerkte sie, dass ihre Finger zitterten. Dann tat Sarah etwas, was sie eigentlich nie tun wollte, sie gab jemandem ihr größtes Geheimnis preis. „Ja, sie ist seine Tochter. Aber ..."

„Aber er weiß nichts davon, nicht wahr? So wie er sich ihr gegenüber verhalten hat, hat er keine Ahnung."

Sarah nickte unglücklich.

„Du solltest es ihm bald sagen", riet James. „Irgendwann wird diese Ähnlichkeit den falschen Leuten auffallen und wenn er es dann von jemand anderem erfährt, ist er sicher nicht sehr glücklich."

Sarah nickte wieder. Er hatte ja recht, sie musste es Alex sagen. Wenn sie wirklich eine Chance haben sollten, musste er die Wahrheit erfahren. Nur, ob es dann noch eine Chance für sie beide gäbe, wusste sie nicht.

Davor hatte sie Angst. Sie musste ihn erst ein bisschen besser kennenlernen.

Plötzlich kicherte James. „Es wundert mich allerdings, dass er es nicht gleich selbst bemerkt hat. Er schaut doch jeden Tag in den Spiegel, da muss ihm doch die Ähnlichkeit aufgefallen sein."

Unwillkürlich musste Sarah auch kichern. Ja, komisch, Alex hatte überhaupt keinen Verdacht geschöpft. Er ging fest davon aus, dass Lilly von ihrem damaligen Freund war. Warum waren Männer nur so unglaublich ignorant? Das Kichern entspannte Sarah wieder etwas. Auch James schien ihr nicht böse zu sein, denn er brachte sie mit irgendwelchen Anekdoten immer wieder zum Lachen.

***

Plötzlich blieb ihr allerdings das Lachen im Hals stecken, als Alex unvermittelt bei ihnen am Tisch auftauchte. Sarah sprang sofort auf. James stand ebenfalls auf. Die Männer gaben sich förmlich die Hand.

„Ich freue mich ja, dass es bei euch so lustig ist", sagte Alex mit säuerlicher Miene. „Ich wollte auch nicht stören, ich hatte mir nur Sorgen gemacht. Sarah hat gesagt, dass sie um neun zurück ist und jetzt ist es schon fast zehn.

„Wir hatten uns verspätet und ich habe jetzt ganz die Zeit vergessen", begann Sarah sich zu entschuldigen. James hingegen baute sich vor Alex auf. „Jetzt bleib mal auf dem Teppich, Morgan. Du bist nicht Sarahs Vater. Sie kann ausgehen, so lange sie möchte."

Während die beiden Männer kurz vor einer Auseinandersetzung standen, fiel Sarah plötzlich auf, dass der Typ, der schon den ganzen Abend zu ihnen herübergestarrt hatte, Fotos von ihnen mit seinem Handy machte.

„Hey, Sie da. Was machen Sie da?" Sie ging zu ihm rüber und wollte ihm das Handy abnehmen, doch er stand eilig auf und ging aus dem Restaurant. Jetzt hatten auch James und Alex gemerkt, was los war und rannten dem eilig flüchtenden Mann nach. Doch er hatte schon einen Vorsprung. Sarah war es etwas peinlich, allein in dem Restaurant zurückzubleiben, während die anderen Gäste sie anstarrten. Viel schlimmer war jedoch, sich auszumalen, dass dieser Typ ein Reporter war und was sie am nächsten Tag über sich in der Zeitung lesen konnte.

Sie bekam Kopfschmerzen und begann wütend zu werden. Wütend auf den blöden Reporter, aber auch auf Alex und James, die sich aufgeführt hatten wie zwei eifersüchtige Ehemänner und damit erst recht alle Aufmerksamkeit auf sich gezogen hatten.

Als beide zurückkamen, sie hatten den Typen natürlich nicht mehr erwischt, stand Sarah wortlos auf und zog sich an. Sie rauschte aus dem Restaurant, nachdem James gezahlt hatte. Beide Männer waren dicht hinter ihr. Ohne die beiden zu beachten, rief sie sich ein Taxi, stieg ein und ließ beide auf dem Gehweg stehen. Sie nannte dem Fahrer ihre Adresse. Ihr war die Lust auf einen gemeinsamen Abend mit Alex gerade gründlich vergangen. Sie wollte nie etwas mit diesem Medienrummel zu tun haben. Und gerade war ihr bewusst geworden, dass sie sowohl mit Alex, als auch mit James

nie eine Chance haben würde, diesem Rummel auszuweichen.

9. Kapitel

Zu Hause traf sie auf Mira, die es sich vor dem Fernseher gemütlich gemacht hatte und sie fragend ansah. „Ich dachte, du kommst heute nicht nach Hause?"

„Hab es mir eben anders überlegt. Bleib ruhig sitzen, ich gehe gleich ins Bett. Gute Nacht." Normalerweise fertigte sie Mira nicht so ab. Das junge Mädchen war ihr in dem halben Jahr, die sie jetzt da war, zur guten Freundin geworden. Sie verbrachten viele Abende gemeinsam. Aber heute hatte sie einfach keine Lust mehr auf Gesellschaft.

Später im Bett war Sarah viel zu aufgeregt, um einschlafen zu können. Es tat ihr nun doch ein bisschen leid, wie sie Alex und James einfach hatte stehen lassen. Die beiden würden es überleben, aber ihr Verhalten war wirklich unhöflich gewesen. Na ja, sie konnte sich ja am nächsten Tag entschuldigen. Außerdem war es vielleicht wirklich gut, wenn sie morgen ausgeruht war, denn es war der letzte Tag der Musikmesse. Der Tag, an dem sowohl James Hartfield als auch *Sakrileg* auftreten sollten. Und so hatte sie auch noch einen Tag Bedenkzeit, ob sie sich wirklich weiter auf Alex einlassen sollte.

Was war übermorgen? Dann würde er wieder weg sein. Würde sie dann mit gebrochenem Herzen zurück bleiben? Vorhin war ihr das egal gewesen, sie wollte nur den Augenblick genießen. Aber jetzt, mit ein bisschen Abstand und allein in ihrem Bett sah sie die möglichen negativen Auswirkungen. Natürlich gab es auch die andere Möglichkeit. Dass sie es nicht bei einem One-Night-Stand beließen, dass er weiterhin Teil ihres Lebens bleiben würde. Ein verlockender Gedanke. Doch auch ein erschreckender, denn so wurde die Wahrscheinlichkeit größer, dass er irgendwann entdeckte, dass Lilly seine Tochter war, bevor sie bereit war es ihm zu sagen. Und wenn es für James so offensichtlich war, würden vielleicht auch noch andere eins und eins zusammenzählen können, wenn sie Lilly und Alex zusammen sahen. Sie konnte nur versuchen, Lilly soweit es ging aus allem rauszuhalten. Jedenfalls so lange sie Alex noch nicht die Wahrheit gesagt hatte.

***

All diese Gedanken hielten sie wach und so warf sie sich Stunde um Stunde unruhig hin und her, bis sie dann früh am Morgen in einen unruhigen Schlaf fiel. Als der Wecker klingelte, hatte sie das Gefühl, überhaupt nicht geschlafen zu haben. Ein Blick in den Spiegel bestätigte ihre Befürchtungen, dass man ihr die Nacht ansehen konnte. Da konnte auch Make-up nichts mehr ausrichten. Vielleicht würde eine Tasse Kaffee helfen.

Doch in der Küche wartete die nächste Überraschung. Mira blickte sie sorgenvoll an und Lilly zappelte unruhig auf ihrem Stuhl herum. Auf Sarahs fragenden Blick zeigte Mira auf die Zeitung, die auf dem Tisch lag und sagte: „Hab ich heute Morgen beim Bäcker gefunden.“

Ein kurzer Blick zeigte Sarah, was los war. Ein Foto zeigte sie zusammen mit James in Eintracht am Tisch sitzen und lachen. Ein weiteres Foto zeigte James und Alex, wie sie sich fast drohend gegenüberstanden und Sarah, wie sie mit erschrockenem Gesichtsausdruck am Tisch saß. Die Überschrift war: „James Hartfield und Alex Morgan von *Sakrileg* nicht nur auf musikalischer Ebene Konkurrenten". Der Typ von gestern war anscheinend nicht nur ein einfacher Reporter, sondern auch noch einer von einem der übelsten Klatschblätter im ganzen Land.

Sarahs schlimmste Befürchtungen waren eingetreten.

Mit aller Macht meldeten sich ihre Kopfschmerzen zurück. Sie wollte den Text gar nicht lesen. Lilly schien das Ganze jedoch sehr aufregend zu finden. Ihre Mama zusammen mit ihrem Lieblingssänger in der Zeitung, da hatte sie sich anscheinend ihre ganz eigenen Gedanken gemacht, denn sie schmiegte sich an Sarah und flüsterte ihr ins Ohr: „Mama? Wird James mein neuer Papa? Er ist *so* toll und er war total nett, als er mit mir bei dem Zirkusprojekt war."

Sarahs Kopfschmerzen wurden noch einmal stärker. Sie hatte Lilly immer aus allem heraushalten wollen und nun konnte alle Welt lesen, dass sich zwei der momentan beliebtesten Musiker für sie interessierten. Und leider war das keine Nachricht, die morgen jeder wieder vergessen hätte. Sie gab Lilly einen Kuss auf die Stirn, trank ihren Kaffee aus und zog ihren Mantel über. Es hatte keinen Sinn, es weiter hinauszuzögern. Sie würde sich der Begegnung mit James und Alex stellen. Der Tag heute musste noch klappen. Dann konnte sie sich in ihr Schneckenhaus zurückziehen.

***

Im Hotel waren alle in heller Aufregung wegen des Zeitungsartikels. Die meisten fanden ihn allerdings eher lustig. Sie fragten Sarah, wie um aller Welt sie zu solchen Schlagzeilen kommen konnte. Niemand schien wirklich daran zu glauben, dass Alex und James sich wegen ihr gestritten hatten, was sie ja genau genommen auch nicht gemacht hatten.

Ein wenig erleichtert fuhr Sarah hoch zu den Suiten und klopfte bei Alex an. Mika, der Schlagzeuger, öffnete ihr die Tür. Er trat zur Seite, damit sie reinkommen konnte und rief über die Schulter: „Alex, deine Freundin ist da.“

Alex war auf der Couch mit einer Gitarre in der Hand. Neben ihm saß Rick, ebenfalls mit Gitarre. Anscheinend hatten sie gerade etwas gespielt. Alex klopfte auf den Platz neben sich. „Komm her. Jetzt, wo es offiziell ist, kannst du dich auch offiziell zu mir gesellen.“

Mika warf trocken ein: „Genau genommen ist ja nur offiziell, dass sie mit einem von euch beiden zusammen ist. Es ist noch nicht klar, ob mit James oder mit dir.“ Alle lachten grölend über diesen Witz, sogar Alex. Sarah verzog ebenfalls ihr Gesicht zu einem vorsichtigen Lächeln. Anscheinend nahm auch hier niemand diesen Zeitungsartikel wirklich tragisch. Sie setzte sich neben Alex, der gleich einen Arm um sie legte und sie ungeniert vor den anderen auf den Mund küsste.

„So Jungs, damit dürfte ja wohl klar sein, mit wem sie zusammen ist, oder?“

Die Jungs alberten noch ein wenig weiter herum. Dann verzogen sich Mika und Rick schließlich. Sie wollten noch etwas essen gehen, bevor der Soundcheck für die große Show begann. Als Sarah und Alex allein waren, legte er seine Gitarre weg und beugte sich über sie. Er sah ihr in die Augen.

„Bitte entschuldige noch einmal wegen gestern Abend. Irgendwie habe ich es nicht mehr ausgehalten ohne dich. Es war eine blöde Idee, euch nachzuspionieren. Und es tut mir auch leid, dass dieser blöde Reporter jetzt so eine Story daraus gemacht hat. Ich bin es ja gewohnt, dass mir irgendwelche Märchen angedichtet werden, aber ich wollte dich da nicht reinziehen."

Dann küsste er sie sanft auf die Nasenspitze. Mit treuherzigem Blick fragte er, ob sie noch böse sei. Sarah verneinte lachend. Seinem Lausbubencharme konnte sie einfach nicht widerstehen. Er setzte sich wieder neben sie und nahm die Gitarre. Nach ein paar Akkorden fing er an zu singen. Seine Stimme verursachte ihr eine Gänsehaut. Er war voll in seinem Element. Die Melodie war klar, aber traurig, ebenso der Text. Es war ein Liebeslied. Eines, in dem er sich immer wieder fragte, warum seine große Liebe ihn verlassen hatte, was er falsch gemacht hatte. Sarah erkannte darin einen der größten Hits von *Sakrileg*, den sie schon oft im Radio gehört hatte. Allerdings hatte sie nie zuvor wirklich auf den Text geachtet. Jetzt, wo Alex vor ihr saß und sie immer wieder während der Strophen ansah, wurde ihr zum ersten Mal die Traurigkeit des Liedes bewusst. Es war wunderschön. Und diese Atmosphäre nur mit Alex und seiner Gitarre brachte die Schönheit des Liedes noch einmal besonders zur Geltung. Sie fragte sich, wer die Frau war, für die er diese Zeilen geschrieben hatte. Er musste sie sehr geliebt haben.

Als er die letzten Akkorde des Songs spielte, versuchte sie die Tränen, die ihr in die Augen gestiegen waren, wegzuwischen, bevor er es bemerkte. Vergeblich. Er legte die Gitarre zur Seite und zog stattdessen sie auf seinen Schoß.

„Hey! Was ist los? Alles okay bei dir?", fragte er mit derselben sanften Stimme, mit der er eben noch gesungen hatte.

Sie nickte, wollte aber seinem Blick ausweichen. Doch dann sah sie auf und versank förmlich in seinen blauen Augen. Wie von selbst fanden sich ihre Lippen zu einem Kuss, erst sehr vorsichtig und dann immer fordernder. Seine Hände umfassten sie und zogen sie noch näher an ihn heran. Sie war sich seiner Nähe und seiner Berührungen überdeutlich bewusst. Die Wärme seiner Schenkel an ihren Beinen, seine Hände, die sie fast grob umklammert hielten, so als müsste er verhindern, dass sie flüchtete. Dabei war Flucht das Letzte, an das sie jetzt denken konnte, denn sie war vollkommen gefangen von ihm. Ein Schauder ging durch ihren Körper, als er mit seinen Händen unter ihr T-Shirt fasste und an ihrer Haut entlangstrich. Seine Finger tasteten über den Verschluss ihres BHs, öffneten ihn und schoben ihn zusammen mit dem T-Shirt über ihren Kopf. Sofort stellten sich ihre Brustwarzen in dem leichten Luftzug auf und ein leichter Kälteschauer durchfuhr sie.

Ihr wurde jedoch sofort wieder heiß, weil er nun mit beiden Händen ihre Brüste fest umschloss und sie erneut hungrig küsste. Alles was sie wahrnahm, waren sein Atem und ihr eigenes rauschendes Blut. Sein köstlicher Duft umfing sie, betörte ihre Sinne. Seine Hände schienen überall zu sein.

Plötzlich spürte sie, wie er sie hochhob und sie, ohne den Kuss zu unterbrechen, ins Schlafzimmer trug. Nur widerwillig löste er sich dort von ihr, um die Tür hinter ihnen abzuschließen. Selbst diese wenigen Sekunden fühlten sich wie eine Ewigkeit an, sie spürte Kälte an den Stellen, die er eben noch berührt hatte. Begierig zog sie ihn wieder zu sich heran und fing nun ihrerseits an, ihn überall zu berühren. Die störenden Klamotten riss sie ihm dabei einfach vom Leib. Seine Haut fühlte sich fiebrig an unter ihren Fingern, schien bei ihrer Berührung zu vibrieren. Ihr Blick glitt über seine starken Muskeln und den flachen Bauch. Dass ihr Tempo sein Verlangen noch weiter anfachte, war sehr deutlich zu erkennen und es verlieh ihr ein Gefühl der Macht über ihn und die Situation.

Doch dieses Gefühl währte nicht lange, denn nun ergriff er wieder die Initiative und stieß sie nach hinten auf die federnde Matratze. Gleichzeitig zog er ihr die Jeans und ihren Slip von den Hüften und drängte sich dann fast grob zwischen ihre Schenkel. Sein stoßweiser Atem kitzelte die empfindliche Haut ihrer Brüste, als er mit einem Stoß in sie eindrang.

Sie stöhnte auf und drängte sich noch ein Stück näher an ihn heran. Ihr Blick verschleierte sich, während sie ihn tief in sich aufnahm und sich seinem Rhythmus anpasste. Jeder Gedanke verschwand aus ihrem Kopf und sie überließ sich nur noch ihren Gefühlen.

***

Etwas später lagen sie immer noch nackt und atemlos nebeneinander. Alex strich sich die Haare aus dem Gesicht und lächelte Sarah glücklich an. Auch sie fühlte sich wunderbar.

Jetzt ist ein guter Moment, dachte sie. „Alex, magst du eigentlich Kinder?"

Alex Blick erstarrte und nahm einen etwas panischen Ausdruck an. „Oh nein, wir haben nicht verhütet. Aber es muss doch nicht gleich etwas passiert sein, oder?"

Sarah verdrehte die Augen. „Das meine ich nicht. Ich nehme die Pille, du bist also sicher. Obwohl es wirklich schlecht war, dass wir nicht verhütet haben. Kondome verhindern ja noch andere Sachen als Babys."

„Ich bin kerngesund, falls du das meinst." Er wirkte ein wenig verletzt.

„Ich meinte eigentlich generell, ob du Kinder magst. Willst du mal eigene Kinder haben?", versuchte Sarah, auf das eigentliche Thema zurückzukommen.

„Findest du nicht, dass diese Frage im Moment noch etwas verfrüht ist?" Alex versuchte, die Angelegenheit ins Lächerliche zu ziehen. Weil sie aber nicht darauf einging, antwortete er schließlich doch auf ihre Frage.

„Ich weiß nicht, vielleicht irgendwann. Im Moment passen Kinder überhaupt nicht in mein Leben."

Sarah wusste auch nicht, was sie erwartet hatte. Ganz sicher keine Freudensprünge und Bekundungen, doch am besten gleich ein Kind zu machen. Oder dass er sich heimlich wünschte, ein Kind zu haben. Trotzdem war sie enttäuscht über seine Reaktion. Sie kam jedoch nicht dazu, das Thema weiter zu vertiefen, denn in diesem Moment hörten sie, wie jemand die Suite betrat.

„Alex? Der Soundcheck geht gleich los. Bist du da?"
Rick klopfte an Alex' Tür. Der hatte sich schon seine
Shorts angezogen und war im Begriff zu gehen. Schnell
wickelte Sarah die Decke um sich. Als Alex die Tür auf-
schloss, warf Rick einen kurzen Blick hinein. Als er Sarah sah, grinste er und sie hörte wie er „endlich" oder
sowas sagte. Dann schloss Alex dankenswerterweise
die Tür hinter sich und Sarah konnte sich schnell anziehen. So würdevoll wie möglich verließ sie das
Schlafzimmer. Rick und auch Mika waren da und kicherten. Alex kam zu ihr und nahm sie in den Arm. Er
hatte sich immer noch nicht mehr übergezogen. Doch
das schien ihm nichts auszumachen. Er küsste sie
schmatzend auf die Wange und zog sie herum, so dass
sie Mika und Rick direkt ansehen musste.

„Hast du es endlich geschafft? Hat dieses Gejammer
endlich ein Ende?" Mika ging grinsend in Deckung, als
Alex sich ein Kissen schnappte und nach ihm warf.

Rick setzte nach. „Ja, es war zeitweise wirklich nicht
mit ihm auszuhalten."

„Ja, schon fast wie damals, als ..." Mika kam nicht weiter dazu auszuführen, was damals war, weil Alex ihn
unterbrach. „Leute, wir müssen dann los. Sind die Instrumente schon unten? Und wo sind Kari und
Thomas?"

Sarah hatte keine Ahnung, wer Kari und Thomas waren. Das war ihr aber auch egal. Hauptsache, diese pein-
liche Situation hatte ein Ende. Also wand sie sich aus
Alex Griff. „Ihr müsst jetzt los und auf mich wartet auch
noch ein Haufen Arbeit. Also bis später." Sie suchte
noch ihre Handtasche und wurde kurz panisch, weil sie
diese nicht gleich finden konnte. Alex zog sie

schließlich von der Couch und drückte sie ihr in die Hand. So schnell sie konnte verließ Sarah die Suite.

Das war wirklich peinlich gewesen.

***

Es war noch etwas Zeit bis die Hauptacts auftreten sollten. Im Moment spielten ein paar unbekanntere Bands aus der lokalen Szene in den kleineren Sälen. Sarah war praktisch überall, um die letzten Änderungen vorzunehmen und Entscheidungen zu treffen. Aber sie war glücklich und trug ständig ein kleines Lächeln zur Schau. Sie wurde vereinzelt danach gefragt, wich aber einer Antwort immer geschickt aus. Da sie überall und nirgends war, erreichte sie eine entscheidende Nachricht erst ziemlich spät.

„Sarah, du musst heute James Hartfield und *Sakrileg* anmoderieren. Bettina ist nicht gekommen." Bernhard stand völlig außer Atem vor ihr. Sarah überlegte blitzschnell, ob sie aus dieser Nummer wieder rauskommen konnte. Sie hasste es, solche kurzen Ansprachen vor vielen Leuten zu machen. Bettina Holzinger, eine zurzeit sehr bekannte Talkshow-Moderatorin, hatte eigentlich zugesagt, die Moderation zu übernehmen. In den letzten Tagen waren jedoch immer wieder Gerüchte zu ihnen durchgedrungen, dass es irgendeinen Skandal um sie gegeben hatte. Und anscheinend war da was dran, wenn sie heute nicht erschienen war, denn sie hätte schon seit dem späten Vormittag da sein müssen. Bernhard hatte bestimmt alles versucht, sie zu erreichen, aber vergeblich. Und es gab niemand anderen, der ihren Job übernehmen konnte. Also hatte Sarah wohl keine Wahl. Gut, dass sie heute so blendende Laune hatte. Dann würde sie das wohl auch noch schaffen.

Sie hatte noch eine halbe Stunde, sich ein paar passende Worte zu überlegen. Also überließ sie kurzerhand Julia, ihrer Assistentin, die Verantwortung für die zu erledigenden Arbeiten und verzog sich ins Büro. Auch wenn James ein Überraschungsgast war, hatten sie natürlich wohlüberlegt einige Gerüchte über seine Anwesenheit gestreut und Informationen an passenden Stellen fallen gelassen, außerdem gab es ja jetzt auch noch diesen leidigen Zeitungsartikel mit Sarah und Alex, so dass ein Großteil der Presse informiert war und die meisten Gäste wohl auch.

10. Kapitel

„Ladys und Gentlemen, vielen Dank für Ihr zahlreiches Erscheinen. Die *World of Music* ist schon fast wieder zu Ende. Umso mehr freue ich mich, dass wir Ihnen jetzt noch eine besondere Überraschung bieten können. Meine Damen und Herren, direkt von seiner Amerika-Tour ist er extra hier vorbei gekommen, um Ihnen sein neues Album vorzustellen: Mister James Hartfield.“

Frenetischer Applaus brandete auf. Das Licht im Saal ging aus und Sarah musste sich konzentrieren, damit sie im plötzlichen Dunkel nicht von der Bühne fiel. Dann begann die Lichtshow, die ersten Akkorde waren zu hören und schon strahlte der Scheinwerfer den Mann auf der Bühne an, der sofort mit einer seiner rockigsten Nummern begann. Das Publikum tobte.

Das musste man James neidlos zugestehen, er verstand sich darauf, ganz allein einen Saal auszufüllen und das Publikum mitzureißen. Die Stimmung war sofort ganz oben. Sarah mochte seine Musik auch. Sie wippte im Takt mit und dachte an Lilly, die ein großer Fan war und James’ neue CD jeden Tag mehrfach hörte. Jedenfalls hatte Mira ihr das erzählt. Das konnte sie sich sehr gut vorstellen. Ja, für Lilly wäre es ein Traum, wenn James Hartfield ihr neuer Vater würde. Aber sie hatte schon einen Vater. Und Sarah war auf einem guten Weg, Lillys Vater wieder näherzukommen.

James spielte ein grandioses Konzert. Sarah war stolz, dass es letztlich ihr zu verdanken war, dass sie James als Ersatz für die ausgefallene Band bekommen hatten.

Als er nach einer guten Stunde die letzte Zugabe spielte, war Sarah erstaunt, wie schnell die Zeit vergangen war.

Noch eine weitere halbe Stunde Umbau, dann würde die letzte Band des Abends, die letzte Band der Musikmesse spielen: *Sakrileg*. Die meisten Gäste heute waren Mädchen, die nur wegen ihnen hier waren. Sarah sah es an den vielen *Sakrileg* T-Shirts und anderen Fanutensilien überall um sie herum. Alex hatte viele Anhänger, vor allem weibliche. Bestimmt bekam er nach jedem Konzert dutzende eindeutige Angebote und ob er diese immer ausschlug, bezweifelte Sarah. Alex' Leumund war nicht gerade der Beste. Eigentlich stand die ganze Band in dem Ruf, wilde Partys zu veranstalten und dazu öfter weibliche Fans einzuladen. Ob das wirklich stimmte, wusste Sarah nicht. Sicherlich schadete ihnen dieser Ruf nicht, sie waren schließlich eine Rockband.

Noch eine Viertelstunde. Sarah musste langsam in Richtung Bühne. Vielleicht konnte sie noch einen Blick auf Alex erhaschen, bevor es losging. Also kletterte sie an der Seite auf die Bühne, neidisch beäugt von vielen Blicken, und ging von dort aus in den Backstage-Bereich. Hier summte es wie in einem Bienenschwarm. Überall waren Techniker beschäftigt und viele andere, die Instrumente und andere technische Gegenstände durch die Gegend trugen. Von Alex oder seinen Bandkollegen keine Spur. Sie waren bestimmt in einem der hinteren Räume und bereiteten sich auf den Auftritt vor. Doch Sarah fand sie nicht. Es gab einfach zu viele Möglichkeiten. Sie drehte sich gerade um, weil es Zeit wurde, auf die Bühne zu gehen und die Band anzukündigen, als ihr plötzlich eine wohlbekannte tiefe Stimme einen Schauer über den Rücken jagte. „Hey, da ist ja meine Muse."

***

Dann sah sie Alex und seine Bandkollegen einen Gang hinunter kommen. Alex hatte seine Gitarre schon um, ebenso Rick. Raffael, der Bassist, erhielt eben seinen Bass von einem Techniker. Andreas, der Keyboarder und Mika, der Schlagzeuger waren etwas weiter hinten und redeten angeregt über irgendetwas. Alex kam zu ihr. Er stellte sich genau vor sie, so dass er sie um mehr als einen Kopf überragte und lächelte sie an. „Gib mir noch einen Kuss und wünsch mir Glück, ja?" Er wartete Sarahs Antwort gar nicht ab, sondern beugte sich zu ihr herunter und küsste sie. Der Kuss war lang und tief und Sarahs Knie wurden dabei ganz weich. Plötzlich hörte sie, wie sich neben ihr jemand räusperte. Rick.

„He, Kumpel, du musst noch singen. Der Sex muss bis nachher warten."

Sarah war peinlich berührt von diesen derben Worten, doch Alex lachte nur und küsste sie noch einmal kurz auf den Mund. Dann hob er ihr Kinn, so dass sie ihm direkt in die Augen sehen musste. Sie dachte, er wollte etwas sagen, doch dann ließ er sie plötzlich los. Er lächelte sie noch einmal an, dann klatschte er sich mit Rick ab und sie gingen zu den anderen.

Sarah musste sich zwingen, in diese Welt zurückzukehren. Kurz wusste sie nicht, was sie hier machte und was sie als nächstes tun wollte. Doch dieser Augenblick dauerte nicht lange an. Dann fiel es ihr wieder ein und sie eilte zur Bühne.

Ein einzelner Scheinwerfer sollte sie hier beleuchten. Sie stellte sich wie verabredet an den Bühnenrand und gab dem Lichttechniker ein kurzes Zeichen. Dieser richtete den Spot auf sie und sie schritt im Licht zur Mitte der Bühne. Ihre Hose hatte einige Glitzersteinchen im Bereich der Taschen. Im Scheinwerferlicht funkelten diese wie Diamanten. Die Gespräche im Saal verstummten. Sie stellte sich direkt in der Mitte der Bühne an den Rand und sah auf die erwartungsvolle Menge herab. Applaus brandete auf und sie gab sich kurz dem guten Gefühl hin, welches sie dabei erfasste. Sie konnte gut nachvollziehen, warum Alex und auch James das so liebten. Es war wirklich ein einmaliges Gefühl. Das Gefühl, alles erreichen zu können, wenn man nur wollte.

„Und nun, meine Damen und Herren, habe ich die Ehre, Ihnen unseren diesjährigen Hauptact anzukündigen zu dürfen. Diese Jungs blicken schon auf eine lange Karriere zurück. Und wie es scheint, hat ihr Erfolg auch kein Ende. Begrüßen Sie mit mir: *Sakrileg.*" Wieder Applaus. Diesmal noch lauter. Sarah ging von der Bühne, der Scheinwerfer wurde ausgeschaltet. Die Menge tobte, kreischte und applaudierte. Man hörte die Nebelmaschine. Stroboskoplicht hüllte die Bühne ein. Man konnte nichts erkennen, aber man konnte spüren, dass etwas auf der Bühne passierte. Dann ging das Licht wieder aus. Sekundenlange Stille, nur unterbrochen von einzelnen Rufen und Klatschern. Der Applaus wurde wieder lauter, anscheinend war irgendeine Bewegung auf der Bühne wahrzunehmen. Und schon fing das

Schlagzeug an. Ein Scheinwerfer brandete auf und erhellte Mika hinter dem Schlagzeug. Als nächstes setzte das Keyboard mit einem langen, klagenden Laut ein und der zweite Scheinwerfer beleuchtete Andreas. Dann Raffael mit dem Bass und Rick mit der Gitarre. Der Jubel der Menge wurde immer lauter. Endlich fing Alex, den man noch gar nicht sehen konnte, an zu singen. Und dann kam er nach vorn, die Gitarre lässig auf der Seite hängend. Er stellte sich an den Mikrofonständer und machte sein Mikro dort fest. Dann schob er die Gitarre nach vorn und begann ebenfalls zu spielen.

Sarah hatte Gänsehaut.

Sakrileg auf der Bühne zu erleben, war etwas ganz Besonderes. Sie hatten sich vor allem als Live-Band einen Namen gemacht. Viele, die mit ihren Songs im Radio nicht ganz so viel anfangen konnten, mussten aber zugeben, dass die Jungs auf der Bühne unschlagbar waren. Dort strahlten sie eine solche Lebendigkeit und Freude aus, dass man sich dieser Stimmung gar nicht entziehen konnte, selbst wenn man es gewollt hätte. Alex war wirklich voll in seinem Element. Er schaffte es, die Menge zu führen und mit in seine Emotionen hineinzuziehen. Wenn er von Herzschmerz sang, fühlte man mit ihm, wenn er eher frech wurde in seinen Liedern, tobte die Menge. Zwischen den Songs erzählte er immer kurz etwas über die Texte oder gab andere Anekdoten zum Besten. Er war wirklich in Höchstform. Sarah hatte *Sakrileg* ja noch nie live gesehen, aber heute wurde ihr klar, warum diese Band im Moment zu den beliebtesten Musikgruppen der Neuzeit gehörte.

Bei der ersten Zugabe hatte Alex noch eine bedeutende Neuigkeit zu verkünden. Andreas spielte ein

Keyboard-Solo und wurde danach von Alex nach vorn an den Bühnenrand geholt. Alex wartete kurz ab, bis der laute Jubel etwas nachgelassen hatte, dann rief er ins Mikrofon: „Vielen Dank für alles! Ihr seid so großartig." Der Jubel und Applaus wurde wieder lauter. Doch dann konnte man sehen, dass Alex noch etwas sagen wollte. Alex hatte Andreas mit einer Hand an sich herangezogen, strubbelte ihm kurz durch die Haare.

„Leute, ich hasse es, euch das jetzt sagen zu müssen", er holte tief Luft, „aber heute findet nicht nur die *World of Music* ein Ende, sondern auch *Sakrileg* muss ein wichtiges Kapitel ihrer Bandgeschichte abschließen!" Jetzt war es unnatürlich still in der Halle. Man hörte vereinzelte Rufe und Husten. Die Atmosphäre war zum Zerreißen gespannt.

„Das heutige Konzert war zugleich das Letzte für unseren Andreas hier. Ab morgen wird er vorerst nur noch für seine zwei größten Fans spielen: seine Freundin und ihre gemeinsame Tochter. Doch ich hoffe, dass wir ihn eines Tages wieder auf einer großen Bühne sehen. Bitte verabschiedet Andreas zusammen mit uns, mit einem riesigen Applaus!" Dann applaudierte er und alle fielen mit ein. Nachdem es bis eben so still in der Halle gewesen war, brandete nun der Lärm stärker als je zuvor auf. Andreas Augen glitzerten verdächtig, als die Kamera ihn in Großaufnahme einfing.

Auch Sarah bemerkte, dass sie Tränen in den Augen hatte. Sie empfand solche Hochachtung für Alex, solchen Stolz, sie konnte ihre Gefühle nicht in Worte fassen. Er hatte sie wirklich beeindruckt. Und zum ersten Mal war sie stolz, dass Alex Lillys Vater war.

***

Nach dem Konzert trafen sich die Hotelangestellten zu einem kleinen Umtrunk in der Hotellobby. Auch Sarah und ihr Team waren dazu eingeladen. Die *World of Music* war offiziell zu Ende und alle, die dazu beigetragen hatten, dass es wieder ein Erfolg war, durften dies nun feiern. Vor allem die Zimmermädchen und die Putzfrauen, die Kellner und die Küchenhilfen freuten sich sehr, dass auch sie zu dieser Feier eingeladen waren, denn sie wurden sonst selten berücksichtigt. Aber diesmal ließ sich das Hotel nicht lumpen und so gab es Sekt und kleine Häppchen für jeden. Das war natürlich nichts gegen die offizielle Aftershowparty, die von den Sponsoren der Musikmesse ausgerichtet wurde und bei der Alkohol in Strömen floss und nur das feinste Essen aufgetischt wurde. Aber das störte hier niemanden. Alle waren froh, dass es diesen offiziellen Schlussakt gab und dass wirklich alle daran teilhaben durften.

Sarah stand mit einem Glas Sekt in der Hand in einer Ecke des Raumes und genoss das Treiben um sich herum. Viele hatten sie bereits beglückwünscht, denn es hatte sich herumgesprochen, dass sie dafür verantwortlich war, dass James Hartfield für die ausgefallene Band eingesprungen war. Ein paar Leute sprachen sie auch auf den Zeitungsartikel an und zogen sie nun damit auf, dass sich beide Hauptacts der *World of Music* anscheinend für sie interessierten. Doch da für die meisten hier klar war, dass es auch zu Sarahs Aufgaben gehörte, mit den prominenten Gästen essen zu gehen, wurde auch hier der Geschichte keine großartige Bedeutung zugemessen.

Sie sah Bernhard bei den Häppchen stehen und gesellte sich zu ihm.

„Sarah. Schön dich zu sehen. Die Musikmesse war dieses Jahr wirklich ein voller Erfolg. Und das war zum großen Teil dein Verdienst." Er war in den letzten Monaten fast so etwas wie ein väterlicher Freund für sie geworden. Sein Lob für ihre Arbeit bedeutete ihr sehr viel.

Sie prosteten sich zu. Dann stupste er sie leicht mit der Schulter an.

„Und jetzt sag mal, läuft da was zwischen dir und James Hartfield? Oder mit Alex Morgan? Du sorgst ja ganz schön für Schlagzeilen."

„Ja, aber du weißt doch. Diese Klatschblätter machen aus allem eine Story, auch wenn es keine gibt."

Bernhard nickte. „Wenn es keine Story gibt, ist es ja gut. Ich möchte nicht, dass du verletzt wirst. Und ich glaube nicht, dass du mit so einem Rockmusiker glücklich werden könntest. Du bist zu vernünftig dafür."

Also, als vernünftig hätte Sarah ihr Verhalten in den letzten Tagen nicht unbedingt eingeschätzt. Aber die Worte von Bernhard gaben ihr zu denken.

„Hmmm, Alex ist wirklich nicht der verlässlichste Mensch auf dieser Welt. Von seinem Ruf wollen wir mal gar nicht reden. Aber James, von dem habe ich eigentlich noch nie etwas Schlechtes gehört."

Bernhard sah sie erschrocken an. „Sarah, du denkst doch wohl nicht wirklich darüber nach, mit einem von beiden etwas anzufangen, oder?"

Sarah lächelte gezwungen und schüttelte leicht den Kopf. Sie wollte das Thema lieber wechseln. Denn sie hatte ja schon etwas mit Alex angefangen. Auch wenn sie sich gerade nicht so sicher war, ob das wirklich klug gewesen war.

***

Später schaute Sarah noch auf der offiziellen Aftershowparty vorbei. Sie war auch dazu eingeladen, da sie ja die Hauptorganisatorin der Musikmesse war. Vielleicht ergab sich noch eine Gelegenheit, um mit Alex zu reden. Sie hatten noch gar nicht darüber gesprochen, ob und wie es weitergehen sollte. Sarah war sich nicht sicher, ob Alex überhaupt wollte, dass es weiterging. Er hatte ja bekommen, was er wollte. Gut, vorhin in seiner Suite hatte er vor seinen Bandkollegen gesagt, dass sie zusammen waren. Aber wer wusste schon, was das für Alex Morgan bedeutete? Zumindest wäre es schön, wenn sie irgendwie in Kontakt bleiben könnten. Aber momentan hatte sie keinerlei Kontaktdaten von ihm, weder eine Telefonnummer, noch eine E-Mailadresse. Und er auch nicht von ihr.

***

Die Party war in vollem Gang, als Sarah durch die Tür trat. Laute Musik umhüllte sie und sie war für einen Moment orientierungslos, weil so viele Leute herumstanden. Wer hatte die alle eingeladen? Sie erkannte niemanden. Entschlossen drängte Sarah sich durch die Menge und sah sich nach einem bekannten Gesicht um. An einer Bar fand sie schließlich die Jungs von

Sakrileg. Sie waren sehr laut und aufgedreht und hatten anscheinend dem Alkohol schon kräftig zugesprochen. Als Alex sie erblickte, kam er zu ihr und holte sie an die Bar. Dort hielt er sie so fest umklammert, dass Sarah sich fast nicht mehr rühren konnte.

„Hey, Süße, da bist du ja endlich. Hab dich vermisst." Damit drückte er ihr einen feuchten, nach Alkohol riechenden Kuss mitten auf den Mund. Sarah hatte das leichte Lallen in seiner Stimme sofort wahrgenommen. Wahrscheinlich hielt er sie nur deshalb so fest, damit er nicht schwankte. Na prima, soviel dazu, noch mit ihm zu reden. Sie kämpfte sich aus der Umklammerung frei, bestellte sich selbst ein Wasser und beglückwünschte die Band zu ihrem Auftritt. Rick, der auch schon nicht mehr ganz sicher stand, prostete ihr zu.

„Wir danken dir. Du hast das größte Anteil daran, dass heute alles ist so gut gelaufen."

Sarah wunderte sich über das Kompliment. Normalerweise war den Bands die Organisation hinter solchen Veranstaltungen herzlich egal. Jedenfalls solange alles funktionierte. Wenn mal was schief ging, wussten sie natürlich sofort, wer daran die Schuld trug.

Doch das hatte Rick anscheinend auch gar nicht gemeint. Mikas nächste Worte trieben Sarah die Röte ins Gesicht: „Euer nachmittägliches Stelldichein hat Alex dermaßen entspannt, dass er auf der Bühne zur Höchstform aufgelaufen ist. Eigentlich könntest du zu jedem unserer Konzerte kommen. Dann haben wir nur noch Hammerauftritte." Die anderen lachten grölend. Nur Sarah konnte nicht einstimmen. Sie hatte keinerlei Lust darauf, dass hier mit allen ihr Sexleben diskutiert wurde. Sie wand sich mit einer Entschuldigung aus Alex Griff, denn er hielt sie schon wieder fest.

Das Lachen der fünf Jungs verfolgte Sarah noch weiter. Anscheinend kannten die Jungs innerhalb der Band kein Tabu. Das hatte ihr gerade noch gefehlt. Alex schien das Ganze überhaupt nicht peinlich zu sein. Er hatte schließlich am lautesten gelacht. Sarah verdrehte die Augen.

Sie wäre fast in James Hartfield reingerannt, weil sie kopflos durch den Saal stürzte. Ein wenig von ihrem Wasser landete auf seiner Lederjacke.

„Ups, das tut mir leid", entschuldigte Sarah sich lahm.

„Kein Problem!" Er küsste sie zur Begrüßung auf die Wange. Sie hatten seit dem Vorabend nicht mehr miteinander gesprochen und es kam Sarah vor, als sei seitdem mindestens eine Woche vergangen, so viel war in der Zwischenzeit passiert. Sie hatte mit Alex geschlafen, nicht gerade eine Glanzleistung, wenn sie an seine Reaktionen danach dachte. Die Konzerte und damit die *World of Music* hatten ihr Ende gefunden. Das war allerdings eine Glanzleistung, deren Erfolg Sarah auch genießen wollte. Das hatte sie verdient. Und dann war ja noch die leidige Geschichte mit diesem Zeitungsartikel. Sarah wusste gar nicht, wie James diesen aufgenommen hatte. Da er normalerweise ja so darauf bedacht war, keine Skandale zu verursachen, war ihm dieser Artikel bestimmt nicht egal.

„Es tut mir leid wegen gestern. Alles." Sarah sah ihn prüfend an. Wie würde er reagieren.

Er lächelte sie an.

„Warum solltest du dich entschuldigen? Oder hast du diesen Artikel in Auftrag gegeben?"

Sarah schüttelte vehement den Kopf. Wie kam er denn auf sowas?

Doch James lachte. „Das weiß ich doch. War nur ein Scherz. Nein, du bist doch nicht verantwortlich, wenn sich irgendwelche Idioten Geschichten ausdenken müssen. Es tut eher mir leid, dass du in diesen Rummel mit hereingezogen wurdest. Ich habe schon verstanden, warum du sauer warst. Mir schadet so etwas nicht und Morgan ist bestimmt froh, dass sein Ruf als Schürzenjäger nun erst mal wieder nicht infrage gestellt wird. Nur, was ist mit dir? Hat es irgendwelche negativen Konsequenzen für dich? Ich meine für deine Agentur? Oder für deine Tochter?"

Sarah musste über seinen Kommentar zu Alex' Ruf lachen. Und sie war froh, dass James nicht sauer war. Sie versicherte ihm, dass sie mit so einem Artikel gut leben konnte, dass so etwas aufgrund ihrer Arbeit ab und zu mal vorkam.

„Sarah, ich muss bald wieder los." James sah sie eindringlich an. „Mein Flug zurück nach Amerika geht in vier Stunden. Ich bin so froh, dass ich dich noch einmal gesehen habe, denn ich wollte dir unbedingt noch etwas sagen. Können wir uns vielleicht irgendwo unterhalten, wo wir nicht die ganze Zeit beobachtet werden?"

Sarah sah sich erstaunt um. Wer sollte sie hier beobachten. Doch dann blickte sie direkt in Alex' blaue Augen. Gerade wirkte er ziemlich ernüchtert. Er stand an eine Tür gelehnt, eine Flasche Bier in der Hand und blickte die ganze Zeit zu ihnen herüber. Sein Gesichtsausdruck war finster, anscheinend passte es ihm nicht, dass sie hier mit James redete. Sarah war versucht, zu ihm zu gehen und ihn zu fragen, was los war. Aber sie verwarf den Gedanken gleich wieder. Sollte er sich doch denken, was er wollte. Sie war ihm schließlich keine Rechenschaft schuldig.

Sie nahm James bei der Hand und zog ihn mit sich. Im hinteren Teil des Saales, dort wo die Musiktechnik aufgebaut war, gab es einen Notausgang. Zu diesem wollte Sarah, denn dort konnte sie ungestört mit James reden. Es interessierte sie, was er ihr zu sagen hatte. Mit Alex konnte sie später noch sprechen. Der hatte jetzt einen kleinen Denkzettel verdient.

***

Sie setzten sich gemeinsam auf die Treppe hinter dem Notausgang. Das Treppenhaus war leer, so dass sie sich in Ruhe unterhalten konnten. Sarah hatte ihr Wasser mitgenommen und bot James einen Schluck an. Er nahm das Glas, hielt es aber nur in den Händen.

„Sarah, ich muss leider wieder nach Amerika zurück und werde dort bestimmt auch noch die nächsten Monate bleiben. Aber ich möchte, dass du weißt, dass du auf mich zählen kannst, wenn du Hilfe brauchst. Ich werde für dich da sein." Sarah wollte ihn unterbrechen, aber er hob die Hand, um sie zum Schweigen zu bringen. „Nein, ich weiß, was du sagen willst. Du hast dich für Morgan entschieden. Das ist mir klar und wegen deiner Tochter ja auch einigermaßen verständlich. Ansonsten kann ich natürlich nicht verstehen, was du von diesem Kindskopf willst." Er grinste sie an und auch sie musste lachen.

„Aber ich möchte sicher sein, dass es dir gut geht. Bitte bleib mit mir in Kontakt. Ruf mich an, wann immer du Hilfe brauchst. Und vielleicht auch einfach, wenn du jemanden zum Reden suchst. Am liebsten wäre es mir, du würdest jeden Tag anrufen." Er grinste wieder, so dass Sarah nicht sicher war, ob er gerade Scherze machte. Doch dann wurde er wieder ernst, kramte einen Zettel aus seiner Jacke und legte ihn ihr in die Hand. Sie sah, dass eine Nummer darauf stand und ein Wort: „Jederzeit".

Seine Telefonnummer. Er hatte ihr seine Telefonnummer gegeben. Das war wirklich süß. Auch sein Angebot, dass er für sie da sein wollte. Das war so lieb. Eigentlich viel zu lieb. Das hatte Sarah gar nicht verdient. Ihr stiegen Tränen in die Augen. Warum war James so lieb und Alex so ein Arschloch? Warum konnte sie nicht einfach James lieben? Warum musste alles immer so verdammt kompliziert sein?

James reichte ihr ein Taschentuch. Sie wischte sich die Tränen ab und putzte sich die Nase. Dann umarmte sie James einfach. Sie hätte sowieso nicht gewusst, wie sie ihm danken sollte.

Sie saßen noch ein paar Minuten schweigend nebeneinander auf der Treppe und teilten sich Sarahs Wasser. Dann wurde es Zeit für James aufzubrechen. Glücklicherweise wusste Sarah, wie man von der Treppe über ein paar Seitengänge zurück in die Hotellobby kam, ohne noch einmal durch den Saal laufen zu müssen. Sie brachte James noch bis zu seinem Zimmer. Sein Gepäck war schon gepackt und ein Page war dabei, es zur Rezeption zu bringen. Sie umarmten sich noch einmal und Sarah versprach, sich bei ihm zu melden.

Sie winkte ihm nach, als er mit dem Taxi in Richtung Flughafen fuhr. Plötzlich fröstelte sie. Es war zwar Frühling, aber die Nächte waren noch immer kalt und sie hatte keine richtige Jacke an. Schnell eilte Sarah zurück ins Hotel. Sollte sie zur Party zurückkehren und versuchen mit Alex zu reden? Nein, das hatte keinen Sinn, so viel wie er getrunken hatte. Und wahrscheinlich war er jetzt auch noch sauer, weil sie mit James abgehauen war. In so einer Stimmung wollte sie ihm lieber nicht begegnen. Außerdem hatte sie extra nachgeschaut, wie lange er noch hier sein würde und wusste, dass *Sakrileg* erst am nächsten Mittag abreisen wollten. Dann würde sie einfach morgen, wenn er wieder nüchtern war, mit ihm sprechen.

11. Kapitel

Sarah war hundemüde und erleichtert als sie endlich wieder zu Hause war. Da die *World of Music* vorbei war, musste sie am nächsten Tag auch nicht so zeitig im Hotel sein. Sie wollte zwar unbedingt noch mit Alex sprechen, aber der würde wohl kaum vor elf aus dem Bett kommen. Sie würde also gegen zehn ins Hotel fahren, die letzten Aufräumarbeiten überwachen, mit Alex sprechen und dann so schnell wie möglich wieder nach Hause fahren. Danach hatte sie erst einmal zwei Tage frei. Und die wollte sie mit Lilly zusammen genießen. Sie hatte die Kleine dafür extra vom Kindergarten befreit. Das würde nicht mehr gehen, wenn Lilly dann ab Herbst in die Schule kommen würde.

Kaum hatte ihr Kopf ihr Kissen berührt, schlief sie auch schon tief und traumlos.

Sie erwachte davon, dass die Sonne auf ihr Gesicht schien. Ein Blick auf den Wecker verriet ihr, dass es kurz vor neun war, ideal um aufzustehen. Sie hatte zwar Lilly heute Morgen verpasst, aber sie würde sie nachher eher vom Kindergarten abholen, da konnte sie das wieder wettmachen. Mira war unterwegs. Einkaufen oder sonst was. Also hatte Sarah die ganze Wohnung für sich und machte sich erst einmal eine Tasse Kaffee und einen Marmeladentoast. Für die Terrasse war es noch zu kalt, aber sie öffnete das Fenster ganz weit, als sie sich mit dem Frühstück an den Tisch setzte. Die klare Morgenluft weckte ihre Lebensgeister. Schon sah sie alles nicht mehr ganz so schwarz wie am Abend zuvor. Klar hatte Alex zusammen mit seiner Band diesen Auftritt feiern müssen. Und die Kommentare der anderen waren ja auch nicht so schlimm gewesen. Sie bereute es nicht, mit Alex geschlafen zu haben. Es war schön gewesen, also was sollte sie bereuen? Sie hatte niemanden betrogen und war niemandem Rechenschaft schuldig.

Wenn sie allerdings an das Gespräch heute dachte, wurde ihr doch etwas flau im Magen. Heute würde sich zeigen, ob sie und Alex eine Chance auf eine gemeinsame Zukunft hatten. Plante auch er ein Wiedersehen? Oder war es für ihn eine einmalige Sache? Sie hatte zwar aufgrund seiner Äußerungen vom Vortag Hoffnung geschöpft, aber sicher war sie sich beileibe nicht. Und was wollte sie selbst eigentlich?

„Erst mal abwarten, ob er überhaupt mit mir in Kontakt bleiben möchte", sagte sie laut in die Stille hinein. Wenn er sie auch weiterhin sehen wollte, würde sie versuchen, Lilly von Alex möglichst fernzuhalten, jedenfalls am Anfang. Und wenn sich dann herausgestellt hatte, dass Alex es wirklich ernst meinte, dann konnte sie ihm von Lilly erzählen. Auf jeden Fall nicht vorher, denn sobald er erfuhr, dass Lilly seine Tochter war, würde eine Verbindung zwischen ihnen bestehen, auf die sie keinerlei Einfluss mehr hatten. Und nichts wollte Sarah weniger, als Alex dazu zu zwingen, mit ihr in Kontakt zu bleiben.

Sie gab sich noch kurz ihren Tagträumen hin, in denen Lilly an ihrem Einschulungstag von Mama und Papa begleitet wurde, dann musste sie sich langsam für ihre Arbeit fertig machen.

***

Im Hotel angekommen musste Sarah feststellen, dass die Jungs von *Sakrileg* keinesfalls noch in den Betten lagen. Im Gegenteil, sie waren schon fleißig dabei, ihre Instrumente raus in den Busanhänger zu schleppen. Sarah fragte Raffael nach Alex.

„Alex? Der musste doch heute schon ganz früh nach Wien fliegen. Hat schon wieder irgendeinen Interview-Termin. Ich denke ja, er legt sich diese Termine extra so, dass wir auf der ganzen Arbeit sitzen bleiben. Aber er hatte einen ganz schönen Kater heute Morgen, also ist das wohl Strafe genug." Er kicherte und ließ Sarah mit offenem Mund stehen.

Hatte sie richtig gehört? Alex war nicht mehr da? Sie wollte doch mit ihm reden. Sie *musste* mit ihm reden. Und jetzt war er weg. Sie konnte das gar nicht fassen. Hatte sich denn alles gegen sie verschworen?

Die nächsten drei Stunden sah man Sarah zwar überall nach dem Rechten sehen, aber in Wirklichkeit war sie überhaupt nicht bei der Sache. Sie überlegte, wie es nun weitergehen sollte. Sie hatte nichts mit Alex klären können und auch keine Kontaktdaten ausgetauscht. Nun musste sie warten, bis der Zufall sie mal wieder zusammen brachte? Nein, Quatsch. Im Zeitalter von Facebook und Google sollte es doch kein Problem sein, die Kontaktdaten von jemandem zu bekommen. Dieser Gedanke beruhigte sie ungemein. Wenn Alex wollte, würde er sie anrufen können oder ihr eine E-Mail schreiben. Oder sie über Facebook kontaktieren, oder sonst was. Er hatte auf jeden Fall mehrere

Möglichkeiten. Und sie fand, dass es auf jeden Fall seine Aufgabe war, sich zuerst bei ihr zu melden.

Soweit beruhigt, packte Sarah ihre Sachen zusammen, verabschiedete sich noch kurz von Bernhard und fuhr dann nach Hause für ihren Kurzurlaub. Unterwegs holte sie noch Lilly vom Kindergarten ab. Die nächsten Tage würden nur ihrer Tochter gehören. Sie konnten ins Kino gehen oder in den Zoo. Sie konnten die Spiele spielen, für die Sarah sonst nur wenig Zeit hatte. Sie konnten es sich einfach so richtig gut gehen lassen. Und alles Weitere würde sich schon ergeben.

Lilly war begeistert von Sarahs Ideen. Zusammen überlegten sie, was sie wann machen wollten. Die zweieinhalb Tage waren schnell verplant, so dass Sarah nicht viel Zeit hatte, über etwas anderes nachzudenken.

***

Die Tage vergingen, Sarah war wieder im Hotelalltag angekommen. Von Alex war nichts gekommen. Klar hörte man von ihm. Hier ein Radiointerview, da ein Zeitungsartikel. Aber er meldete sich nicht bei ihr. Langsam begann Sarah, an ihrer eigenen Überzeugung, dass er sich zuerst melden musste, zu zweifeln. Vielleicht wartete er darauf, dass sie sich meldete?

Tagelang schob sie die Entscheidung, ob sie sich melden sollte, vor sich her. Sie war auch oft in Versuchung James anzurufen und ihn um Rat zu bitten, aber das fand sie dann doch zu armselig und ließ es bleiben. Sie hatte bestimmt schon dreimal angefangen, Alex über

Facebook eine Nachricht zu schreiben, löschte sie dann aber doch immer wieder, ohne sie abzuschicken.

Eines Tages überraschte Lilly Sarah mit den Worten: „Mama, hast du schon das Neueste von Alex gehört?" Sarah sah überrascht auf. Es gab Neuigkeiten von Alex? Hatte er sich gemeldet?

„Sie bringen ein neues Album raus. *Sakrileg* meine ich. Und sie haben schon eine neue Single veröffentlicht." Ach so. Sarah war ein bisschen enttäuscht. Deshalb bekam sie auch nicht gleich mit, was Lilly sie fragte. Diese hopste vor Aufregung auf und ab. „Mama? Was ist nun? Willst du sie hören oder nicht? Mira hat sie mir vorhin runtergeladen."

Automatisch nickte Sarah. Also setzte Lilly sich an den Laptop und rief das Musikprogramm auf. Sarah wunderte sich wie immer, wie selbstverständlich ihre kleine Tochter mit dieser Technik umging. Ein neues Album? Das konnte der Grund dafür sein, dass Alex sich so lange nicht gemeldet hatte. Er hatte einfach keine Zeit gehabt.

Schon erklangen die ersten Töne und Alex' Stimme verursachte kleine Gänsehautschauer auf Sarahs Rücken. Sie gab sich diesem Gefühl eine Weile hin, dann begann sie auf den Text zu hören. Moment mal! Das konnte doch nicht sein, oder?

Sie musste sich verhört haben.

„Lilly, kann ich den Song bitte noch mal hören?", fragte Sarah, als der Song zu Ende war. Lilly nickte freudig. Diesmal konzentrierte Sarah sich von Anfang an auf den Text.

There is this girl
I want her so much.
But she goes away
Every time I beg for love.
Baby you think,
You are better than all others,
You could have every guy.
But you will see
How you feel,
If I broke your heart.
Then you will know
How it feels
To be treated like you treat them.
I met her before
Her sex was so good.
But then she left me
And my heart broke in two.
Baby you think,
You are better than all others,
You could have every guy.
But you will see
How you feel,
If I broke your heart.
Then you will know
How it feels
To be treated like you treat me.
I will make you love me
I will make you cry
I will play the lover boy
I will break your heart
And go away
When you beg for love.

Lilly tanzte glücklich zu dem Song. Sie verstand den Text ja nicht. Selbst wenn sie ihn verstanden hätte, hätte er für sie keine tiefere Bedeutung.

Sarah hingegen verstand sehr genau.

Endlich hatte sie die Erklärung, warum Alex sich nie mehr gemeldet hatte. Er hatte ja erreicht, was er wollte. Er hatte sich nur an ihr rächen wollen. Für seinen verletzten Stolz, weil sie ihn damals vor sieben Jahren verlassen hatte. Aber sie hatte ihm doch erklärt, warum sie das getan hatte. Und er hatte es verstanden und ihr verziehen. Oder zumindest hatte er ihr das vorgespielt.

So ein Arschloch. So ein Idiot! Und sie war so naiv gewesen. Sie hatte echt geglaubt, er wäre nicht so, wie alle von ihm dachten. Wie blöd war sie eigentlich? Er hatte ihr die ganze Zeit etwas vorgespielt. Deshalb war er plötzlich so nett gewesen. Er hatte sie von vorne bis hinten verarscht. Und um dem Ganzen dann noch die Krone aufzusetzen, erzählte er jedem diese Geschichte jetzt auch noch im Radio. Als öffentlicher Hohn für sie sozusagen.

Aber in einem hatte er versagt. Er hatte nicht ihr Herz gebrochen. Denn sie hatte ihm nie so weit vertraut, dass sie ihm ihr Herz geschenkt hätte. Sie war vielleicht kurz davor gewesen, sich auf ihn einzulassen, aber ihr Herz war vor ihm sicher. Auch wenn es jetzt verdammt wehtat.

Oh, sie war so wütend! Die nächsten Tage kochte sie vor Zorn. Wann immer sie den Song im Radio hörte, und offensichtlich liebten die Radiomoderatoren das Lied, schaltete sie wütend den Sender weg. Bei Lilly konnte sie das natürlich nicht machen. Ihre kleine Tochter wunderte sich schon, dass Sarah so ungehalten reagierte, wann immer sie den Song laut drehte. Dabei war *Break your heart* schon nach kurzer Zeit in allen Charts ganz oben.

Nur auf ihrer Arbeit schaffte Sarah es, sich soweit abzulenken, dass sie nicht ständig daran dachte, wie sie betrogen worden war. Am Anfang war es schwer gewesen, alles hier hatte sie an Alex erinnert. Aber mittlerweile war wieder so viel anderes passiert, dass diese Erinnerungen verblasst waren.

Es gab nur einen Menschen, mit dem sie über ihre Gefühle reden konnte und das war ausgerechnet James. Am Tag nachdem sie den Song das erste Mal gehört hatte, hatte sie den verknitterten Zettel aus ihrer Handtasche gefischt, zum Telefonhörer gegriffen und James angerufen. Er war nicht überrascht, von ihr zu hören. Und er hatte auch sofort erkannt, von wem Alex da sang.

„Du Arme. Er ist wirklich ein Arschloch. Das hätte ich ihm nie zugetraut." James verstand sie und er hielt zu ihr. Seitdem hatten sie fast jeden Abend miteinander telefoniert. Nur wegen dieser Telefonate schaffte Sarah es, nicht durchzudrehen und ihrer Wut freien Lauf zu lassen. Sie fasste sich langsam wieder und kehrte in ihren Alltag zurück. Sie war mittlerweile mehr als dankbar, dass sie Alex nie von Lilly erzählt hatte.

***

Eine Woche später klingelte Sarahs Handy. Eine unbekannte Nummer.

„Ja?"

„Sarah? Ich bin es, Alex." Sarah erstarrte mit dem Handy in der Hand. Dann drückte sie den Anrufer weg. Zitternd steckte sie das Handy wieder in ihre Hosentasche. Warum hatte er angerufen? Das würde sie jetzt natürlich nicht mehr erfahren. Aber das machte gar keinen Sinn.

Das Telefon klingelte wieder. Dieselbe Nummer. Sarah ließ es klingeln. Sie wollte auf keinen Fall mit Alex reden. Dann meldete sich ihr Nachrichtenprogramm.

Sarah, bitte geh ran!, schrieb Alex.

Sarah schaltete ihr Handy aus. Was wollte der Idiot nur von ihr? Sie war zwar neugierig, aber sie würde nicht mit ihm sprechen. Sollte er ihr doch schreiben, was er wollte. Dann konnte sie immer noch entscheiden, wie sie damit umging.

Am nächsten Morgen musste Sarah ihr Handy wieder anschalten. Sie brauchte es für die Arbeit. Der Mailservice meldete fünf Anrufe in Abwesenheit, alle von derselben Nummer. Geschrieben hatte er nicht noch einmal. Kaum hatte sie das Handy angeschaltet, klingelte es schon wieder. Diesmal ging Sarah gleich beim ersten Klingeln dran.

„Arschloch! Was willst du denn noch?"

„Sarah?" Sie zuckte zusammen. Es war James. Kurz schloss sie die Augen. „Entschuldige bitte, ich habe dich für jemand anderen gehalten."

„Für Alex?" Sarah hörte ein Grinsen in James Stimme. Sie nickte. Dann erinnerte sie sich, dass er sie nicht sehen konnte.

„Ja, genau."

„Dann hat er also schon angerufen. Ich wollte dich eigentlich vorwarnen. Hast du mit ihm geredet?"

Sarah wurde hellhörig. Warum wusste James, dass Alex bei ihr angerufen hatte?

„Ich will nicht mit ihm reden. Hast *du* ihm meine Nummer gegeben?" Sarah sprach das erste aus, was ihr in den Sinn gekommen war. James antwortete nicht sofort, sie hatte wohl ins Schwarze getroffen. Hatten sich denn alle hier gegen sie verschworen?

„Warum hast du das gemacht, James? Du weißt doch, was er getan hat."

„Ich weiß, Sarah. Aber er hat es mir erklärt. Sarah, das ist alles ein großes Missverständnis. Du musst ihn nur erklären lassen."

Sarahs Stimme wurde eisig. „Ach, und das hast du ihm geglaubt? Ein schöner Freund bist du." Damit legte sie auf. Sie konnte nicht glauben, dass James nun zu Alex hielt, nur weil der ihm irgendeine Story aufgetischt hatte. James war ihr Freund. Zumindest hatte sie das gedacht.

12. Kapitel

Alex

Wo war das verdammte Handy nur? Seit Tagen behielt Alex es praktisch in der Hand, damit er nicht verpasste, wenn sie endlich zurückrief. Und nun, als es endlich klingelte, fand er es nicht. Er wühlte sich durch sämtliche Taschen seiner Jacken an der Garderobe. Irgendwo hier musste es doch sein. Hoffentlich gab sie nicht auf, weil sie dachte, er wollte nicht rangehen.

Da, endlich! Als er die Lederjacke ein Stück zur Seite schob, um an die darunter hängende Jacke zu kommen, sah er sein Handy. Es lag auf dem Schuhschrank. Die Jacke hatte es verdeckt.

„Ja?"

„Morgan? Endlich, ich dachte schon, du schläfst noch."

Hartfield. Der hatte ihm gerade noch gefehlt.

„Ich bin schon ewig wach", knurrte Alex nicht ganz wahrheitsgemäß ins Telefon.

„Hast du schon mit Sarah gesprochen?"

„Nein, hab sie noch nicht erreicht." Mehr musste Hartfield nicht wissen. Dass sie bei seinem ersten Versuch einfach aufgelegt hatte und seitdem nicht mehr ans Telefon ging.

„Kein Wunder. Ich denke nicht, dass sie überhaupt mit dir sprechen will. Ich habe gerade mit ihr geredet und, oh Mann, sie ist jetzt auch noch sauer auf mich. Weil ich dir ihre Telefonnummer gegeben habe."

„Na und? Was kann ich dafür?"

Alex hörte James am anderen Ende der Leitung wütend schnauben. Okay. Das war vielleicht nicht ganz fair. Schließlich hatte er den Sänger praktisch angefleht, ihm Sarahs Nummer zu geben.

„Was du dafür kannst? Eine ganze Menge, mein Junge."

Alex hasste es, wenn James heraushängen ließ, dass er ein paar Jahre älter war. Deswegen hatte er die Weisheit noch lange nicht gepachtet. Und dass Sarah sauer auf ihn war, war ihm klar. Leider hatte sie auch allen Grund, auch wenn er nun wirklich nichts dafür konnte, dass ausgerechnet dieser Song bei allen so beliebt war. Als er ihn damals den Jungs vorgespielt hatte, waren die so begeistert gewesen, dass sie gleich eine Demo aufnehmen wollten. Ihr Produzent hatte sofort entschieden, dass dieser Song noch mit auf das fast fertig gestellte neue Album musste. Tja, auch die Plattenfirma war begeistert gewesen und wollte dieses Lied unbedingt als erste Single rausbringen. Gut, vielleicht hätte er es verhindern können, wenn er gewollt hätte. Aber in dem Moment war er einfach so froh gewesen, dass alle so begeistert waren und hatte sich anstecken lassen. Dass Sarah diesen Song in den falschen Hals bekommen würde, daran hatte er in dem Moment einfach nicht gedacht.

„Morgan? Bist du noch da?", fragte James am anderen Ende der Leitung.

„Jaja. Was kann ich denn dafür, dass die Leute unseren neuen Song so sehr mögen und er überall rauf und runter gespielt wird?"

James lachte auf. „Es war ja wohl klar, dass der einschlägt wie eine Bombe. Endlich mal nicht das übliche

Geschnulze, was sonst den ganzen Tag im Radio hoch und runter gespielt wird ..."

Es war Alex ja auch klar, warum der Song so beliebt war. Da brauchte er keine Belehrungen von jemandem, dessen letzte Songs allesamt Schnulzen waren. Alex musste grinsen. Das konnte er Hartfield jetzt noch eine Weile unter die Nase reiben. Dessen aktueller Song, die bisherige Nummer eins, war von *Break your heart* nämlich kurzerhand vom Thron gestoßen worden.

„Und was soll ich jetzt deiner Meinung nach machen? Wenn sie nicht mit mir sprechen will, kann ich sie ja schlecht dazu zwingen, oder?"

„Mensch Morgan, wie kann man so auf dem Schlauch stehen? Klar kannst du sie zwingen zuzuhören. Vielleicht nicht am Telefon, aber wenn du direkt vor ihr stehst ..."

Hm, stimmte eigentlich. Warum war er da nicht selbst drauf gekommen? Er würde einfach hinfahren, mit ihr reden und das Missverständnis aus dem Weg räumen. Und dann konnten sie zum gemütlichen Teil übergehen. Beim Gedanken daran wurde ihm ganz warm und er grinste in sich hinein.

„Du hast nicht zufällig ihre Adresse?", fragte er James.

Der Mann am anderen Ende der Leitung lachte laut und herzlich. Alex schüttelte den Kopf, murmelte eine kurze Verabschiedung und legte auf. Eigentlich konnte er den Kerl ja ganz gut leiden, aber manchmal ging er ihm echt auf die Nerven.

Jetzt musste er nur noch Sarahs Adresse rausbekommen und sie dann besuchen. Er würde ihr schon erklären, dass der Song nicht seine Absichten in Bezug auf sie ausdrückte. Jedenfalls jetzt nicht mehr. Klar, am

Anfang war es durchaus seine Absicht gewesen, sie in sich verliebt zu machen und sie dann eiskalt abzuservieren. Aber dann tauchte Hartfield auf der Bildfläche auf und machte seinen Plan zunichte. Sie hatte sich so gut mit Hartfield verstanden, ihn angehimmelt und mit ihm auf Teufel-komm-raus geflirtet. Erst wusste Alex selbst nicht, warum ihn das so gestört hatte. Er hatte es auf seinen verletzten Stolz, sein angeknackstes Selbstbewusstsein geschoben, weil sie James Hartfield offensichtlich vorzog.

Aber dann war ihm irgendwann klar geworden, dass er eifersüchtig auf James Hartfield war. Eifersüchtig, weil Sarah ihm eben doch immer noch mehr bedeutete, als er selbst wahrhaben wollte. Und als sie ihm dann gesagt hatte, warum sie damals abgehauen war ... Nein, verstanden hatte er es nicht wirklich, aber zumindest hatte sie einen Grund gehabt. Einen anderen als den, dass sie das einfach immer so machte. Sie hatte Angst gehabt. Das hatte er auch gehabt. Diese Erklärung konnte er verstehen und an dieser hielt er sich fest. Und daran, dass die Gefühle zwischen ihnen nach wie vor da waren. Dieses Knistern, das ihn fast wahnsinnig machte, wann immer er sie sah oder auch nur an sie dachte. Und er war sich sicher, dass es ihr genauso ging. Also musste er es nur schaffen, ihr das mit dem Song plausibel zu erklären, dann konnten sie sich auf andere Dinge konzentrieren. Schöne Dinge.

***

Es war wirklich schwer, Sarahs Adresse herauszubekommen. Erst ein paar Tage später hatte Alex Glück. Er war schon früh auf die Idee gekommen, ihre Adresse im Grand Hotel zu erfragen, aber bisher hatte er immer die Auskunft bekommen, dass diese Adressdaten aus Datenschutzgründen nicht herausgegeben wurden. Er hatte alles versucht. Er hatte den Promibonus eingesetzt, hatte geflirtet was das Zeug hielt, wenn am anderen Ende der Leitung eine Frau saß, aber es hatte nichts genutzt. Irgendwann war er der Dame am Empfang wohl auf die Nerven gegangen, denn sie verband ihn plötzlich mit Bernhard, dem Hotelmanager. Er hatte Bernhard bei seinem Besuch im Grand Hotel kennengelernt und er wusste auch, dass Bernhard und Sarah gut befreundet waren. Also hatte er Bernhard erklärt, dass er sich unbedingt bei Sarah entschuldigen und warum er sie dazu sehen musste. Bernhard war ein harter Brocken gewesen, das musste man ihm lassen. Aber irgendwann schaffte Alex es, ihn zu erweichen und ihm eine Straße, die Hausnummer und den Ort, wo Sarah wohnte, zu entlocken.

Als er nun mit seinem Sportwagen zu der angegebenen Adresse fuhr, sah er, dass es sich doch eher um ein Dorf als eine Stadt handelte. Komisch, er hatte immer gedacht, Sarah würde in einer schicken Wohnung in der Innenstadt leben. Stattdessen fuhr er hinter einem Traktor her durch ein Dorf, das vermutlich nicht einmal tausend Einwohner zählte.

Um die angegebene Adresse zu erreichen, musste er kurz vor Dorfausgang in eine kleine Nebenstraße einbiegen und hielt schließlich vor einem kleinen, gemütlichen Häuschen mit Garten. Überall stapelte sich Holz, entweder sie heizte das Haus damit oder sie hatte einen Kamin. Alex hoffte auf letzteres, er fand den Gedanken an Sex vor dem Kamin sehr verlockend. Als er ausstieg, fühlte er sich mit seinem schicken, schwarzglänzenden Sportwagen und seinen Designerklamotten fehl am Platz hier zwischen lauter Familienautos und Kleinwagen älterer Modelle. Ob eines dieser Autos Sarah gehörte?

***

Aus dem Garten war ein lautes Kinderlachen zu hören. Ach ja, Sarah hatte ja eine Tochter. Wie hieß die noch gleich? Sie hatte es ihm gesagt, aber er hatte es vergessen.

Der kleine Blondschopf tauchte auch schon am Zaun auf.

„Hi, Alex, euer neuer Song ist echt cool."

Alex verwuschelte der Kleinen die Haare. Soso, sie fand den Song also „cool". Na, ihre Mutter sah das wohl etwas anders.

„Hi, Kleine, ist deine Mama da?"

Das Mädchen rannte in den hinteren Teil des Gartens, den man vom Zaun aus nicht sehen konnte, weil er vom Haus verdeckt war. Dann kam sie mit einem etwa zwanzigjährigen Mädchen an der Hand zurück. Eindeutig nicht Sarah.

„Schau Mira, Alex Morgan ist hier! Sie hat mir nicht geglaubt", fügte die Kleine erklärend an Alex gewandt hinzu. Mira kam auf ihn zu und schüttelte ihm die Hand. Sie öffnete aber nicht das Gartentor für ihn.

„Kann ich reinkommen?", fragte er deshalb.

„Sarah ist nicht da", antwortete Mira.

Mist. Aber so schnell wollte Alex nicht aufgeben.

„Kann ich dann vielleicht hier auf sie warten?" Er lächelte sie nett an und hoffte, dass sie ihn endlich hereinbitten würde. Er konnte die Blicke der Nachbarn förmlich in seinem Nacken spüren. Und wer war diese Mira überhaupt? Noch eine Tochter von Sarah? Aber so alt war Sarah ja noch nicht. Außerdem sahen sie sich überhaupt nicht ähnlich.

„Sie können warten, ja. Aber draußen!" Alex glaubte, sich verhört zu haben. Dieses Miststück ließ ihn einfach stehen und ging wieder zurück in den Teil des Gartens, den er nicht einsehen konnte. Sie hatte auch mit keinem Wort verlauten lassen, wo Sarah war oder wann sie zurückkommen wollte. Schöne Bescherung. Da stand er nun und wusste nicht, was er machen sollte. Wenn er jetzt wegfuhr und später noch mal wieder kam, könnte er Sarah verpassen. Und wenn sie dann erfuhr, dass er da gewesen war ... Er traute ihr durchaus zu, dass sie dann ihre Familie packte und weit weg fuhr, nur um ihm nicht zu begegnen. Nein, er musste jetzt auf sie warten.

Er wollte aber nicht hier rumstehen. Es war peinlich, dass er nicht wenigstens drinnen warten durfte. Also setzte er sich in sein Auto und beobachtete Sarahs Haus. Er sah Sarahs Tochter im Garten herumtoben. Von dem anderen Mädchen, dieser Mira, war nichts zu sehen.

Er lehnte sich im Sitz zurück und schloss kurz die Augen. Plötzlich klopfte es am Seitenfenster. Er öffnete die

Augen wieder und blickte direkt in das Gesicht von Sarahs Tochter. Er ließ die Scheibe runter fahren.

„Jaaa?", fragte er gedehnt.

„Kommst du mitspielen?"

Die Kleine war wirklich süß, wie sie ihn mit ihren großen blauen Augen ansah. Ihre Frisur sah schon reichlich zerzaust aus und ihre Wangen waren leicht gerötet. Sie erinnerte ihn an irgendjemanden, aber an wen?

„Was spielst du denn?"

„Lilly!", rief da plötzlich Mira aus dem Garten.

Ach ja, Lilly hieß sie.

„Komme gleich", brüllte die Kleine zurück und wandte sich dann wieder an Alex: „Ich will Fußball spielen, aber Mira hat keine Lust. Sie muss lernen! Sie studiert nämlich. Das ist wichtiger als Fußball spielen, sagt sie. Und Männer mögen doch Fußball, sagt jedenfalls meine Mama immer."

Alex lachte. Soso, da konnte sie recht haben. Aber nicht unbedingt mit kleinen blonden Mädchen. Egal, besser als gar nichts. Er schwang seine langen Beine aus dem niedrigen Wagen und hievte sich hoch.

„Lilly? Wer ist eigentlich diese Mira? Ist das deine Schwester?", fragte er wider besseren Wissens. Die Kleine schüttelte den Kopf und kicherte.

„Nein, Mira ist da um mit mir zu spielen."

Aha, eine Spielkameradin von der Kleinen. Der Altersunterschied überraschte ihn zwar, aber vielleicht war das bei Mädchen ja nicht so ausschlaggebend. Auf jeden Fall war sie nicht verwandt und hatte damit auch gar keine Berechtigung, ihm irgendetwas zu verbieten. Also ging er wie selbstverständlich mit Lilly zusammen in den Garten. Sie führte ihn nach hinten, in den Teil, den er vorhin nicht hatte einsehen können. Dort saß Mira an einem kleinen Gartentisch und hatte tatsächlich ein paar Bücher vor sich liegen. Als sie ihn hinter Lilly erblickte, kniff sie ärgerlich die Augen zusammen, sagte aber nichts weiter dazu, sondern schaute demonstrativ weiter in ihre Bücher.

Lilly holte ihren Ball, der erfreulicherweise nicht rosa war, aus der Garage und deklarierte den ganzen hinteren Teil des Gartens als Spielfeld und den Zwischenraum zwischen einem Apfelbaum und einer Hecke als Tor. Nach ein paar Minuten nahm Alex Lilly erst einmal zur Seite und erklärte ihr ein paar simple Regeln und gab ihr ein paar Tipps, wie sie den Ball besser treffen könnte. Sie gab sich wirklich Mühe, aber man konnte schnell erkennen, dass sie keinerlei Ballgefühl hatte und es in dieser Sportart wohl nicht allzu weit bringen würde.

Doch sie hatte Spaß, sie kreischte und jubelte, wann immer sie den Ball überhaupt mal traf. Alex musste unwillkürlich mitlachen. Die Kleine war wirklich in Ordnung. Später saßen sie zusammen auf dem Rasen und spielten zusammen Memory. Hier war Lilly nun wieder sehr gut und Alex hatte es schwer, mitzuhalten. Er hatte das auch schon ewig nicht mehr gespielt, aber Lilly schien wirklich hellseherische Fähigkeiten zu haben, was diese Kärtchen anging. Er wusste nicht, wie lange er jetzt schon hier war und mit Lilly spielte, aber irgendwann stand plötzlich Sarah hinter ihm. Zuerst nahm er ihren Schatten wahr, dann ihr Räuspern. Er stand auf. Sie funkelte ihn wütend an.

„Was willst du denn hier? Raus aus meinem Grundstück!"

Aus den Augenwinkeln sah Alex, dass Mira zu Lilly geeilt war und sie jetzt mit ins Haus nahm. Aha, die Kleine sollte wohl nicht mitbekommen, was Sarah ihm zu sagen hatte.

Im Moment hatte sie ihm allerdings nicht viel zu sagen. Sie zeigte nur stumm auf den Ausgang und funkelte ihn noch immer wütend an. Sie sah so süß aus, wenn sie wütend war. Gefährlich und süß. Eine erregende Mischung. Am liebsten hätte Alex sie gepackt, ins Gras geworfen und ihr dann gezeigt, dass sie ihn eigentlich gar nicht rauswerfen wollte.

Dann erinnerte er sich daran, warum er eigentlich hier war. Er wollte sie nicht flachlegen, sondern sich entschuldigen. Und wenn Versöhnungssex drin war, würde er den bestimmt nicht ablehnen. Unwillkürlich musste er grinsen, verkniff es sich jedoch sofort wieder und bemühte sich um einen ernsten Tonfall.

„Sarah", begann er. „Du hast das alles missverstanden ..."

„Da konnte man nichts falsch verstehen. Und jetzt raus hier! Du hattest doch was du wolltest, was willst du jetzt noch?"

Das klang ernst. Und überhaupt nicht danach, dass sie gewillt war, ihm irgendetwas zu verzeihen. Er verschränkte die Arme und stellte sich noch fester hin. Nein, gehen würde er jetzt auf keinen Fall. Sie sollte ihm wenigstens die Chance lassen zu erklären.

„Können wir irgendwo was trinken gehen, dann erkläre ich dir alles."

Sie schüttelte vehement den Kopf und verschränkte ebenfalls die Arme. Sie standen sich nun gegenüber und starrten sich wütend in die Augen. Na das war anscheinend doch nicht so einfach, wie Alex sich das vorgestellt hatte. Gut, dann musste er es ihr eben hier erklären.

„Ich habe dich vermisst, seit der Musikmesse …“

„Das habe ich gemerkt, so oft, wie du dich gemeldet hast!“, unterbrach sie ihn sarkastisch.

„Wir hatten viel mit dem Album zu tun und …“

„Und mit eurem tollen neuen Hit. Schön, dass jetzt jeder weiß, wie du mich verarscht hast!“

Oje, Sarah war wirklich sauer wegen dem Lied. Das war vielleicht auch nicht ganz unberechtigt. Alex wusste kurz nicht, wie er weitermachen sollte. Dafür war Sarah jetzt richtig in Fahrt.

„Du hast das Lied doch auf der Musikmesse geschrieben, oder?“ Sie sah ihn abwartend mit zusammen gekniffenen Augen an.

„Ja, aber …“

„Und in dem Lied geht es ja wohl eindeutig um mich.“ Auch diese Feststellung konnte er schlecht leugnen. Himmel, das wurde ja immer verfahrener. Sie wollte ihn anscheinend auch nicht zu Wort kommen lassen.

„Alexsi Nicolas Morgan, für mich stellt sich die ganze Sache glasklar dar: du wolltest dich an mir rächen, weil ich damals deinen Stolz verletzt habe, als ich einfach gegangen bin. Also warst du nett zu mir und hast alles dafür getan, dass ich mich in dich verliebe, damit du mir dann das Herz brechen kannst, indem du einfach auf Nimmerwiedersehen verschwindest. Ich will dir mal was sagen, mein Lieber: es tut mir leid, das ist dir nicht gelungen! Ich liebe dich nicht, du kannst mir also gar nicht das Herz brechen.“ Beim letzten Satz brach sich Sarahs Stimme etwas, hatte aber nichts von ihrer

Wut verloren. Sie drehte sich um und ging ins Haus. Ihn ließ sie einfach so stehen, sprachlos und verwirrt. Er war zu keinem klaren Gedanken fähig.

Langsam ging er aus dem Garten, schloss sorgfältig das Tor hinter sich und lief zu seinem Wagen. Er brauchte ein paar Minuten, um sich zu sammeln, dann startete er das Auto und fuhr in die Stadt. Er hatte sich dort ein Hotelzimmer gebucht, hatte aber nicht ernsthaft damit gerechnet, dass er dort schlafen würde. Jedenfalls nicht allein.

Sie hatte es deutlich gesagt: sie liebte ihn nicht. Das traf ihn mehr als alles andere. Aber warum? Er liebte sie doch auch nicht, oder? Ihr Bild erschien vor seinem inneren Auge. Wie sie lachend die Haare zurückwarf, wie sie ihn mit ihren wunderschönen grünen Augen wütend anfunkelte und wie sich ihr Blick verschleiert hatte, als sie sich geliebt hatten. Sein ganzer Körper verlangte nach ihr. Aber sein Kopf? War er verliebt? Er hatte Herzklopfen, wenn er an sie dachte und er dachte eigentlich ständig an sie.

Mitten in seine Überlegungen hinein klingelte sein Handy. Geistesabwesend ging er ran.

„Ja?“

„Hartfield?“ Der schon wieder. Alex verdrehte die Augen.

„Hast du schon mit Sarah gesprochen?“ Alex war verblüfft. Woher wusste dieser Typ das?

„Jaaa“, Alex formulierte das eher als Frage.

„Und?“

„Na ja. Sie ist immer noch sauer.“

Am anderen Ende der Leitung lachte James kurz und hart auf.

„Morgan, ich wollte dich nur vorwarnen. Der Fairness halber. Wenn du das versaust mit Sarah, schnapp ich sie mir." Damit legte er auf.

Alex schüttelte den Kopf. „Das glaubst aber nur du", murmelte er leise zum Telefon hin.

13. Kapitel

Sarah

So ein Idiot. Was wollte er hier? Sarah war richtig wütend. Erst dieser Song und jetzt tauchte er einfach vor ihrer Tür auf? Nein, schlimmer noch, er spielte einfach ohne Erlaubnis mit ihrer Tochter Memory. Gut, es war auch seine Tochter, gab sie sich selbst zu bedenken. Das wusste er aber nicht, er hatte kein Recht, mit ihr zu spielen. Sie war froh, ihn rausgeworfen zu haben. Sie wusste zwar immer noch nicht, was er eigentlich von ihr gewollt hatte, aber das interessierte sie auch nicht. Wie er da vorhin gestanden und selbstgefällig gegrinst hatte, das hatte die Wut in ihr zum Überkochen gebracht. Dieses Grinsen hatte sie ihm aus dem Gesicht gewischt und zum Schluss sah er doch sehr mitgenommen aus. Aber das geschah ihm ganz recht. Hoffentlich hatte er verstanden und sie würde ihn nie wiedersehen.

Auf dem Weg zu Lilly kam ihr Mira entgegen.

„Ich habe ihm nicht erlaubt, reinzukommen. Lilly hat ihn aufgefordert, mit ihr zu spielen.“

Sarah nickte. „Ich mache dir keinen Vorwurf.“

„Es tut mir leid, dass das passiert ist.“ Damit ging Mira in die Küche.

Sarah hatte Mira erzählt, was passiert war. Natürlich nicht alle Einzelheiten. Und Mira wusste auch nicht, dass Alex Lillys Vater war. Aber zumindest wusste sie, dass Alex sie nach Strich und Faden verarscht und dann die ganze Geschichte, sozusagen als Krönung, auch noch als Song veröffentlicht hatte. Ein Nummereins-Hit selbstverständlich. Auch wenn Mira total auf *Sakrileg* stand, fand sie dieses Verhalten auch ziemlich mies und war ganz auf Sarahs Seite.

***

Sarah fand Lilly in ihrem Zimmer. Sie saß an ihrem Schreibtisch, hatte die Kopfhörer des MP3-Players auf den Ohren und malte. Als sie Sarah bemerkte, schaltete sie ihre Musik aus und zeigte Sarah aufgeregt das Bild, das sie gerade fertiggestellt hatte. Sarah konnte kaum etwas darauf erkennen. Eine große Künstlerin war Lilly nicht gerade. Aber sie malte mit Leidenschaft und das war alles, was für Sarah zählte. Also bewunderte sie Lillys Kunstwerk ausgiebig und fragte sie dann nach ihrem Tag im Kindergarten.

Sie waren wieder in der Schule gewesen. Lilly liebte diese Ausflüge und freute sich schon wie verrückt auf die Zeit nach den Sommerferien, wenn sie selbst ein Schulkind sein würde. Lange war es ja nicht mehr hin. Während Lilly ihr ausführlich von ihren Erlebnissen in der Schule erzählte, ordnete Sarah Lillys Pullover im Schrank. Lilly zog immer irgendeinen aus dem Stapel, so dass der Pulloverstapel aussah, als hätte eine Bombe eingeschlagen.

„Mama, vorhin war doch Alex da." Sarah horchte auf.

„Ich habe gesehen, dass du mit ihm gestritten hast. Tut mir leid, dass ich mit ihm gespielt habe, obwohl Mira verboten hatte, dass er mit reinkommt. Aber wir waren nur im Garten, ehrlich. Und Mira wollte kein

Fußball spielen und da hab ich gedacht ...“ Sie schaute ihre Mutter mit bittenden Augen an.

Sarah strich ihrer Tochter beruhigend über den Kopf. „Kein Problem, meine Kleine. Ich habe mich nicht deswegen mit ihm gestritten. Mach dir keine Gedanken.“

„Warum habt ihr euch gestritten?“ Die Frage wurde mit solch kindlicher, unschuldiger Neugier gestellt, dass Sarah schlucken musste. Was sollte sie ihrer Tochter erzählen?

„Weißt du, Lilly-Maus. Erwachsene streiten manchmal, wenn einer etwas Böses sagt oder macht. Und Alex hat etwas getan, was mich sehr böse gemacht hat.“

„Er war doch hier um Entschuldigung zu sagen, nicht wahr?“

Sarah musste über die Logik ihrer kleinen Tochter lachen. Sie nahm sie in den Arm. Lilly quiekte, weil Sarah aus Versehen ihre Haare eingeklemmt hatte.

„Vertragt ihr euch wieder?“, fragte Lilly an Sarahs Bauch.

„Warum ist dir das so wichtig?“

Lilly überlegte nicht lange. „Ich mag ihn. Und ich mag seine Musik. Er spielt auch ganz gut Fußball, nur in Memory ist er echt eine Niete.“

Sarah musste lachen. Sie strich Lilly noch einmal über den Kopf, murmelte: „Mal sehen“, und ging wieder raus.

***

Am nächsten Nachmittag, als Sarah von der Arbeit nach Hause kam, stand Alex schon wieder vor ihrem

Gartentor. Vielmehr saß er auf der Bordsteinkante. Er hatte eine Gitarre auf dem Schoß und klimperte damit herum. Und auf dem Zaunpfosten saß Lilly. Sie schien sich angeregt mit Alex zu unterhalten. Sarah parkte ihren Wagen auf der Straße, nahm ihre Handtasche vom Beifahrersitz und stieg aus. Was machte der Kerl schon wieder hier?

„Hallo, Mama." Lilly kletterte auf dieser Seite des Zaunes schnell herunter und kam auf sie zugerannt. Sie fiel ihr um den Hals.

„Heute haben wir Alex nicht reingelassen, damit du nicht wieder schimpfen musst", vertraute ihr Lilly mit leiser Stimme an. Und lauter sagte sie: „Aber er ist echt nett. Er hat mir gezeigt, wie man Gitarre spielt. Mama, ich will auch eine Gitarre haben."

Sarah nahm Lilly an der Hand und ging mit ihr entschlossen zu ihrem Tor. Sie ignorierte sowohl Lilly als auch Alex und ging gleich ins Haus, natürlich nicht, ohne die Gartentür ausdrücklich zu schließen. Lilly protestierte.

„He, er wollte mir gerade ein neues Lied vorspielen."

Sarah kniete sich im Haus vor ihre Tochter, um mit ihr auf Augenhöhe zu sein.

„Mäuschen, tust du mir bitte den Gefallen und gehst in deinem Zimmer weiter spielen? Ich möchte mit Alex reden."

Lilly nickte und zog ihre Schuhe und Jacke aus. Dann ging sie gehorsam die Treppe zu ihrem Zimmer hoch. Sie beugte sich noch einmal kurz über das Geländer und rief Sarah zu: „Aber nicht wieder nur schimpfen!" Dann endlich verschwand sie in ihrem Zimmer und schloss die Tür hinter sich. Sarah lächelte. Sie würde nicht mit Alex schimpfen. Sie hatte nämlich gar nicht die Absicht mit ihm zu reden. Sollte er da draußen doch verrotten.

Mira stand in der Küche und bereitete das Abendessen vor. Sie informierte Sarah kurz, dass Alex schon seit fast zwei Stunden da war. Ansonsten mieden die beiden Frauen das Thema. Sarah schielte ab und zu durch das Küchenfenster nach draußen, allerdings konnte sie von hier aus nicht erkennen, ob er immer noch auf der Bordsteinkante vor ihrem Tor saß.

Als Lilly im Bett war, ging Mira nach draußen, um Holz zu holen. Als sie wiederkam, berichtete sie Sarah, dass sie Alex nicht mehr gesehen hätte. Sein Auto stand allerdings noch da.

Die beiden Frauen machten es sich auf dem Sofa gemütlich. Heute sollte eine Quizshow kommen, die beide sehr gern sahen. Gegen neun klingelte es an der Tür. Die beiden sahen sich an. „Alex.“

Mira ging zur Tür. Doch als sie dann nach Sarah rief, sah diese, dass nicht Alex vor der Tür stand, sondern Herr Fritz, ihr Nachbar. Herr Fritz war schon etwas älter und eigentlich sehr nett. Im Moment wirkte er aber ziemlich verärgert.

„Frau Förster? Gehört der Mann in dem schwarzen Auto zu Ihnen? Er parkt direkt vor unserer Einfahrt und als ich ihn gebeten habe, dort wegzufahren hat er so getan, als würde er mich nicht verstehen.“

Sarah nickte. „Ja, er ist Amerikaner.“

Warum verteidigte sie ihn eigentlich? Er hatte Herrn Fritz sicher sehr gut verstanden, schließlich sprach er ausgezeichnet Deutsch. Und jetzt hatte sie auch noch zugegeben, dass sie ihn kannte. Nun erwartete der alte

Herr natürlich von ihr, dass sie mit rauskam und Alex bat, wegzufahren.

„Wissen Sie, meine Frau ist krank und da kann es jederzeit passieren, dass wir zum Doktor fahren müssen", erklärte ihr Nachbar entschuldigend, während sie zusammen zu Alex' Auto gingen. Ihr Nachbar stellte sich mit etwas Abstand vor das Auto und beobachtete, wie Sarah an die Scheibe klopfte. Alex saß drinnen und grinste sie an, als er sie sah. Er ließ die Scheibe runterfahren und wollte gerade ansetzen zu fragen, als Sarah ihn kurzerhand zum Schweigen brachte.

„Could you please go away with your car? You're blocking the entry to my neighbor's house."

Er schaute sie verwundert an. "Why are we talking in English?"

Zum Glück hatte er wenigstens auf Englisch geantwortet. Sie beugte sich etwas tiefer zu Alex und zischte ihm zu: „Weil mein Nachbar denkt, dass du ihn nicht verstanden hast, weil du Amerikaner bist."

Alex grinste immer breiter. Dann setzte er sich demonstrativ noch bequemer hin.

„I will go away, if I can come in and we talk."

Na toll. Was sollte sie jetzt machen? Herr Fritz schaute schon etwas ungeduldig zu ihr rüber. Sie hatte ja praktisch keine Wahl. Zähneknirschend bat sie Alex noch einmal auf Englisch, wegzufahren. Sie würde dann auch mit ihm reden. Er lachte laut, startete aber bereitwillig den Wagen und fuhr ein paar Meter weiter, so dass er niemanden mehr störte. Dann stieg er fröhlich aus und ging vor Sarah in Richtung ihres Hauses. Kurz vor dem Tor drehte er sich dann aber noch einmal zu Herrn Fritz um, der immer noch kopfschüttelnd auf der Straße stand, und wünschte ihm einen guten Abend. Auf Deutsch!

Sarah zog ihn so schnell es ging ins Haus.

***

Als Mira sah, wen Sarah da im Schlepptau hatte, verabschiedete sie sich zügig und ging in ihr Zimmer. Sie würde sich zweifellos nahe der Tür aufhalten, damit sie auch ja nichts verpasste, aber sie gab Sarah und Alex so wenigstens die Illusion, ungestört zu sein. Alex sah sich bewundernd im Haus um. Direkt vom Flur trat man in die große offene Küche mit Kücheninsel und amerikanischem Kühlschrank. Direkt hinter der Küche stand ein großer Esstisch für sechs Personen. Im Moment lag dieser Tisch voller Krempel, da Sarah mal wieder keine Lust hatte aufzuräumen und auch Miras Stärke nicht gerade im Sauberhalten lag. Der Wohnzimmer-Küchenbereich war L-förmig, ganz hinten befand sich eine gemütliche Sitzecke mit Bücherregalen, einem Fernsehschrank mit großem Flachbildfernseher und einem Kamin. In diesem flackerte ein gemütliches Feuer, welches wohlige Wärme verbreitete. Auf dem kleinen Couchtisch standen eine Flasche Rotwein und zwei Gläser. Die beiden Frauen waren noch nicht dazu gekommen, die Flasche zu öffnen. Das übernahm Alex einfach ungefragt und goss den Wein in die zwei Gläser. Eines davon reichte er Sarah, dann ließ er sich auf das Sofa fallen und streckte seine langen Beine von sich. Wie er da so saß, hatte Sarah kurz das Gefühl, er würde dort hingehören und sie wäre nur der Gast hier.

Diesen Eindruck verstärkte er noch, indem er mit einer Hand einladend auf den Platz neben sich klopfte.

Sarah setzte sich demonstrativ in den Sessel ihm gegenüber. Sie nahm einen großen Schluck aus ihrem Glas und lehnte sich im Sessel zurück. Sie würde das Gespräch bestimmt nicht eröffnen. Er wollte reden, also sollte er reden. Doch im Moment sah es nicht danach aus, als ob er mit ihr reden wollte. Er seufzte nur voller Behagen und schaute ins Feuer. „Es ist doch etwas kalt geworden da draußen. Ich weiß nicht, wie lange ich es noch ausgehalten hätte."

„Du meinst, wenn Herr Fritz nicht gekommen wäre, wärst du irgendwann von selbst verschwunden?" Sarah ärgerte sich kurz über ihren Nachbarn. Wäre er nicht gewesen, wäre ihr diese Farce erspart geblieben. Doch Alex schüttelte den Kopf.

„Ich hatte vor, die ganze Nacht dazubleiben. Und notfalls wäre ich einfach morgen wiedergekommen und übermorgen und überübermorgen."

„Ja, schon gut, ich habe es verstanden."

Dann verfielen sie wieder in brütendes Schweigen. Alex trank sein Glas in zwei Zügen leer und schenkte sich nach. Sarah hoffte, dass er sich nicht betrinken würde. Schließlich musste er noch Auto fahren. Irgendwann hielt sie sein Schweigen nicht mehr aus.

„Du wolltest reden? Dann rede."

„Du klingst verärgert."

Das war ja wohl die Höhe.

„Natürlich bin ich verärgert. Ich habe keine Ahnung, was du noch von mir willst, aber du kommst dauernd hierher und stellst mein Leben auf den Kopf und gibst den Nachbarn Stoff für Klatsch und Tratsch für die nächsten zehn Jahre."

„Sarah, ich komme hierher, um dir zu erklären, was ich *noch von dir will*, wie du es so schön ausdrückst. Aber du lässt mir ja keine Gelegenheit zu erklären."

„Du hast gerade die Gelegenheit, aber erklärt hast du noch gar nichts!", schnappte sie.

„Sarah, ich weiß nicht, wie ich anfangen soll."

„Das hättest du dir in all der Zeit ja schon mal überlegen können", murmelte Sarah halblaut vor sich hin. Alex grinste sie an. Für ihn war das hier anscheinend immer noch ein großer Spaß. Dann wurde er wieder ernst.

„Bitte, hör mir jetzt einfach nur zu, okay? Dann erkläre ich es dir von Anfang an. Und dann kannst du entscheiden, was du daraus machst." Er sah sie fragend an.

Sie nickte. Was hatte sie schon für eine Wahl? Wenn sie ihn jetzt nicht erklären ließ, würde er sich vermutlich noch viel mehr einfallen lassen, um sie zum Zuhören zu bewegen. Also lehnte sie sich zurück und gab ihm ein Zeichen anzufangen.

Er räusperte sich und begann mit ruhiger Stimme zu sprechen. „Als ich dich im Hotel wiedergesehen habe, nach so vielen Jahren, da habe ich dich gehasst. Aus tiefstem Herzen. Und du warst so locker, ich war mir nicht mal sicher, ob du mich überhaupt erkennst." Sarah machte den Mund auf um etwas zu sagen, wurde aber von Alex' erhobener Hand zum Schweigen gebracht.

Seine ruhige Stimme stand im Gegensatz zu seinen Worten. „Ich wollte dir einfach nur wehtun, so wie du mir wehgetan hast. Ich wollte mich rächen, das stimmt schon. An diesem ersten Abend habe ich *Break your heart* geschrieben. Das Lied beschreibt, was ich vorhatte."

Sarah schluckte. Sie hatte recht gehabt.

„Aber es beschreibt nicht, was dann passiert ist." Jetzt wurde seine Stimme eindringlicher. „Denn alles lief ganz anders, als ich es geplant hatte. Du hast dich überhaupt nicht auf mich eingelassen. Und noch schlimmer war, wie du mit Hartfield umgegangen bist. Als wäre er so viel besser als ich." Sarah wollte wieder unterbrechen und wieder wurde sie von Alex gestoppt.

„Ich weiß jetzt, dass du ihn nicht liebst." Er sah sie kurz an, gab ihr die Gelegenheit, ihn zu berichtigen. Weil sie nicht reagierte, fuhr er mit aufgebrachter Stimme fort: „Aber es hat mich wahnsinnig gemacht, dass du mit ihm so viel Spaß haben konntest und zu mir immer so distanziert warst. Ja, ich weiß, das habe ich mir selbst zuzuschreiben. Und dann war ich endlich am Ziel und du hast dich mir gegenüber ein bisschen geöffnet. Ich war so glücklich. Ich hätte die ganze Welt umarmen können. Ich hatte mich noch nie so gut gefühlt und alles wegen dir. Und dann warst du auf der Aftershowparty auf einmal weg. Bist mit Hartfield verschwunden. Da war ich verletzt und habe nicht mal versucht, dir zu folgen. Hätte ich damals gewusst, dass es das letzte Mal ist, das wir uns sehen, ich wäre dir gefolgt, das kannst du wissen. So aber warst du verschwunden und niemand wusste, wo du warst. Fast wie damals. Und dann musste ich so zeitig aufbrechen." Alex nahm einen großen Schluck aus seinem Glas. Er sah sie kurz an und blickte dann auf den Boden. „Ich habe mir die ganze Zeit vorgenommen, mich bei dir zu melden. Ich wusste nur nicht, was ich sagen sollte."

Jetzt suchte er wieder den Augenkontakt. Sarah sah, dass sich eine kleine Falte zwischen seinen Augenbrauen gebildet hatte. Er war wütend. „Warum bist du zum Schluss wieder mit Hartfield abgezogen? Ich meine, nach allem, was wir vorher zusammen erlebt haben?"

Sarah musste erst einmal verdauen, was sie da gehört hatte. Es klang alles so plausibel, was er gesagt hatte. Sie wusste nicht, ob sie ihm glauben konnte. Außerdem hatte sie das Gefühl, dass er zum Schluss vom Thema ablenken wollte. Deshalb ging sie vorerst nicht auf seine Frage ein, sondern fragte stattdessen, warum er ausgerechnet diesen Song als Single hatte rausbringen müssen. Es musste ihm doch klar sein, dass sie das falsch verstehen würde.

Wieder blickte er auf den Boden. Eben noch so aufgebracht, war seine Stimme jetzt fast tonlos. „Ja, das war mir klar. Aber ich konnte es irgendwie nicht verhindern." Er blickte auf und sah sie eindringlich an. „Der Song hat echtes Hitpotenzial. Du musst verstehen, dass die Band und auch die Plattenfirma sich diese Chance nicht entgehen lassen konnten."

Sarah nickte leicht. Dass der Song Hitpotenzial hatte, hatte er ja inzwischen schon vielfach bewiesen. Das konnte sie also nachvollziehen. Sie dachte über alles nach, was Alex erzählt hatte und blieb an einem Detail hängen, das sie nicht verstand.

„Alex, warum hast du mich am Anfang so gehasst? Was hatte ich dir getan?"

Er lachte kurz und hart auf.

„Hast du dir je unsere Songs angehört? Die aus der Anfangszeit? So ein bis zwei Jahre nachdem wir uns kennengelernt hatten? Diese Songs handeln alle von dir. Sie werden dir diese Frage beantworten." Sie wartete eine Weile, doch er sagte nichts weiter dazu.

Sarah musste zugeben, dass sie so genau nie auf die Lieder geachtet hatte. Schon gar nicht auf den Text. Das würde sie aber nachholen, wenn es die einzige Möglichkeit war, Alex' Beweggründe nachzuvollziehen. Auch wenn das eventuell unschöne Wahrheiten ans Licht bringen würde. Für den Moment schloss sie das Thema ab und wandte sich einer anderen Frage zu.

„Du bist immer noch eifersüchtig auf James Hartfield?" fragte sie mit einer gewissen Genugtuung in der Stimme. „Obwohl ich dir gesagt habe, dass ich ihn nicht liebe?"

Alex goss sich das mittlerweile dritte Glas Wein ein, bevor er antwortete. „Muss ich denn eifersüchtig sein?"

Sein Augenaufschlag war für Sarah wie ein Schlag in den Magen. Alles in ihr spielte plötzlich verrückt. Wie er da saß, etwas vornüber gebeugt, die Arme auf die Knie gestützt, sein Glas hielt er mit beiden Händen, und sie von schräg unten ansah, bekam sie weiche Knie und heftiges Herzklopfen. Da war es wieder, dieses Knistern, das sie nur bei ihm spürte. Was hatte der Mann, dass er sie dermaßen umhauen konnte? Nein, sie war nicht mehr wütend auf ihn. Im Gegenteil. Sie musste sich zwingen, sitzen zu bleiben und ruhig zu atmen. Ihr ganzer Körper war in Aufruhr und zitterte verräterisch. Sie hielt ihr Glas so fest umklammert, dass sie Angst hatte, es kaputt zu machen. Schnell nahm sie einen kräftigen Schluck und verschluckte sich prompt. Die Tränen stiegen ihr in die Augen, als sie hustend nach Luft schnappte. Alex sprang sofort auf und klopfte ihr auf den Rücken.

„Geht es wieder?"

Sie fühlte, dass sie puterrot geworden war, aber immerhin bekam sie wieder Luft, also nickte sie. Alex saß immer noch auf der Armlehne des Sessels und hatte eine Hand auf ihrem Rücken. Jeder Nerv in ihrem Körper nahm seine Nähe tausendfach verstärkt wahr. So musste es sich anfühlen, wenn man in eine Steckdose fasste, nur dass diese Steckdose im Moment in ihrem Rücken steckte. Keiner von beiden bewegte sich, so als wollten sie diesen Moment so lange wie möglich auskosten. Würde er sie jetzt küssen? Sarah wünschte es sich so sehr. Gleichzeitig hatte sie Angst davor. Sie mussten noch so viel klären. Sie spürte seinen Blick, traute sich aber nicht, ihn anzusehen.

Irgendwann wagte Sarah einen kleinen Seitenblick. Alex schaute sie die ganze Zeit an. Eine Haarsträhne hing ihm mitten in die Stirn. Der Drang, diese Strähne zurückzustreichen wurde übermächtig. Sie hob langsam die Hand. Doch kurz bevor sie seine Stirn erreicht hatte, hielt er ihre Hand fest, zog sie an sich und küsste sie endlich. Sein Kuss war sanft aber auch leidenschaftlich. Er rutschte von der Sessellehne herunter und kniete nun vor ihr auf dem Boden. Hungrig erwiderte sie den Kuss. Ihr ganzer Körper stand in Flammen. Doch dann löste er sich von ihr und rückte ein Stück weg.

„Sarah, ich werde jetzt wieder gehen."

Was? Das fühlte sich an, als ob jemand einen Eimer Eiswasser über Sarah ausgekippt hätte. Sie glaubte, sich verhört zu haben. Er wollte jetzt gehen? Warum?

Das machte doch keinen Sinn. Erst veranstaltete er so einen Aufstand, damit sie ihm zuhörte und verzeihen konnte und jetzt, wo er sie soweit hatte, machte er einen Rückzieher? Hatte sie irgendetwas falsch gemacht? War sie vielleicht zu forsch gewesen? Hätte sie den Kuss nicht erwidern sollen? Panisch suchte sie nach einer Möglichkeit, ihn zum Bleiben zu bewegen. Doch ihr fiel nichts ein und er stand schon auf.

Er strich ihr mit der Hand über ihr Kinn und hob es leicht an. „Ich bin noch bis morgen Abend im Hilton Hotel. Zimmer 953. Denk über alles in Ruhe nach und wenn du möchtest, kannst du gern zu mir kommen."

Mit diesen Worten verschwand er zur Tür hinaus und ließ Sarah verdattert stehen. Kaum hatte er die Tür hinter sich geschlossen, ging auch schon Miras Tür auf. Das war ja klar. Sie hatte die ganze Zeit gelauscht.

„Sarah, er ist wirklich ein echter Gentleman. Wenn du mich fragst, du solltest machen, was er dir geraten hat und dann entscheiden."

Sarah war irritiert. Was meinte Mira?

„Ich soll über alles nachdenken?"

Mira lachte. „Nein, das meine ich nicht. Ich meine, dass du dir seine Songs von damals anhören sollst, damit du seine Beweggründe verstehst."

Das ergab Sinn. Ja, das würde sie tun. Vielleicht konnte sie danach wirklich verstehen, warum er sie gehasst hatte. Obwohl sie gerade so verwirrt war, dass sie nicht wusste, ob sie überhaupt in der Lage war, die Texte zu verstehen. Mira umarmte Sarah und verzog sich wieder in ihr Zimmer. Sarah sah ihr nach und war in diesem Moment froh, Mira als Freundin gewonnen zu haben.

Auf dem Weg nach oben sah sie noch einmal nach der schlafenden Lilly. Wieder einmal fiel ihr die Ähnlichkeit mit Alex auf. Und sie dachte mit Schrecken daran, dass Alex das mit Lilly ja auch noch erfahren musste. Egal, wie sie sich entscheiden würde, er hatte ein Recht, es zu wissen. *Hoffentlich zerstört das nicht alles*, meldete sich eine leise innere Stimme.

Doch zuerst einmal wollte Sarah in die Vergangenheit eintauchen. Sie schnappte sich den MP3-Player von Lillys Schreibtisch, ging noch einmal ins Bad zum Zähneputzen und legte sich dann, die Kopfhörer auf den Ohren, ins Bett.

14. Kapitel

Zwei Stunden später lag sie immer noch wach in ihrem Bett, mittlerweile war sie total verheult. Sie hatte sich alle Lieder angehört, manche mehrfach und sie konnte immer noch nicht fassen, was sie daraus zu verstehen glaubte. Viele der Songs erzählten davon, wie verletzt er war, nachdem ihn seine große Liebe einfach verlassen hatte. Am deutlichsten aber war der Song, den sie schon damals bei dem Akustik-Konzert auf der Musikmesse so schön gefunden hatte. Darin erzählte er eine ganze Geschichte. Wie er eine Liebe gefunden und gleich wieder verloren hatte und nicht verstehen konnte, *warum* er sie verloren hatte. Wie er um sie gekämpft und verloren hatte und sie dann begann zu hassen. Am Ende des Songs sang er von Verzeihen, doch wenn es in diesem Lied wirklich um sie ging, hatte er ihr nie verziehen.

Sollte es wirklich so gewesen sein? War es für ihn damals nicht einfach ein One-Night-Stand, wie sie immer geglaubt hatte? Konnte es sein, dass er sich bei dieser Begegnung in sie verliebt hatte? Wenn das wirklich wahr war, wie wäre ihr Leben verlaufen, wenn sie damals nicht gegangen wäre? Oder wenn sie nicht auf Eddi gehört hätte und wieder zur Arbeit gekommen wäre? Dann hätte Lilly vielleicht einen Vater gehabt. Schon wieder schossen Sarah die Tränen in die Augen. Aber wenn er sich wirklich in sie verliebt hatte, warum hatte er dann nie wieder den Kontakt zu ihr gesucht?

Er sang zwar in seinen Liedern davon, dass er um sie gekämpft hätte, aber davon hatte sie nichts mitbekommen. Was war da passiert? Diese Frage blieb noch offen und nur er konnte sie ihr beantworten. Aber das war auch nicht so wichtig. Wichtiger war, dass sie ihm offenbar mehr bedeutete, zumindest bedeutet hatte, als sie geahnt hatte.

Und wie stand es mit ihr? Was fühlte sie für Alex? Sarah versuchte, in sich hineinzuhorchen. Es war nicht zu leugnen, dass er eine unbeschreibliche Wirkung auf sie hatte. Eine körperliche Anziehung war auf jeden Fall da. Und alles andere? Sie wusste so wenig von ihm, kannte ihn gar nicht richtig. Die Begegnungen zwischen ihnen waren meist alles andere als harmonisch verlaufen. Und wenn doch, dann waren sie miteinander im Bett gelandet. Kennenlernen, so richtig, konnte man sich dabei nicht. Aber konnte sie ihm genug vertrauen, um sich auf ihn einzulassen? Um ihn kennenzulernen? Und dann war ja auch noch diese Sache mit Lilly, die noch immer zwischen ihnen stand. Davon ahnte er nichts. Würde er sich freuen, plötzlich eine fast sechsjährige Tochter zu haben? Ein Kind bedeutete Verantwortung. War er überhaupt bereit, sich solch einer Verantwortung zu stellen? Sie wusste es nicht.

Unruhig wälzte sie sich hin und her.

Wenn sie morgen nicht zu ihm gehen würde, wäre das das Ende einer Beziehung, die noch nicht einmal angefangen hatte. Und wenn sie hinging, machte sie sich Alex gegenüber sehr verletzlich, denn sie würde ganz deutlich zeigen, dass sie bereit war, sich auf ihn einzulassen.

Plötzlich kam ihr ein ganz anderer Gedanke. Was, wenn sie alles falsch verstanden hatte? Vielleicht waren seine Absichten gar nicht so ehrenhaft, wie sie ihm unterstellte. Vielleicht wollte er auch einfach nur noch einmal mit ihr ins Bett. Und wenn sie zu ihm kam, hatte er gewonnen.

Ja, es war wirklich eine Frage des Vertrauens.

***

Am nächsten Morgen, Sarah hatte die ganze Nacht nicht geschlafen und sah entsprechend wenig erholt aus, hatte sie zumindest einen Entschluss gefasst. Sie würde es wagen, würde zu ihm fahren und sehen, was passierte. Vielleicht ergab sich auch eine Gelegenheit, ihm von Lilly zu erzählen, denn das war sie ihrer Tochter schuldig. Und wenn er wirklich nur mit ihr ins Bett wollte, dann konnte sie auch wieder gehen.

Vorher musste sie allerdings noch arbeiten. Sie konnte ja schließlich nicht einfach Urlaub machen. Also verabschiedete sie sich von der noch frühstückenden Lilly und fuhr in Richtung Grand Hotel.

Es war ein sonniger und warmer Morgen. Die Sonnenstrahlen und der Kaffee, den Sarah sich für unterwegs mitgenommen hatte, weckten ihre Lebensgeister. Dennoch erntete sie von ihren Assistenten einige witzig gemeinte Kommentare bezüglich ihres mitgenommenen Aussehens.

„Oh, wer war denn der Glückliche, der die Nacht auf dem Gewissen hat?" – „Habe ich gestern eine Party verpasst?" – „Du hast auch schon mal besser ausgesehen!"

Sarah überging alle Bemerkungen und machte sich an die Arbeit, wobei sie sich aber sehr schlecht konzentrieren konnte. Ob es daran lag, dass sie nicht geschlafen hatte, oder daran, was sie noch vorhatte, konnte sie nicht sagen. Doch es war mit Sicherheit nicht ihr produktivster Tag. Sie machte zeitig Feierabend, damit sie Alex nicht noch verpasste. Es war dem Schicksal durchaus zuzutrauen, dass es ihr mal wieder einen Strich durch die Rechnung machte.

Aber sie hatte Glück. Als sie wenig später in der Lobby des Hiltons stand und nach Alex Morgan in Zimmer 953 fragte, wurde sie von der freundlichen Dame am Empfang in Richtung Aufzüge verwiesen. Er hatte also offensichtlich noch nicht ausgecheckt.

Im Aufzug auf dem Weg nach oben fragte sie sich, wie Alex wohl reagieren würde, wenn sie vor der Tür stand. Würde er sich freuen? Würde er überhaupt mit ihr rechnen? Wahrscheinlich schon. Hoffentlich würde er sie wegen ihrer Naivität nicht einfach auslachen und ihr die Tür vor der Nase zuschlagen. Sie wurde immer aufgeregter, je weiter sie nach oben fuhr. Ihre Handflächen waren schon ganz feucht und sie zappelte unruhig auf der Stelle herum. Andauernd hielt der blöde Aufzug, weil irgendjemand einsteigen wollte. Was machten die denn alle da oben?

Sie war dann aber doch die einzige, die im neunten Stockwerk ausstieg. Sie brauchte eine Weile, bis sie das richtige Zimmer gefunden hatte, weil sie vor Aufregung erst einmal in die falsche Richtung gelaufen war. Und dann stand sie vor seiner Tür. Ein letzter Blick auf die Nummer: 953. Das musste es sein. Falls sie sich die Zahl richtig gemerkt hatte. Sie hob die Hand um anzuklopfen, ließ sie dann aber doch wieder sinken. Sie kam sich reichlich blöd vor, wie sie hier vor der Tür stand und sich nicht einmal traute anzuklopfen. Also holte sie tief Luft, schloss die Augen und klopfte. Sie erschrak vor ihrem eigenen Klopfgeräusch.

Keine zwei Sekunden später wurde die Tür aufgerissen und Alex stand vor ihr.

***

Ehe sie wusste, wie ihr geschah, hatte Alex sie hochgehoben und wirbelte sie herum. Dann stellte er sie wieder auf den Boden und hielt sie ein Stück von sich weg.

„Du bist wirklich gekommen. Das bedeutet mir so viel." Er schaute sie plötzlich mit zusammengekniffenen Augen an. „Du bist aber nicht nur gekommen, um mir zu sagen, dass es nichts mit uns beiden wird, oder?"

Sarah war so erleichtert über seine Reaktion, so glücklich, dass sie in der Stimmung war, ihn ein wenig zu necken. Sie setzte eine ernste Miene auf.

„Doch, Alex Morgan. Ich bin extra hergekommen um dir persönlich zu sagen, dass ich dich nie wieder sehen will." Sie war überzeugt davon, dass er ihr Spiel sofort durchschaute, aber er wirkte einen Moment lang ehrlich enttäuscht. Deshalb küsste sie ihn schnell auf den Mund, was gar nicht so einfach war, weil er so groß war und weil er sie immer noch festhielt. Sofort breitete sich wieder ein breites Lächeln auf seinem Gesicht aus.

„Du nimmst mich auf den Arm, das verdient eine Strafe", sagte er gespielt vorwurfsvoll und hob sie hoch, um sie quietschend ins Innere seines Zimmers zu tragen und auf dem breiten Bett abzusetzen. Doch statt sie zu küssen, wie sie es eigentlich erwartet hatte, begann er damit, sie durchzukitzeln, bis sie vor lauter Lachen kaum noch Luft bekam.

„Aufhören, bitte", japste sie lachend. Tatsächlich hörte er auf und ließ sich neben sie auf das Bett plumpsen. Seine Haare standen nach allen Seiten ab und er war ebenfalls außer Atem. Dann drehte er sich zu ihr um, den Kopf auf seinen angewinkelten Arm gestützt.

„Sarah Förster, du bringst mich um den Verstand! Warum hast du mich heute so lange warten lassen? Ich habe ehrlich schon nicht mehr damit gerechnet, dass du noch kommst."

„Weißt du, Alex, es gibt Menschen, die müssen arbeiten, um sich ihren Lebensunterhalt zu verdienen."

„Ich arbeite auch hart", verteidigte er sich.

Sarah sah sich demonstrativ um. Auf dem kleinen Tisch stand eine halbleere Weinflasche. „Das sehe ich."

„Die brauchte ich, um meine Nerven zu beruhigen."

Oh, er war sich seiner also doch nicht so sicher gewesen, wie es den Anschein gehabt hatte. Das freute Sarah innerlich sehr.

„Jetzt bin ich ja hier. Und was jetzt?"

Alex rollte sich auf sie und küsste sie sanft. Zwischendurch hauchte er „das hier". Seine Küsse ließen Sarah erschauern. Sie wollte mehr, hier und jetzt. Doch da hatte er offensichtlich andere Pläne. Auf einmal rollte er sich nämlich wieder von ihr runter und stand vom Bett auf. Dann hielt er ihr die Hand hin, um ihr ebenfalls aufzuhelfen.

„Wir haben jetzt genug Zeit, wir müssen es also nicht übereilen." Damit grinste er so schelmisch, dass Sarah sich fragte, was er jetzt schon wieder vorhatte. Sie musste seinen Eifer allerdings ein wenig bremsen.

„Alex, ich habe leider nicht so lange Zeit. Ich muss nach Hause. Lilly wartet auf mich."

Er sah sie kurz an und zuckte mit den Schultern.

„Kein Problem. Ich komme mit. Das Zimmer hatte ich sowieso nur bis heute Abend gebucht."

„Und dann? Was hattest du dann vor?", fragte Sarah neugierig.

„Weiß nicht. Hab gehofft, bis dahin wäre mit uns alles geklärt."

Sarah verstand immer noch nicht, was er sich nun vorstellte. Wollte er gleich bei ihr einziehen?

Ups, die Frage hatte sie laut gestellt.

„Nein, nein. Das nicht. Obwohl, klingt eigentlich nicht nach einem schlechten Angebot." Sarah schaute erschrocken auf, doch sie merkte an seinem Grinsen, dass er es nicht ganz ernst meinen konnte. Sie schüttelte den Kopf über ihn und seinen seltsamen Humor. Alex schien nichts richtig ernst zu nehmen. Ihm war aber anscheinend ernst damit, mit ihr mitzukommen, denn er war gerade dabei, seine Sachen, die überall im Hotelzimmer verstreut waren, einzusammeln und in eine Reisetasche zu werfen.

„Du kannst mir ruhig helfen, wenn du nichts Besseres zu tun hast." Er blickte sie über seine Schulter hinweg an, während er seine Gitarre in ihrer Kiste verstaute. Sie schaute sich um, zuckte mit den Schultern und ging ins Bad, um seine Sachen dort in eine kleine schwarze Tasche zu verstauen, die sie ebenfalls dort fand.

Rasierzeug, Zahnbürste, Zahnpasta, Duschbad, Shampoo, Deo, Haargel. Viel hatte er ja nicht, der Herr Morgan. Es war schon ungerecht, dass er nichts weiter für sein Aussehen tun musste, während sie jeden Morgen beinahe zwanzig Minuten im Bad verbrachte. Die Tasche über ihrer Schulter baumelnd, kam sie aus dem Bad.

„Ich bin fertig, wie weit bist du?" Sie musste grinsen, denn er kämpfte gerade mit dem Reißverschluss seiner Reisetasche. Doch dann hatte er es geschafft, grinste sie triumphierend an und sagte: „Fertig!"

Gemeinsam trugen sie die Sachen in den Fahrstuhl und dann in die Lobby. Alex checkte noch aus, dann holte er das Auto an den Eingang und lud alles ein. Sarah wunderte sich, dass er die ganzen Sachen, vor allem die sperrige Gitarre in dem winzigen Kofferraum des Sportwagens unterbrachte. Auf eine entsprechende Bemerkung von ihrer Seite meinte er nur halb ernst: „Hab das Auto erst gemietet, nachdem ich getestet hatte, dass die Gitarre reinpasst." Während er den Rest verstaute, holte Sarah ihr eigenes Auto, welches sie in der Nähe geparkt hatte.

***

Lilly ließ sich keine Überraschung anmerken, als Sarah mit Alex im Schlepptau nach Hause kam. Sie begrüßte ihre Mama so herzlich wie immer und umarmte dann auch Alex, der davon aber sichtlich überrascht war.

„Kommst du mit hoch in mein Zimmer? Ich habe ein Geschenk für dich." Lilly zog den verdatterten Alex mit sich die Treppe hoch. Ja, so konnte ihre Tochter sein. Ganz unkompliziert, als ob es nichts Besonderes wäre, dass ihre Mutter mit einem Mann nach Hause kam. Hoffentlich dachte Alex jetzt nicht, dass das andauernd passierte. Denn bisher hatte Sarah noch nie jemanden mit nach Hause gebracht.

Sie informierte Mira, die in der Küche werkelte, kurz über den ungeplanten Besuch. Mira lächelte sie nur an und legte wortlos ein weiteres Gedeck auf. Dann rief sie Lilly zum Essen. Diese kam die Treppe heruntergepoltert, gefolgt von langsameren, schwereren Schritten. Dann fegte der kleine Wirbelwind auch schon in die Küche.

„Mama, schau, was ich Alex gebastelt habe. Jetzt kann er jeden Tag üben."

Alex, der ein paar Sekunden nach Lilly die Küche betrat, zeigte ihr ein paar Zettelfetzen. Sarah konnte sich nicht ganz erklären, was das sein sollte, wurde aber umgehend von ihrer Tochter aufgeklärt.

„Ich habe ihm sein eigenes Memory gemacht."

Sarah musste lachen. Alex grinste etwas schief und hielt die Zettel in seiner Hand, als wären sie giftig. Er wusste anscheinend nicht, wie er auf das Geschenk angemessen reagieren sollte. Sarah strich ihrer Tochter über den Kopf.

„Das hast du toll gemacht, mein Herz. Jetzt komm, wasch dir die Hände, es gibt Abendessen."

Alex sah dem davoneilenden Mädchen hinterher und murmelte: „Muss mir auch ... Hände waschen." Dann folgte er ihr in Richtung Badezimmer. Sarah hörte ihn irgendetwas zu Lilly sagen, verstand aber nicht was. Anscheinend hatte es Lilly aber gefallen, denn als sie beide zurückkamen, strahlte ihre Tochter über das ganze Gesicht und „erlaubte" Alex, neben ihr zu sitzen. Das war in Lillys Augen wirklich eine sehr große Ehre, da dies sonst der angestammte Platz ihrer Mama war. Während des Essens plapperte Lilly die ganze Zeit mit Alex, so dass Sarah in Ruhe die ganze Situation in sich aufnehmen konnte. Sie sah, dass Mira, die Alex und Lilly gegenüber saß, immer wieder irritiert zwischen den beiden hin und her sah, sie sagte aber nichts. Offensichtlich war auch ihr die Ähnlichkeit zwischen beiden aufgefallen.

Nach dem Abendessen scheuchte Mira Lilly nach oben, bevor diese wieder Alex in Beschlag nehmen konnte, um noch eine Runde mit ihr zu spielen. Sarah und Alex blieben allein unten zurück. Um die komische Situation zu entschärfen, begann Sarah, den Tisch abzuräumen. Alex stand ebenfalls auf und half ihr, die Teller bis in die Küche zu tragen. Sarah, die ihm dem Rücken zugedreht hatte, spürte plötzlich, wie er direkt hinter ihr stand. Langsam drehte sie sich um. Er packte sie an den Hüften und hob sie auf die Arbeitsplatte. Dann küsste er sie.

Er war unglaublich zärtlich. Sie nahm seinen Kopf zwischen ihre Hände und schlang ihre Beine um seine Hüften. Immer noch küssend hob er sie hoch und ging mit ihr ins Wohnzimmer, wo er sich mit ihr auf dem Schoß auf das Sofa setzte. Sarahs Hände fuhren unter sein T-Shirt und strichen über seinen straffen Bauch. Sie fühlte sich völlig entrückt von der Welt. Ein lautes Lachen von Lilly brachte sie jedoch augenblicklich in die Wirklichkeit zurück und sie kletterte eilig von Alex runter. Sie fühlte sich erhitzt, bestimmt war sie rot wie eine Tomate. Und sie wurde noch roter, als sie daran dachte, dass Lilly sie hätte sehen können. Sie hatte zwar schon angefangen, ihre Tochter aufzuklären, aber ein paar brisante Details hatte sie dann doch noch ausgelassen. Und sie hatte wirklich keine Lust, das heute mit Anschauungsunterricht nachzuholen.

Sie nutzte den großen Fernsehbildschirm als Spiegel um sich schnell wieder herzurichten. Dann hauchte sie Alex, der noch immer auf dem Sofa saß und anscheinend nicht ganz wusste, was los war, einen Kuss auf den Mund.

„Später."

Er hielt sie fest und küsste sie richtig. Dann grinste er sie an. „Das war, damit ich es bis dahin nicht vergesse."

***

Dann schwang er sich vom Sofa hoch. Obwohl er so groß war, sah das wirklich elegant aus. Er folgte ihr in die Küche, um ihr beim weiteren Aufräumen zu helfen. Eine große Hilfe war er aber nicht wirklich, da er anscheinend nur darauf bedacht war, sie möglichst oft zu berühren. Auch sie genoss diese Nähe sehr, sie konnte alles um sich herum ausblenden und konzentrierte sich nur auf ihn. Deshalb zuckte sie auch erschrocken zusammen, als plötzlich Lilly und Mira die Küche betraten. Lilly sprang auf Alex zu, um ihm eine gute Nacht zu wünschen. Dann schmiegte sie sich an Sarah.

„Bitte, Mama, liest du mir heute Abend vor? Ich bin schon gewaschen und Zähne habe ich auch geputzt, hier." Stolz präsentierte sie ihre blitzenden Zähne. An der Stelle, an der die Schneidezähne sein sollten, prangte eine große Lücke, aber die neuen Zähne sah man auch schon. Ja, die Schule war nicht mehr weit. Sarah sah entschuldigend zu Alex und scheuchte dann ihre Tochter aus der Küche. Alex war ja nicht allein. Mira würde ihm Gesellschaft leisten, bis sie zurück war.

Natürlich war wieder *Jenny, die Ponyflüsterin* dran. Weil Sarah ein paar Kapitel verpasst hatte, beschrieb Lilly ihr kurz was geschehen war. Sarah bewunderte dabei wieder mal, welche Details für Lilly wichtig waren, während der Haupthandlungsstrang von ihr in einem kurzen Satz wiedergegeben wurde. Dann kuschelten sie sich aneinander und Sarah schlug die Seite in dem Buch auf, die Mira mit einem kleinen Band als Lesezeichen gekennzeichnet hatte. Noch während sie las, merkte Sarah, dass Lilly immer ruhiger wurde. Sie war zwar noch wach, als Sarah das Buch wieder zuschlug, ihre Augen waren aber schon ganz klein und sie kuschelte sich in ihre Decke. Sarah gab ihr noch einen Gutenachtkuss und ging dann leise aus dem Zimmer. Unten fand sie Mira und Alex in ein angeregtes Gespräch über Basketball vertieft. Mira war ein großer Basketballfan und Alex hatte offensichtlich in seiner Schulzeit in den USA selbst Basketball gespielt. Sarah setzte sich neben Alex auf das Sofa. Irgendwann schien Mira zu merken, dass Sarah Alex lieber für sich allein hätte und verabschiedete sich von beiden. Sie wollte noch zu einer Freundin, die sie über eine Kindergartenfreundin von Lilly kennengelernt hatte. Vorher schaute sie noch nach Lilly und gab Sarah kurz Bescheid, dass die Kleine tief und fest schlief.

Kaum hatte Mira die Haustür hinter sich zugezogen, nahm Alex Sarahs Hand und zog sie auf seinen Schoß. Er lächelte sie an und begann, mit seinen Händen ihren Körper zu erkunden. Geschickt hakte er den BH unter ihrem T-Shirt auf und zog dann beides zusammen über ihren Kopf. Während er sich ihrem Dekolleté und ihren Brüsten widmete, fuhr sie mit ihrem Finger seine starken Oberarme entlang. Dann zog auch sie ihm sein T-Shirt über den Kopf. Er half ihr, dann küsste er sie lang und innig. Durch ihre Jeans merkte sie, dass ihr Liebesspiel ihn absolut nicht kalt ließ. Seine Hände wurden immer fordernder und schließlich öffnete er ihre Hose und schob sie ihr von den Hüften. Ihren Slip hatte er dabei gleich mit erwischt. Dann packte er sie und legte sie auf das Sofa. Mit einer Hand öffnete er seine Jeans und zog sie sich aus. Mit der anderen Hand hörte er nicht auf, sie zu liebkosen. Dann waren sie endlich beide nackt und konnten sich geben, worauf sie schon beide so sehnsüchtig gewartet hatten.

15. Kapitel

Später lagen sie zusammen auf dem Sofa. Sie hatten den Kamin angemacht und redeten. Es war das erste Mal, dass Alex etwas über sich erzählte und Sarah traute sich nicht, ihn dabei zu unterbrechen, obwohl sie wahnsinnigen Durst hatte. Er erzählte von seinen Eltern und dass sie wegen dem Job seines Vaters so oft umziehen mussten. Dass es ihm deswegen immer schwer gefallen war, Freunde zu finden und er die Erfahrung gemacht hatte, dass es als Spaßvogel einfacher ist. Und dann erzählte er davon, dass er irgendwann die Liebe zur Musik entdeckt hatte. Die Gitarre, die seine Mutter ihm zu Weihnachten geschenkt hatte, wurde seine beste Freundin. Er konnte sie bei jedem Umzug mitnehmen. Er hatte gespielt, wann immer er Zeit dazu hatte und darüber seine schulischen Leistungen vernachlässigt. Letztlich war er dann von der Schule geflogen, hatte es aber auch nicht so schlimm genommen, weil er zu diesem Zeitpunkt schon seine Band hatte.

Sarah hielt es irgendwann nicht mehr aus und berührte ihn leicht am Arm.

„Ähm, Alex, können wir uns vielleicht was zu trinken holen?"

„Was? Na klar." Er sprang auf, zog sich schnell noch seine Jeans über die Shorts, die er schon wieder anhatte und ging in die Küche an den Kühlschrank. Wie er da so stand, mit nacktem Oberkörper und nackten Füßen, nur in seiner Jeans, sah er zum Anbeißen auf. Deshalb reagierte Sarah auch erst nicht, als er sie ansprach.

„Erde an Sarah! Bist du noch da?" Er lachte.

„Ja?"

„Was möchtest du trinken? Hier drin sind Wasser, Cola und Weißwein."

„Ein Wasser bitte."

Er nahm die Wasserflasche und brachte noch zwei Gläser mit. Dann kam dieser unverschämt gut aussehende Mann zu Sarah zurück zur Couch. Sarah wurde schon wieder total heiß und das lag nicht nur am Kamin. Schnell griff sie nach dem Wasser, um den ausgetrockneten Mund etwas zu befeuchten. Auch Alex trank sein Glas in einem Zug leer. Dann stellte er es ab und kam wieder zu ihr.

***

Der nächste Tag war ein Samstag und Sarah hatte frei. Sie lag in ihrem Bett und hielt die Hand dieses absolut anbetungswürdigen Mannes und war einfach nur glücklich. Draußen lachte die Sonne, unten hörte sie Lilly und Mira über irgendetwas lachen. Mira hatte es geschafft, Lilly zu überzeugen, Sarah heute mal nicht zu wecken. So konnte Sarah diesen Moment noch ein wenig genießen, ehe sie sich wieder dem Alltag stellen musste. Am Samstag gingen sie normalerweise alle zusammen im Ort einkaufen. Jedenfalls immer dann, wenn Sarah mal frei hatte. Als hätte Alex ihre Gedanken gelesen, fragte er sie plötzlich: „Guten Morgen, meine Süße, was hast du denn für heute geplant?"

Sie drehte sich zu ihm um. Er sah noch ganz verschlafen aus, ganz verstrubbelt und verknittert. Total süß.

Obwohl „süß" bestimmt nicht zu den Attributen zählte, die er gern in Zusammenhang mit seiner Person hören wollte.

„Keine Ahnung. Vielleicht gehen wir nachher einkaufen. Was du möchtest."

„Heute kannst du über meine Zeit bestimmen."

Er küsste sie mitten auf den Mund. Dann schwang er sich aus dem Bett.

„Gibt es hier irgendwo einen Kaffee? Ohne Kaffee bin ich nur ein halber Mann."

„Wirklich? Kann ich mal nachschauen?" Sarah musste kichern, als Alex sich sofort zurück aufs Bett rollte, um ihr zu zeigen, dass er wahrlich nicht nur ein halber Mann war.

***

Später saßen sie dann alle zusammen am Frühstückstisch bei Kaffee und frischen Brötchen, die Lilly und Mira vorher vom Bäcker geholt hatten. Es war ein bisschen ungewohnt, zu viert am Tisch zu sitzen, vor allem weil Alex niemand war, den man so leicht übersehen konnte. Er alberte mit Lilly herum, lachte mit Mira über deren Anspielung, ob sie denn für seinen Appetit überhaupt genug zu essen im Haus hatten und berührte Sarah, die neben ihm saß, immer wieder. Ob versehentlich oder voller Absicht, wusste sie nicht. Es war ihr aber auch egal, sie genoss es einfach. Dann fragte Alex erneut, was sie an diesem Tag noch vorhatten.

„Wir gehen am Samstag immer einkaufen", antwortete Lilly sofort. „Das ist lustig, kommst du mit?"

Sarah und Mira schauten sich an, als Alex sofort begeistert zustimmte. Mira schüttelte leicht den Kopf. Sarah seufzte. „Alex, ich glaube nicht, dass das so eine gute Idee wäre."

„Warum denn nicht?", fragten Lilly und Alex fast gleichzeitig.

„Weißt du, hier ist ein kleines Dorf und Neuigkeiten sprechen sich schnell herum", begann Mira.

„Und du bist bekannt wie ein bunter Hund. Hier würden schneller irgendwelche Pressefritzen auftauchen, als uns lieb sein kann", versuchte Sarah, ihre Bedenken weiter zu erklären.

Alex schaute von einer zur anderen.

„Mädels, ich glaub, ich weiß da was." Mit diesen Worten verschwand er vom Tisch und kurz darauf hörte Sarah die Haustür. Was wollte er draußen?

Die Antwort auf ihre Frage bekam sie keine zwei Minuten später, als Alex wieder zur Tür hereinkam. Er hatte sich ein dunkelblaues Sweatshirt mit Kapuze übergezogen, eine verspiegelte riesige Sonnenbrille auf die Nase gesetzt, eine Baseballkappe auf dem Kopf und darüber hatte er noch die Kapuze des Sweatshirts gezogen.

„Hallo, ich bin Anton", sagte er mit verstellter Stimme. Lilly kicherte, als sie ihn sah.

„So erkennt dich echt niemand. Ich hätte ich dich auch fast nicht erkannt." Sarah schaute Alex von allen Seiten an. Ja, so konnte es gehen.

***

Zusammen gingen sie wenig später los. Lilly hopste vor ihnen her, dann folgte Mira und ganz hinten gingen Sarah und der vermummte Alex Hand in Hand. Sie liefen in Richtung Dorfmitte, wo sich ein paar Geschäfte befanden. Unterwegs erzählte Sarah ihm, wie sie vor ein paar Jahren, Lilly war noch nicht mal ein Jahr alt geworden, hierher gezogen war. Eddi hatte ihr damals den Tipp gegeben, dass hier ein Haus zu verkaufen war. Seine Schwester wohnte auch im Dorf, so liefen sie sich ab und zu über den Weg und hatten über all die Jahre ihre Freundschaft erhalten.

Sonst kannte sie niemanden, doch alle hatten sie sehr freundlich in die Dorfgemeinschaft aufgenommen. Das lag bestimmt auch daran, dass sie an allen Veranstaltungen im Dorf teilnahm und sich immer wieder erboten hatte zu helfen, was gern angenommen wurde.

Einen kleinen Vorgeschmack auf das Leben in einem Dorf bekam Alex, als sie beim Gemüsehändler waren. Der Laden wurde von Gerda, einer winzigen alten Dame betrieben. Sie grüßte Sarah und Mira sehr herzlich und schenkte Lilly sofort ein Stück Gurke. „Selbst gezogen, die schmeckt auch noch nach Gurke."

Dann besah sie sich den fremden jungen Mann, der mit in den Laden gekommen war. Sarah stellte ihn vor.

„Gerda, das ist A… Anton. Er ist zu Besuch."

Die alte Frau kam noch näher und baute sich vor Alex auf, dem sie gerade einmal bis knapp über den Bauchnabel reichte.

„Junger Mann, ich hoffe, sie behandeln Sarah gut! Sie hat viel mitgemacht und niemand hier möchte, dass sie verletzt wird."

„Gerda", versuchte Sarah die alte Dame aufzuhalten. Doch die hatte offensichtlich noch mehr zu sagen. Alex bemühte sich, ernst zu bleiben, während er auf die aufgebrachte alte Dame herunterschaute. Sie fuchtelte mittlerweile mit einer Zucchini herum, als wollte sie Alex damit schlagen.

„Sarah ist ein liebes Mädchen. Sie ist eine gute Mutter und sehr beliebt bei allen. Als sie damals hier aufgetaucht ist mit der kleinen Lilly im Kinderwagen, da haben wir beschlossen, ihr zu helfen und sie zu beschützen. Wir warten alle darauf, dass der Mann, der sie damals mit dem Kind hat sitzen lassen, einmal hier auftaucht. Der kann was erleben, sage ich Ihnen. Der wird sich nie wieder auch nur in die Nähe trauen, das können Sie glauben."

Alex nickte mit komischem Gesichtsausdruck. Anscheinend konnte er sich das Lachen gerade so verkneifen. Sarah suchte sich schnell ein paar Tomaten, Zucchinis und Gurken aus und bezahlte mit hochrotem Kopf. Es war zu peinlich. Dann bugsierte sie Alex nach draußen, verabschiedete sich noch bei Gerda und bedankte sich für Lillys Gurke, obwohl diese das vorhin auch schon gemacht hatte. Hastig schloss sie die Tür hinter sich. Im letzten Moment, denn schon brach Mira in lautes Kichern aus. Sie hielt sich den Bauch vor Lachen. Alex grinste ebenfalls breit. Lilly kicherte auch, aber wahrscheinlich nur, weil Mira so heiter war. Sarah war das alles total peinlich.

In den anderen Geschäften waren auch alle sehr an Alex interessiert, obwohl ihm zum Glück niemand mehr einen Vortrag hielt. Noch nie war Sarah so schnell mit ihren Einkäufen fertig gewesen. Sie war ganz verschwitzt, als sie endlich mit allen Einkaufstüten zu Hause ankamen. Das war ja ein Spießrutenlauf gewesen. Nicht auszudenken, wenn jemand Alex erkannt hätte. Das war aber offenbar nicht passiert. Jeder hatte ihn anstandslos als Anton akzeptiert. Alex stellte die Tüten, die er getragen hatte, auf die Anrichte in der Küche.

„Kümmert sich Lillys Vater eigentlich gar nicht um seine Tochter?"

Sarah erstarrte mitten in der Bewegung. Dieselbe Frage hatte James vor ein paar Wochen gestellt und dann die Verbindung zwischen Alex und Lilly hergestellt. Alex' Gedanken gingen aber offenbar in eine andere Richtung.

„Jedenfalls scheint er noch nie hier aufgetaucht zu sein, oder? Bekommst du wenigstens Geld von ihm?"

Sarah schüttelte den Kopf und gab vor, mit dem Verstauen der Lebensmittel vollauf beschäftigt zu sein. Sie wollte nicht mit Alex über Lillys Vater reden. Klar, irgendwann musste sie es ihm sowieso sagen, aber jetzt war mit Sicherheit keine passende Gelegenheit.

„Was ist das denn für ein verantwortungsloses Schwein?" Alex wollte das Thema einfach nicht ruhen lassen. Sarah erwiderte nichts und auch Alex sagte eine Weile nichts mehr dazu. Doch dann fragte er wie aus heiterem Himmel: „Sag mal, weiß Lillys Vater überhaupt von ihr?"

Sarah hätte beinahe die Milchflasche fallen gelassen, die sie gerade in den Kühlschrank stellen wollte. Ahnte er etwas und wollte ihr jetzt eine Falle stellen? Vorsichtig stellte Sarah die Flasche in den Kühlschrank und drehte sich langsam zu Alex um. Fast erwartete sie, seine blauen Augen würden sie mit wissenden Blicken durchbohren. Doch sie hatte sich getäuscht. Er schaute sie gar nicht an, sondern räumte in aller Ruhe das Gemüse in den bereitgestellten Korb. Er ahnte gar nichts, hatte nur versehentlich ins Schwarze getroffen. Interessanterweise schien er gar keine Antwort von Sarah zu erwarten, denn er redete schon weiter.

„Also wenn ich mir vorstelle, eine meiner Verflossenen hätte ein Kind von mir und würde das vor mir verheimlichen ... nicht das das passieren könnte. Ich bin schließlich immer vorsichtig gewesen. Außerdem ließe sich so etwas ja wohl kaum geheim halten. Jedenfalls, ich wäre ganz schön sauer. Auch wenn ich nicht mehr mit ihr zusammen wäre, es wäre ja schließlich mein Kind. Na ja, aber es ist ja müßig, darüber zu spekulieren. Es gibt ja auch genug verantwortungslose Männer, die zwar ihren Spaß wollen, aber wenn dann ein Kind kommt, weisen sie alle Verantwortung von sich und sind auf Nimmerwiedersehen verschwunden."

Sarah konnte Alex nur mit offenem Mund zuhören. Während er gesprochen hatte, war ihr abwechselnd heiß und kalt geworden und zwischendurch hätte sie am liebsten laut aufgelacht. Von wegen, ihm konnte das ja nicht passieren und das könnte man auch nicht verheimlichen. Aber sie riss sich zusammen.

„Sarah, du musst wenigstens versuchen, dem Typ ein bisschen Geld abzuknöpfen. Wenigstens das schuldet er dir. Ich verstehe ja, wenn du mit so jemandem nichts mehr zu tun haben möchtest."

„Das geht nicht", entfuhr es Sarah. Schnell hielt sie sich den Mund zu. Zu spät. Sie hatte es gesagt und damit erst recht Alex' Interesse geweckt. Warum konnte er das Thema nicht einfach fallen lassen?

„Warum nicht?"

„Weil ... es geht eben nicht."

Alex kam zu Sarah und nahm sie in den Arm. Dann hielt er sie ein Stück weg und sah sie ernst an.

„Sarah, es gibt immer einen Weg. Wenn du mir seinen Namen sagst, nehmen wir einen Anwalt und der ..."

„Es geht nicht, weil", sie überlegte fieberhaft, „er tot ist."

Sarah hätte sich die Zunge abbeißen können. Was erzählte sie da? Das war ihr einfach so rausgerutscht. Alex sah sie betroffen an. Dann drückte er Sarah wieder an sich. Er streichelte ihr sanft den Rücken.

„Mein Liebling. Das tut mir so leid. Das wusste ich nicht. Tut mir leid, dass ich ihn so beleidigt habe."

Sarah wäre am liebsten selbst tot. Oder zumindest unsichtbar. Jetzt kam sie auch noch in den Genuss von Alex' Mitleid und das nur, weil sie keinen anderen Ausweg gefunden hatte, als ihm so eine Lüge aufzutischen. Wie sollte sie aus dieser Geschichte je wieder rauskommen?

Irgendwann ließ Alex sie wieder los und sie räumten schweigend die restlichen Einkäufe weg. Er kam nicht mehr auf das Thema zu sprechen, sie bemerkte aber sehr wohl seine Blicke auf sich, wann immer er glaubte, dass sie nicht hinsah. Bestimmt dachte er jetzt, dass das Thema für sie zu schmerzhaft wäre und sie deshalb nicht darüber reden wollte.

„Woran ist er denn gestorben?" Okay, er dachte nicht, dass sie nicht darüber reden wollte.

„Alex, ich möchte nicht darüber sprechen." Musste sie noch deutlicher werden?

„Oh Mann, und dann hast du ständig seine Tochter um dich, die dich praktisch jeden Tag an ihn erinnert … Das muss die Hölle sein."

Sarah dachte angestrengt nach. Wie konnte sie ihn jetzt auf ein anderes Thema bringen? Sie blickte sich in der Küche um, in der Hoffnung, dass sie irgendetwas fand, womit sie ihn ablenken konnte. Dann hatte sie eine Idee. Sie umarmte ihn und zog seinen Kopf etwas herunter, damit sie ihn küssen konnte.

„Alex, es ist in Ordnung. Wir waren schon nicht mehr zusammen, als er … gestorben ist. Ich bin darüber hinweg und jetzt habe ich sowie eher Lust auf etwas anderes. Mit dir."

Dann küsste sie ihn und er erwiderte den Kuss. Er hob sie hoch und trug sie hinüber zum Sofa. Dort setzte er sich mit ihr auf dem Schoß hin und fing an sie zu streicheln. Offensichtlich war ihr plumpes Ablenkungsmanöver geglückt. Weit kamen sie allerdings nicht, denn plötzlich ging die Tür auf und Lilly stürmte herein.

„Mama, wo bist du denn?"

Schnell zog Sarah ihr T-Shirt, dass Alex ihr bereits hochgezogen hatte, wieder zurecht und stand auf.

„Hier bin ich, mein Liebling. Was ist denn?"

„Mira will jetzt das Mittagessen machen. Gehst du mit mir auf den Spielplatz?" Und mit einem Seitenblick auf Alex fügte Lilly noch hinzu: „Er kann ja auch mitkommen."

Sarah sah Alex an, der zuckte mit den Schultern und stand auf.

„Okay, ein bisschen Bewegung tut mir bestimmt gut."

Sarah sah Alex erstaunt an. Meinte er das ernst? Vorsichtig wandte sie ein: „Das ist ein Spielplatz für *Kinder*." Sie betonte das letzte Wort besonders. Er grinste nur und ging in den Flur, um sich seine Schuhe anzuziehen. Auch Lilly zog sich schon ihre Schuhe an. Also war das wohl entschieden.

Sarah sah erleichtert, dass Alex auch jetzt wieder daran dachte, sich mit Sonnenbrille und Basecap unkenntlich zu machen. Diesmal verzichtete er allerdings auf das Sweatshirt mit der Kapuze, da die Sonne mittlerweile schon mit ganzer Kraft schien. Trotzdem war es noch nicht so warm, dass Sarah Lilly erlauben konnte, ohne Jacke rauszugehen. Es gab ein kurzes Wortgefecht, doch dann fügte sich Lilly schmollend und ging hinaus.

Draußen hatte sie schon wieder gute Laune. Sarah musste lachen, weil Alex und Lilly auf dem Weg zum Spielplatz Fangen spielten. So war Lilly schon außer Atem, als sie am Spielplatz ankamen. Das hielt sie aber nicht davon ab, dort sofort weiter zu toben. Und Alex machte seine Ankündigung tatsächlich wahr.

Sarah glaubte ihren Augen nicht zu trauen, als er hinter Lilly das Klettergerüst hochkletterte. Die Kleine quietschte, als er ihren Fuß erwischte und kletterte noch schneller weiter. Sarah hoffte nur, dass sie nicht runterfiel. Dann suchte sie sich eine Bank in der Sonne und schloss genießerisch die Augen. Mit Alex und Lillys Kichern im Hintergrund und den warmen Sonnenstrahlen im Gesicht begann sie sich zu entspannen. So sehr, dass sie tatsächlich kurz einschlief. Sie schreckte jedenfalls mächtig auf, als Alex sich plötzlich neben sie auf die Bank fallen ließ. Er seufzte übertrieben laut auf und streckte seine langen Beine von sich. Dann legte er einen Arm um Sarah und zog sie etwas zu sich rüber.

„Schade, dass ich morgen schon wieder los muss. Ich könnte noch ewig Zeit mit dir verbringen. Aber die Arbeit ruft."

Sarah sah ihn an. Morgen schon? Sie hatte eigentlich gehofft, dass er noch ein paar Tage bleiben konnte. Irgendwie hatte sie vollkommen verdrängt, was und wer er eigentlich war. Ihre gute Laune war augenblicklich dahin.

Sie blieben auch nicht mehr lange. Alex hatte ein paar Mal versucht, sie aufzuheitern und ihm zuliebe hatte sie so getan, als ob sie so fröhlich wäre wie vorher. Doch sie konnte nicht anders, als sich jetzt ständig die Frage zu stellen, wie sie sich eine Zukunft mit ihm eigentlich vorgestellt hatte. Er war Musiker mit Leib und Seele, noch dazu sehr erfolgreich. Als Musiker war er ständig unterwegs, hatte praktisch nie Urlaub. An ein normales Familienleben war einfach nicht zu denken. Und sie? Sie hatte ihren Job und Lilly. Sie hatte ihr Haus. Sie war sesshaft und es gefiel ihr.

Zu Hause aßen sie zu Mittag, dann ging Mira mit Lilly in die Stadt ins Kino. Sarah war ihr dankbar, dass sie auf diese Weise noch ein paar Stunden mit Alex allein hatte. Sie wollte diese verbleibende Zeit auf jeden Fall genießen.

***

Kaum waren Mira und Lilly aus dem Haus, zog Alex Sarah ins Wohnzimmer, setzte sich ihr gegenüber auf den Sessel und sah sie erwartungsvoll an.

„Sarah, was ist los?“

Sarah konnte ihn nicht ansehen. Was sollte sie sagen? *Entschuldige, ich komme nicht mit deinem Leben zurecht!* Wohl kaum.

„Ich bin traurig, weil du morgen schon wieder weg musst.“ Das stimmte auf jeden Fall.

Er kam zu ihr und kniete sich vor sie. Dann nahm er ihre Hände in seine.

„Süße, ich habe nur ein paar Termine, in knapp zwei Wochen kann ich schon wieder hier sein. Dann haben wir wieder drei Tage. Gut, danach bin ich etwas länger unterwegs, aber ich kann dich bestimmt zwischendurch immer mal wieder besuchen. Oder ihr kommt mal zu mir. Das wird bestimmt lustig.“

Sarah sah ihm an, wie begeistert er davon war. Klar, sie würde sich freuen, wenn er herkommen konnte. Und sie würde bestimmt auch mal mit Lilly zusammen zu einem seiner Konzerte fahren. Aber war ihr das genug? Andererseits kannten sie sich ja noch kaum. Da konnte sie ja schlecht erwarten, dass er gleich sein ganzes Leben für sie auf den Kopf stellte. Und sie selbst war ja schließlich auch noch nicht bereit für irgendwelche Kompromisse. Also würde sie erst einmal sehen, wie sich alles entwickelte. Sie blickte in Alex' erwartungsvolle Augen. Dann nickte sie und küsste ihn sanft.

Er lächelte und stand auf. Dabei zog er sie mit sich hoch.

„Lass uns jetzt die Zeit genießen, die wir haben. Ich denke, ich habe auch schon eine Idee.“

Noch bevor sie groß überlegen konnte, was er eigentlich meinte, hatte er sie plötzlich hochgehoben und trug sie die Treppe hoch in ihr Schlafzimmer. Okay, dann war ja wohl klar, was er meinte.

***

Abends saßen sie auf der Terrasse. Sarah hatte eine dicke Decke um ihre Beine gewickelt und diese auf die Bank ihr gegenüber gelegt. Alex lungerte lässig auf einem Lehnstuhl. Ihm war offensichtlich nie kalt, denn er trug lediglich den Kapuzenpullover vom Morgen. Sie redeten über alles Mögliche. Über sein Leben als Berühmtheit und über ihr Leben als alleinerziehende, berufstätige Mutter. Beide waren sehr gelöst und lachten sehr viel. Aber sie vermieden ein Thema: die Zukunft.

Irgendwann wurde es Sarah trotz der Decke draußen zu kalt, also gingen sie rein und schalteten den Fernseher an. Während Alex im Kühlschrank etwas zu trinken suchte, schaltete Sarah ein bisschen herum und fand schließlich eine Sendung, in der auch über *Sakrileg* berichtet wurde.

„Musst du das schauen?", fragte Alex aus der Küche, als er seine eigene Musik hörte. Dann kam er zu ihr und küsste sie sanft. Er nahm ihr die Fernbedienung aus der Hand und schaltete den Fernseher stumm.

„Das klingt live viel besser." Dann fing er an, mit seiner dunklen Stimme das Lied, das sie gerade im Fernsehen gehört hatten zu singen und kletterte dabei über sie. Sie küssten sich wieder und zogen sich dabei gegenseitig langsam aus.

Später war Alex wieder draußen mit seiner Gitarre. Er hatte gesagt, dass ihm irgendeine Idee für ein neues Lied gekommen wäre und Sarah konnte ihre Fernsehsendung weiter schauen. Sie hörte leise Gitarrenklänge von draußen und fühlte sich rundum wohl. Als zu den Gitarrenklängen auch noch Alex' Stimme erklang, musste Sarah unwillkürlich den Fernseher ausstellen. Sie lehnte sich zurück und schloss die Augen. Hoffentlich fanden die Nachbarn Alex' Musik auch gut, denn hier war alles sehr dicht bebaut. Sie würden sein Privatkonzert also wohl oder übel mithören müssen. Doch darüber wollte sie sich jetzt keine Gedanken machen. Sie wollte einfach den Augenblick genießen.

16. Kapitel

Zu schnell war die Zeit des Abschieds auch schon wieder gekommen. Gleich nach dem Frühstück musste Alex wieder los. Er hatte sich ganz lieb von Mira und vor allem von Lilly verabschiedet. Von Sarah hatte er sich bereits die ganze Nacht auf das Liebevollste verabschiedet. Leider hatte der Schlaf etwas darunter gelitten. Aber Sarah war nicht müde. Im Gegenteil, sie war richtig aufgekratzt. Sie war verliebt und tanzte durch die Wohnung. Lilly machte sofort begeistert mit und auch Mira alberte mit ihnen herum. Für einen Moment konnte Sarah alle Sorgen vergessen. Sie dachte einfach nur daran, wie schön es mit Alex gewesen war und sie freute sich auch schon darauf, ihn in neun Tagen wiederzusehen. Das hatte er nämlich versprochen. Neun Tage, das würde schnell vorbei gehen.

***

Doch je mehr Zeit vorüberstrich, desto größer wurde Sarahs Unsicherheit, ob das mit Alex und ihr wirklich gut lief. Vor allem in Anbetracht dieser Lüge über Lillys Vater. Sie hatten nicht mehr darüber gesprochen, aber das mussten sie irgendwann tun. Und nun wusste sie gar nicht mehr, wie sie Alex beibringen sollte, dass er Lillys Vater war. Sie musste mit irgendjemandem darüber reden. Aber mit wem? Mira kam nicht infrage. Sie verstand sich zwar sehr gut mit ihrem Au-Pair-

Mädchen, ihre Freundschaft ging schon lange über ein Chef-Angestellten-Verhältnis hinaus, aber dann hätte sie Mira verraten müssen, dass Alex Lillys Vater war und das wollte sie nicht, noch nicht. Es durften nicht noch mehr Leute erfahren als es ohnehin schon wussten, bevor sie mit Alex gesprochen hatte.

Also blieb nur noch eine Person, allerdings war derjenige auch nicht gerade gut geeignet, um mit ihm über ihre Beziehung zu Alex zu sprechen. Es half nichts, sie hatte jetzt tagelang gegrübelt, wie sie sich aus der Geschichte, in die sie sich selbst manövriert hatte, wieder rausretten sollte und war zu keinem Ergebnis gekommen. Sie musste mit jemandem reden, eine andere Meinung, einen anderen Blickwinkel hören. Also nahm sie eines Abends den Telefonhörer in die Hand und wählte die Nummer, die mittlerweile eingespeichert war.

***

Bei James war es erst Nachmittag, sie hoffte, dass er überhaupt Zeit für sie hatte. Nachmittags standen meistens irgendwelche Interviews oder Soundchecks auf dem Programm. Es klingelte sehr lang und Sarah wollte gerade wieder auflegen, als James plötzlich dran war. Er klang etwas abgehetzt und müde, war aber sehr erfreut, ihre Stimme zu hören. Sie hörte das Lächeln in seiner Stimme. Dieses änderte sich jedoch schlagartig, als sie ihm erzählte, was sie gemacht hatte.

„Du hast was?! Mädchen, bist du von allen guten Geistern verlassen?"

Sarah schlug beschämt die Augen nieder.

„Ich weiß, dass es blöd war. Aber ich wusste nicht mehr, wie ich ihn von der Idee abbringen sollte, Lillys Vater mithilfe eines Anwaltes zur Rechenschaft zu ziehen. Was hättest du denn gesagt?", verteidigte Sarah sich sofort.

James lachte kurz auf.

„Na, jedenfalls nicht, dass er tot ist. Sarah, Alex ist nicht tot. Er wird also auf jeden Fall erfahren, dass du ihn belogen hast. Dann hast du ihm nicht nur verschwiegen, dass Lilly seine Tochter ist, du hast ihn zudem auch noch belogen. Er wird nicht begeistert sein. Ich wäre es nicht."

„Ich weiß", gab Sarah zerknirscht zu. Genau das war ja ihr Problem. Dafür hätte sie James nicht anrufen müssen. Sie wusste selbst, welchen Mist sie gebaut hatte. Sie brauchte eine Lösung. Das sagte sie James auch.

„Tut mir leid! Da weiß ich auch nicht weiter. Obwohl. Eigentlich gibt es nur eine Lösung. Sprich mit ihm und versuch es ihm zu erklären und zwar so schnell wie möglich. Vielleicht ist er dann sauer, aber eine andere Lösung gibt es nicht, wenn du ihn nicht ganz verlieren willst."

Sarah nickte, obwohl James es nicht sehen konnte. Aber er interpretierte ihr Schweigen offenbar als Zustimmung, denn er fügte noch ein: „Du schaffst das schon" hinzu. Dann wurde James gerufen und er musste das Telefonat beenden. Sarah starrte auf den Telefonhörer in ihrer Hand. Es Alex einfach sagen? Wie sollte sie das machen? Wie sollte sie so etwas anfangen? Er würde in zwei Tagen wieder vor ihrer Tür stehen. Was sollte sie machen?

Nach einer unruhigen Nacht hatte sie den Entschluss gefasst: sie würde es ihm sagen. Gleich als erstes, wenn er wieder da war. Sie konnte es nicht länger aufschieben. Und dann würde sie sehen, ob er ihr verzeihen konnte. Aber zumindest würde sie ihn nicht belügen. Nicht noch einmal. Obwohl ihr dieser Entschluss Angst machte, fühlte sie sich besser, als sie ihn getroffen hatte. Sie wusste noch nicht so richtig, wie sie anfangen sollte, doch wenn sie einmal den Anfang gefunden hatte, würde sich der Rest von selbst finden. Er würde sicher erst mal böse sein und es wäre für ihn bestimmt nicht so leicht, sich an den Gedanken zu gewöhnen, plötzlich eine fast sechsjährige Tochter zu haben. Aber er mochte Lilly und deshalb war sie sich sicher, dass er ihrer Tochter ein guter Vater sein würde.

***

Am nächsten Tag musste Sarah länger arbeiten. Ausgerechnet. Heute sollte Alex wiederkommen. Er hatte zwar noch nicht genau sagen können, wann er es schaffen würde, aber so würde sie sicher erst nach ihm bei sich zu Hause ankommen. Sie hatten zwei Hochzeiten im Hotel, die parallel stattfanden und da gab es immer ein bisschen Aufregung, dass nichts durcheinanderkam. Da war auch Sarah voll eingespannt. Erst als beide Hochzeitsgesellschaften an ihren jeweiligen Tafeln saßen, war für Sarah der Arbeitstag vorbei. Es war alles gut gegangen und sie summte im Auto fröhlich mit dem Radiosong mit. Jetzt war Wochenende und sie hatte tatsächlich frei.

Wie erwartet stand Alex' Sportwagen schon an der Straße vor ihrem Haus. Allerdings war er nicht im Haus. Lilly auch nicht. Sarah fand Mira schließlich im Garten, wo sie sich um die Kräuter kümmerte. Kräuter waren neben Musik Miras Leidenschaft.

„Hallo, Mira, wo sind Lilly und Alex?"

Mira drehte sich zu ihr um und strich sich mit der schmutzigen Hand die Haare zurück, so dass sie jetzt einen schwarzen Streifen auf der rechten Wange hatte. Dann sah sie auf die Uhr.

„Hm, sie müssten eigentlich längst zurück sein. Lilly wollte noch zum Spielplatz und Alex hat angeboten, sie zu begleiten. Sie wollten aber nur eine halbe Stunde bleiben. Das war vor ungefähr einer Stunde."

Sarah machte sich deshalb nicht allzu viele Gedanken. Sie kannte ihre Tochter und wusste, dass diese, wenn sie erst einmal in Fahrt war, nicht mehr vom Spielplatz zu bekommen war. Außerdem glaubte sie auch schon, Lillys Lachen zu hören. Tatsächlich. Ein paar Minuten später bogen sie um die Ecke und kamen in den Garten. Lilly rannte sofort zu Sarah und sprang ihr an den Hals.

„Mama, wir haben Indianer gespielt und richtig schleichen geübt. Wir mussten uns vor den bösen Cowboys verstecken. Der böse Cowboy auf dem Spielplatz wollte uns sogar erschießen."

Sarah hörte Lilly mit wachsender Verwirrung zu. Lilly liebte Geschichten, aber um Indianer war es dabei noch nie gegangen. Bei ihrer letzten Bemerkung blickte sie Alex fragend an. Der kam ebenfalls näher und als Lilly Sarah losließ, um nun Mira die Geschichte zu erzählen, nahm er Sarah in den Arm, hob sie ein Stück hoch und küsste sie mitten auf den Mund.

„Na ja, da war jemand auf dem Spielplatz, der uns beobachtet hat und ich glaube, er hat auch ein, zwei Fotos geschossen. Aber dann sind Lilly und ich abgehauen. Keine Sorge, keiner konnte uns hierher folgen, wir waren wirklich wie die Indianer und haben ein paar Umwege gemacht. Da hätte uns nicht mal ein Spürhund folgen können.“

Alex nahm das offenbar auf die leichte Schulter, doch Sarah war augenblicklich besorgt. Da war jemand auf dem Spielplatz gewesen und hatte Fotos von Lilly und Alex gemacht? Wenn das ein Reporter war, konnte das in einer mittleren Katastrophe enden.

Den ganzen Abend konnte Sarah an nichts anderes denken. Um Lilly nicht zu beunruhigen, ließ sie das Thema erst einmal beiseite, aber sobald das Mädchen im Bett und sie mit Alex allein war, kam sie noch einmal darauf zu sprechen. Er zuckte nur mit den Schultern.

„Ich bin mir nicht mal sicher, ob er wirklich Fotos gemacht hat. Vielleicht war es auch nur jemand aus der Nachbarschaft, der geschaut hat, was wir da machen. Mach dir keine Gedanken.“

Dann nahm er sie in den Arm und küsste sie so lange, bis sie wirklich auf andere Gedanken kam.

Das Thema Vaterschaft war natürlich nicht zur Sprache gekommen.

***

Am nächsten Tag kam Sarah wieder nicht dazu, mit Alex zu sprechen. Den ganzen Tag belegte Lilly Alex mit Beschlag. Und er war so lieb, dass er ihr keinen Wunsch abschlug. Er spielte sogar mit ihr Fee und Prinzessin, eines von Lillys Lieblingsspielen. Er bestand nur darauf, dass er ein Prinz war und keine Prinzessin. Sarah hätte sich kaputt lachen können, als er mit aufgesetzt guten Manieren mit Lilly zusammen an ihrem kleinen Kindertisch saß und sich von ihr Tee aus ihrem Puppengeschirr servieren ließ. Abends spielten sie alle zusammen im Garten Fußball, bis Lilly vor Müdigkeit dauernd stolperte und nicht einmal protestierte, als Sarah sie ins Bett bringen wollte. Als sie mit Lilly in deren Bett lag und ihre Tochter noch ein wenig streichelte, kuschelte diese sich plötzlich an Sarah und flüsterte ihr etwas ins Ohr.

„Du, Mama. Ich habe mir das noch einmal überlegt. Vielleicht wäre mir Alex als Papa doch lieber als James. Und du verstehst dich doch auch so gut mit ihm. Es wäre schön, wenn er für immer bei uns bleiben könnte.“

Sarah lächelte. „Ich werde sehen, was sich machen lässt. Und jetzt schlaf schön, meine kleine Fee. Träum süß!“ Dann gab sie ihrer Tochter noch einen Kuss und verließ das Zimmer. Sie lächelte noch immer, als sie zu Alex und Mira ins Wohnzimmer kam. Die beiden hatten sich ein Kartenspiel aus dem Schrank geholt und baten Sarah, mitzuspielen. Es wurde ein lustiger und langer Abend und so kam Sarah wieder nicht dazu, mit Alex zu sprechen. Doch es wurde langsam Zeit. Alex wollte am nächsten Nachmittag wieder fahren.

„Alex, ich muss unbedingt noch mit dir sprechen“, sagte sie deshalb gleich am nächsten Morgen, als sie gerade noch zusammen im Bett lagen. Lilly war zwar schon wach, war aber unten mit Mira, um das Frühstück vorzubereiten. So hatten sie noch ein paar Minuten zu zweit.

„Ja, ich muss dir leider auch noch etwas sagen, was dir nicht so gut gefallen wird.“

Sarah setzte sich im Bett auf. Oje, das klang nicht gut. Was meinte Alex? Er küsste sie kurz auf die Nasenspitze.

„Du weißt doch, dass unsere neue Single so erfolgreich ist.“

Sarah verzog kurz das Gesicht. Klar, die Single, die sie auf sich bezogen hatte. Sie konnte das Lied immer noch nicht gut hören. Sie bekam jedes Mal Gänsehaut und fragte sich, ob Alex wirklich alles so ernst meinte, wie er vorgab. Dieses Lied ließ sie an Alex zweifeln und deshalb mochte sie es nicht. Aber erfolgreich war es ohne jeden Zweifel.

„Jedenfalls wird es wohl seit einiger Zeit auch außerhalb Europas in den Radios gespielt, genauer gesagt, in Australien. Und jetzt will die Plattenfirma, dass wir für eine kurze Promotiontour nach Australien fliegen. Dafür wurde die ursprünglich hier in Europa geplante Tour verschoben. Ich werde also die nächsten Wochen in Australien sein und da kann ich natürlich nicht mal eben hierher fahren. Wir werden uns also wahrscheinlich bis Mitte Juni nicht mehr sehen.“

Oh nein, das waren nicht gerade tolle Neuigkeiten. Sarah sah Alex entsetzt an. Bis Mitte Juni? Das waren fünf Wochen! Sie würde ihn fünf Wochen nicht sehen?

Unwillkürlich stiegen ihr Tränen in die Augen. Er sah es natürlich und zog sie in eine Umarmung. Er streichelte ihren Rücken.

„Hey, Süße, das ist doch nicht so lange. Und wir können ja telefonieren. Wir werden das schon schaffen. Und ich verspreche dir, ich bleibe nicht dort." Das sollte sie wohl aufheitern. Jedenfalls grinste er bei seinen Worten. Doch sie fühlte sich grauenhaft. Sie schmiegte sich an ihn, als könnte sie so verhindern, dass er fahren würde. Nach einer Weile schob er sie jedoch ein Stück von sich.

„Und was wolltest du mir sagen?"

Alex wollte schon an diesem Abend wegfahren und war dann für fünf Wochen nicht hier. Da konnte sie ihm jetzt doch nicht eröffnen, dass er eine Tochter hatte. Sie hatte einfach Angst davor, dass er wütend wäre und sich in den fünf Wochen ohne sie überlegen könnte, dass er ihr nicht verzeihen konnte. Sie hätte gar keine Möglichkeit, ihn zu besänftigen. Nein, sie konnte es ihm jetzt nicht sagen. Das musste noch bis zu seiner Rückkehr warten.

„Nichts Wichtiges." Sarah hoffte, dass Alex nicht weiter nachhaken würde. Das Schicksal meinte es gut mit ihr, denn gerade in diesem Moment rief Lilly nach ihnen. Das Frühstück war fertig. Schnell zogen sie sich an und gingen runter.

Nach dem Frühstück wollten sie alle zusammen in den Zoo. Das hatten sie schon am Freitagabend vereinbart. Lilly hüpfte vor Freude auf und ab und zog Alex, Mira und Sarah begeistert von einem Gehege zum nächsten. Obwohl es normalerweise leicht war, sich von Lillys Begeisterung anstecken zu lassen, war die

Stimmung bei Alex und Sarah gedrückt. Der baldige Abschied war zu nah.

***

Als sie nach Hause kamen, war es auch schon fast so weit. Mira gab Sarah und Alex noch ein paar gemeinsame Minuten, indem sie Lilly auf ihr Zimmer lockte und mit ihr zusammen Memory spielte.

Alex und Sarah standen eng umschlungen beieinander und sagten kein Wort. Was gab es auch noch zu sagen? Doch Alex durchbrach schließlich das Schweigen.

„Ich bin froh, dass ich dich habe. Ich werde dich vermissen, wenn ich in Australien bin."

Sarah sah zu ihm hoch. Seine Augen waren sehr warm und blickten sie liebevoll an. Ihre Augen füllten sich schon wieder mit Tränen. Sie konnte nur nicken. Dann streichelte er ihr Gesicht, schob eine Haarsträhne hinter ihr Ohr und hob mit seinem Finger ihr Kinn an. Dann schloss er die Augen, senkte den Kopf und küsste sie leidenschaftlich.

Keine halbe Stunde später war er weg. Sarah und Lilly hatten ihm noch nachgewinkt, als er in sein Auto gestiegen war und wegfuhr. Dann standen Mutter und Tochter Hand in Hand auf der Straße. Schließlich zog Lilly Sarah mit sich hinein.

***

Die folgenden Tage kehrte der Alltag wieder bei Sarah ein. Sie telefonierte fast jeden Tag mit Alex. Es schien ihm ganz gut zu gefallen, obwohl in Australien gerade Winter war. Außerdem überflog Sarah jeden Tag ängstlich die Schlagzeilen der Zeitungen, ob die Bilder von Lilly und Alex irgendwo auftauchten. Als nach zwei Wochen noch immer nichts zu finden war, beruhigte sie sich allmählich und glaubte nun auch, dass Alex sich vielleicht geirrt hatte und der Mann auf dem Spielplatz gar kein Reporter war.

Der Mai war bisher freundlich und warm gewesen, im Juni wurde es etwas regnerischer. Doch das machte nichts. Sarah verbrachte die Abende gemütlich mit Lilly im Haus. Während Mira für ihr Studium lernte, spielte Sarah mit ihrer Tochter alle möglichen Gesellschaftsspiele oder sie hörten zusammen Musik, natürlich *Sakrileg*, und Lilly bastelte oder malte etwas. Es war eine glückliche Zeit, die für Sarah auch von der Vorfreude auf das Wiedersehen mit Alex geprägt war. Jeden Morgen rief er sie an und meistens freuten sie sich einfach nur, die Stimme des anderen zu hören. Seine Telefonrechnung war bestimmt immens.

Mit James hatte sie auch noch ein paar Mal telefoniert. Er freute sich für sie, dass es mit Alex so gut ausgegangen war, aber er klang auch ein bisschen wehmütig dabei. Sarah ahnte, dass auch James sich Hoffnungen gemacht hatte.

17. Kapitel

Alex

Müde lehnte Alex sich im Flugzeugsitz zurück und schloss die Augen. Er war erschöpft, aber glücklich. Rick saß neben ihm und schlief. Das sah irgendwie friedlich aus. Ein paar Reihen weiter hinten saßen Raffael, Mika und Eric, ihr neuer Keyboarder. Sie hatten Eric für die Tour in Australien engagiert, weil er ihnen als Ausnahmetalent von der Plattenfirma nahegelegt worden war. Anscheinend hatte er in einer nicht sehr erfolgreichen Band gespielt, hatte aber nach Aussage seines Managers wesentlich mehr Potenzial. Er war gut, das musste man ihm lassen. Und das, obwohl er so jung war. Das war eigentlich auch das größte Problem, dass Alex mit ihm hatte. Eric war gerade mal dreiundzwanzig Jahre alt, also mehr als zehn Jahre jünger als er selbst. Zudem passte er optisch überhaupt nicht in die Band. Alle anderen waren groß und kräftig und bis auf Raffael auch blond. Eric war eher schlaksig und hatte lange braune Haare, die er mit einem Lederband im Nacken zurückgebunden hatte. Er war sehr hübsch, was auch an der Reaktion der jüngeren weiblichen Fans sehr deutlich wurde. Nun, Alex hatte nichts dagegen, wenn er nicht mehr der alleinige Frauenschwarm der Band war, aber irgendwie gehörte Eric für ihn nicht zu *Sakrileg.* Zum Glück hatten sie ihn nicht gleich fest in die Band aufgenommen, sondern er tourte als Gastmusiker mit ihnen. Die anderen mochten Eric anscheinend. Vor allem Mika hatte sich mit dem jungen

Keyboarder angefreundet und verteidigte ihn auch, wenn Alex mal wieder irgendetwas gefunden hatte, was an Eric auszusetzen war.

Alex wusste nicht, ob die anderen auch schliefen, möglich war es. Es war mitten in der Nacht. Jedenfalls in Australien. Sie flogen gerade über Polen, da war es erst früher Nachmittag. Verfluchte Zeitverschiebung. Sie würden mitten in der Nacht hellwach sein. Vielleicht nicht gerade das, denn der Schlaf im Flugzeug war nicht wirklich erholsam. Aber das war es wert. Die Tour durch Australien war der volle Erfolg gewesen. Sie hatten zwar nur in kleinen Clubs gespielt, vor nicht mehr als hundert Leuten, aber diese waren ausnahmslos begeistert gewesen und Alex war erstaunt, wie viele ihrer Songs in Australien bekannt und wie textsicher die Leute waren. Und sogar er musste zugeben, dass Eric sich wirklich gut am Keyboard gemacht hatte. Er war nicht Andreas, aber er machte ihnen keine Schande. Die Konzerte waren einfach nur grandios gewesen. Sie wollten auf jeden Fall wiederkommen.

Aber jetzt war er erst einmal auf dem Weg nach Hause und das war gut so. Zuerst wollte er seine Familie in Finnland besuchen. Seine Schwester hatte Geburtstag. Sie hatte einen Finnen geheiratet und auch seine Eltern waren irgendwann nach Finnland gezogen, um den Kindern von seiner Schwester und ihrem Mann nahe zu sein. Alex hatte sich auch eine Wohnung in Helsinki gekauft, war aber eher selten dort. Nach dem Geburtstag wollte er sofort nach Berlin zu Sarah. Er hatte sie vermisst. Sie hatten zwar jeden Tag telefoniert, aber das war ja nicht dasselbe. Vielleicht sollte er seiner Familie von ihr erzählen? Wenn sie es ihm nicht sowieso von der Nasenspitze ablesen konnten, dass er verliebt war. Die Frauen in seiner Familie hatten einen sechsten Sinn für so etwas.

In knapp einer Stunde sollten sie in Heathrow zwischenlanden. Dort hatten sie noch einen kurzen Aufenthalt und dann ging es endlich auf die letzte Etappe. Alex beschloss, noch ein wenig die Augen zu schließen. Er hatte sowieso viel zu wenig geschlafen die letzten Wochen. Zu aufregend war alles gewesen.

***

In Heathrow erfuhren sie, dass ihr Anschlussflug eine einstündige Verspätung hatte. Rick und Raffael machten es sich am Gate gemütlich und wollten noch ein bisschen weiterschlafen. Mika und Eric wollten etwas essen. Sie fragten Alex, ob er mitgehen wollte, aber er hatte keine Lust auf die Gesellschaft von dem schönen Eric.

„Ich habe keinen Hunger. Ich denke, ich geh mir bloß einen Kaffee holen. Geht ihr ruhig."

Also zogen die beiden ohne ihn ab und er suchte sich ein Starbucks. Er war froh, ein bisschen allein zu sein. In den letzten Wochen hatten sie ständig aufeinander gehangen, da tat ein wenig Abstand voneinander ganz gut. Auch wenn sie sich prima verstanden, brauchte man eben manchmal ein bisschen Privatsphäre.

Im Starbucks setzte Alex sich an einen ruhigen Tisch in einer Ecke, wo er vor neugierigen Blicken weitgehend geschützt war. Auf aufdringliche Fans hatte er jetzt einfach keine Lust. Dazu war er zu müde. An seinem Platz fand er eine ziemlich zerfledderte Jugendzeitschrift. Alex grinste, als er sie in die Hand nahm. Vielleicht fand er eine Story über sich selbst. In solchen Jugendzeitschriften hatte er schon die wildesten Stories über sich selbst und die anderen Jungs aus der Band gefunden. Vielleicht stand wieder etwas drin. Dann konnte er die Zeitung mitnehmen und seine Familie damit belustigen, was er angeblich angestellt hatte. Vielleicht hatte er mal wieder eine neue Freundin, meistens waren es andere Stars und Starlets oder Models. Oder er hatte sich von eben jener angedichteten Freundin in einem schlimmen Streit getrennt und er oder sie litten jetzt wahnsinnig an ihren gebrochenen Herzen. Oder er hatte mal wieder ein Kind bekommen. Wenn alles wahr wäre, hätte er schon eine ganze Fußballmannschaft an Kindern zusammen. Es hatten schon die irrsten Stories in solchen Zeitungen gestanden.

Er musste nicht lange suchen. Schon auf der Titelseite fand er die Schlagzeile: „Alex Morgan: heimliches Kind". Aha, mal wieder ein Kind. Denen fiel auch nichts Neues mehr ein. Er schlug schnell die angegebene Seite auf. Dort fiel sein Blick sofort auf zwei Fotos. Eines zeigte Lilly und ihn an der Schaukel, ein anderes Lilly allein mit verschrecktem Blick in Großaufnahme. Darüber stand in fetten Lettern: „Wer ist dieses Kind?"

Ach ja, die Fotos vom Spielplatz. Er hatte sich schon gewundert, dass er nie etwas in einer Zeitung gelesen hatte. War ja klar, dass sie gleich vermuten mussten, dass Lilly sein Kind war. Ob Sarah diesen Artikel wohl auch gelesen hatte? Vermutlich nicht, da die Zeitung nicht in Deutschland erschien. Außerdem hätte sie es ihm sonst sicher erzählt. Sie würde sauer sein, dass Lilly in der Zeitung abgebildet war. Aber er würde sie wieder beruhigen. Während er seinen Kaffee trank, las Alex den ganzen Artikel und musste immer wieder leise lachen. Nein wirklich, sie wollten eine „verblüffende Ähnlichkeit" festgestellt haben. Zum Glück hatten sie sonst nichts über Lilly herausgefunden. Nachdem er fertig gelesen hatte, klappte er die Zeitung wieder zu und steckte sie sich ein. Das würde er nachher gleich den Jungs zeigen. Sie hatten so einen kleinen internen Wettbewerb. Über wen die größten Skandale in der Zeitung standen, der hatte gewonnen. Alex verteidigte diesen Titel schon seit über einem Jahr, obwohl ihm Mika mit seinen Alkoholeskapaden immer mal wieder den Rang abzulaufen drohte. Mit dieser Geschichte würde sich Alex den Sieg für die nächsten Monate ganz klar sichern.

***

Als sie später alle zusammen am Gate saßen und darauf warteten, an Bord gehen zu können, holte Alex die Zeitung hervor. Sie amüsierten sich alle königlich über den Artikel und stellten wilde Vermutungen an, wie Alex der Vater von Lilly geworden sein könnte. Dabei hielten sie sich vor Lachen die Bäuche. Immer wieder schauten sich andere Fluggäste unangenehm berührt nach ihnen um. Wurden sie erkannt, schüttelten die Leute nur kurz die Köpfe, grinsten und drehten sich wieder um. Die Engländer waren viel zu vornehm, um sie jetzt um Autogramme zu bitten. Aber immerhin das eine oder andere Foto wurde geschossen.

„Das würde ja bedeuten ... hihihi ... dass Alex sich vor ... wie alt ist diese Lilly?"

„Wird im Herbst, soweit ich weiß, sechs." Alex grinste breit über Raffael, der vor Lachen kaum sprechen konnte. Alex war stolz, dass er schon so viel von Lilly wusste. Sarah hatte bei ihrem letzten Treffen erwähnt, das Lilly bald eingeschult und kurz darauf sechs Jahre alt wurde.

„Also, das würde ... hihihi ... bedeuten, dass Alex ungefähr im Winter vor sechs Jahren mit Lillys Mutter zusammen gewesen sein müsste. Hihi. Jungs, er hat diese Beziehung vor uns geheim gehalten!" Raffael schaffte es, trotz seinem vor Lachen hochroten Kopf noch eine empörte Miene aufzusetzen. Die anderen Jungs gingen auf diesen Spaß sofort ein.

„Ja, Alex, warum hast du sie vor uns geheim gehalten?"

„Und diese Ähnlichkeit. Wirklich verblüffend, oder?"

„So gesehen könnte jedes Mädel, das blond ist und blaue Augen hat, Alex' Tochter sein."

Während sich Rick, Mika, Raffael und sogar Eric immer noch vor Lachen schüttelten, war Alex plötzlich still geworden. Im Winter vor sechs Jahren. Er hatte Sarah kurz vor Weihnachten vor sechs Jahren das erste Mal getroffen. Konnte es sein, dass ...? Aber sie hatten verhütet. Glaubte er jedenfalls sich zu erinnern. Gedankenverloren schaute er sich das Foto von Lilly noch einmal an. Dann fiel es ihm plötzlich wieder ein: sie hatte ihn die ganze Zeit an jemanden erinnert und auf einmal wusste er auch, an wen. Auf dem Kamin bei seinen

Eltern stand ein Foto von ihm und seiner Schwester, als sie beide noch klein waren. Er war damals etwa zehn gewesen, sie musste damals sechs gewesen sein. Lilly sah aus, wie Maria damals. Und zwar ganz genauso. Ein Gedanke formulierte sich in seinem Kopf, aber er brachte es noch nicht über sich, diesen zu Ende zu denken.

„Alex, was ist?" Mika hatte seinen Arm um Alex' Schulter gelegt und sah seinen Freund fragend an. Alex zwang sich zu einem Lachen und hoffte, dass es halbwegs echt klang.

„Nichts, tut mir leid. Ich war gerade in Gedanken bei meiner Schwester."

„Ach ja, sie hat ja morgen Geburtstag. Fährst du gleich zu ihr oder machst du einen Zwischenstopp in deiner Wohnung?"

Alex sah Mika an. Dann schüttelte er langsam den Kopf.

„Nein, ich fahre nicht gleich zu ihr. Ich muss noch mal kurz weg."

Damit stand er auf und ließ den völlig verblüfften Mika zurück.

„Alex, wir können gleich an Bord gehen", rief dieser ihm noch hinterher.

Alex drehte sich noch einmal um. „Wartet nicht auf mich!" Dann war er schon um die Ecke verschwunden. Zielstrebig steuerte er auf die Sicherheitskontrolle zu. Dort zeigten sie ihm, an wen er sich mit seinem Anliegen wenden musste. Bestimmt war es seinem Bekanntheitsgrad zu verdanken und der Tatsache, dass die Frau, mit der er redete, ein großer Fan von *Sakrileg* war. Ein paar Autogramme später hatte er erreicht, was er

wollte. Er hatte seinen Flug ganz kurzfristig umbuchen
können. Jetzt würde er nicht mit den anderen nach
Finnland fliegen, sondern nach Deutschland. Er
musste jetzt unbedingt mit Sarah reden. Sie musste
ihm klipp und klar sagen, was aus dem Vater von Lilly
geworden war. Notfalls würde er sich den Grabstein
zeigen lassen und die Geburtsurkunde. Er war überzeugt davon, dass Sarah seine Zweifel ausräumen
konnte.

Sonst hätte sie ihm ja schon lange eröffnet, dass er Lillys Vater war.

***

Er ging nur kurz zurück, um den anderen Bescheid zu
geben, dass er seine Pläne kurzfristig geändert hatte
und sein Handgepäck zu holen. Das übrige Gepäck
würde zwar nach Helsinki fliegen, aber das machte
nichts. Die paar Sachen, die er brauchte, konnte er kaufen. Und er würde ja dann sofort nach Finnland fliegen,
um zum Geburtstag seiner Schwester rechtzeitig da zu
sein. Vielleicht konnte er Sarah sogar überreden mitzukommen.

Eine leise Stimme in seinem Hinterkopf fragte zwar,
ob an der Geschichte nicht doch etwas dran sein
konnte, aber er ignorierte diese Stimme gekonnt. So etwas passierte nur in Romanen, nicht im wirklichen Leben.

Die anderen verstanden seinen Stimmungswandel
überhaupt nicht, aber er konnte es ihnen jetzt auch
nicht erklären, da ihr Flugzeug bereit war und sie an

Bord gehen konnten. Er winkte ihnen nach und machte sich auf die Suche nach dem anderen Gate, zu dem er jetzt musste. Der Flug würde erst in anderthalb Stunden gehen, er hatte also noch etwas Zeit. Während er wartete, überlegte er sich, was dafür sprechen konnte, dass er Lillys Vater war: die Ähnlichkeit mit Maria und der Zeitpunkt konnte auch stimmen. Dagegen sprach, dass sie damals verhütet hatten. Außerdem hatte Sarah damals einen festen Freund. Es war also wesentlich wahrscheinlicher, dass Lilly von dem war. Und nicht zuletzt ergab es keinen Sinn, dass Sarah behauptet hatte, der Vater von Lilly wäre tot, wenn Alex Lillys Vater war. Insgesamt sprach also mehr dagegen als dafür. Und nur, weil ein Reporter falsche Schlüsse gezogen hatte, musste er jetzt nicht an allem zweifeln. Sein Plan war klar. Er würde Sarah den Artikel zeigen und einfach ihre Reaktion abwarten. Sie würde wahrscheinlich sauer sein, weil Lilly in der Zeitung war. Oder sie würde lachen, wie er es am Anfang getan hatte.

***

In Berlin angekommen, ging er zur Autovermietung. Sein bevorzugtes Modell war diesmal leider nicht zu haben. Er hatte es ja auch erst für zwei Tage später reserviert. Also wählte er einen anderen Sportwagen, zwar nicht ganz so schick, aber das war jetzt auch nicht wichtig. Dann fuhr er aus der Stadt zu Sarah. Es war mittlerweile schon ziemlich spät, er hoffte, dass sie noch wach war.

Als er klingelte, öffnete ihm Lilly im Schlafanzug.

„Hi, Alex. Was machst du denn hier? Mama hat gesagt, du kommst erst übermorgen.“

„Lilly, ab ins Bett“, hörte er eine Stimme aus dem Wohnzimmer. Sarah.

„Alex ist da, Mama“, rief Lilly zurück. Dann grinste sie Alex an. Er bekam am ganzen Körper Gänsehaut. Dieses Grinsen. Das hatte er schon oft im Spiegel gesehen. *Hoffentlich bilde ich mir das nur ein*, dachte er. Dann ging Lilly nach oben und die Wohnzimmertür öffnete sich. Sarah stürmte heraus und fiel Alex um den Hals. Himmel, war das schön. Er hatte sie so vermisst. Er vergrub seine Nase in ihren Haaren und drückte sie ganz fest an sich. Als sie sich dann küssten, verflogen alle seine Zweifel. Er liebte sie und sie liebte ihn und da gab es keine Geheimnisse. Punkt. Ohne den Kuss zu beenden, bugsierte er sie sanft ins Wohnzimmer. Sie löste sich kurz von ihm.

„Ich muss schnell noch Lilly gute Nacht sagen. Ich komme gleich wieder.“ Dann verschwand sie nach oben. Alex holte in der Zeit die Zeitung als seiner Jackentasche. Mittlerweile war sie schon ziemlich zerknittert und an einigen Stellen eingerissen. Auch wenn er sich jetzt sicher war, wollte er ihre Bestätigung. Danach konnten sie die Zeit zusammen auskosten. Und er würde versuchen, sie zu überreden, mit nach Finnland zu seiner Schwester zu kommen. Er hatte nicht viel Zeit. Wenn er dort rechtzeitig eintreffen wollte, musste er spätestens morgen Vormittag fliegen.

Er hörte, wie Sarah wieder die Treppe herunter kam. Sie öffnete die Tür und lächelte ihn glücklich an. Dann fiel ihr Blick auf die aufgeschlagene Zeitschrift und sie schaute fragend zu ihm hoch. Er zuckte mit den Schultern und sagte nur: „Lies selbst".

Nie hätte er damit gerechnet, wie blass sie wurde, als sie den Artikel las. Sie lachte nicht. Sie las nur und wirkte plötzlich sehr nervös. Kurz hatte er gedacht, sie würde ihn jetzt anschreien, weil er es zugelassen hatte, dass ihre Tochter in der Zeitung abgebildet war, aber je länger sie las, desto nervöser wurde sie. Sein Herz begann wie wild zu klopfen. Hier stimmte etwas ganz und gar nicht. Das konnte nicht wahr sein. Dennoch ließ ihre Reaktion keinen anderen Schluss zu. Er wartete auf ihre Erklärung, doch als sie fertig war, schaute sie nur zu ihm hoch, mit Tränen in den Augen und sagte leise: „Es tut mir wahnsinnig leid".

Alex schüttelte nur den Kopf. Träumte er das? Er musste träumen. Er wollte es aus ihrem Mund hören.

„Lilly ist meine Tochter?" Seine Stimme klang sehr ruhig. Gefährlich ruhig. Sie stand im totalen Kontrast zu seinem aufgewühlten Inneren. Er fixierte sie und registrierte jede ihrer Bewegungen genau. Wie sie sich fahrig die Haare zurückstrich. Wie ihre Augen unruhig durch den Raum wanderten, so als wollte sie es vermeiden, ihn anzusehen. Dann sagte sie etwas, was er kaum verstand, so leise war es.

„Ja. Lilly ist deine Tochter."

Das war zu viel. Zu viel auf einmal. Alex drehte sich um, schnappte sich seine Jacke, die er über die Stuhllehne gehängt hatte und ging so schnell er konnte nach draußen. Er fand seinen Autoschlüssel nicht sofort, da seine Hände so zitterten, doch dann hatte er das Auto aufgeschlossen, stieg ein und brauste los. Er konnte nicht mehr klar denken. Doch ihre Worte hallten immer lauter in seinem Kopf. „Ja. Lilly ist deine Tochter." Immer und immer wieder hörte er es. Doch er wollte es nicht begreifen. Er konnte es nicht akzeptieren. Ohne es zu merken, fuhr er in Richtung Stadt. Erst, als er an der ersten Ampel stand, überlegte er, wo er überhaupt hin wollte. Zurück zu Sarah? Nein. Diese Neuigkeit musste er erst einmal verdauen. Erst einmal in Ruhe darüber nachdenken, wie er damit umgehen sollte. Also konnte er ebenso gut gleich zum Flughafen fahren und nach einem Flug nach Helsinki suchen. Der Geburtstag seiner Schwester würde ihn sicher ablenken, auch wenn ihm momentan überhaupt nicht nach Feiern zumute war.

18. Kapitel

Die aufgeschlagene Zeitschrift noch immer vor sich, saß Sarah am Esstisch. Sie hatte geweint, so viel, dass sie keine Tränen mehr übrig hatte. Jetzt war ihr Kopf wie leer gefegt. Sie dachte an gar nichts. Das war für den Moment erleichternd, denn sonst hätte sie darüber nachdenken müssen, dass die schlimmste aller Möglichkeiten eingetreten war: Alex hatte das mit Lilly nicht von ihr erfahren, sondern zufällig aus der Zeitung. Das Geheimnis war gelüftet, aber zu welchem Preis? Wie lange Sarah da so saß, wusste sie nicht. Sie hatte jegliches Zeitgefühl verloren. Es war ihr auch egal. Alex war weg. Ihre kurze Beziehung hatte ein abruptes Ende gefunden. Und es gab nichts, was Sarah hätte tun können.

Irgendwann kam Mira zu ihr. Sarah wusste nicht, wie viel ihre Freundin mitbekommen hatte. Vermutlich nicht allzu viel. Es war zu schnell gegangen. Mira legte ihren Arm tröstend um Sarah. „Was ist passiert?"

Sarah überlegte kurz, ob sie Mira alles erzählen sollte. Warum auch nicht. Jetzt konnten es sowieso alle erfahren.

„Alex ist Lillys Vater."

Mira schaute Sarah verwirrt an. Sie schüttelte erst ungläubig den Kopf, dann nickte sie plötzlich.

„Wahnsinn. Das wusste ich nicht. Aber mir ist schon aufgefallen, dass sie sich unglaublich ähnlich sehen. Und warum bist du so unglücklich?"

„Alex wusste es bisher auch nicht. Er hat es heute aus der Zeitung erfahren.“

„Ups! Wie das?“

Sarah schob Mira die Zeitschrift rüber und schon wieder liefen ihr die Tränen über die Wangen. Dass man so viele Tränen überhaupt haben konnte? Mira las sich den Artikel durch. Zwischendurch schaute sie Sarah immer wieder ungläubig an.

„Du hast es ihm verschwiegen? Warum? Und jetzt ist er natürlich wütend, weil du es ihm nicht gesagt hast, nicht wahr?“

Sarah schaute Mira an. Dann nickte sie. Mira nahm ihre Freundin in den Arm und streichelte ihren Rücken, während Sarahs Rücken vor unkontrollierten Schluchzern erbebte. Als Sarah sich wieder etwas beruhigt hatte, erzählte sie Mira alles. Wirklich alles. Wie sie Alex kennengelernt hatte und warum sie damals geflohen war. Wie sie gemerkt hatte, dass sie schwanger war und wie sie dann Alex wiedergetroffen hatte.

„Verstehst du, ich konnte ihm doch nicht gleich sagen, dass er eine Tochter hat. Ich kenne ihn doch gar nicht richtig. Ich muss doch Lilly beschützen.“

Mira nickte und Sarah erzählte weiter. Sie ließ nicht einmal aus, dass sie Alex gesagt hatte, dass Lillys Vater tot wäre. Da passierte etwas, womit Sarah nie gerechnet hätte: Mira prustete plötzlich los und lachte dann lauthals. Und Sarah fiel in dieses Lachen ein. Die beiden Frauen lachten und lachten bis ihnen die Bäuche wehtaten. Das Lachen tat Sarah gut, obwohl die ganze Situation überhaupt nicht zum Lachen war. Ihr Hals tat ihr weh vom Weinen und ihr Bauch vom Lachen und dazu kamen jetzt auch noch pochende Kopfschmerzen.

Doch das alles lenkte sie davon ab, über die Zukunft nachzudenken. Das konnte sie im Moment einfach nicht. Sie gingen erst schlafen, als es draußen schon wieder hell wurde.

Sarah fiel in einen kurzen, traumlosen Schlaf.

***

Der nächste Tag war ein Samstag, aber sie musste arbeiten. Sie war froh über die Ablenkung. Verbissen kümmerte sie sich um alle anfallenden Arbeiten und erlaubte sich keinen Gedanken an Alex. Erst als es Zeit für den Feierabend war, brachen ihre Ängste mit voller Wucht über sie herein. Wie sollte es jetzt weitergehen? Wie würde Alex mit dem Wissen, dass Lilly seine Tochter war, umgehen? Würde sie ihn überhaupt noch einmal wiedersehen? Würde er ihr das je verzeihen können? Und was sollte sie Lilly erzählen? Alles Fragen, auf die sie keine Antwort hatte. Zu Hause versuchte sie, für Lilly dazusein und auf die Kleine einzugehen, aber vergeblich. Sie schaffte es nicht, sich auf Lillys Geplapper zu konzentrieren und erledigte ihre Aufgaben rein mechanisch. Als sie im Bett noch vorlesen sollte, machte sie viele Fehler, weil die Buchstaben immer wieder vor ihren Augen verschwammen. Sie wusste nicht einmal, ob sie nicht einen ganzen Absatz ausgelassen hatte, sie bekam einfach nichts von der Geschichte mit. Doch Lilly merkte anscheinend nichts, oder wenn, sagte sie zumindest nichts dazu. Nach dem üblichen Gutenachtkuss verließ Sarah beinahe erleichtert das

Kinderzimmer. Endlich musste sie sich nicht mehr verstellen. Sie konnte ihrer Trauer wieder freien Lauf lassen.

Doch heute wollten keinen Tränen kommen. Wahrscheinlich hatte sie gestern so viel geweint, dass der Tränenvorrat erst einmal wieder aufgefüllt werden musste. Mira setzte sich wieder zu ihr, doch die beiden Frauen redeten diesmal nicht viel. Sarah starrte nur vor sich hin und Mira nahm sich schließlich ein Buch, um darin zu lesen.

Der Sonntag wurde nicht viel besser. Eher schlimmer, weil Sarah frei hatte. Mira versuchte, ihr Lilly so viel wie möglich abzunehmen, doch Lilly bestand natürlich darauf, die freie Zeit mit ihrer Mutter zu verbringen. Also nahm Sarah sich so gut es ging zusammen und spielte ein bisschen mit ihrer Tochter. Von der Anstrengung, nicht die Fassung zu verlieren, bekam sie wieder Kopfschmerzen. Erst gegen Abend wurde es etwas besser. Sie schaffte es sogar, wieder ein wenig positiver in die Zukunft zu blicken. Vielleicht brauchte Alex nur ein bisschen Zeit. Dann würde er zurückkommen und sie konnten über alles reden. Vielleicht würde er sogar verstehen, warum sie es ihm nicht gesagt hatte. Sie verstand es zwar selbst kaum, aber die Hoffnung starb bekanntlich zuletzt.

19. Kapitel

Alex

Im Flugzeug versuchte Alex trotz der Aufregung der vergangenen Stunden ein bisschen zu schlafen. Schon wieder fliegen. Er war in den letzten vierundzwanzig Stunden genug geflogen. Aber jetzt würde es nur noch knappe zwei Stunden dauern und er war endlich in Finnland und damit weit weg von seinen derzeitigen Problemen. Und das war im Moment alles, was er wollte: weit weg sein, damit er sich diesem Neuen in seinem Leben nicht stellen musste. Er wollte, dass alles wieder so war wie vor zwei Stunden, als er noch nicht gewusst hatte, dass es in seinem Leben ein Kind gab. Er wagte gar nicht daran zu denken, was das für ihn bedeuten würde. Lieber wollte er den Gedanken so lange wie möglich verdrängen. Er würde noch genug Zeit haben, sich mit allem zu beschäftigen. Jetzt musste er erst einmal den Schock verdauen und das ging am besten an einem Ort, an dem er von vertrauten Dingen und Menschen umgeben war: Finnland.

Das Land war zwar nicht wirklich eine Heimat für ihn, schließlich war er in New Jersey aufgewachsen, aber dort war seine Familie und damit wurde es zu einem Stück Heimat. Er konnte sogar nachvollziehen, warum nicht nur seine Schwester, sondern auch seine Eltern in dieses karge Land gezogen waren. Ihm gefielen die wilde Natur und das raue Klima. Es rückte einem immer wieder die Weltanschauung zurecht, wenn man dabei war abzuheben. Und in seinem Beruf konnte das häufiger passieren. Die Sprache war auf jeden Fall ein Graus. Durch seinen Vater hatte er zwar von klein auf ein paar finnische Brocken gelernt, aber wenn er dort jemanden reden hörte, verstand er rein gar nichts. Und im Gegensatz zu seiner Schwester hatte er sich auch nie die Mühe gemacht, die Sprache zu lernen. Mit dem Ergebnis, dass er sich jetzt nicht mal richtig mit seinem Schwager und dessen Familie unterhalten konnte. Klar, sie konnten alle ein bisschen Englisch, aber es war für sie einen Fremdsprache, wie für ihn das Finnische. Er fand es eigentlich immer ausreichend, dass er Englisch und ein ganz gutes Deutsch sprach, was der Disziplin seiner Mutter zu verdanken war, mit den Kindern möglichst immer nur Deutsch zu sprechen.

***

Zum Glück hatte er in Berlin nicht lange auf einen Flug nach Helsinki warten müssen. So hatte er weniger Zeit zum Nachdenken gehabt. Über dieses Dilemma, in das Sarah ihn hineingeritten hatte. So richtig konnte er immer noch nicht glauben, dass alles wahr sein sollte, dass Sarah ihm das wirklich angetan hatte, seine liebe, süße Sarah. Vielleicht träumte er alles ja nur und wachte bald irgendwo auf dem Flug nach Heathrow auf. Aber träumte man wirklich so detailliert? Am besten machte er jetzt die Augen zu. Wenn es wirklich ein Traum war, würde er es beim Aufwachen merken.

Er wurde von der Durchsage des Piloten geweckt, dass sie sich jetzt auf dem Landeanflug befänden.

Anscheinend hatte Alex wirklich kurz geschlafen. Ausgeruht fühlte er sich aber immer noch nicht. Im Gegenteil, er kam sich vor wie gerädert. Da sie sich gerade auf dem Anflug nach Helsinki befanden, hatte er wohl doch nicht geträumt. Er schüttelte sich kurz, als ob er die unangenehmen Erinnerungen abschütteln könnte. Im Moment wollte er an nichts in diesem Zusammenhang denken. Also zwang er sich, seine Gedanken in eine andere Richtung zu lenken, hin zu seinem geliebten Auto, in das er sich gleich setzen würde, um in seine Wohnung zu fahren. Dort wollte er noch ein wenig schlafen. Am nächsten Nachmittag sollte die große Feier losgehen und da konnte er nicht mit Augenringen auftauchen, die so tief waren, dass er dem Grand Canyon Konkurrenz machen konnte. Seine Mutter machte sich sowieso immer schon genug Sorgen um ihn.

***

Seine Wohnung war kalt und leer. Sie machte überhaupt nicht den Eindruck, als wohne hier jemand. Kurz sehnte er sich danach, dass seine Familie hier auf ihn warten würde. Seine Frau und seine Kinder. Moment mal! Nein, keine Kinder, definitiv wollte er jetzt nicht über Kinder nachdenken. Es hatte Zeiten gegeben, da hatten seine jeweiligen Freundinnen hier gewohnt und auch auf ihn gewartet, aber meist waren diese Beziehungen nur von kurzer Dauer gewesen. Niemand konnte es lange mit ihm aushalten. Kein Wunder, er war viel zu selten hier. So war nie daran zu denken gewesen, eine wirkliche Familie zu gründen. Bevor er auch nur auf die Idee kam, darüber nachzudenken, war er schon verlassen worden oder zog seinerseits den Schlussstrich. Mit Sarah hatte er gehofft, dass das anders würde. Sie war immer seine große Liebe gewesen, obwohl sie ihm damals vor sieben Jahren das Herz gebrochen hatte. Als sie jetzt wieder zusammenkamen, hatte er geglaubt, endlich wären seine Wünsche in Erfüllung gegangen. Und nun? Diese Lüge konnte er ihr einfach nicht verzeihen.

So ein Mist, jetzt hatte er schon wieder daran gedacht. Auf sich selbst wütend, weil er sich sinnlos so quälte, schmiss er seine Reisetasche und die Gitarre aufs Sofa und ging unter die Dusche. Weil es im Bad so kalt war, hatte er beim Abtrocknen am ganzen Körper Gänsehaut. Das lenkte ihn wenigstens ab. Er drehte die Heizungsventile auf, aber warm würde es frühestens am nächsten Tag werden, im Moment war die Nachtabsenkung aktiv, außerdem war Sommer, da war sowieso fraglich, ob die Heizung an war. Kaum war er halbwegs trocken, kuschelte er sich in sein Bett. Dennoch dauerte es eine Weile, bis er einschlafen konnte.

***

Alex erwachte erst am nächsten Nachmittag wieder. Erschrocken schaute er auf seine Uhr. Glück gehabt, er hatte noch zwei Stunden, bevor die Feier begann. Er rechnete kurz nach, für die Fahrt würde er eine knappe halbe Stunde brauchen, für Anziehen und Duschen keine zehn Minuten. Er hatte also noch weit über eine

Stunde Zeit. Gut so. Zuerst einmal brauchte er eine Tasse Kaffee. Wider Erwarten hatte er gut geschlafen und keine Alpträume gehabt. Er konnte sich beinahe einreden, dass alles normal war. Diesen Zustand wollte er so lange wie möglich aufrechterhalten.

Während der Kaffee durch die Maschine lief, ging er durch seine Wohnung, um zu schauen, dass alles in Ordnung war. Er ließ seinen Blick durch die Küche schweifen. Alles war sauber und aufgeräumt. Seine Putzfrau kam zwar nur einmal im Monat, aber da er im letzten Monat gar nicht hier gewesen war, sah alles sehr ordentlich aus. Pflanzen hatte er keine. Wer hätte die gießen sollen? Direkt hinter der Küche lag das Wohnzimmer. Die schwarze Ledercouch, die zwar schick war, aber nicht sehr bequem, davor ein antiker Couchtisch. Bis auf die Tasche und die Gitarre auf der Couch lag nirgends etwas herum, das darauf schließen ließ, dass hier ein Mensch wohnte. In der schwarzen Scheibe des Flachbildfernsehers spiegelte sich das Fenster hinter der Couch. Draußen schien die Sonne. Irgendwie wirkte es draußen beinahe einladender als drinnen. In der Ecke der große Esstisch mit acht ordentlich darum drapierten Stühlen. Schräg hinter dem Esstisch war eine Tür, die in den Flur führte. Alles wirkte irgendwie steril und überhaupt nicht kindgerecht. Bisher hatte er seine Einrichtung immer recht schön gefunden, auf jeden Fall sehr präsentabel. Doch heute sah er das Ganze mit anderen Augen, mit den Augen eines fünfjährigen Kindes. So würde Lilly seine Wohnung sehen, wenn sie das erste Mal hierher kam.

Der Rest des Appartements bestand aus einem Bad, seinem Schlafzimmer, einem Gästezimmer und seinem

Arbeitszimmer. Dorthin wollte er als nächstes. Als er
die Tür aufstieß, empfing ihn ein leicht muffiger Ge-
ruch. Hier drin sah es komplett anders aus als im Rest
der Wohnung. Ein großer Teppich lag auf dem Boden.
Darauf verteilt lagen Kabel, Verstärker, Notenblätter
und Zeitschriften. Auch hier stand eine Couch, aber
diese war aus Stoff und schon total abgewetzt. Er hatte
sie vor vielen Jahren gekauft, als er von zu Hause aus-
gezogen war und seitdem begleitete sie ihn überallhin.
Vom bunten Stoff der Couch sah man nicht viel. Einerseits weil er schon stark ausgeblichen war und andererseits, weil auch die Couch voller Krempel lag. Er schob
die Sachen ein Stück zur Seite, so dass er sich setzen
konnte. Im Raum verteilt standen ein paar Barhocker.
Hier saß Rick am liebsten, wenn er zum Arbeiten her-
kam. Komplett unter Stapeln von Papier begraben,
standen der alte Schreibtisch und darauf sein Computer. Auch diesen konnte man mehr erahnen als wirklich sehen. Auf diesem Computer befanden sich alle
wichtigen Dokumente und Songtexte von *Sakrileg*. Es
war sozusagen die Basisstation. Mal wieder überlegte
Alex, dass er die Daten unbedingt irgendwo sichern
musste, schließlich wusste niemand, ob und wann der
Computer irgendwann seinen Geist aufgeben würde.
Alex liebte diesen Raum. Aber heute fand er ihn irgendwie zu chaotisch und weniger einladend als sonst.

Mittlerweile zog ein köstlicher Duft nach Kaffee überall durch die Wohnung. Alex ging in die Küche, um sich
etwas einzuschenken. Mit der Tasse Kaffee in der Hand
räumte er seine Reisetasche aus. Die Klamotten mussten unbedingt in die Wäsche. Das hatte Zeit bis nach
der Party. Ganz unten fand er, was er gesucht hatte: das

Geschenk für seine Schwester. Er war in Australien zufällig darüber gestolpert. Es war eine Statue von einem Känguru aus Eukalyptusholz. Die Augen des Kängurus waren aus Opalen und glänzten in allen Farben, je nachdem, wie man das Tier drehte. Er hatte ein paar Schwierigkeiten damit beim Zoll gehabt, aber er fand, dass es das wert war. Maria würde sich wahnsinnig freuen. Sie liebte Kängurus und hatte schon eine ganze Sammlung verschiedener Figuren und Plüschkängurus. Sorgfältig wickelte er es wieder in das Packpapier ein, welches schon die ganze Zeit um das wertvolle Stück gewickelt war, damit es die lange Reise nach Finnland unbeschadet überstand. Maria würde von ihm kein Geschenkpapier erwarten, da war Alex sich sicher. Sie kannte ihn und seine Abneigung gegen Bastelarbeiten.

Dann ging er mit seiner mittlerweile halb leeren Kaffeetasse auf seinen Balkon, setzte sich dort an den kleinen Tisch und legte die Beine hoch. Ja, so ließ es sich gut leben. Es war mitten im Sommer und damit zumindest tagsüber schön warm, nicht so heiß wie in Deutschland, aber wärmer als es in Australien gewesen war. Die Stunde, die er noch hatte, bis er losfahren musste, wollte er nichts anderes tun, als hier zu sitzen und die Sonne zu genießen.

Sobald er innerlich zur Ruhe gekommen war, überfielen ihn wieder die Gedanken an Sarah und ihre Tochter Lilly. *Seine* Tochter, korrigierte er sich. An diesen Gedanken würde er sich wohl nie gewöhnen. Dann schwappte die Wut über Sarahs Schweigen erneut über ihm zusammen. Wie konnte sie ihm das antun? Und was hatte sie eigentlich Lilly darüber erzählt, wer ihr

Vater war? Hatte sie der süßen Kleinen auch die Story aufgetischt, dass ihr Vater tot war? Hatten sie gemeinsam um ihn getrauert? Vielleicht war Sarah auch manchmal mit Lilly zu einem imaginären Grab gefahren, nur um ihre Geschichte glaubhaft zu machen.

Sie war so verlogen.

Da tat sie immer so, als wäre die Kleine das Wichtigste in ihrem Leben, aber in Wirklichkeit belog sie ihre Tochter nach Strich und Faden, genauso wie sie ihn belogen hatte. Er war ganz froh, dass Sarah so weit weg war. Im Moment hatte er gute Lust zu ihr zu fahren und sie einfach nur anzuschreien. Wenn er ehrlich war, war seine Wut so groß, dass er nicht mal dafür garantieren konnte, nicht handgreiflich zu werden. So aggressiv fühlte er sich selten, aber jetzt wollte er mit einem Mal nichts anderes, als auf irgendetwas mit voller Wucht einschlagen. Immer wieder. Nein, es war wohl besser, wenn er sich auch in nächster Zeit von Sarah fern hielt.

Mitten in seinen Gedanken kam ihm eine Idee. Schnell griff er zum Telefon. Er hatte Glück, Rick ging sofort an den Apparat. Rick war in der Band sein bester Freund. Eigentlich auch Mika, aber seitdem der sich um ihr Baby Eric kümmerte, war die Stimmung zwischen ihm und Alex etwas angespannt. Alex erzählte Rick, was er vorhatte. Und er hatte sich nicht getäuscht. Rick stimmte sofort zu, mitzumachen. Ja, auf Rick war Verlass. Wann immer Alex eine verrückte Idee hatte, war Rick meist sofort auf seiner Seite. Sie planten noch ein bisschen, dann wurde es Zeit für Alex, sich auf den Weg zu machen.

***

Wie er es nicht anders erwartet hatte, merkten sowohl seine Schwester als auch seine Mutter sofort, dass mit Alex etwas nicht stimmte. Er hatte gerade seine Nichten begrüßt und Maria gratuliert, sie umarmt und ihr sein Geschenk in die Hand gedrückt, da schob seine Mutter ihn schon ein Stück von sich und sah ihn skeptisch an.

„Alex, was ist mit dir? Was ist passiert?"

„Wieso? Was soll passiert sein? Es ist alles in Ordnung."

„Mein Liebling, du kannst vielleicht dem Rest der Welt vormachen, dass alles in Ordnung ist, aber ich bin deine Mutter und kenne dich besser und länger als du selbst. Du wirkst bedrückt."

Dann nahm sie ihn in den Arm und streichelte ihm über den Rücken, als wäre er wieder vier Jahre alt und hätte sich beim Spielen das Knie aufgeschlagen. Doch er konnte diese Umarmung nicht genießen, denn er fragte sich schon die ganze Zeit, wie viel er ihnen erzählen sollte. Er wollte ihnen nicht gleich sagen, was passiert war, denn das musste er erst einmal für sich selbst auf die Reihe kriegen. Er beschloss, zumindest bei einem Teil der Wahrheit zu bleiben.

„Ich habe Ärger mit einer Frau."

Sofort war das Interesse der beiden geweckt.

„Eine Frau? Hast du eine neue Freundin?"

„Ist es was Ernstes? Liebst du sie?"

„Und was ist passiert? Habt ihr euch gestritten?"

Die beiden schossen die Fragen abwechselnd auf ihn ab, so als hätten sie sich abgesprochen, ihn nicht zu

Wort kommen zu lassen. Er hob beide Arme, um sie zum Verstummen zu bringen. Seltsamerweise funktionierte das sogar. Sie sahen ihn fragend an. Doch er schüttelte nur den Kopf.

„Ich möchte jetzt einfach nicht darüber reden. Lasst uns heute deinen Geburtstag feiern, Maria, Trübsal blasen kann ich danach immer noch und dann könnt ihr mich meinetwegen auch ausfragen."

Er sah, dass seine Schwester noch etwas sagen wollte, doch seine Mutter nickte und damit war das Thema vorerst erledigt. Natürlich würde er ihnen jetzt nicht sagen, dass er gar nicht vorhatte, ihnen eine Gelegenheit zu geben ihn auszufragen. Sie wären imstande und würden die ganze Wahrheit aus ihm herauskitzeln. Sobald die Party vorbei war, würde er abhauen und morgen um diese Uhrzeit wäre er schon eine Weile mit Rick unterwegs. Wenn er die Dinge dann für sich selbst sortiert hatte, konnte er auch mit den beiden reden.

***

Es gab etwas, was er an den Familienfeiern hasste: die entfernten Verwandten, die nicht wussten, wie sie mit ihm und seinem Erfolg umgehen sollten. Hier war er einfach Alex. Marias Bruder. Kein Rockstar. Seine direkten Verwandten, die ihn schon, seit er ein kleiner Junge war, kannten, sahen das genauso. Für sie war er einfach ein Mann, den sie entweder sympathisch fanden oder dessen Macken sie nicht leiden konnten. Mehr nicht. Aber die entfernteren Verwandten, die er nur alle paar Jahre zu Gesicht bekam, oder die

Verwandtschaft von Marias Mann, die ihn erst kennengelernt hatten, als *Sakrileg* schon lange an der Spitze der Musikcharts zu finden war, hatten manchmal ein Problem damit, wie sie ihn behandeln sollten. So kam es, dass sie in seiner Gegenwart übertrieben lustig sein wollten oder mit ihrem Leben angaben und ihm damit das Gefühl vermittelten, dass sie etwas Besseres waren als er. Obwohl ihm klar war, dass sie ihn eigentlich nur beneideten, verletzte ihn dieses Verhalten mehr, als ihm lieb war. Deshalb hielt er sich am liebsten an seine Eltern oder an Maria und redete mit anderen nur, was unbedingt notwendig war. Ihm war klar, dass dieses Verhalten nicht unbedingt zu einer Verbesserung der Situation beitragen würde, aber es half für den Moment und dann hatte er ja wieder bis zur nächsten Familienfeier Ruhe.

Nur heute war das problematisch, weil er seiner Mutter und seiner Schwester am liebsten aus dem Weg gegangen wäre, um ihren Fragen nicht ausgesetzt zu sein. Er löste das Problem, indem er seinen Vater an die Bar lotste und ihn dort in ein Gespräch über Basketball verwickelte. Basketball war eines der Lieblingsthemen seines Vaters, schließlich hatte dieser den größten Teil seines Lebens in den Staaten verbracht. Und hier in Finnland gab es nicht so viele Anhänger dieses Sports wie in den USA, so dass sein Vater dankbar über einen Gesprächspartner war, der sich ebenfalls in dieser Sportart auskannte. Doch nach Ansicht seines Vaters wurde die mangelnde Begeisterung der Finnen für Basketball durch ihre Trinkfreudigkeit wettgemacht, der zweiten Leidenschaft seines Vaters. Also tranken sie nebenher Unmengen an Wodka, bis es für Alex schwer wurde, den Worten seines Vaters zu folgen. Einerseits, weil sein Gehirn schon sehr alkoholumnebelt war und andererseits, weil sein Vater schon die größte Mühe hatte, die Worte noch verständlich herauszubringen.

***

Mit brummendem Schädel und einem unangenehmen Geschmack im Mund wachte Alex am nächsten Vormittag in seiner Wohnung auf. Er erinnerte sich noch dunkel, dass seine Mutter gekommen war, um ihren Mann ins Bett zu schicken. Da Alex Angst hatte, in seinem benebelten Zustand zu viel auszuplaudern, hatte er sich ebenfalls verabschiedet und war, für seine Verhältnisse eher zeitig, schon kurz nach Mitternacht zu Hause angekommen. Dort wollte er noch ein wenig fernsehen, war dann aber komplett angezogen auf der unbequemen Ledercouch eingeschlafen. Jetzt tat ihm außer dem Kopf auch noch alles andere weh. Er roch bestimmt auch nicht sehr ansprechend, deshalb schälte er sich trotz der Schmerzen, die mit jeder Bewegung schlimmer wurden, aus den Klamotten und schleppte sich unter die Dusche. Das heiße Wasser weckte seine Lebensgeister und gegen die Kopfschmerzen halfen zwei Aspirin, die er im Badschrank fand.

Nach zwei Tassen starkem Kaffee und einer Scheibe Toast war er soweit wieder hergestellt, dass er seinen Plan von gestern in die Tat umsetzen konnte. Er zog seinen Wanderrucksack aus dem Schrank. Den hatte er sich vor einigen Jahren gekauft, als es eines seiner liebsten Hobbies gewesen war, Wandern zu gehen. Auf diese Art hatte er die verschiedensten Landstriche kennengelernt und es war auch immer eine gute Möglichkeit, den Kopf frei zu bekommen und sich darauf zu besinnen, wer man wirklich war, weg von all dem Starrummel um ihn herum. Meist war er allein unterwegs, aber gerade bei seinen letzten Wandertouren hatte er öfter Begleitung von den Jungs aus seiner Band. Rick war derjenige, der ihn am meisten begleitet und dessen Gesellschaft er auch am liebsten hatte. Rick war bei solchen Touren nie sonderlich gesprächig, so dass man sich gut auf sich selbst konzentrieren konnte. Wenn sie aber redeten, waren es tiefgreifende Gespräche, die Alex halfen, einen anderen Blick auf die Dinge zu richten, mit denen er sich beschäftigte. Sie lösten so zwar nicht alle Probleme der Welt, nicht einmal alle Probleme der Band, aber sie kamen in ihrer Entscheidungsfindung zumindest immer ein großes Stück voran.

***

Alex war geübt im Packen. Schnell füllte sich sein Rucksack. Er nahm nur das Nötigste mit, was er für eine mehrtägige Tour durch Finnlands Wälder brauchen würde. Karte, Zelt, Schlafsack, Wasserflasche und Desinfektionstabletten. Ein paar wenige Wechselsachen, ein Messer, ein guter Strick. Die restlichen Sachen stopfte er in die Seitentaschen. Sein Handy packte er auch ein, schaltete es aber aus. Im Moment wollte er mit niemandem außer Rick reden. Ein Blick auf die Uhr bestätigte ihm, dass er in genau einer halben Stunde am Bahnhof sein musste. Rick würde dort auf ihn warten und gemeinsam wollten sie einen Zug besteigen, der sie nach Porvoo bringen würde. Von dort aus ging es dann zu Fuß weiter.

***

Auf der Fahrt hatten sie nicht viel geredet. Rick hatte noch nicht einmal gefragt, warum er so plötzlich eine Wandertour unternehmen wollte. Dafür war Alex ihm unendlich dankbar. Auch die erste Wegstrecke liefen sie so gut wie schweigend. Rick hatte anscheinend auch einiges, über das er nachdenken musste. Sie hatten nur kurz darüber geredet, wie weit sie an diesem Tag gehen wollten. Erst, als sie am Abend ihr Lager aufschlugen und sich am Lagerfeuer gegenübersaßen, beschloss Alex, Rick über die wesentlichsten Punkte aufzuklären.

„Erinnerst du dich an diesen Zeitungsartikel, den ich euch auf dem Flughafen von Heathrow gezeigt habe?"

„Das angedichtete Kind?"

Alex nickte und biss von seinem Schinken ab. Brot und Schinken hatten sie mitgenommen. Morgen würden sie in einem kleinen Ort vorbeikommen, wo sie sich mit weiteren Lebensmitteln eindecken wollten.

„Dieses Mädchen, Lilly, ist wirklich meine Tochter."

Ricks Augen weiteten sich vor Überraschung. Er hustete, anscheinend hatte er sich an einem Stück Brot verschluckt. Alex klopfte ihm auf den Rücken und wartete, bis Ricks Hustenanfall verebbt war.

„Ich wusste es auch nicht. Aber als ich Sarah mit dem Artikel konfrontiert habe, hat sie es zugegeben."

„Sarah? Dieses Mädchen aus dem Grand Hotel?"

„Genau. Und sie war auch die Frau, wegen der es mir vor sechs Jahren so schlecht ging."

Schon wieder sah Rick mehr als überrascht aus. Ja, das waren Neuigkeiten, mit denen er wohl nicht gerechnet hätte. Alex hatte sich all die Jahre in Schweigen über die Frau gehüllt, die damals sein Herz gebrochen hatte. Er wollte mit niemandem reden. Sie hatten alle versucht, ihn zum Reden zu bringen, doch er hatte nie etwas gesagt. Irgendwann hatten sie nicht mehr gefragt, vor allem da diese Phase der Band einen dermaßen großen künstlerischen Anschub gegeben hatte, dass sie plötzlich alle Hände voll zu tun hatten.

„Und jetzt?"

Tja, diese Frage stellte Alex sich auch.

Und jetzt?

Was sollte er jetzt machen? Doch Rick hatte wie immer eine gute Idee.

„Lass uns morgen in diesem Laden eine anständige Flasche Schnaps kaufen, damit können wir dann am Abend auf deine Vaterschaft anstoßen. Und jetzt sollten wir schlafen gehen." Damit stand er schon auf und verkroch sich in sein Zelt. Alex blieb noch ein paar Minuten am Feuer sitzen. Er lächelte leicht über Ricks Vorschlag. Klar, das würde seine Probleme nicht lösen und seine Fragen nicht beantworten, aber es war trotzdem eine gute Idee. So war Rick eben. Er hatte immer eine Idee für den nächsten Schritt. Deshalb war er vielleicht auch so ein guter Partner bei Wandertouren.

Nach einem kurzen Blick auf die Karte, um sich noch einmal die Strecke für den nächsten Tag anzusehen, löschte Alex das Feuer und kroch ebenfalls in sein Zelt. Es war kalt und unbequem. Außerdem hatte er immer noch Hunger. Außer ein bisschen Brot und Schinken hatte er nämlich den ganzen Tag nicht viel gegessen. Und sie waren immerhin schon ein paar Stunden zu Fuß unterwegs gewesen. Dennoch schlief Alex schnell ein und fühlte sich am nächsten Morgen so erholt wie schon lange nicht mehr. Diese Touren in der Wildnis waren perfekt, um den Kopf frei zu bekommen.

***

Die Wandertour wurde ein voller Erfolg. Alex hatte Muskelkater an Stellen, von denen er nicht einmal wusste, dass sich dort Muskeln befanden. Heute Abend würden sie in einer Hütte übernachten. Er freute sich schon auf ein anständiges Bett. Nicht zu vergessen das opulente Abendessen und die Sauna, die sie in der Hütte erwarten durften. Diese Hütte war der Abschluss ihrer Wandertour. Hier würden sie noch einmal übernachten und dann am nächsten Tag mit dem Zug zurück nach Helsinki fahren. Von dort würde Rick nach Hause reisen und Alex wollte sich so schnell wie möglich um einen Flug nach Berlin kümmern. Die Gespräche mit Rick hatten ihm die Augen geöffnet. Zum ersten Mal hatte er auch wirklich über Lilly als seine Tochter nachgedacht. Rick hatte ihn viel nach ihr gefragt. Dabei hatte Alex feststellen müssen, dass er Lilly zwar süß fand, aber viel mehr, als dass sie grauenhaft in Fußball war und Memory liebte, wusste er eigentlich nicht über sie. Aber sie war seine Tochter und er hatte mit einem Mal das Bedürfnis, sie wirklich kennenzulernen. Dieser Wunsch gab den Ausschlag. Er wusste jetzt, was er tun wollte und dazu musste er mit Sarah sprechen. Das Gespräch mit seiner Mutter, die bestimmt schon auf glühenden Kohlen saß, musste warten.

***

Sie genossen den Abend in vollen Zügen. Das Essen war einfach, aber reichhaltig und sie schlugen sich die Bäuche voll. Dazu gab es Wein und Schnaps, dem sie ebenfalls in größeren Mengen zusprachen. Nicht ganz unschuldig daran war wahrscheinlich Ove, der Wirt der Hütte. Er war ein waschechter Finne und hatte sich nach einem Gespräch mit Alex in den Kopf gesetzt, den Finnen in Alex wecken zu wollen. Und das ginge eben am besten mit Alkohol, meinte er. Nach dem Essen gingen sie zusammen in die Sauna. Die Hitze ließ den Alkohol noch schneller wirken, so dass Alex irgendwann völlig orientierungslos in einem fremden Bett aufwachte. Er war nicht allein. Ein kurzer Blick zur Seite bestätigte ihm jedoch, dass es nur Rick war, der da neben ihm im Doppelbett lag und schnarchte. Offensichtlich hatte irgendjemand sie beide zusammen in Alex' Zimmer bugsiert. Wahrscheinlich war es sogar der Wirt selbst, denn der hatte so gar nicht den Eindruck gemacht, als würde der Alkohol bei ihm irgendeine Wirkung zeigen. Alex rüttelte Rick wach, was gar nicht so einfach war.

Sie nahmen noch ein kurzes Frühstück mit viel Kaffee und viel Aspirin zu sich, dann waren sie auch schon auf dem Weg zum Bahnhof. Die Hütte lag am Stadtrand von Porvoo, so dass sie zum Bahnhof laufen konnten.

Der kurze Weg half ihnen, wieder komplett nüchtern zu werden und auch die Kopfschmerzen ließen nach.

20. Kapitel

Sarah

Die Tage nachdem Alex erfahren hatte, dass Lilly seine Tochter war, waren Sarah wie die längsten ihres Lebens vorgekommen. Jeden Tag hatte sie gehofft, Alex würde zu ihr kommen oder sie wenigstens anrufen. Sie selbst hatte es nach einigem Zögern auch bei ihm versucht, war aber nur auf seiner Mailbox gelandet. Anscheinend hatte er sein Handy ausgeschaltet. Sie sprach ihm eine kurze Nachricht auf, in der sie ihn lediglich um seinen Rückruf bat, doch er hatte sich nicht bei ihr gemeldet. Das Wochenende war irgendwann vorbei und Sarah ging wieder arbeiten. Die Arbeit half ihr, sich abzulenken, doch immer wenn sie nach Hause fuhr, hoffte sie insgeheim, Alex' Auto vor der Tür stehen zu sehen. Doch nichts passierte. So vergingen die Tage. Zweimal hatte sie abends noch mit Mira über alles geredet, doch dann wollte sie nicht mehr darüber nachdenken, was sie mit ihrem Zögern, Alex die Wahrheit zu sagen, angerichtet hatte. Hätte sie es ihm gesagt, wäre er sicher auch geschockt gewesen, aber er wäre nicht wütend geworden und sie hätten sich vielleicht aussprechen können. So aber war er verschwunden und Sarah hatte keine Ahnung, ob sie ihn überhaupt noch einmal wiedersehen würde.

Am nächsten Samstag jedoch, Sarah kam gerade von der Arbeit nach Hause, stand tatsächlich Alex' Wagen vor der Tür. Sarahs Herz machte einen Sprung. Endlich. Doch gleich darauf zögerte sie. Sie hatte Angst davor, was er ihr zu sagen hatte. Es war kein gutes Zeichen, dass er so lange verschwunden war. Bestimmt war er nicht gekommen, um ihr zu sagen, dass jetzt alles gut war. Sie konnte jedoch nicht ewig vor ihrer eigenen Tür stehen, ohne hineinzugehen. Also holte sie tief Luft und schloss auf.

Sie fand Alex bei Lilly im Kinderzimmer. Mira war nicht dabei, sie hatte Alex anscheinend ein bisschen Zeit mit seiner Tochter geben wollen. Sarah schöpfte wieder etwas Hoffnung, als sie sah, wie Alex mit Lilly umging. Sie spielten wieder Memory und Alex alberte mit ihr herum. Er wirkte so gelöst und glücklich, dass Sarah einfach nicht glauben konnte, dass er ihr nicht verzeihen würde. Als er sie sah, änderte sich sein Gesichtsausdruck jedoch augenblicklich. Seine Körperhaltung wurde steif und seine Augen waren wieder so kalt wie Gletscherseen. Wie vor ein paar Monaten, als sie sich auf der Musikmesse das erste Mal wieder begegnet waren. Sarahs Hoffnung schwand dahin.

„Hey, Kleine, ich möchte jetzt mit deiner Mutter reden. Wir spielen ein anderes Mal weiter, okay?"

Lilly wirkte zwar nicht glücklich darüber, sagte aber nichts dazu.

Ohne ein Wort zu sagen, ging Sarah vor Alex her die Treppe hinunter. Unterwegs trafen sie auf Mira, die ihnen auf dem Weg zu Lilly entgegenkam. Sarah war froh, dass Mira so aufmerksam war und Lilly in ihrem Zimmer beschäftigen würde.

Als sie in der Küche waren, bot Sarah ihm etwas zu trinken an. Er lehnte ab.

„Ich will nur kurz etwas mit dir besprechen, dann bin ich wieder weg."

Seine Worte waren so kalt und taten ihr richtig weh. Sie nickte nur, nahm sich aber selbst etwas zu trinken, um etwas Zeit zu schinden. So armselig es war, sie wollte so lange wie möglich mit ihm zusammen sein.

Er setzte sich an den Esstisch. Sie nahm ihr Glas, nahm ihm gegenüber Platz und wartete.

Ihr fiel auf, dass er es vermied, ihr in die Augen zu schauen.

Er räusperte sich und begann: „Ich habe in den vergangenen Tagen viel nachgedacht. Darüber, wie es weitergehen soll. Ich habe mich entschieden, dass ich wenigstens jetzt für meine Tochter da sein möchte, nachdem ich schon so viel von ihrem Leben verpasst habe." Dabei sah er Sarah anklagend an. „Ich möchte, dass du Lilly erzählst, dass ich ihr Vater bin, da sie offensichtlich noch nichts weiß." Oha, er hatte ihre Tochter ausgefragt.

„Außerdem möchte ich ein Besuchsrecht. Aufgrund meiner Arbeit kann ich sie nicht regelmäßig zu mir nehmen, aber ich möchte sie zweimal im Monat für mindestens zwei Tage und eine Nacht sehen, es sei denn, ich bin einen ganzen Monat am Stück unterwegs und kann nicht weg. In diesem Fall möchte ich die Zeit im Folgemonat nachholen. Ich werde mir eine Wohnung in der Stadt mieten, damit sie in deiner Nähe bleibt. Aber ich werde sie auch mit nach Helsinki nehmen und sie meiner Familie vorstellen. Du kannst dann natürlich mitkommen, wenn du denkst, dass das für Lilly besser ist. Außerdem werde ich dir eine monatliche Summe als Unterhalt zur Verfügung stellen." Sarah wollte ihn unterbrechen, aber er hob die Hand als Zeichen, dass sie ruhig sein sollte.

„Für die Zeit, die ich bisher nichts bezahlt habe, werde ich ein Konto auf Lillys Namen einrichten. Über das Geld kann sie jederzeit verfügen."

Er ratterte seine Forderungen herunter, als hätte er sie vorher auswendig gelernt. Sarah atmete tief durch. Seine Bedingungen waren unter diesen Umständen mehr als sie erwarten konnte. Er wollte sich der Verantwortung stellen. Sie war auf seltsame Art erleichtert. Er hatte zwar nicht mehr von ihnen beiden gesprochen, aber zumindest wollte er nicht vollends aus ihrem Leben verschwinden.

Sarah war gerade noch dabei, die Informationen zu verarbeiten, als er sich schon wieder erhob. Sie stand ebenfalls auf und begleitete ihn zur Tür.

„Ich erwarte, dass du bis zum nächsten Wochenende mit Lilly gesprochen hast. Am Samstagvormittag komme ich wieder und werde sie das erste Mal abholen." Mit diesen Worten ließ er sie stehen und ging zu seinem Auto. Sarah schloss leise die Tür hinter ihm und lehnte sich mit geschlossenen Augen dagegen. Eine einzelne Träne lief ihre Wange hinunter. Sie hörte Mira in ihrem Zimmer telefonieren. Lilly war oben allein. Sarah konnte es ebenso gut gleich hinter sich bringen. Sie ging kurz ins Bad, um sich alle Spuren von Tränen aus dem Gesicht zu waschen.

***

Lilly blickte auf, als Sarah die Tür zum Kinderzimmer öffnete.

„Hallo, Mama, ist Alex schon wieder weg?"

„Ja, mein Schatz, er hatte nur wenig Zeit. Komm doch mal her, Mama muss mit dir über etwas Wichtiges reden.“

Lilly setzte sich zu Sarah auf ihr Bett und sah ihre Mutter aufmerksam an. Sarah strich ihrer Tochter über den Kopf. Sie war so stolz auf ihre kleine Tochter, die schon so groß war.

„Lilly, wir haben uns eigentlich noch nie so richtig über deinen Vater unterhalten.“ Lilly nickte.

„Wird Alex mein Papa?“, fragte sie mit ihrer hohen Kinderstimme, die sich vor Aufregung und Freude fast überschlug. Sarah musste über die Gedanken ihrer Tochter unwillkürlich lachen, obwohl sie damit ja nicht ganz falsch lag.

„Nein, mein Liebling. So ist das nicht. Er wird nicht dein Papa. Alex ist schon immer dein Papa gewesen.“ Sie sah, wie Lilly diese Neuigkeit verdaute. Ganz klar war es ihrer Tochter wohl nicht, deswegen erzählte Sarah ihr von Anfang an. Diesmal natürlich die kindgerechte Version, wie sie Alex kennengelernt hatte, dass sie sich dann aber gleich wieder aus den Augen verloren hatten und erst auf der Musikmesse wiedergetroffen haben, so dass er nie von seiner Tochter erfahren hatte. Lilly stellte keine Fragen. Sie hörte nur still zu. Erst dann fragte sie: „Weiß Alex jetzt, dass er mein Papa ist?“

„Ja, er weiß es noch nicht so lange, aber er weiß es. Und er möchte auch ein Papa für dich sein und ab und zu gemeinsam mit dir etwas unternehmen.“

Lillys Augen leuchteten auf. „Als Familie? Machen wir dann alle zusammen was?“

Sarah schüttelte leicht den Kopf.

„Habt ihr euch wieder gestritten?", fragte Lilly leise. Sarah nahm ihre Tochter in den Arm.

„Ach, meine Kleine. Das ist alles nicht so einfach. Vorerst möchte er dich richtig kennenlernen. Und das geht am besten, wenn ich nicht dabei bin. Am nächsten Samstag kommt er her und holt dich das erste Mal ab, ist das in Ordnung für dich?"

Lilly nickte. Sarah gab ihr noch einen Kuss auf die Nase und forderte sie dann auf, weiterzuspielen. Also widmete Lilly sich wieder ihren Spielsachen und Sarah verließ irgendwann das Zimmer. Sarah war stolz auf ihre Tochter, dass sie die Sache so gut aufgenommen hatte. Es war bestimmt nicht einfach für ein Kind zu erfahren, wer sein Vater war. Doch da sie Alex offensichtlich mochte, würde es ihr bestimmt nicht allzu schwer fallen, sich an den Gedanken zu gewöhnen. Jetzt sollte Lilly erst einmal in Ruhe über alles nachdenken, wenn sie später Fragen hatte, würde sie die schon stellen, da war Sarah sich sicher.

***

Unten traf sie auf Mira. Sie saß am Esstisch und hatte ganz rotgeweinte Augen. Auch wenn Sarah im Moment ihre eigenen Sorgen hatte, wusste sie, dass es auch bei Mira Probleme mit ihrer Familie gab.

„Deine Eltern?", fragte Sarah mitfühlend. Mira nickte. Mira war gegen den Willen ihrer Eltern für ein Jahr nach Deutschland gegangen. Sie kam aus einer reichen Familie. Englischer Landadel. Für ihre Eltern war Miras Weg schon lange vorbestimmt: Sie sollte Wirtschaft studieren und sich dann einen reichen Mann suchen. Doch Mira hatte andere Pläne. Sie interessierte sich für Kunst, hauptsächlich für Musik. Um von dem Einfluss ihrer Eltern wegzukommen, hatte sie sich nach der Schule für ein Au-Pair-Jahr beworben und war bei Sarah untergekommen. Sarah hatte sie frühzeitig ermuntert, sich für einen Studienplatz an der Hochschule für Künste zu bewerben. Aufgrund ihrer Begabung und der guten Noten war sie auch sofort genommen worden und studierte nun seit dem Sommersemester in Berlin. Das Au-Pair-Jahr wollte sie trotzdem bei Sarah fertig machen. Seitdem ihre Eltern wussten, dass sie in Berlin Musik studierte, stritten sie nur noch mit ihrer Tochter. Sie riefen regelmäßig an und versuchten, Mira ins Gewissen zu reden und sie zu überzeugen, zurück nach England zu kommen.

Jedes Mal war Mira total niedergeschlagen, wenn sie mal wieder mit ihren Eltern gesprochen hatte. Sarah hätte schon lange jeden Kontakt abgebrochen, aber Mira war da anders gestrickt. Sie hatte ein komisches Gefühl, ihren Eltern verpflichtet zu sein und ihnen wenigstens die Telefonate zu schulden. Also war es Sarahs Aufgabe, Mira mindestens einmal im Monat nach solchen Telefonaten wieder aufzubauen.

Als sich Mira an Sarahs Schulter ausweinte, war Sarah froh, dass es ihr im Vergleich doch recht gut ging. Sie verstand sich gut mit ihren Eltern, die zwar weit weg wohnten, aber auf die sie sich immer verlassen konnte, wenn sie sie brauchte. Schon mehr als einmal hatte ihre Mutter den langen Weg hierher auf sich genommen, um auf Lilly aufzupassen, als Sarah noch kein Au-Pair-Mädchen hatte. Sie hatte außerdem Lilly und die Probleme mit Alex hatte sie sich selbst zuzuschreiben.

Als hätte Mira in diesem Moment ihre Gedanken gelesen, fragte sie plötzlich: „Was ist eigentlich mit Alex? Was wollte er vorhin?"

Und so war es nun an Sarah, Mira ihr Herz auszuschütten. Als alles erzählt war, fühlte Sarah sich schon besser. Die Situation mit Alex war zwar alles andere als optimal, aber es hätte auch weitaus schlimmer kommen können. Zumindest war sie fürs erste geklärt.

Als Sarah etwas später Lilly ins Bett brachte, redeten sie noch eine Weile über Alex und ob sich etwas ändern würde, jetzt da er ihr Papa war. Sarah hatte darauf keine Antwort, versuchte Lilly aber dahingehend zu beruhigen, dass es sicher nur positive Änderungen wären. Immerhin hatte Lilly jetzt einen Papa. Lilly nickte, ihre Augen leuchteten.

„Und er ist noch dazu berühmt. Die Väter der anderen im Kindergarten sind alle langweilig. Alex ist bestimmt nie langweilig." Lilly dachte kurz nach und fuhr dann fort: „Mama, darf ich Alex morgen anrufen?"

Sarah nickte. Warum auch nicht? Sie hatte ja Alex' Telefonnummer und er hatte deutlich gemacht, dass er den Kontakt zu seiner Tochter wollte. Also konnte sie ihn wohl auch anrufen.

Später überlegte sie allerdings, dass es vielleicht besser wäre, ihn vorzuwarnen. Da sie nicht mit ihm sprechen wollte, schrieb sie ihm über das Handy eine kurze Nachricht.

Habe Lilly alles gesagt. Sie will dich morgen anrufen.

Sie schickte die Nachricht ab und sah auch, dass er online ging. Aber er antwortete nicht. Sie zuckte mit

den Schultern, war aber im Inneren doch ein wenig
enttäuscht. Wie sollte es jetzt mit ihnen weitergehen?
Er konnte ja wohl schlecht auf ewig sauer auf sie sein.
Vielleicht sollte sie ihm einfach ein wenig Zeit geben.
Und sie würden sich wegen Lilly ja in Zukunft öfter sehen, da würde sich bestimmt die eine oder andere Gelegenheit ergeben, mit ihm zu sprechen.

21. Kapitel

Als Sarah am nächsten Abend von der Arbeit nach Hause kam, wurde sie von einer aufgeregten Lilly empfangen. Ihre Wangen waren ganz rot und ihr ganzes Gesicht strahlte vor Freude.

„Mama, Alex war vorhin hier. Ich habe ihn angerufen und da hat er sofort angeboten, vorbeizukommen. Wir haben gespielt und uns wie Erwachsene unterhalten. Mama, er ist wirklich prima. Und total nett. Und er hat seine Gitarre dabei gehabt und mir wieder was gezeigt. Und weißt du was, Mama? Er will morgen wiederkommen und mir sogar eine Gitarre mitbringen, die ich hier behalten kann zum üben. Ich freue mich so."

Sarah strich ihrer Tochter liebevoll über die Haare.

„Ja, meine Süße, das glaube ich. Dann kannst du mir sicher bald etwas vorspielen." Lilly nickte und erzählte dann noch weiter von allen wichtigen und unwichtigen Details ihres heutigen Treffens mit Alex. Mira, die im Wohnzimmer gelernt hatte, verdrehte die Augen und grinste Sarah an. Anscheinend hatte sie sich auch schon alles von Lilly anhören dürfen. Die beiden Frauen machten sich ans Abendessen. Erst nach dem Essen ging Lilly die Luft aus und sie lief nach oben, um zu spielen bevor sie ins Bett musste.

„Du lieber Himmel, hat die eine Energie." Mira seufzte laut auf.

Sarah lächelte. „Ja, es wird wirklich Zeit, dass sie in die Schule kommt und ihre Energie endlich ins Lernen stecken kann. Wann war Alex denn hier?"

„Lilly hat ihn gleich angerufen, als ich sie vom Kindergarten abgeholt habe. Dann gab es Mittagessen und dann stand Alex auch schon vor der Tür. Er hat sogar nach dir gefragt.“

Sarah schaute überrascht auf. „Ach ja? Was wollte er denn wissen?“

„Wie lange du immer so arbeiten musst.“

Sarahs Hoffnung zerstob sofort wieder. Klar, er wollte wissen, wann sie nach Hause kam, damit er rechtzeitig wieder weg war. Aber am Wochenende, wenn er Lilly abholen wollte, dann würden sie sich sehen und sie wollte versuchen, wenigstens kurz mit ihm zu reden. Sie wollte sich auf jeden Fall noch einmal entschuldigen. Vielleicht half es ja.

Die nächsten Tage verliefen in etwa gleich. Alex schien gerade viel Zeit zu haben, denn er war jeden Nachmittag bei Lilly. Und natürlich war er immer schon wieder weg, wenn Sarah nach Hause kam. Mira nutzte die Zeit, um zu lernen und auch Sarah war nicht böse über Alex' Besuche, da sie Lilly so wichtig zu sein schienen. Lilly erzählte dann jeden Abend ausführlich, was sie gemacht hatten. Alles wäre perfekt gewesen, wenn Alex Sarah nicht aus dem Weg gegangen wäre. Wenn sie sich aussprechen und wieder zusammen sein könnten, wäre ihre kleine Familie perfekt.

Sarah legte alle Hoffnungen auf den Samstag.

***

Diese wurden jedoch jäh zerstört, als am Samstag nicht Alex vor der Tür stand, sondern Eric, der neue

Keyboarder von *Sakrileg*. Lilly war schon fertig angezogen und hatte mit ihrem kleinen Kindergartenrucksack in der Hand auf der Treppe gewartet. Entsprechend enttäuscht sah sie aus, als sie plötzlich vor Eric stand.

„Hallo, du musst Lilly sein. Alex hat schon viel von dir erzählt." Er wuschelte Lilly durch die Haare, was sie mit einem ärgerlichen „Lass das" quittierte. Mittlerweile waren auch Sarah und Mira dazugekommen. Eric wandte sich nun an die beiden.

„Alex schickt mich her. Ihm ist etwas dazwischen gekommen. Nur ein kurzer, aber wichtiger Termin. Ich soll Lilly schon mal abholen und mit ihr ins Hotel fahren. Bis wir da sind, ist sein Termin zu Ende und er kann sich um sie kümmern."

Sarah war mehr als skeptisch. Schon wieder hatte er eine Möglichkeit gefunden, ihr aus dem Weg zu gehen.

„Was soll das denn für ein wichtiger Termin sein? Und warum kann er Lilly nicht einfach danach selbst abholen?"

Eric fühlte sich sichtlich unwohl, so von Sarah angegriffen zu werden.

„Wir, also die Band, sind gestern hier angekommen. Wir haben einen spontanen Auftritt. Irgendeine Band ist bei so einer Fernsehshow abgesprungen und da haben sie uns gefragt, ob wir das machen können. Die Show wird heute Abend aufgezeichnet. Alex sitzt gerade mit den Programmdirektoren zusammen, um alles Notwendige zu besprechen. Normalerweise macht das Kari, unser Produzent, aber der konnte heute nicht mitkommen und deshalb macht Alex es selbst. Und gleich danach ist der Soundcheck. Da bin ich als Keyboarder am ehesten entbehrlich."

Eric kaute nervös auf seiner Unterlippe herum, man konnte ihm ansehen, dass das noch nicht alles war, was er zu sagen hatte. Sarah hob fragend eine Augenbraue und hoffte so, ihn zum Reden zu bringen. Tatsächlich. Er holte tief Luft.

„Alex lässt auch fragen, ob Lilly heute vielleicht doch schon bei ihm übernachten könnte. Dann könnte sie nämlich bei der Aufnahme dabei sein. So in einem richtigen Fernsehstudio. Sie wäre auch während unseres Gigs nicht allein. Raffaels Freundin ist auch da und sie würde sich um Lilly in der Zeit kümmern."

Lilly hatte natürlich alles mitbekommen und sprang jetzt begeistert auf.

„Au ja, Mama, bitte, darf ich? Ein richtiges Fernsehstudio. Bitte, lass mich dahin." Dann sah sie Sarah mit großen bittenden Augen an. Sie schaffte es sogar, ihre Augen feucht werden zu lassen, so dass sie wie zwei riesige blaue Seen aussahen. Diesem Blick hatte Sarah noch nie widerstehen können. So gern sie darauf bestanden hätte, dass Alex ihre Tochter noch an diesem Abend zurückbringen sollte, so wenig wollte sie Lilly diese einmalige Gelegenheit verderben. Also stimmte sie zähneknirschend zu. Lilly fiel ihr um den Hals.

Sarah packte also noch schnell Lillys Schlafanzug, ihre Zahnbürste und ein Schlaftier ein, dann verabschiedeten sie sich voneinander und Lilly nahm wie selbstverständlich Erics Hand. Diesem war es anscheinend erst etwas unangenehm, doch dann lächelte er und schloss seine Hand um ihre kleinen Finger.

Zusammen gingen sie zum Hoftor und dann zu seinem Auto. Plötzlich lief Mira hinter den beiden her. „Wartet."

Eric sah sich erstaunt um und auch Sarah fragte sich, was in Mira gefahren war.

„Ihr habt den Kindersitz vergessen. Lilly kann doch noch nicht ohne fahren."

Ach ja, das hatte Sarah wirklich vergessen. Gut, dass wenigstens Mira mitdachte. Sie holte schnell ihren Autoschlüssel und holte den Kindersitz aus ihrem PKW. Mira stand währenddessen bei Lilly und Eric vor dessen Auto und strahlte Eric an. Der Kindersitz war schnell befestigt und Lilly konnte einsteigen. Dann stieg auch Eric dazu, hob noch einmal kurz grüßend die Hand und fuhr dann los. Lilly winkte wie wild bis sie außer Sichtweite war.

Sarah sah den beiden lange nach. Da fuhr sie weg, ihre kleine Tochter. Sie würde zum ersten Mal bei ihrem Vater übernachten. Lilly hatte zwar schon ab und zu bei Freundinnen aus dem Kindergarten übernachtet, aber dort waren immer Eltern zugegen gewesen, die Erfahrung mit Kindern in diesem Alter hatten. Alex hatte keine Erfahrung. Doch er war Lillys Vater und sie wollte ihm die Chance geben, sich auch als solcher zu beweisen.

Mira stand neben Sarah und schaute Lilly und Eric ebenfalls hinterher. Plötzlich seufzte sie laut auf und riss Sarah damit aus ihren Gedanken.

„Was ist?"

„Hach, er ist schon richtig süß."

„Alex? Na ich weiß nicht, ob das so süß von ihm ist, einen Bandkollegen vorzuschicken, weil er ..."

„Ich meine doch nicht Alex. Ich meine Eric." Damit wandte Mira sich um und tänzelte zurück in die Küche.

Sarah blickte ihr ungläubig nach. Was war das denn? Wieder eine von Miras üblichen Schwärmereien? Eric würde schon irgendwie in Miras Beuteschema passen, er war schließlich Musiker, wenn auch nicht der Leadsänger der Band. Diese hatten es ihr normalerweise am meisten angetan. Außerdem war Eric noch sehr jung, Sarah schätzte ihn auf Anfang, Mitte zwanzig. Andererseits war Mira auch noch sehr jung, sogar ein bisschen jünger als Eric, wenn Sarah richtig lag. Er war zwar nicht Sarahs Typ, aber auch sie musste zugeben, dass er gut aussah.

***

Die beiden Frauen gingen wieder hinein. Sarah hatte heute mal wieder frei und es war Samstag, also gingen sie als nächstes zusammen einkaufen. Ausgerechnet heute fragte Gerda sie mal wieder nach dem *jungen Mann*, den sie vor ein paar Wochen mitgebracht hatte. Seit damals hatte Gerda nie wieder ein Wort über Anton, also Alex, verloren, warum ausgerechnet heute? Sarah wusste nicht, was sie antworten sollte. Mira kam ihr zu Hilfe.

„Der war nur zu Besuch, ein entfernter Verwandter von Sarah. Er ist schon wieder außer Landes."

Die alte Dame schüttelte bedächtig den Kopf.

„Schade, er sah nett aus und ich hätte mich gefreut, wenn sich endlich mal ein netter Mann um unsere Sarah kümmert." Sarah blickte die alte Frau verwundert an. Das hätte sie nicht erwartet. Ja, es war schon etwas Besonderes, in so einem kleinen Dorf zu wohnen.

Nach dem Mittagessen machte Sarah es sich auf der Couch gemütlich und beschloss, mal wieder etwas zu lesen. Dafür hatte sie sonst selten Zeit. Doch irgendwie vermochte die Geschichte sie diesmal nicht zu fesseln. Dauernd schweiften ihre Gedanken ab und sie überlegte, was Alex und Lilly jetzt wohl gerade machen würden. Hoffentlich würde ihre kleine Tochter sie nicht zu sehr vermissen. Außerdem ärgerte es sie, dass Alex es schon wieder geschafft hatte, ihr aus dem Weg zu gehen. Hoffentlich würde sich morgen, wenn er Lilly zurückbrachte, eine Gelegenheit ergeben, mit ihm zu reden.

Und wenn er wieder jemand anderen vorschickt?, hörte sie ihre innere Stimme leise fragen. Wenn er ihr nun auf ewig aus dem Weg gehen würde? Das konnte sie nicht riskieren. Sie musste selbst etwas unternehmen. Nur was? Vielleicht wäre es am besten, sie würde morgen selbst in die Stadt fahren und Lilly bei Alex abholen. Da konnte er ihr nicht aus dem Weg gehen. Ja, das war eine gute Idee. Sie würde einfach sagen, dass sie sowieso etwas mit Lilly in der Stadt zu erledigen hatte, so dass es praktischer war, wenn sie hinkam. Sie holte ihr Handy.

Ich hole Lilly morgen vor dem Mittagessen bei euch im Hotel ab. Ich hab noch was in der Stadt zu erledigen, schrieb sie ihm. Keine Antwort. Na ja, das hatte sie auch nicht erwartet. Sie nahm sich wieder ihr Buch. Auf der Suche nach der Textpassage, die sie zuletzt überflogen hatte, fiel ihr auf, dass sie nichts mehr von dem wusste, was sie heute gelesen hatte. Sie legte das Buch wieder weg. Was konnte sie sonst machen?

Es war ungewohnt, plötzlich Zeit für sich zu haben. Wenn Lilly größer war, würde sie sich an diese Situation gewöhnen müssen, doch jetzt? Wahrscheinlich auch jetzt schon, denn nun wollte Alex sie ja regelmäßig zu sich holen. Früher hatte sie sich immer in den buntesten Farben ausgemalt, was sie alles machen wollte, wenn sie mal Zeit für sich hatte. Sie wollte endlich ihren Kleiderschrank ausmisten. Sie wollte ins Kino gehen und alle Bücher lesen, für die sie sonst nie Zeit hatte. Außerdem wollte sie sich endlich an die Renovierung des Dachgeschosses machen.

Als sie das Haus gekauft hatte, hatte sie geplant, das ganze Dachgeschoss als einen einzigen großen Raum zu gestalten, in den Lilly ziehen konnte, wenn sie etwas größer war. Doch daran war im Moment nicht zu denken. Das Dach war nicht gedämmt und stand voller Krempel. Zum großen Teil waren das Umzugskisten, die Sarah nie ausgepackt hatte. Was da wohl drin war? Auch etwas, was sie machen wollte, wenn sie mal Zeit hatte. Doch jetzt hatte sie irgendwie zu nichts Lust. Sie lag nur da und starrte Löcher in die Luft. Von Mira hörte sie nichts. Die lernte bestimmt wieder. Da konnte Sarah jetzt auch nicht stören.

Dann kam ihr endlich die rettende Idee. Sie würde James anrufen. Sie hatten schon ewig nicht mehr telefoniert. Er wusste noch gar nicht, dass Alex jetzt die Wahrheit kannte. Es würde ihr gut tun, mit James zu sprechen. Also nahm sie ihr Festnetztelefon aus der Ladestation und tippte die lange Nummer ein. Die Kosten waren ihr im Moment egal, sie musste jetzt einfach eine vertraute, liebevolle Stimme hören.

Sie hatte kein Glück. Vielleicht hatte er gerade einen Termin und konnte deshalb nicht ans Telefon gehen. Schade. Vielleicht rief er zurück, wenn er gesehen hatte, dass sie angerufen hatte? Während sie versucht hatte James anzurufen, hatte ihr Handy eine neue Nachricht gemeldet. Eine Antwort von Alex? Sarahs Herz hatte einen kleinen Hüpfer gemacht, aber sie zwang sich, nicht sofort nachzuschauen, um nicht enttäuscht zu werden. Aber jetzt wollte sie es wissen.

Die Nachricht war tatsächlich von Alex, eignete sich aber nicht dazu, irgendwelche Hoffnungen auf Versöhnung in Sarah keimen zu lassen. *OK. Hilton Hotel, Zimmer 907*, stand da nur. Sonst nichts.

22. Kapitel

Am nächsten Vormittag standen Sarah und Mira pünktlich um elf vor Zimmer 907. Mira hatte unbedingt mitkommen wollen. Sarah vermutete, dass sie auf eine erneute Begegnung mit Eric hoffte. Lilly war im Zimmer deutlich zu hören. Die Kleine erzählte irgendetwas, verstummte aber augenblicklich, als sie Sarahs Klopfen hörte. Die Tür öffnete sich und Lilly sprang ihrer Mutter an den Hals.

„Mama!“

„Hallo, mein Kleines. Ich hab dich vermisst. War es schön?“

Sarah versuchte, an Lilly vorbei ins Zimmer zu schauen. Alex saß in einem Sessel und schaute mit ausdruckslosem Gesicht zur Tür.

Lilly zupfte an Sarahs Ärmel, sie wollte die ganze Aufmerksamkeit ihrer Mutter. Dann begann sie übersprudelnd zu erzählen: „Es war ganz toll. Ich war gestern mit im Fernsehstudio, das ist ganz anders, als wenn man es im Fernsehen sieht, weißt du Mama, mit all den Kameras und so. Und es passiert auch viel mehr, wenn die Kameras ausgeschaltet sind. Dauernd rennen da Leute hin und her. Es war ganz schön chaotisch. Und Alex und die anderen waren total nett zu mir. Wir haben gespielt, dass ich auch zur Band gehören würde und ich durfte sogar am Schlagzeug sitzen und Trommel spielen. Das war super. Aber Gitarre finde ich besser. Außerdem spielt Alex auch Gitarre, er hat mich auch mal mit seiner Gitarre probieren lassen ...“

Sarah unterbrach Lillys Redefluss. „Wir müssen jetzt los, mein Schatz. Du kannst mir ja alles unterwegs erzählen. Sei so gut und geh schon mal mit Mira nach unten, ich packe noch schnell deine Sachen zusammen und komme dann gleich nach."

Vielleicht ergab sich ja dabei eine Gelegenheit zu einem Gespräch mit Alex. Doch da hatte sie die Rechnung ohne Lilly und Mira gemacht.

„Willst du dich nicht noch von den anderen verabschieden, Lilly?", fragte Mira mit unschuldigem Gesichtsausdruck.

„Au ja, Mira. Kommst du mit? Die anderen wohnen ganz nah." Und schon zog Lilly Mira mit sich und klopfte an das nächste Zimmer im Gang. Damit hatte Sarah nicht gerechnet. Was war denn in Mira gefahren? Doch egal, das schaffte ihr einen kleinen Freiraum. Sarah betrat Alex Zimmer, doch da kam er ihr schon mit schnellen Schritten entgegen. Lillys Rucksack hielt er in der Hand.

„Hier, ist alles schon gepackt." Er sprach mit solcher Kälte in der Stimme, dass Sarah unwillkürlich zu frösteln begann. Der Mut, mit ihm zu sprechen, hatte sie schon beinahe wieder verlassen. Doch sie riss sich zusammen und holte Luft.

„Alex, ich wollte mich bei dir entschuldigen." Warum war ihre Stimme auf einmal so leise und piepsig? Alex' Miene blieb ausdruckslos. Er schüttelte nur leicht den Kopf.

„Bitte geh jetzt!" Seine Stimme war gefährlich leise. Sarah machte unwillkürlich ein paar Schritte rückwärts, bis sie wieder draußen vor seiner Tür stand. Er kam ihr hinterher und Sarah fragte sich kurz, ob er jetzt doch sprichwörtlich einen Schritt auf sie zu machen wollte, doch er schloss nur nachdrücklich die Tür vor ihrer Nase. Sie war völlig perplex. Dann fiel ihr etwas ein.

„Warte. Der Kindersitz." Sie trommelte kurz gegen die Tür.

„Den kann ich euch geben, ich habe ihn noch in meinem Auto", hörte sie plötzlich von rechts eine Stimme. Eric stand da zusammen mit Mira und Lilly. Sie schauten alle zu ihr. Plötzlich war es Sarah peinlich, so von Alex abgefertigt worden zu sein. Was hatten die anderen mitbekommen?

„Ich muss nur noch kurz zu Rick und Raffael", meinte plötzlich Lilly und unterbrach damit die Stille. Sie klopfte schon wieder fröhlich an einer anderen Tür. Diese ging auch sofort auf und Rick steckte den Kopf heraus.

„Ja?"

„Hi, Rick. Ich muss jetzt wieder heim. Ich wollte nur noch Tschüss sagen."

„Ja, Kleine. War schön mit dir. Du musst echt öfter kommen."

„Okay, mache ich. Tschüss, Raffael", rief sie dann noch in den Raum hinein. Ein gebrummtes „Tschüss" war zu hören, dann kam Lilly wieder zu ihnen und gemeinsam machten sie sich auf den Weg in die Tiefgarage.

***

„Wie haben Sie es nur geschafft, Lilly so lange vor
Alex geheim zu halten?", fragte Eric sie unterwegs. „Sie
sind sich so unglaublich ähnlich, da sieht doch ein Blin-
der, dass die beiden irgendwie verwandt sein müssen."

Weil Sarah nicht antwortete, schaute Eric von ihr zu
Mira. Diese nickte begeistert. Hatte sie überhaupt mitbekommen, was er da erzählt hatte? Mira sah gerade
überhaupt nicht zurechnungsfähig aus.

Sarah wollte Erics Aufmerksamkeit lieber wieder auf
sich lenken. Ehe Mira noch etwas machte, was ihr später peinlich sein würde.

„Wir können uns ruhig duzen. Wir werden uns sicher
öfter begegnen. Und ja, du hast recht, Alex und Lilly sehen sich ähnlich, er hat es trotzdem nicht gemerkt." Dabei wollte Sarah es belassen. Das fehlte noch, dass sie
ihm jetzt hier die Gründe für ihr Schweigen darlegte.
Doch er hakte auch nicht weiter nach. Sie gingen zusammen zu seinem Auto. Eric gab ihnen den Kindersitz
heraus und verabschiedete sich dann wieder, nachdem
Sarah ihm versichert hatte, dass sie es die kurze Strecke
bis zu ihrem Auto schaffen würde, den Kindersitz zu
tragen. Mira war zwar augenscheinlich nicht davon begeistert, dass sie Eric so offensichtlich verabschiedete,
doch das war Sarah im Moment egal. Zumal dieser Eric
überhaupt nicht den Eindruck machte, als ob er an
Mira interessiert wäre.

„Mama, wo müssen wir noch hin?", fragte Lilly sie in
das plötzlich aufgekommene Schweigen. Sarah wusste
kurz nicht, wovon Lilly sprach, doch dann fiel es ihr
wieder ein. Stimmt ja. Sie hatte Alex gesagt, dass sie Lilly abholen wollte, weil sie noch einen Termin in der
Stadt hatte. Dabei hatte sie ja eigentlich nur mit Alex

sprechen wollen. Doch dieses Vorhaben war an Alex' Sturheit gescheitert. Jetzt musste sie sich schleunigst etwas einfallen lassen.

„Tja, mein Schatz. Ich hatte überlegt, dass wir heute mal alle zusammen in der Stadt essen gehen könnten. Würde dir das gefallen?"

Lilly überlegte.

„Gehen wir zu McDonald's?"

Sarah schüttelte entsetzt den Kopf. Sie konnte sich zwar vorstellen, dass McDonald's genau Lillys Vorstellung von Essen gehen entsprach, doch darauf hatte Sarah nun überhaupt keine Lust. Ihr schwebte da eher ein schönes, vielleicht internationales Restaurant vor.

„Nein, mein Schatz. Du kannst aber vielleicht aussuchen, ob wir lieber zum Mexikaner, zum Griechen oder zum Italiener wollen."

Während Lilly wie aus der Pistole geschossen „Pizza" antwortete, sagte Mira gleichzeitig „Grieche". Da mussten alle lachen. Sarah hakte Mira und Lilly unter und führte sie aus der Tiefgarage.

„Gut, dann steht es eins zu eins und ich entscheide. Wir gehen ins *Quesadilla*."

Das *Quesadilla* war ein Mexikaner in der Nähe, den Sarah schon kannte. Lilly war auch schon einmal mit dort gewesen und war gleich von der Aussicht auf Nachos mit Käse begeistert. Mira war also überstimmt, fügte sich aber, da sie nach eigener Aussage sowieso keinen großen Hunger hatte. Sie mussten knapp zwanzig Minuten laufen, aber die Zeit verging wie im Flug, weil Lilly so viel von dem Fernsehauftritt zu erzählen hatte. Sie fand alles total aufregend und anscheinend waren auch alle sehr nett und aufmerksam gewesen, so dass sie sich rundum wohl gefühlt hatte. Obwohl Sarah es Alex noch immer übel nahm, dass er nicht einmal bereit war, sich ihre Entschuldigung anzuhören, fand sie es dennoch nett von ihm, Lilly diese Erfahrung zu ermöglichen. Außerdem hatte er sich gut um sie gekümmert und sogar darauf bestanden, dass sie beim Frühstück mehr als nur ihre übliche kleine Schale mit Cornflakes aß. Lilly erzählte mit angemessener Empörung, dass Alex sie wohl genötigt hatte, außerdem ein halbes Brötchen mit Marmelade, ein paar Weintrauben und ein Stück Käse zu essen. Das Frühstück war immer ein Thema zwischen Sarah und Lilly, weil Sarah der Meinung war, dass man ohne vernünftiges Frühstück nicht richtig arbeiten, lernen oder eben spielen konnte. Lilly war aber meistens nach einer kleinen Schüssel Cornflakes, die sie noch nicht einmal aufaß, satt. Alex hatte diese Diskussion zwischen Sarah und Lilly bei ihren wenigen gemeinsamen Frühstücken mitbekommen und scheinbar seine eigenen Schlüsse daraus gezogen.

***

Beim Essen, Lilly studierte gerade aufmerksam die Bilder auf der Dessertkarte und war so etwas abgelenkt, sprach Sarah Mira noch einmal auf Eric an.

„Sag mal, was war das vorhin mit Eric? Er gefällt dir, nicht wahr?"

Mira seufzte. „Ist das schon so offensichtlich?"

„Offensichtlich? Ich würde eher sagen, das ist schon fast peinlich." Um ihrer Aussage die Schärfe zu nehmen, fügte Sarah noch hinzu: „Aber ich glaube nicht, dass er etwas gemerkt hat."

Mira seufzte noch einmal. „Ja, das ist ja das Schlimme. Er zeigt überhaupt kein bisschen Interesse. Er behandelt mich nett und höflich, aber das ist nicht unbedingt das, was ich mir wünsche. Verstehst du?"

„Es tut mir leid für dich, Mira. Aber seien wir doch einmal realistisch. Er spielt seit Kurzem in einer erfolgreichen Band und macht wahrscheinlich zum ersten Mal die Erfahrung, dass die Mädchen ihm gleich reihenweise zu Füßen liegen. Da bist du für ihn wahrscheinlich auch nur eine von vielen. Und selbst wenn er dein Interesse erwidern würde, wäre es für ihn sicher nichts anderes als ein Abenteuer für eine kurze Zeit. Und das möchtest du doch nicht, oder?" Sarah hatte leise, aber sehr eindringlich gesprochen. Nebenher warf sie immer wieder kurze Seitenblicke zu Lilly, ob sie immer noch abgelenkt war. Aber es machte nicht den Eindruck, als ob sie zuhören würde.

„Mama, soll ich lieber ein Eis nehmen oder einen Pudding?", fragte sie da eben. Nein, sie hatte nicht zugehört. Das fehlte noch, dass Lilly aus Versehen Alex von Miras Schwärmerei für Eric erzählte.

„Aber er ist sooo süß!", kam es von Mira.

„Wer ist süß?" Lilly schaute mit großen Augen zu Mira.

„Mira meint den Schokoladenkuchen, mein Liebling", versuchte Sarah die Situation zu retten.

„Hm, ja. Stimmt. Vielleicht sollte ich doch lieber den nehmen."

Sarah strich ihrer Tochter über den Kopf und nickte. Zum Glück war Lilly noch so klein, es würde noch viele

Jahre dauern, bis sie sich für das andere Geschlecht interessierte. Sarah hoffte jedenfalls, dass dieser Tag noch in weiter Ferne lag.

***

Nach dem Essen und einem riesigen Stück Kuchen für alle drei beschlossen sie, gemeinsam in den Zoo zu gehen. Lilly liebte den Berliner Zoo. Sie waren schon in anderen Tierparks und Zoos gewesen, aber Lilly mochte den Berliner Zoo am liebsten. Hier wusste sie schon, wo ihre Lieblingstiere waren und wo sie die besten Spielplätze fand.

Während Lilly sich austobte, redeten Mira und Sarah noch ein bisschen über Miras Aussichten bei Eric zu landen. Mira schien sich tatsächlich Hoffnungen zu machen, Sarah hielt dies jedoch eher für wenig wahrscheinlich. Eric erinnerte sie sehr an die vielen jungen Musiker, die sie damals in ihrer Zeit als Praktikantin bei Eddi betreuen musste. Es dauerte meist ein paar Jahre, bis sie gelernt hatten, auf die meist sehr eindeutigen Angebote ihrer Fans nicht mehr einzugehen. Und noch ein paar weitere Jahre, bis sie kapiert hatten, dass es gerade ihre Berühmtheit war, die es ihnen besonders schwer machte, jemanden zu finden, der sie als Person liebte und nicht als Star. Eric war erst am Anfang dieser Phasen.

Während sie im Zoo waren, klingelte Sarahs Handy. Ein unbekannter Anrufer. Wer konnte das sein? Vielleicht jemand von der Band? Sie hatte nur Alex' Nummer eingespeichert.

„Ja, hier Sarah Förster?“

„Hallo, Schönheit.“

„James! Ich freue mich, dass du anrufst. Ich habe gestern schon versucht, dich zu erreichen.“

„Ach ja? Ist bei euch alles in Ordnung?“ Er klang erstaunt und besorgt. „Weiß Alex von Lilly?“

Jetzt war Sarah an der Reihe, erstaunt zu sein. Woher wusste er das? Konnte der Mann hellsehen? Oder hatte er vielleicht schon wieder mit Alex geredet? Für einen kurzen Moment wurde sie böse, doch sie fing sich schnell wieder.

„Hast du mit Alex geredet?“ Sie musste es einfach wissen.

„Nein, schon ewig nicht mehr. Wir sind nicht gerade die besten Freunde, weißt du?“

Sarah musste kichern. Ja, das war ihr bewusst. Die beiden respektierten sich gegenseitig für ihre Erfolge, aber da war immer ein gewisses Konkurrenzdenken zwischen den beiden. Dann wurde sie wieder ernst. Sie erzählte James in der Kurzfassung, wie Alex herausgefunden hatte, dass Lilly seine Tochter war und dass seitdem Funkstille zwischen ihnen herrschte. Sie erzählte aber auch, dass er sich sehr um ihre kleine Tochter bemühte und das rechnete sie ihm trotz allem hoch an. James war bestürzt, dass Alex es aus der Zeitung erfahren hatte.

„Ich habe dir gesagt, was passiert, wenn er es von jemand anderem erfährt. Ich kann schon nachvollziehen, dass er wütend ist.“ Sarah hörte sich James’ Standpauke ruhig an. Er hatte ja recht. Doch es tat ihr gut, über alles mit jemandem zu reden, der Alex’

Standpunkt nachvollziehen konnte. Und James hatte auch ein paar tröstende Worte für sie.

„Er wird sich bestimmt beruhigen und dann kannst du versuchen, alles aus deiner Sicht zu erklären. Wahrscheinlich wird er es verstehen, wenn er in Ruhe über alles nachgedacht hat, und kann dir verzeihen. Ich wünsche es dir jedenfalls.“

„Ach, James“, seufzte Sarah. „Was würde ich nur ohne dich tun? Die Telefonate mit dir tun mir so gut.“

Sie hörte James am anderen Ende der Leitung leise lachen.

„Ich freue mich auch immer, wenn du anrufst. Trotzdem wäre es schöner, wenn wir uns mal wieder Auge in Auge gegenüber sitzen könnten, wenn wir reden. Bist du heute Abend übrigens zu Hause?“

Sarah bejahte, fragte sich aber gleichzeitig, warum er das wissen wollte. Doch er erklärte seine Frage nicht näher, sondern wechselte das Thema und fragte nach Lilly. Sarah erzählte von dem Besuch im Zoo, danach beendeten sie das Telefonat. Noch etwas, was so schön unkompliziert an James war. Mit ihm hatte sie nie ein Problem, ihr Telefonat zu beenden. Wenn sie mit Alex telefoniert hatte, war es immer ein Kampf gewesen, wer zuerst auflegen musste. Im Nachhinein war das schon anstrengend gewesen. Jedenfalls redete sie sich das ein.

23. Kapitel

Am Abend erwartete sie dann noch eine Überraschung. Lilly war schon im Bett, sie war nach dem aufregenden Wochenende total erschöpft, und Sarah saß mit Mira zusammen vor dem Fernseher, als es an der Tür klingelte. Wer konnte das sein? Vielleicht Frau Hesse von schräg gegenüber, die mal wieder ihre Katze suchte? Sie hatte jedenfalls schon öfter zu den unmöglichsten Zeiten vor ihrer Tür gestanden und sie gebeten, in ihrer Garage und ihrem Keller nachzusehen, ob ihr geliebte Sissi vielleicht dort eingesperrt war. Doch vor der Tür stand jemand anders.

„James!" Sarahs Gesicht verzog sich zu einem breiten Lächeln, als sie ihn vor ihrer Tür im Dunkeln stehen sah. Er breitete die Arme aus und sie warf sich ohne zu zögern in seine Umarmung. Es tat so gut, seine starken Arme um sich zu spüren und seinen markanten Duft einzuatmen. Trotzdem schob sie ihn kurz darauf ein Stück von sich weg, um ihn ansehen zu können.

„James, was machst du denn hier? Du bist doch in Amerika, dachte ich."

„Soll ich lieber wieder gehen?", fragte er mit gespieltem Ernst. Sofort fiel Sarah ihm wieder um den Hals und lachte glücklich.

„So ein Quatsch, ich bin so froh, dass du wieder da bist." Sie hatte direkt in seine Halsbeuge hineingeredet, doch er hatte sie offenbar verstanden.

„Ich bin auch froh, wieder hier zu sein. Ich bin seit gestern wieder im Lande und ich wollte dich so schnell wie möglich besuchen kommen. Na und jetzt bin ich hier und wollte eigentlich fragen, ob du noch mit mir ausgehst."

Noch vor einem halben Jahr wäre sie alles andere als begeistert davon gewesen, dass James mit ihr ausgehen wollte, doch mittlerweile hatte sie ihn als guten Freund und Zuhörer wirklich zu schätzen gelernt. In seiner Gegenwart fühlte sie sich einfach sicher und geborgen. Und sie brauchte im Moment einfach einen Zuhörer, bei dem sie sich ihre Sorgen von der Seele reden konnte, einen guten Freund eben. Also sagte sie sofort zu, obwohl es schon spät war und sie am nächsten Tag wieder arbeiten musste. Sie sagte kurz Mira Bescheid, die James daraufhin schüchtern begrüßte. Dann zog sie sich in Windeseile noch um. Sie lief zu Hause am liebsten in bequemen Jeans, einem alten T-Shirt, das auch schmutzig werden durfte und natürlich auch meist war und einer ausgeleierten Strickjacke herum. Absolut nicht das Outfit, das sie tragen wollte, wenn sie mit James Hartfield unterwegs war. Schließlich konnte es ja immer passieren, dass er erkannt wurde und sie wollte nicht für negative Schlagzeilen sorgen.

Also zog sie sich einen Rock und eine Bluse an und legte schließlich auch noch Make-up auf. Ihre Haare mussten so bleiben, sie hatte jetzt keine Zeit mehr, sie noch zu waschen und zu föhnen. Als sie mit sich selbst einigermaßen zufrieden war, ging sie wieder runter zu Mira und James. Die beiden hatten offenbar kein Gesprächsthema gefunden, denn zwischen ihnen herrschte Schweigen und Sarah hatte den Eindruck, dass beide erleichtert waren, als sie endlich wieder auftauchte. Wahrscheinlich war Mira, die immer von

James geschwärmt hatte, so beeindruckt, dass sie mal wieder kein Wort herausgebracht hatte. Komisch, mit Alex hatte sie nie Probleme gehabt. Sarah wollte nicht weiter darüber nachdenken, sondern lieber den Abend mit ihrem guten Freund genießen.

„Also? Wo wollen wir hin?"

James zuckte mit den Schultern.

„Keine Ahnung, ich kenne mich hier nicht aus. Gibt es in diesem Dorf überhaupt ein Restaurant?"

Keine Ahnung warum, aber Sarah wollte nicht mit James in ihrem Dorf weggehen. Außerdem hatten sie hier sowieso kein Restaurant, das für jemanden wie James angemessen gewesen wäre. Nur den Griechen, der vom Fußballverein betrieben wurde und eine kleine Kneipe, in der manchmal auch lokale Bands auftraten. In beiden konnte sie sich James einfach nicht vorstellen.

„Lass uns in die Stadt fahren, dort weiß ich was", schlug sie deshalb vor. James hielt ihr die Tür seines Wagens auf und ließ sie einsteigen. Dann stieg er auch selbst ein und fuhr los.

„Woher weißt du überhaupt, wo ich wohne?" Diese Frage war Sarah in diesem Moment eingefallen und sie hatte sie schon gestellt, bevor sie überhaupt darüber nachgedacht hatte.

James sah sie an und Sarah war klar, woher. Beinahe gleichzeitig sagten sie „Alex" und mussten lachen. Tief in ihrem Inneren fand es Sarah jedoch gar nicht lustig, dass Alex diese Information offenbar sehr freizügig verteilte. Seine Bandmitglieder wussten es und nun auch James. Sie musste ihm unbedingt sagen, dass sie gern selbst entscheiden wollte, wem sie die Adresse ihrer kleinen Zuflucht verriet. Immerhin hatte sie sich große Mühe gegeben, das geheim zu halten. Selbst im Hotel wussten nur die Personalabteilung und Bernhard, wo sie wohnte.

Die weitere Fahrt verlief schweigend. Sarah lotste James zu einem kleinen Lokal am Stadtrand, das sie vor vielen Jahren in ihrer Studentenzeit gefunden hatte. Dort gab es nicht viel Auswahl, aber sie machten eine wahnsinnig leckere Garnelenpfanne. Als Studentin hatte sie sich das zwar eigentlich nicht leisten können, aber sie war dennoch so oft hier gewesen, wie es ihr Budget erlaubte. Seit ihrer Schwangerschaft hatte sich allerdings nur noch ganz selten die Gelegenheit ergeben, deswegen freute sie sich schon sehr wieder hier zu sein.

Als jeder eine Portion Garnelen vor sich stehen hatte, waren sie schon in sehr gelöster Stimmung. James erzählte von seiner Amerika-Tour und Sarah lachte immer wieder über die Anekdoten über misslungene Auftritte oder andere Peinlichkeiten, die ihm passiert waren. Das Thema Alex vermieden sie vorerst, doch das war Sarah sehr recht. So konnte sie sich endlich mal wieder total entspannen. Deshalb war sie auch ganz erschrocken, als sie bei einem zufälligen Blick auf die Uhr feststellte, dass es schon weit nach Mitternacht war. So leid es ihr tat, sie musste James bitten, sie wieder nach Hause zu fahren, wenn sie es schaffen wollte, am nächsten Morgen wieder aus dem Bett zu kommen. Zum Glück hatte James offenbar nicht vor, gleich wieder abzureisen. Er bat sie darum, sich am nächsten Abend mit ihm zum Abendessen zu treffen. Sie verabredeten sich nach ihrer Arbeit vor dem Hotel.

In dieser Nacht schlief Sarah nach langer Zeit mal wieder richtig gut. Die Begegnung mit James hatte sie irgendwie in eine sehr positive Stimmung versetzt. Jetzt konnte sie wieder daran glauben, dass auch zwischen ihr und Alex irgendwann wieder alles gut werden würde.

***

Sarahs gute Laune hielt die ganze Woche an. Sie traf sich fast jeden Tag mit James. Mal lud er sie zum Abendessen ein, mal zum Mittagessen. Jetzt konnte sie auch über die Situation mit Alex reden. Sie merkte zwar, dass es James unangenehm war, wenn sie darüber redete, wie sehr sie es bereute, Alex nicht gleich die Wahrheit gesagt zu haben, aber er unterbrach sie nie. Und ihr half es sehr. Alex war dadurch nach wie vor in ihrer Nähe, obwohl sie ihn in Wirklichkeit nie zu Gesicht bekam.

Er kam immer zu Lilly, wenn sie nicht da war. Wenn Sarah dann zeitig genug nach Hause kam, um Lilly noch ins Bett zu bringen, hörte sie jedes Mal, was ihre Tochter und Alex alles unternommen hatten. Lilly war jedenfalls sehr glücklich und bezeichnete Alex schon ganz selbstverständlich als ihren Papa. Als sie das erste Mal davon gesprochen hatte, dass „Papa" mit ihr draußen gespielt hatte, war Sarah innerlich zusammengezuckt. Doch auch sie gewöhnte sich daran.

Manchmal jedoch ertappte sie sich dabei, wie sie Alex, ihren Alex und Alex, den Papa von Lilly als zwei verschiedene Personen wahrnahm.

Am Freitagabend rief James an und fragte, ob sie nicht alle zusammen über das Wochenende an die Ostsee fahren wollten. Sarah freute sich sehr über das Angebot, konnte jedoch nicht gleich zusagen, weil sie sich nicht sicher war, ob Lilly an diesem Wochenende wieder bei Alex sein würde.

Mira, die das mitbekommen hatte, schaltete sich ein: „Alex ist bis zum nächsten Wochenende nicht in der Stadt.“

So konnte Sarah zusagen und verabredete mit James, dass er sie gleich nach dem Mittagessen mit seinem Wagen abholen wollte. Als sie aufgelegt hatte, fragte Sarah Mira sofort, woher sie das wusste.

„Na ja, er hat es mir gesagt, als er gestern hier war. Ich sollte es dir ausrichten, aber ich habe es vergessen. Tut mir leid.“

Sarah war Mira nicht böse, aber es tat ihr weh, dass Mira mittlerweile mehr mit Alex zu tun hatte als sie selbst. Wann würde sich ihr Verhältnis endlich normalisiert haben? Er konnte doch nicht ewig wütend auf sie sein.

Den Samstagvormittag nutzten sie dazu, alles Notwendige für einen Ausflug an die Ostsee einzupacken. James hatte gesagt, dass sie im Hotel schlafen würden, also brauchten sie schon mal keine Lebensmittel. Aber auch so sah es nach einer Weile aus, als ob sie umziehen wollten. Ein riesiger Stapel an Taschen und Koffern stapelte sich im Flur.

„Lilly, müssen wirklich alle Badetiere mit? Wir wissen doch gar nicht, ob das Wasser nicht zu kalt zum Baden ist.“

„Mama, wo ist mein Badeanzug?“

„Lilly, höchstens drei Kuscheltiere!"

„Mira, wo sind meine Barbie-Pferde?" – „Aber die müssen doch nicht auch noch mit, oder?" – „Doch! Die wollen auch mal im Meer baden!"

So ging es die ganze Zeit, bis James schließlich vor der Tür stand. Sarah rechnete ihm hoch an, dass er in Anbetracht des riesigen Gepäckstapels nichts sagte, sondern alles nach draußen trug. Es brauchte einige Anläufe, aber schließlich hatte er alles im Kofferraum untergebracht. Sarah hatte kichern müssen, als sie seinen kleinen Koffer gesehen hatte. Dieser war nun dermaßen unter ihrem Gepäck vergraben, dass es schon einen Höhlenforscher brauchen würde, wenn er unterwegs noch einmal an seine Sachen wollte. Er hatte zum Glück alles was er brauchte, vorn im Wagen, so kamen sie ohne größere Unterbrechungen in Heringsdorf auf Usedom an. Das Hotel, vor dem James schließlich anhielt, trug den vielsagenden Namen „Strandhotel Ostseeblick" und sah sehr nobel aus. James fuhr den Wagen bis vor den Eingang. Auf dem Weg zur Rezeption wandte er sich an Sarah.

„Ich habe mir erlaubt, für euch zwei Doppelzimmer mit Verbindungstür zu reservieren, ich wusste ja nicht, wo Lilly schlafen will. So kann sie es sich aussuchen."

Lilly fragte sofort begeistert nach: „Echt? Und kann ich auch zwischendurch mal wechseln?"

„Na klar, mein Schatz."

Vor Freude und Dankbarkeit umklammerte Lilly James' Bein und versuchte dabei noch auf und ab zu hopsen. „Danke, danke, danke."

James lachte leise und wandte sich dann an die Dame an der Rezeption, um die Schlüssel abzuholen.

„Das Gepäck bringen wir dann hoch. Kann ich Ihnen sonst noch etwas bringen?", fragte die Dame dienstbeflissen. Es fühlte sich komisch für Sarah an, als Gast in ein Hotel zu kommen. Und noch dazu als Begleitung von James Hartfield. So als wäre sie selbst berühmt.

***

Nachdem sie ihre Zimmer bezogen hatten und auch das Gepäck angekommen war, trafen sie sich alle in Sarahs Zimmer, um zu entscheiden, was sie jetzt tun wollten. Lilly wollte natürlich als erstes an den Strand. Da keiner etwas dagegen hatte, packten sie schnell ein paar Handtücher und natürlich Spielsachen für Lilly ein. James und Mira gingen kurz zurück auf ihr jeweiliges Zimmer, um sich Badesachen anzuziehen. Sarah half erst Lilly und zog sich dann selbst auch ihren Bikini an und darüber eine halblange Sommerhose und ein rotes T-Shirt. Die Haare band sie sich zu einem Knoten zusammen. Keine zehn Minuten später waren sie startklar.

Auch wenn es nicht allzu warm und sehr windig war, genossen sie den Nachmittag am Strand sehr. Lilly baute zusammen mit James eine Sandburg und die zwei Frauen ließen es sich im Strandkorb gutgehen. Das Wasser der Ostsee war noch eiskalt, aber Lilly wollte trotzdem unbedingt baden. Sie bettelte so lange, bis schließlich James sich bereit erklärte, sich todesmutig in die kalten Wellen zu stürzen. Wie erwartet, hielt Lilly es nicht lange aus. Für sie war es sowieso schöner, über die Wellen zu springen, als zu schwimmen, zumal sie noch keine sehr sichere Schwimmerin war.

Später aßen sie alle noch ein großes Softeis und verdarben sich damit natürlich den Appetit aufs Abendessen. Das war schade, denn James lud sie in das legendäre Restaurant Bernstein ein, das zum Hotel gehörte. Der holländische Küchenchef war weit über die Grenzen des Hotels hinaus berühmt für seine Kochkunst.

Hier hatte Sarah wieder die Gelegenheit zu testen, wie es war, mit einer Berühmtheit zusammen zu sein. Jeder hofierte sie dermaßen und versuchte, alle ihre Wünsche von den Lippen abzulesen, dass es schon beinahe peinlich war. Als Lilly zum Beispiel bei einem Blick in die Dessertkarte murrte, sie hätte lieber noch ein Softeis, stand kurz darauf ein riesiger Becher mit Softeis und viel Deko, unter anderem einer brennenden Wunderkerze, vor ihr.

Das Essen war sehr gut, doch es hätte Sarah bestimmt noch besser geschmeckt, wäre sie nicht schon von dem Eis vorher so satt gewesen. Dennoch genoss sie den Abend sehr. James war aufmerksam und ein sehr guter Gastgeber. Er unterhielt sie mit witzigen Anekdoten über die Amerikaner. Witzig vor allem deshalb, weil er selbst gebürtiger Amerikaner war.

Vollgefuttert und müde machten sie sich erst nach halb zehn auf den Weg in ihre Zimmer. Lilly musste unbedingt ins Bett. James bat Sarah, sie später noch in die Bar zu begleiten. Da Mira sofort anbot, bei Lilly zu bleiben, stimmte Sarah zu, obwohl sie eigentlich auch müde war und lieber in ihr bequemes Doppelbett gefallen wäre. Wie es aussah, wollte Lilly bei Mira schlafen, so hatte sie das breite Bett komplett für sich allein.

Gemeinsam machten sie Lilly bettfertig und Sarah las ihr noch aus ihrem Lieblingsbuch vor. Dann gab sie ihrer Tochter einen Gutenachtkuss und ließ Mira, die schon wieder über ihren Büchern saß, und Lilly allein. Umgezogen hatte sie sich schon vorhin für das Abendessen, so ging sie jetzt gleich über den Gang und klopfte an James Zimmertür. Er kam auch gleich heraus und sie gingen gemeinsam hinunter zur Bar. Zum Glück war nicht viel los, so dass sie hier relativ ungestört waren. Nur zwei Damen, die deutlich älter waren als Sarah, kamen nach ein paar Minuten zu ihnen an den Tisch und baten James schüchtern um ein Autogramm und ein Foto. Nachdem Sarah auch Fotos von beiden zusammen mit James geschossen hatte, verzogen sie sich gleich wieder.

Auch hier in der Bar hatte Sarah wieder das Gefühl, dass sie bevorzugt behandelt wurden, weil James so ein bekannter Sänger war. Sie war sich nicht sicher, ob sie das Gefühl mochte oder nicht. Dieser ganze Starkult war ihr immer schon ein wenig suspekt gewesen. Wahrscheinlich lag das an ihren ersten Erfahrungen mit dieser Welt während ihres Studiums.

24. Kapitel

„Sarah? Hörst du mir überhaupt zu?" James sah sie lächelnd und ein wenig unsicher an.

Rasch riss sie sich zusammen. Natürlich hatte sie überhaupt nichts von dem mitbekommen, was James erzählt hatte. Die beiden Damen von vorhin konnten so etwas wahrscheinlich überhaupt nicht nachvollziehen. Sie hätten an James' Lippen gehangen und jedes Wort von ihm wie ein Schwamm aufgesaugt. Aber Sarah war müde und es fiel ihr schwer, sich zu konzentrieren. Doch James zuliebe versuchte sie jetzt wieder, ihm ihre komplette Aufmerksamkeit zu schenken.

„Tut mir leid, ich war gerade mit meinen Gedanken woanders. Was hast du gesagt?"

„Ich wollte wissen, was wir morgen machen wollen? Wollen wir wieder an den Strand oder hast du Lust, etwas anderes zu unternehmen?"

Sarah zuckte mit den Schultern. „Ich denke, dass Lilly auf jeden Fall wieder an den Strand will. Sie ist verrückt nach Wasser. Wenn es also für dich okay ist, würde ich gern den Tag morgen noch mal am Strand verbringen."

„Kein Problem. Du entscheidest." War er enttäuscht? Sarah wusste es nicht. Sie war jetzt wirklich müde. Sie würde noch ihr Glas austrinken und sich dann entschuldigen. Das war vielleicht nicht ganz fair James gegenüber, doch sie war einfach zu fertig, um noch darauf Rücksicht nehmen zu können. Sie redeten noch ein bisschen über die Ostsee allgemein, über das Essen hier und über das Hotel. Zwischendurch hatte Sarah immer mal wieder das unbestimmte Gefühl, dass James eigentlich über etwas anderes reden wollte, aber da konnte sie sich auch täuschen. Es fiel ihr nach wie vor schwer, sich auf seine Worte zu konzentrieren. Sie trank aus und erhob sich demonstrativ von ihrem Sessel. James, ganz der Gentleman, erhob sich sofort auch und winkte den Kellner heran, um zu zahlen.

„Entschuldige James, dass ich heute keine so anregende Gesellschaft bin, wie du verdient hättest, aber ich bin einfach nur müde. Der Tag heute und auch die ganze Zeit davor haben mich geschlaucht. Ich brauche nur ein bisschen Schlaf. Bist du böse?"

Er bestritt vehement, dass er sich durch ihr Verhalten gekränkt fühlte, im Gegenteil, er behauptete plötzlich, auch unheimlich müde zu sein. Sarah lächelte in sich hinein, als sie zum Fahrstuhl gingen. Er war wirklich zu lieb. Er begleitete sie noch bis zu ihrem Zimmer und wartete, bis sie aufgeschlossen hatte und nach einem letzten „Gute Nacht" die Tür hinter sich schloss. Kaum war sie allein, gähnte sie herzhaft. Nur noch eine kurze Katzenwäsche und Zähneputzen, mehr war nicht mehr drin. Dann kuschelte sie sich in ihr riesiges Bett und schlief augenblicklich ein.

In der Nacht träumte sie von James und Alex. Sie wusste am nächsten Morgen nicht mehr genau, um was es in dem Traum gegangen war, sie konnte sich nur noch erinnern, dass sie mit James unterwegs war, dass dieser sie geküsst hatte und dass sie den Kuss erwidert hatte. Und als sie sich von ihm löste, sah sie, dass es Alex war, den sie eigentlich geküsst hatte. Ein seltsamer Traum.

Doch sie fühlte sich wirklich ausgeschlafen. Ein Blick auf die Uhr verriet ihr, dass sie neun Stunden geschlafen hatte. Herrlich. Als erstes klopfte sie ans Nebenzimmer, doch niemand öffnete ihr. Sie riskierte einen Blick hinein. Das Zimmer war wie ausgestorben. Doch dann entdeckte sie einen kleinen Zettel auf dem Bett.

Wir sind schon mal zum Strand runter gegangen. Ruf einfach kurz an, wenn du wach bist, dann kommen wir zurück und können gemeinsam frühstücken.

Unter Miras klarer Handschrift stand noch krakelig „Lilly". Ihre Tochter war so stolz, dass sie schon ihren eigenen Namen schreiben konnte, dass sie das bei jeder Gelegenheit zeigen musste.

Bevor Sarah bei Mira anrief, zog sie sich schnell ein T-Shirt und eine kurze Hose über und ging über den Gang, um an James' Zimmer zu klopfen. Es dauerte einen Moment bevor er die Tür öffnete, anscheinend kam er direkt aus der Dusche. Er hatte ganz nasse Haare und seine Brust war noch feucht. Er hatte sich nur schnell ein Handtuch um die Hüften geschlungen. Sarah spürte ein Kribbeln in ihrem Inneren. Er sah so wirklich zum Anbeißen aus. Nicht ganz so akkurat, wie sonst immer, sondern ein bisschen verwegen. Er grinste sie an, was ihn sogar noch ein kleines bisschen attraktiver werden ließ. Kurz ließ Sarah den Gedanken zu, was wäre, wenn sie mit James zusammen wäre. Doch dann rief sie sich zur Ordnung. James war ihr Freund und als solchen schätzte sie ihn.

***

Nach dem Frühstück gingen sie alle zusammen zum Strand. Es war mittlerweile schon fast Mittag und sie beschlossen, ein kleines Picknick zu machen. Während James mit Lilly spielte, gingen Sarah und Mira die Buden entlang und holten sich geräucherten Fisch und frische Brötchen. In einem kleinen Supermarkt erstanden sie Plastikgeschirr, Besteck und etwas zu trinken.

„Du magst James Hartfield wirklich gern, nicht wahr?", fragte Mira während sie einkauften.

„Ja, er ist mir ein sehr guter Freund geworden. Aber du kommst mit ihm nicht so klar, kann das sein?"

Mira zögerte ein wenig mit ihrer Antwort.

„Na ja, es ist komisch mit ihm. Ich mag seine Musik ja so gern, aber irgendwie ist mir der Mensch James Hartfield fremd. Lilly mag ihn auch sehr und ich sehe ja, wie nett er ist. Aber ich finde keinen Draht zu ihm. Eigentlich schade, ich hatte mich immer so darauf gefreut, ihn mal kennenzulernen. Andererseits ist es auch nicht wichtig, was ich denke. Er steht auf dich!"

Sarah sah Mira erschrocken an. Was? Da hatte Mira etwas falsch verstanden. James war ihr Freund, nicht mehr. Obwohl sie vor nicht einmal einer Stunde selbst daran gedacht hatte, etwas mit ihm anzufangen, wies sie diesen Gedanken jetzt vehement von sich.

***

Das Picknick war ein voller Erfolg. Obwohl sie gerade erst gefrühstückt hatten, schmeckten der Fisch und die frischen Brötchen direkt am Wasser so gut, dass sie alles auffutterten. Sogar Lilly ließ es sich schmecken, obwohl sie sonst kein Freund von Fisch war.

Es wurde ein angenehmer Tag. Nur Mira wurde auch weiterhin nicht so richtig warm mit James. So kam es, dass hauptsächlich Mira und Lilly zusammen am Wasser spielten und James und Sarah im Strandkorb saßen und sich unterhielten. Während Sarah Lilly und Mira beobachtete, wie sie Muscheln suchten und sich dann gegenseitig versuchten, in die Wellen zu schubsen, dachte sie kurz daran, dass dieser Kurzurlaub mit Alex sicher ganz anders aussehen würde. Vor allem würden sie dann zu viert am Wasser herumtoben, denn Alex hielt bestimmt nichts im Strandkorb, wenn es die Möglichkeit gab, sich zu bewegen. Sie rief sich sofort wieder zur Ordnung. Sie wollte jetzt nicht an Alex denken und hatte es auch bisher nicht getan. James hatte es wirklich geschafft, sie von ihren Sorgen abzulenken. Deshalb wollte sie jetzt auch nicht an Alex denken. Es kam ihr falsch gegenüber James vor, der sich solche Mühe gab.

***

Leider reisten sie schon am frühen Abend wieder ab. Sarah musste am nächsten Morgen wieder zeitig im Hotel sein und auch James hatte an den nächsten Tagen einige Termine. Lilly protestierte die ganze Zeit, während sie ihre vielen Taschen wieder einpackten. Sie wollte noch länger hierbleiben. Sarah musste ihr versprechen, noch in diesem Sommer erneut mit ihr ans Meer zu fahren, bevor sie endlich Ruhe gab. Sie war jetzt zwar still, saß aber mit vorgeschobener Unterlippe da und sah aus, als wäre sie das ärmste und bemitleidenswerteste Kind der Welt. Doch sie war auch erschöpft von den vielen Erlebnissen, so dass sie im Auto einschlief, noch während James aus Heringsdorf herausfuhr.

Sie redeten nicht viel auf der Fahrt. Sarah bedankte sich noch ein paar Mal bei James für das gelungene Wochenende und dann überlegten sie gemeinsam, wann sie sich wiedersehen konnten. James würde einige Termine außerhalb von Berlin haben, aber er war sich sicher, spätestens am Donnerstag wieder da zu sein.

„Nimm dir den Abend frei, ich habe eine kleine Überraschung für dich geplant."

Sarah war überrascht. Was hatte James vor? Sie war sehr gespannt. Die Vorfreude würde ihr sicher über die Zeit ohne ihn hinweghelfen. Schon komisch, wie wichtig er ihr in den paar Tagen geworden war. Es war fast, als wäre er ein Teil ihrer Familie.

Ein guter Freund, auf den man sich verlassen konnte.

***

Der Erholungseffekt ihres Kurzurlaubs hielt bis Mittwochmorgen an. Bis dahin hatte Sarah das Gefühl, dass alles wieder gut werden würde. Sie hatte James an ihrer Seite und Alex würde sich sicher bald beruhigen und dann konnten sie über alles reden. Hoffentlich würde sich dann auch wieder alles einrenken.

Doch am Mittwochmorgen wurden ihre Hoffnungen jäh zerstört. Sie hatte sich einen Kaffee gemacht und setzte sich mit der Zeitung auf die Terrasse. Mira war mit Lilly unterwegs zum Kindergarten und Sarah hatte noch eine halbe Stunde, bis sie zur Arbeit musste. Sie schlug die Zeitung auf und überflog all die Schlagzeilen über Kriege, Streiks und Unfälle. Gab es denn gar keine positiven Meldungen mehr auf der Welt? Sie überschlug all diese Seiten und blätterte sofort vor zum Unterhaltungsteil. Was sie dort sah, ließ sie sich wünschen, sie hätte lieber die anderen Meldungen gelesen.

Ein großes Foto von Alex war abgebildet zusammen mit einer schlanken, hochgewachsenen Blondine. Er hatte seinen Arm unmissverständlich um ihre Taille gelegt. „Alex Morgan wieder liiert" stand in großen Buchstaben als Bilduntertitel. Anscheinend war seine Begleiterin ein angehendes Model, mindestens zehn Jahre jünger als er. Sarah hatte das Mädchen noch nie gesehen.

Ihre Atmung normalisierte sich wieder, als sie sich bewusst machte, dass die Zeitungen jede Frau an Alex' Seite sofort als seine neue Freundin betiteln würden.

Wahrscheinlich kannten sie sich nur flüchtig.

Lilly hatte jedenfalls nie von einer anderen Frau erzählt. Andererseits würde Alex seine neue Flamme vielleicht auch nicht unbedingt mit Lilly bekannt machen. Sie wollte sich jetzt jedenfalls nicht verrückt machen und erst einmal abwarten, ob diese Zeitungsmeldung wirklich der Wahrheit entsprach.

***

Auf dem Weg ins Hotel dachte sie wieder an die Möglichkeit, dass Alex sich neu verliebt haben könnte. Plötzlich erschien es ihr gar nicht mehr so unwahrscheinlich. Er hatte sich von ihr distanziert und machte nicht den Eindruck, als wollte er das je wieder ändern. Warum auch, wenn er jetzt eine andere Frau an seiner Seite hatte? Eine wesentlich schlankere, jüngere und hübschere Frau als sie es war.

Als dann auch noch Bernhard mit traurigem Gesichtsausdruck auf sie zukam und sie gleich in den Arm nahm, schossen Sarah die Tränen in die Augen. Bernhard hatte in seiner Funktion als Hotelmanager dieses ganze Chaos mit Alex praktisch hautnah miterlebt und auch später hatte Sarah immer mal wieder mit ihm gesprochen und ihn grob auf dem Laufenden gehalten. Dann sagte er etwas, was Sarah vollends zusammenbrechen ließ:

„Sie haben die beiden auch schon im Fernsehen zusammen gezeigt. Anscheinend ist sie ganz wild auf Publicity. Sie machen einen sehr verliebten Eindruck."

Sarah überstand den Arbeitstag nur, indem sie den Gedanken an Alex und seine neue Flamme so gut es ging verdrängte. Doch als sie wieder im Auto saß, konnte sie ihre Tränen nicht länger zurückhalten. So saß sie wieder in ihrem Auto in der Tiefgarage des Hotels und vergoss unzählige Tränen wegen Alex.

Mira hatte es mittlerweile anscheinend auch schon mitbekommen, denn sie empfing Sarah zu Hause gleich mit einer Tasse Tee und einer Tafel Schokolade. Sarahs rotgeweinte Augen überging sie einfach und sie sorgte auch dafür, dass Lilly nicht allzu viel von Sarahs Stimmung mitbekam.

Später am Abend saßen sie dann bei Wein und einer Flasche Ouzo zusammen. Mittlerweile war Sarahs Stimmung von Trauer und Fassungslosigkeit zu Wut übergegangen.

„Wie kann er nur? Ich kann ihm ja nicht allzu viel bedeutet haben, wenn er schon wieder eine neue Freundin hat. Vielleicht sind sie ja auch schon länger zusammen?"

Mira befand sich gerade in derselben Stimmung, bei ihr bezog sich ihre Wut allerdings auf ein anderes Mitglied der Band.

„Ja, diese Musiker sind doch alle gleich. In jeder Stadt eine andere Frau, oder nein, gleich mehrere. Wer will da schon dazu gehören? Zu wahren Gefühlen sind die doch gar nicht mehr in der Lage. Wozu auch, wenn sie mehr Angebote für Sex an einem Tag bekommen als wir in unserem ganzen Leben? Männer sind Schweine und Musiker sind die Schlimmsten."

Eine Weile bemitleideten sie sich noch gegenseitig, aber irgendwann verlangte der Alkohol seinen Tribut und sie kicherten nur noch wild, weil sie keinen verständlichen Satz mehr zustande brachten.

***

Als Sarah am nächsten Morgen mit brummendem Schädel erwachte, wusste sie nicht einmal mehr, wie sie ins Bett gekommen war. Ein Blick auf die Uhr ließ sie auffahren. Schon nach neun. Sie hätte längst im Hotel sein sollen. Die schnelle Bewegung ließ ihre Kopfschmerzen in der Intensität noch einmal so stark ansteigen, dass ihr spontan schlecht wurde. Sie schaffte es gerade noch ins Bad, dann übergab sie sich heftig. Ihr ganzer Körper wurde von Krämpfen geschüttelt. Erst nach einer halben Stunde fühlte sie sich wieder fit genug, um sich zu erheben. Sie putzte die Zähne und ging kurz unter die Dusche. Beides half ihr, einen halbwegs klaren Kopf zu bekommen. Als sie mit immer noch nassen Haaren in die Küche kam, fand sie Mira am Esstisch, den Kopf auf die Hände gestützt. Sie hatte Kaffee gemacht, ihre Tasse war jedoch immer noch voll. Sarah goss sich ebenfalls Kaffee ein und setzte sich Mira gegenüber. Ihre Freundin hob den Kopf.

„Wo ist Lilly?", fragte Sarah.

„Im Kindergarten. Ich bin schon seit zwei Stunden wach. Wenn Lilly mich nicht geweckt hätte, würde ich aber vermutlich immer noch im Bett liegen. Jedenfalls hab ich sie in den Kindergarten gebracht, sobald ich wieder geradeaus laufen konnte. Auto fahren habe ich mir heute lieber nicht zugemutet. Ich wäre garantiert wieder auf der linken Seite gefahren."

Sarah war sehr froh darüber. Tatsächlich hatte Mira noch immer ihre Schwierigkeiten damit, auf der rechten Straßenseite zu fahren und so war Sarah froh, wenn Mira nicht das Auto nahm. Allerdings hatte sie jetzt ein schlechtes Gewissen. Sowohl Lilly als auch Mira gegenüber. Wer weiß, was Lilly von ihnen gedacht hatte. Im Wohnzimmer roch es jedenfalls immer noch nach Schnaps. Hoffentlich hatte ihre Kindergärtnerin nichts mitbekommen, sonst wusste morgen schon das ganze Dorf, dass sie heute abgestürzt waren. In einem Dorf war man nicht einmal zu Hause vor der Neugier seiner Nachbarn geschützt. Wie sie die

Bekanntschaft zu Alex Morgan und James Hartfield schon so lange vor der Dorfgemeinschaft geheim halten konnte, war ihr selbst ein Rätsel.

Mit den Kopfschmerzen kam auch die Erinnerung an den Grund für ihren Absturz wieder. So ein Mistkerl! Er hatte sich einfach anderweitig orientiert, während Sarah noch immer auf Versöhnung gehofft hatte.

25. Kapitel

Bis zum Abend hatte sie sich wieder einigermaßen gefasst. Sie begrüßte James, der in der Hotellobby auf sie wartete, sehr herzlich, obwohl es ihr wirklich schwer fiel zu lächeln. Er freute sich sichtlich über ihre Umarmung.

„Hallo, schöne Frau. Ich habe dich vermisst in den letzten Tagen." Er lächelte sie breit an, dann sah er ihr prüfend ins Gesicht.

„Nanu? Haben wir letzte Nacht nicht geschlafen?" Sein Ton war irgendetwas zwischen belustigt und besorgt. „Warst du schon so aufgeregt wegen meiner Überraschung?" Er lachte über seinen eigenen Witz.

Entweder hatte James noch nichts von der Neuigkeit gehört oder er ging absichtlich nicht darauf ein. Jedenfalls verlor er kein Wort darüber und auch Sarah beschloss, dass Alex es gar nicht wert war, weiter über ihn nachzudenken. Jetzt wollte sie erst einmal James' Überraschung genießen, was immer es war.

Sie wurde nicht enttäuscht. James fuhr mit ihr zum Potsdamer Platz. Er hatte Karten für das Musical *Hinterm Horizont* besorgt. Sarah liebte Musicals und sie war ehrlich begeistert über diese Idee von James. Sie beschloss vor sich selbst, diesen Abend aus vollem Herzen zu genießen. Auch James zuliebe. Er war so anders als Alex. Auf James konnte sie sich immer verlassen. Er enttäuschte sie nie.

Das Musical war klasse, vor allem da sich Sarah noch an die Zeit des geteilten Berlins erinnern konnte. In der

Pause redeten sie über die politische Geschichte der Stadt, aber auch über die Liebesgeschichte im Musical. Auch den zweiten Teil genoss Sarah sehr. Aus irgendeinem Grund schien heute niemand James zu erkennen. Dabei hatte er sich eigentlich gar nicht so viel Mühe mit seiner Verkleidung gegeben. Aber das war Sarah nur recht. So konnte sie einen schönen, aber normalen Abend mit einem guten Freund an ihrer Seite erleben.

Nach der Vorstellung lud James sie noch auf ein Glas Champagner in sein Hotel ein. Er versprach auch, sie danach gleich nach Hause zu fahren. Zu ihrer eigenen Überraschung war Sarah gar nicht so wild darauf, nach Hause zu kommen. Für sie bräuchte dieser Abend kein Ende zu finden. Sie konnten die komplette Nacht reden, vielleicht ein paar Stündchen in seinem Hotelzimmer schlafen – als Freunde natürlich – und dann würde sie am nächsten Tag einfach von hier aus arbeiten fahren. Doch weil er es angeboten hatte, konnte sie jetzt schlecht sagen, dass sie bei ihm bleiben wollte. Sie tranken noch ein Glas Wein zusammen, auf Champagner hatte Sarah dann doch keine Lust gehabt, dann fuhr James sie zurück. Als er sich zu ihr herüberlehnte, um sich zu verabschieden, hatte Sarah auf einmal ganz kurz das Gefühl, dass er sie küssen wollte. Doch er tat es nicht, sondern nahm sie nur in den Arm, drückte sie einmal ganz heftig und sagte dann: „Gute Nacht." Als Sarah die Haustür hinter sich geschlossen hatte, schüttelte sie über sich selbst den Kopf. Warum hatte sie gedacht, dass er sie küssen wollte? Hatte sie es sich etwa gewünscht?

Sie hörte Geräusche aus dem Wohnzimmer. Anscheinend war Mira noch wach. Als Sarah ins Wohnzimmer kam, setzte sich Mira gerade auf der Couch auf und rieb sich die Augen.

„Oh, ich glaube, ich bin eingeschlafen. Ich wollte auf dich warten." Sie schaute auf die Uhr. Unwillkürlich tat Sarah es ihr nach und sah, dass es schon fast zwei Uhr war. Auf jeden Fall Zeit für sie beide, schlafen zu gehen.

„Alex hat hier angerufen."

Sofort war Sarah hellwach und aufmerksam. Was hatte er gewollt? Doch Mira hatte offenbar nicht vor, sie lange auf die Folter zu spannen. „Er ist wieder in Berlin und will Lilly morgen gleich nach dem Kindergarten abholen. Sie soll dann das ganze Wochenende bei ihm sein. Sie fahren wohl auf irgendein Festival im Süden Deutschlands und da soll sie mitkommen."

„Was?" Sarah war fassungslos. Er rief einfach so an und kündigte mal so eben an, dass Lilly gleich zwei Nächte bei ihm bleiben sollte. Und damit nicht genug, sie sollte gleich mit auf ein Festival kommen. Sarah war vor vielen Jahren mal auf einem solchen gewesen und erinnerte sich eigentlich nur noch an Dreck, Chaos und viele Menschen. Auf jeden Fall war das nichts, wo sie Lilly hinschicken wollte.

Aufgeregt fragte sie: „Wie stellt er sich das vor? Er hat doch gar keine Zeit, auf Lilly aufzupassen, wenn sie auf dem Festival spielen. Ich nehme doch an, dass sie dort spielen wollen?"

Mira nickte. Sie zögerte, irgendwas war noch. Sarah hatte auf einmal das untrügliche Gefühl, dass Mira ihr etwas verschwieg.

„Mira, was ist noch?"

„Sarah, sei bitte nicht böse. Ich habe schon zugesagt ... und ... ich fahre mit." Mira schaute Sarah vorsichtig an.

Weil Sarah nichts sagte, fuhr sie fort. „Dann kann ich auf Lilly aufpassen, während sie ihren Auftritt vorbereiten und während sie spielen. Ich passe gut auf Lilly auf, da kannst du dir sicher sein."

Sarah seufzte tief und fragte sich, ob sie hier die Einzige war, die diese Idee von Alex für eine Schnapsidee hielt. Mira hatte also schon zugesagt. Und hatte natürlich auch gleich die Chance ergriffen, ihrem Schwarm Eric nahe zu sein. Denn das war der Grund für Miras Entscheidung, da war Sarah sich sicher. Sie spürte, wie sie wütend auf Mira wurde. Wie sollte sie jetzt noch nein sagen? Alex hatte definitiv ein Anrecht auf ein paar Tage mit seiner Tochter und wenn Mira mitfuhr, konnte Sarah sich auch sicher sein, dass Lilly nichts passieren würde. Trotzdem fühlte sie sich überfahren und würde dem ganzen Vorhaben am liebsten einen Riegel vorschieben.

Sie verschränkte die Arme vor dem Körper und entgegnete mit schneidender Stimme: „Ich finde es nicht in Ordnung, dass du so etwas einfach ohne meine Zustimmung zusagst. Das geht nicht. Das hast nicht du zu entscheiden. Und ich weiß auch nicht, ob du in der Lage bist, auf ein fünfjähriges Mädchen aufzupassen, wenn du die ganze Zeit damit beschäftigt bist, diesem Keyboarder schöne Augen zu machen." Mira holte empört Luft, doch Sarah hob die Hand um sie zum Schweigen zu bringen.

„Es ist spät. Wir sollten jetzt schlafen gehen. Ich werde morgen früh entscheiden, ob ich diesem unsinnigen Vorhaben zustimme. Gute Nacht!" Sie ließ Mira einfach stehen und ging die Treppe hoch. Sie war jetzt vielleicht ein bisschen ungerecht gewesen, aber sie war einfach wütend und in der Stimmung, ungerecht zu sein.

Obwohl es schon so spät war, konnte Sarah lange nicht einschlafen. Sie dachte ein wenig über den Abend mit James nach, der wirklich schön gewesen war, und ihre seltsame Vermutung, dass er sie küssen wollte. Die meiste Zeit aber dachte sie an Alex' Vorhaben, ihre Tochter mit auf ein Festival zu nehmen und an Miras Unverfrorenheit, diesem einfach zuzustimmen. Da würde sie nicht mitmachen, soweit stand ihr Entschluss fest. Dennoch fand sie einfach keine Ruhe.

***

Irgendwann musste sie dann aber doch eingeschlafen sein, denn sie erwachte davon, dass Lilly zu ihr aufs Bett sprang und vor Aufregung auf und ab hopste.

„Mama, bist du wach? Weißt du, was gestern passiert ist? Papa hat angerufen. Und stell dir vor, er hat mich zu einem Konzert eingeladen. Da fahren wir mit einem echten Tourbus hin, ist das nicht klasse? Mira hat Papa gesagt, dass ich auf keinen Fall alleine mitfahren könnte, weil sie ja während dem Konzert keine Zeit hätten, auf mich aufzupassen und dass du deshalb sicher dagegen bist. Aber dann hat Papa Mira einfach eingeladen mitzukommen. Sie hat erst nein gesagt, aber dann hab ich sie so lange überredet, bis sie doch ja gesagt hat. Und jetzt können wir fahren."

Sarah zuckte noch immer jedes Mal zusammen, wenn Lilly von Alex als „Papa" sprach. Außerdem war sie vollkommen unausgeschlafen und fühlte sich von

Lillys Begeisterung gerade ziemlich überfordert. Lilly bemerkte wohl Sarahs Zögern, denn sie schmiegte sich jetzt eng an ihre Mama.

„Mira hat gesagt, dass ich nur fahren kann, wenn du ja sagst. Aber du sagst doch ja, oder Mama?" Dabei schaute sie mit solch bittenden Augen zu ihr hoch, dass Sarah sich plötzlich selbst sagen hörte: „Ja klar, mein Schatz. Natürlich kannst du mit, wenn Mira auch mitfährt." Lilly jauchzte laut auf und vollführte dann eine Art Freudentanz im Schlafzimmer. Sarah strich sich seufzend die Haare aus dem Gesicht. Warum konnte sie ihrer Tochter eigentlich nie etwas abschlagen? Sie war sich doch sicher gewesen, dass sie das nicht erlauben wollte. Ach ja, klar, Lilly war ja die Tochter von Alex. Da war der Apfel nicht weit vom Stamm gefallen. Beide konnten sie dermaßen um den Finger wickeln, dass sie gar nicht mehr imstande war, eigene Entscheidungen zu treffen.

***

Als sie in die Küche kam, sah Mira sie unsicher an und Sarah hatte plötzlich das Gefühl, sich dringend bei ihr entschuldigen zu müssen.

„Es tut mir leid, Mira, dass ich gestern gedacht habe, du machst das nur, damit du Eric sehen kannst. Ich hätte wissen müssen, dass du nicht so bist."

Sarah vermied es, Mira direkt anzusehen. Doch dann sah sie aus dem Augenwinkel, wie Mira mit den Schultern zuckte und vorsichtig lächelte. Sie hörte damit auf, die Spülmaschine einzuräumen.

Leise sagte sie: „Du hattest ja auch ein bisschen recht. Ich freue mich auch schon sehr darauf, Eric wiederzusehen."

Die beiden Frauen blieben ein wenig verlegen voreinander stehen. Dann machten sie fast gleichzeitig einen Schritt aufeinander zu. Beide mussten lachen. Sie fielen sich um den Hals und der Streit war endlich beigelegt. Beim gemeinsamen Frühstück gab es dann erwartungsgemäß nur ein Thema. Sarah ermahnte Mira und Lilly, vorsichtig zu sein und immer zusammen zu bleiben. Lilly war einfach nur aufgeregt und stellte die wildesten Vermutungen an, was sie alles erleben würde und Mira versicherte Sarah immer wieder, dass sie Lilly wie ihren Augapfel behüten würde.

Nach dem Frühstück musste Sarah ins Hotel. Sie fand es schade, dass sie nicht mehr Zeit hatte, um dieses Abenteuer für Lilly vorzubereiten. Sie schaffte es nicht einmal mehr, die Tasche für ihre Tochter zu packen. Das musste Mira später machen. Am liebsten hätte sie den beiden noch aufgezählt, auf was sie achten sollten und was sie auf gar keinen Fall machen durften. Doch sie verkniff sich das und drückte Lilly stattdessen zum Abschied noch einmal ganz fest. So lange waren sie noch nie getrennt gewesen und Sarah hatte ein ganz schön mulmiges Gefühl bei der Sache. Doch sie wollte den beiden nicht die Vorfreude mit ihren Bedenken verderben. Außerdem hatte Alex über Mira angekündigt, dass sie am Sonntag schon am frühen Nachmittag zurück sein würden. Sarah hatte also nur knapp zwei Tage, die sie allein verbringen musste. Sie musste dieses Wochenende arbeiten und die restliche Zeit würde sie dafür nutzen, all die kleinen Aufgaben zu erledigen, die schon seit Wochen auf sie warteten.

***

Den ganzen Tag überlegte sie, mit was sie am besten anfangen konnte. Klar war sie traurig, dass Lilly so lange weg sein würde, aber sie freute sich auch über die unerwartete Freizeit. Bis zum Abend hatte sie einen festen Plan, wie sie diese nutzen wollte. Sie würde damit beginnen, endlich mal wieder ihren Kleiderschrank auszumisten. Schon auf dem Heimweg überlegte sie, welche ihrer Klamotten weg konnten und welche sie unbedingt behalten wollte. Vielleicht würde sie es danach sogar noch schaffen, im Keller ein bisschen Ordnung zu machen. Es störte sie schon lange, dass sie nichts fand, wenn sie etwas suchte. Auf diese Weise hatte sie schon viele Sachen doppelt kaufen müssen. Das würde endlich ein Ende finden. Mit einem guten Gefühl bog Sarah in ihre Straße ein.

Doch als sie dann ihr leeres Haus betrat, fühlte sich das komisch an. Sie schaltete als erstes das Radio ein, um wenigstens das Gefühl zu haben, nicht ganz allein zu sein. Dann machte sie sich ein Omelette mit Tomaten, Zwiebeln und Fetakäse und aß dazu eine Scheibe dunkles Brot. Von all ihren Vorsätzen, schon heute Abend mit der Arbeit anzufangen, war nichts mehr übrig. Nachdem sie ihr Geschirr in die Spülmaschine geräumt hatte und die Küche wieder sauber war, setzte sie sich auf das Sofa und starrte ihre Wand an. Sie hatte keinen Elan, irgendetwas zu tun. Sie überlegte, ob sie kurz bei Mira anrufen konnte, um mit Lilly zu sprechen und sich zu vergewissern, dass es ihr gut ging. Doch die beiden hatten sich schon am Nachmittag gemeldet, sie waren bereits gut in München angekommen. Irgendwo dort sollte das Festival sein. Der Auftritt war aber erst am Samstag, so dass sie heute Abend alle Zeit hatten, sich das Gelände anzusehen. Auf dieses Abenteuer freute sich Lilly ganz besonders. Dabei wollte Sarah nicht stören.

Dennoch griff sie zum Telefonhörer. Ehe sie lange darüber nachgedacht hatte, hatten ihre Finger bereits James' Nummer gewählt. Schon nach zwei Rufzeichen ging er ran.

Bevor sie der Mut verließ, begann sie das Gespräch gleich mit den Worten: „James, kannst du heute Abend noch zu mir kommen?" Sie war erleichtert, dass er nicht sofort ablehnte. Kurz erklärte sie ihm, was passiert war und dass sie sich jetzt so allein fühlte. Als er ihr anbot, sofort loszufahren, stimmte sie freudig zu. Er hatte auch schon eine Idee für den gemeinsamen Abend. Sarah überlegte, ob er vielleicht schon vor ihrem Anruf mit dem Gedanken gespielt hatte, sie zu besuchen. Er hatte überhaupt nicht überlegen müssen, bevor er mit enthusiastischer Stimme vorschlug: „Wollen wir uns dann zusammen eine DVD anschauen? Hier in der Hotelvideothek haben sie *Mamma Mia* und du hast doch gesagt, dass du dieses Musical auch mal sehen willst. Wir könnten es uns heute erst einmal in der Fernsehfassung anschauen und dann gehen wir an einem anderen Abend zusammen in das richtige Musical. Was hältst du davon?"

Sarah stimmte James' Vorschlag gern zu. Ein gemütlicher DVD-Abend mit ihm war jetzt genau nach ihrem Geschmack. Keine vierzig Minuten später stand James vor ihrer Tür, in der Hand die versprochene DVD. Sie ging zur Seite, damit er eintreten konnte. Er war noch nicht ganz über die Schwelle getreten, da fragte er sie mit jungenhaftem Grinsen: „Hast du eigentlich schon was gegessen? Ich habe nämlich Hunger. Wollen wir uns was bestellen?"

Sarah lachte über James' Eifer. Sie hatte zwar eigentlich keinen Hunger mehr, ihm zuliebe stimmte sie aber zu und sie bestellten noch etwas vom Chinesen. Ein wenig später saßen sie dann zu zweit nebeneinander auf ihrem Sofa, schauten die DVD, knabberten chinesische Frühlingsrollen und tranken dazu eine Flasche Wasser. Es wurde richtig gemütlich und Sarah fühlte sich so wohl und geborgen wie schon lange nicht mehr. Der Mann neben ihr gab ihr eine ungewohnte Sicherheit.

Irgendwann wurde sie dann schläfrig und bettete ihren Kopf auf James' Schoß. Er ließ es kommentarlos geschehen und fing an, ihr leicht durch die Haare zu streicheln. Das löste ein so wohliges Gefühl in ihr aus, dass sie leise seufzte. Sie war so entspannt, dass sie dann wohl tatsächlich irgendwann eingeschlafen sein musste, denn sie wurde davon wach, dass James seine Beine unter ihrem Kopf bewegte.

„Entschuldige, ich wollte dich nicht wecken. Aber mir ist mein Bein eingeschlafen." Er blickte mit einem liebevollen Lächeln auf sie herunter.

Sarah setzte sich schlaftrunken auf. Der Film war offensichtlich vorbei, denn auf dem Fernsehbildschirm lief irgendein englischer Nachrichtensender. James hatte wohl umgeschaltet, während sie geschlafen hatte. Die ganze Situation war Sarah plötzlich unheimlich peinlich.

„Entschuldige bitte, dass ich eingeschlafen bin. Aber in der letzten Nacht habe ich nicht so besonders geschlafen und irgendwie sind mir jetzt die Augen zugefallen."

Er schüttelte leicht den Kopf, um ihr zu zeigen, dass es ihm nichts ausgemacht hatte. Dann sagte er mit einem Augenzwinkern: „Du gehörst ins Bett. Ich werde jetzt gehen."

Er wollte schon aufstehen, doch Sarah hielt ihn fest.

„Bitte nicht!", sagte sie hastig. „Kannst du heute Nacht hierbleiben?" Die Worte waren schneller aus ihr heraus, als sie darüber hatte nachdenken können. Mit leicht herausforderndem Tonfall fügte sie hinzu: „Ich habe Angst im Dunkeln."

Er lächelte, zögerte kurz, aber nickte dann. Mit einem solch schnellen Sieg hätte Sarah nicht gerechnet und sie wurde skeptisch. Was bezweckte er? Doch sie schob diesen Gedanken sofort wieder zur Seite. Schließlich war sie es ja gewesen, die ihn gebeten hatte zu bleiben. Und er war einfach nur nett zu ihr.

Er ließ ihr den Vortritt ins Bad. Sie legte ihm noch eine neue Zahnbürste und ein Handtuch zurecht, dann verschwand sie in ihr Schlafzimmer. Sie hörte die Badezimmertür klappen und dann das Wasser rauschen. Ein paar Minuten später kam James zu ihr ins Bett. Er legte sich erst auf die unbenutzte Hälfte, doch dann spürte sie, wie er sich bewegte und kurz darauf lag er direkt neben ihr. Er streckte seinen Arm aus und sah sie auffordernd im Dunkeln an. Dieser Aufforderung kam Sarah gern nach. Sie legte ihren Kopf in seine Armbeuge. Mit dem anderen Arm strich er ihr sanft über die Haut an ihrer Schulter und an ihrem Rücken. Das fühlte sich so gut an, dass Sarah schon wieder die Augen zufielen.

Mit leiser Stimme sagte James: „Ich bin so froh, dass du mich heute Abend angerufen hast. Ich mag dich nämlich sehr, weißt du? Nein, eigentlich ist das zu wenig. Du bedeutest mir sehr viel, mehr als die meisten Frauen, die ich in meinem Leben kennengelernt habe." Er atmete aus und wartete auf eine Reaktion. „Sarah?"

Doch Sarah war eingeschlafen. Sie hatte nichts gehört. James lächelte in sich hinein und rutschte ein wenig tiefer, um bequem liegen zu können. Er hatte noch genug Zeit, Sarah all das zu sagen. Kurze Zeit später war auch er eingeschlafen.

26. Kapitel

Sie frühstückten noch zusammen, bevor Sarah schon wieder ins Hotel musste. Beim Frühstück bat James sie, sich an diesem Tag noch einmal mit ihm zu treffen.

„Ich habe heute noch frei. Ich würde dich gern von der Arbeit abholen und einfach mit dir ein Stück durch die Stadt laufen. Wir gehen dahin, wo es uns hin verschlägt und genießen einfach die freie Zeit. Was denkst du?"

Ohne einen Gedanken an die Arbeit im Haus, die sie eigentlich für heute geplant hatte, stimmte Sarah strahlend zu. Sie hatte sehr gut geschlafen und es hatte sich zu ihrer eigenen Überraschung auch gar nicht komisch angefühlt, heute Morgen neben James aufzuwachen. Ihre gute Laune hielt den ganzen Tag an.

James holte sie wie versprochen direkt von der Arbeit ab und gemeinsam gingen sie Richtung Spree. Sie redeten über ihre Kindheit und ihre Träume damals und was dann in der Realität davon übrig geblieben war. Irgendwann liefen sie an einem kleinen gemütlichen Biergarten direkt an der Spree vorbei und beschlossen, dort gemeinsam zu Abend zu essen. Bei hausgemachtem Schweinebraten lachten sie über Anekdoten aus der Zeit, als beide noch zur Schule gegangen waren. Sarah war erstaunt zu hören, dass James eine ganz normale Kindheit gehabt hatte. Seine Eltern waren beide Angestellte und hatten gerade genug verdient, um sich und ihrem Sohn ein gutes Leben zu ermöglichen. Er war ein mittelmäßiger Schüler gewesen und nichts in seinem Leben hatte je darauf hingedeutet, dass er mal ein weltbekannter Sänger werden würde. In Sarahs Vorstellung waren alle Musiker heimliche Rebellen, die sich gegen alle ihnen auferlegten Konventionen aufgelehnt hatten. James einzige Rebellion hatte darin bestanden, dass er nicht Klavier spielen gelernt hatte, wie seine Mutter das wollte, sondern sich eher für die Gitarre interessierte. Er erzählte, dass er schon in der Schulband gespielt hatte und wie stolz seine Eltern auf ihn waren. Seine Entscheidung, auch seinen weiteren Lebensweg von der Musik bestimmen zu lassen, hatten seine Eltern wohl auch fast ohne Gegenwehr mitgetragen. Und jetzt zählten sie zu seinen größten Fans. Sarah lachte über James Erzählungen von seiner Mutter, die zu jedem seiner Konzerte irgendein selbstgebasteltes Plakat mitbrachte.

Nach dem Essen gingen sie weiter am Fluss entlang. Irgendwie fanden ihre Hände wie von selbst zueinander und so liefen sie Hand in Hand weiter. Ihr Gesprächsthema veränderte sich und sie redeten jetzt mehr über die Zukunft. Es war schon dunkel und sie waren schon wieder auf dem Weg zu James' Wagen, als er davon erzählte, was er sich für seine Zukunft vorstellte. Sarah war erstaunt zu erfahren, dass er eigentlich nur darauf wartete, die richtige Frau zu treffen und mit ihr sesshaft zu werden. Seine Karriere war ihm offenbar gar nicht so wichtig, wie sie geglaubt hatte.

Auf dem Parkplatz hielt James dann plötzlich an und drehte Sarah schwungvoll zu sich herum, so dass sie auf einmal direkt voreinander standen. Dann küsste er sie plötzlich und ohne Vorwarnung und sie ließ ihn zu ihrem eigenen Erstaunen gewähren. Irgendwie war es für sie, als würde sie die Szene von außen beobachten und wäre nicht ein Teil des Ganzen. So konnte sie ganz neutral analysieren, dass sein Kuss sehr leidenschaftlich und überhaupt nicht zurückhaltend war. Wie sie selbst dazu stand, das konnte sie im Moment noch nicht beurteilen. Als sie sich wieder voneinander lösten, war er ganz außer Atem.

Er sah ihr tief in die Augen. „Sarah, ich glaube, du bist die Frau, auf die ich immer gewartet habe. Ich möchte, dass uns beide mehr verbindet, als nur Freundschaft."

Das kam jetzt doch etwas überraschend für Sarah. James sah sie abwartend an. Sie schluckte und fuhr sich durch die Haare. Sie war mehr als verwirrt und wusste nicht, wie sie reagieren sollte.

„James, das kommt jetzt alles ein bisschen unerwartet. Ich ..." Sie wusste nicht, wohin sie schauen sollte. Vorsichtig wagte sie einen Blick auf sein Gesicht. Er sah ein bisschen verunsichert aus.

„Ich weiß, tut mir leid", lenkte er ein. „Ich konnte einfach nicht länger warten. Aber mir ist natürlich klar, dass du erst darüber nachdenken musst. Ich bin morgen nicht in der Stadt, aber am Montagabend könnte ich wieder da sein. Nein, warte, ich will dich nicht so überfahren. Ruf mich einfach an oder schreib mir, wenn du mich wieder treffen willst. Bis dahin hast du Zeit, es dir zu überlegen."

Sarah konnte nur nicken. Sie wusste gar nicht mehr, was sie sagen oder auch nur denken sollte. Auch wenn sie so etwas tief in ihrem Inneren geahnt hatte, wirklich gerechnet hatte sie damit nicht. Nicht so schnell.

***

Während sie schweigend zu ihr nach Hause fuhren, dachte Sarah darüber nach, was James ihr gerade eröffnet hatte. Sein Geständnis kam sehr überraschend für sie. Ja, sie hatte selbst hin und wieder mit dem Gedanken gespielt, ob James nicht vielleicht die bessere Wahl für eine Beziehung wäre, aber tief in ihrem Inneren hatte sie diese Möglichkeit nie ernst genommen.

Sie waren angekommen. Sarah wollte aussteigen, aber James hielt sie zurück.

„Kann ich dich noch einmal küssen? Zum Abschied?"

Als Antwort beugte Sarah sich zu ihm und er küsste sie ganz sanft auf den Mund. Dann stieg er noch aus, um ihr die Tür aufzuhalten. Sie umarmten sich noch kurz, dann ging Sarah ins Haus und er fuhr wieder los.

Wow, das war ja mal eine unerwartete Wendung in Sarahs Leben. James Hartfield hatte ihr seine Liebe gestanden.

Wahrscheinlich erlebte sie jetzt gerade den Wunschtraum vieler Millionen Frauen. Nur, was sollte sie jetzt machen? Eines war ihr glasklar. Wenn sie ihn zurückwies, hatte sie einen sehr guten Freund verloren. Und das wollte sie definitiv nicht. Sie konnte und wollte jetzt nicht auf James in ihrem Leben verzichten. Andererseits liebte sie ihn nicht. Und da war es doch ziemlich unfair, seine Hoffnungen noch weiter zu nähren. Eine einfache Lösung dieses Dilemmas schien nicht in Sicht.

Sie zog ihre Jacke aus und hängte sie sorgfältig über einen Stuhl am Esstisch. Dabei bemerkte sie aus dem Augenwinkel, dass ihr Anrufbeantworter blinkte. Es war Mira, die ihr mitteilte, dass sie am nächsten Tag gegen zwei Uhr wieder hier sein wollten.

Komisch, Mira hatte irgendwie gar nicht so glücklich geklungen. Eher genervt. Was war da los? Hoffentlich ging es ihrer Kleinen gut. Aber morgen würde sie es ja erfahren. Sie musste am Vormittag noch kurz ins Hotel, aber bis zwei Uhr sollte sie es eigentlich auch wieder nach Hause geschafft haben.

Es war noch nicht sehr spät, dennoch entschloss Sarah sich, schon ins Bett zu gehen. Es würde ihr mit Sicherheit nicht schaden, ein bisschen mehr Schlaf als üblich abzubekommen. Morgen wollte sie dann in Ruhe darüber nachdenken, was sie James sagen wollte.

***

Sie schlief sehr unruhig in dieser Nacht. Als sie gegen sieben wieder wach wurde, konnte sie sich noch undeutlich daran erinnern, dass sie von Alex und James geträumt hatte. Schon wieder! Diesmal war sie mit Alex zusammen gewesen und hatte ihn mit James betrogen, oder so ähnlich. Jedenfalls war sie im Traum total traurig gewesen, weil ihr Seitensprung die Beziehung zu Alex zerstört hatte. Mehr wusste sie nicht. Aber sie wollte auch gar nicht darüber nachdenken, welche irrsinnigen Storys sich ihr Unterbewusstsein ausgedacht hatte.

Nach einer Dusche und einem Kaffee fühlte sie sich erfrischt und bereit für die Arbeit. Heute machte es ihr nicht so viel aus, dass sie so häufig auch am Wochenende arbeiten musste. Die Arbeit würde sie von zu viel

Grübelei ablenken. Dennoch beschäftigte sie sich natürlich mit James. Irgendwie war der Gedanke an eine Beziehung mit ihm sehr verlockend. Er verstand sich gut mit Lilly und sie hatten so viel Spaß zusammen. Und vor allem wäre sie nicht länger so allein. Wäre da nicht ihr schlechtes Gewissen, dass ihr einzureden versuchte, dass sie dann nicht ehrlich ihm gegenüber wäre.

Als sie kurz vor zwei nach Hause fuhr, hatte sie immer noch keine endgültige Entscheidung getroffen. Aber jetzt sollte erst einmal Lilly wieder nach Hause kommen. Sarah hatte ihre kleine Tochter unheimlich vermisst in den letzten Tagen. Sie genoss es auch mal, Zeit für sich zu haben, ohne Rücksicht auf ein Kind nehmen zu müssen, aber Lilly war nun mal ihre Tochter und damit der wichtigste Mensch in Sarahs Leben. Deshalb schaute sie seit kurz vor zwei Uhr jede Minute unruhig auf die Uhr und wartete darauf, dass Lilly und Mira endlich zur Tür hereinkommen würden.

Zwanzig Minuten nach zwei hörte Sarah dann draußen ein Auto. Sie hörte Türen schlagen und leises Gemurmel. Kurz darauf war der Schlüssel im Schloss zu hören und dann auch endlich Lillys Stimme.

„Mama? Mama, wo bist du?“

Sarah kam so schnell sie konnte aus der Küche und fing Lilly auf, die sofort in ihre Arme sprang. Zusammen drehten sie sich ein paar Mal im Kreis. Mittlerweile war auch Mira im Haus. Sie hatte ihre Taschen dabei und schloss die Tür eben wieder. Sie hatte Sarahs fragenden Blick an ihr vorbei in Richtung Tür wohl richtig interpretiert, denn sie sagte nur kurz, dass Raffael sie hierher gefahren hatte.

„Und, erzählt! Wie war das Tourleben? Aufregend? Und wie war das Konzert? Habt ihr euch amüsiert?"

Sehr zu ihrer Überraschung musste Sarah feststellen, dass Lilly und Mira zögerten und dass auch die Stimmung bei beiden lange nicht so gut und ausgelassen war, wie Sarah es nach einem solchen Abenteuer erwartet hatte.

„Na ja, Mama, es war schon ganz okay."

„Jedenfalls die meiste Zeit", warf Mira dazwischen.

Als die beiden wieder zögerten, hockte sich Sarah vor Lilly und sah ihr eindringlich in die Augen.

„Was war los? Du musst mir das sagen! War Alex nicht nett zu dir? Oder einer der anderen?"

Lilly blickte hilfesuchend zu Mira. Sarahs Verwirrung wuchs mit jeder Sekunde. Was war da passiert und warum wollten es die beiden nicht erzählen?

Mira drängelte sich an Sarah vorbei und ging in die Küche.

„Können wir erst mal reinkommen? Ich erzähle dir gleich alles." Dann ging sie zum Kühlschrank und holte sich eine Flasche Wasser heraus. Sie goss Lilly und sich je ein Glas ein, was beide zügig austranken. Himmel, hatten sie nichts zu trinken bekommen unterwegs?

***

Endlich setzte Mira sich aufs Sofa und klopfte einladend neben sich. Sarah kam der Aufforderung nach und Lilly kuschelte sich auf Sarahs Schoß. Dann fing Mira an zu erzählen.

„Am Anfang war alles ganz toll. Wir sind mit dem Tourbus gefahren und das war wirklich klasse. Ganz anders, als ich es mir vorgestellt hatte. Viel größer und komfortabler."

„Ja, und sie haben sogar einen Bereich, in dem man an einem großen Fernseher Videospiele spielen kann", unterbrach Lilly Miras Erzählungen.

„Wir haben sie natürlich nicht die ganze Zeit nur Videospiele spielen lassen." Mira blickte Sarah unsicher an. Doch da sie nichts dazu sagte, fuhr Mira fort.

„Als wir ankamen, haben die Jungs sich total vermummt. War echt lustig, zumal es draußen so warm war, dass ich am liebsten im Bikini rumgelaufen wäre. Und die hatten alle Mützen und Sonnenbrillen auf und Alex trug sogar einen Schal. Meiner Meinung nach sind sie wegen diesem sonderbaren Aufzug viel mehr aufgefallen als wenn sie einfach ganz normal da rumgelaufen wären." Mira und Lilly kicherten bei der Erinnerung daran.

„Das Festivalgelände war riesig. Wir waren bestimmt eine Stunde unterwegs und ich denke, wir haben nicht alles gesehen. Die Jungs haben nur rumgealbert und es kam natürlich, wie es kommen musste: Sie wurden von ein paar Fans erkannt. Da hätten sie sich ihre alberne Verkleidung ruhig sparen können. Ich sag dir, bis wir da wieder weg waren, ist noch mal eine Stunde vergangen. Aber ich muss schon sagen, sie waren echt lieb zu diesen Mädels, haben Autogramme geschrieben und für Fotos posiert. Also ich hätte spätestens nach dem zehnten Foto das Weite gesucht, aber die nicht. Am Schlimmsten war Alex dran, aber er hat sogar auf jedem Foto noch irgendeinen Unsinn gemacht. Ich bewundere ihn echt dafür."

Bis jetzt hörte sich alles noch ganz toll an und erklärte überhaupt nicht die langen Gesichter, die beide vorhin gezogen hatten. Jetzt waren sie auch ganz ausgelassen und kicherten über irgendetwas, was sie wohl erlebt hatten.

„Ich glaube, ich konnte die ganze Nacht nicht schlafen. Es war einfach zu aufregend, in einem echten Tourbus zu übernachten zusammen mit den Jungs von *Sakrileg*. Wahnsinn.

Lilly konnte auch nicht richtig schlafen. Wir haben dann mitten in der Nacht noch heiße Schokolade getrunken. Du hättest hören sollen, wie Eric sich über den Krach, den wir angeblich gemacht haben, beschwert hat. Aber Alex hat ihn zurechtgewiesen wie einen kleinen Jungen und gesagt, dass wir seine Gäste seien und Krach machen könnten so viel wir wollten. Alex war echt nett."

Sarah hätte ja zu gern gewusst, ob Mira von ihrer Schwärmerei für Eric jetzt geheilt war, aber sie wollte den Bericht nicht unterbrechen. Sie konnte Mira ja später immer noch fragen.

„Aber am nächsten Morgen war SIE dann da." Mira seufzte und auch Lilly zog eine Schnute.

„Wer?", wollte Sarah wissen.

„Miriam Schönfeld, Alex' neue Freundin."

Miriam Schönfeld, Sarah bekam vom Klang dieses Namens Gänsehaut. Alex' Neue war also auch dagewesen und offensichtlich waren Mira und Lilly von ihr nicht begeistert. Das freute Sarah ungemein.

„Und was war daran so schlimm?", fragte sie betont
gleichgültig.

„Ganz einfach: *sie* war schlimm. Wie jemand so affek-
tiert und hochnäsig sein kann, kann ich echt nicht
nachvollziehen. Aber Alex schien davon nichts mitzu-
bekommen. Er hat sie behandelt, wie seine ganz persönliche Prinzessin. Aber nicht wie ein Prinz, eher als
wäre er der Hofnarr. Er ist die ganze Zeit um sie herum-
scharwenzelt und wollte ihr alles recht machen, aber
der Diva war nichts gut genug. Die anderen mögen sie
anscheinend auch nicht sonderlich, jedenfalls hatten
sie alle urplötzlich noch irgendwelche Aufgaben, die sie
unbedingt erledigen mussten. Alex war wie ausgewech-
selt, seit diese Miriam da war. Er hat sich überhaupt
nicht mehr um uns gekümmert. Als Lilly dann mit ihm
ein Eis holen gehen wollte, hat sie sich dazwischen ge-
schaltet und gesagt, dass Alex vor dem Konzert Ruhe
brauche und ob ich mich nicht wenigstens jetzt mal um
Lilly kümmern könnte, schließlich sei das ja meine
Aufgabe und der Grund, warum ich überhaupt da war."
Mira hatte sich in Rage geredet und Lilly sah aus, als ob
sie gleich in Tränen ausbrechen müsse.

„Und wie hat Alex da reagiert?", musste Sarah jetzt
einfach wissen, obwohl sie es schon ahnte. Und wirklich, Mira bestätigte mit ihrem nächsten Satz ihre Vermutungen.

„Der? Gar nichts hat er gesagt, hat so getan, als würde
er das gar nicht mitbekommen."

Lilly hatte mittlerweile wirklich angefangen zu weinen. Sarah versuchte ihre Tochter zu trösten, doch in
ihrem Inneren brodelte es. Das konnte ja nicht wahr

sein! Wie konnte Alex es wagen, seine Tochter so zu behandeln?

Um Lilly nicht noch weiter aufzuregen, wechselten die beiden Frauen das Thema und überlegten gemeinsam, was sie zur Feier des Wiedersehens leckeres kochen sollten.

Doch als Lilly später im Bett lag, kam Mira noch einmal auf die Ereignisse des Wochenendes zu sprechen.

„Echt, du hättest sehen sollen, wie sehr Alex Lilly mit seinem Verhalten verletzt hat. Sie war ganz in sich gekehrt und überhaupt nicht mehr so lebhaft und fröhlich wie sonst. Die anderen haben zwar versucht, sie wieder aufzuheitern, aber Alex hatte nur noch Augen für seine Miriam. Keine Entschuldigung, gar nichts. Als wäre alles ganz normal."

Sarah war stocksauer, als sie das hörte. Dann traf sie eine Entscheidung.

„Ich fahre noch mal in die Stadt. Alex will nicht mit mir reden? Er wird mit mir reden müssen! Ansonsten sieht er seine Tochter nicht wieder, das kannst du mir glauben. Sind sie wieder im Hotel?"

„Nein, die anderen sind gleich zum Flughafen weitergefahren. Aber Alex wollte noch die nächste Woche hier in Berlin bleiben. Ich nehme an, er ist in seiner Wohnung. Hast du die Adresse?"

Sarah nickte. Alex hatte sie ihr zukommen lassen, weil sie darauf bestanden hatte zu wissen, wo sich ihre Tochter befand, wenn sie bei ihm war. Schnell hatte sie Jacke und Schuhe angezogen, sich den Autoschlüssel geschnappt und war nun unterwegs zu Alex.

27. Kapitel

Die angegebene Adresse war gut zu finden und, wie sollte es anders sein, befand sich in einer absoluten Nobelgegend. Hier gab es viele Luxusappartements, alle mit Blick auf die Spree. War ja klar, dass jemand wie Alex nicht in eine Altbauwohnung mit Ofenheizung einziehen würde, aber dieser Stil hier passte eigentlich auch nicht zu ihm. Viel zu schick. Aber vielleicht kannte sie ihn doch nicht so gut, wie sie immer gedacht hatte.

Auf Sarahs Klingeln öffnete ein blutjunges, bildhübsches Mädchen die Tür. Sarah erkannte sie sofort anhand der Zeitungsbilder. Miriam Schönfeld. In Natur sah sie noch jünger aus als auf den Fotos, sie war bestimmt noch keine zwanzig. Zu ihrer elfenhaften Erscheinung passten ihre kalten Augen, die Sarah gerade von oben bis unten musterten, überhaupt nicht.

„Ja bitte?", fragte sie gedehnt.

„Kann ich bitte mit Alex sprechen?", fragte Sarah so ruhig wie möglich. Sie hatte überhaupt nicht damit gerechnet, jetzt auf diese Miriam zu treffen, aber es war wohl logisch, dass sie bei ihm war, wenn er ohne die Band hierblieb.

„Warum?", fragte Miriam sie unhöflich.

Sarah wurde böse. „Ich möchte bitte auf der Stelle mit dem Vater meiner Tochter sprechen, ist das wohl möglich?" Sie war laut geworden und Alex hatte sie anscheinend gehört, denn er kam in den Flur.

Sarah versuchte, wieder alle Emotionen aus ihrer Stimme zu verdrängen. „Kann ich bitte mit dir sprechen?"

Alex nickte und trat einen Schritt zur Seite, damit sie eintreten konnte. Miriam, die immer noch an der Tür und damit im Weg stand, dachte jedoch nicht daran, Sarah Platz zu machen. Mit einem Seitenblick auf die junge Frau fügte Sarah noch hinzu: „Unter vier Augen?"

Miriam schaute von Sarah zu Alex und als er kurz nickte, verdrehte sie genervt die Augen.

„Okay. Ich wollte sowieso noch duschen."

Sie trat zur Seite, so dass Sarah endlich hereinkommen konnte.

Sie ließ ihren Blick durch den Teil der Wohnung schweifen, den sie von hier aus überblicken konnte. Nobel, nobel. Alles war offen gehalten und sehr modern. Durch die großen Fenster flutete tagsüber bestimmt das Sonnenlicht die Wohnung und spiegelte sich auf den hellen Fliesen. Direkt vom Flur kam man in einen großen Küchen-Essbereich. Dorthin ging Alex voraus und bedeutete Sarah, am Tisch Platz zu nehmen. Er hatte die ganze Zeit noch keinen Ton gesagt. Sarah sah Miriam in einem der Zimmer verschwinden. Kurz darauf tauchte sie wieder mit ein paar Klamotten in der Hand auf und verschwand in einem weiteren Zimmer. Das war wohl das Bad, denn Alex setzte sich jetzt ebenfalls und fragte: „Und?"

Der Klang seiner tiefen Stimme weckte in Sarah sofort die Sehnsucht nach ihm. Sein kalter Blick und seine abweisende Haltung waren jedoch nicht dazu geeignet, ihr in irgendeiner Weise Hoffnungen zu machen.

***

Sarah hörte, wie die Dusche anging. Da Miriam jetzt endlich außer Hörweite war, legte sie los. Die ganze aufgestaute Wut brach in ihr durch, während sie sprach.

„Hör mal, Alex. Ich finde es ja gut, dass du dich um deine Tochter kümmern willst. Aber dann verlange ich auch von dir, dass du dich auch wirklich um sie kümmerst. Wenn du schon so eine hirnrissige Idee hast, ein kleines, fünfjähriges Mädchen in einem Tourbus auf ein Festival zu schleppen, dann musst du auch für sie da sein. Und, korrigier mich bitte, wenn ich falsch liege, das ist nun mal nicht möglich, wenn man die ganze Zeit mit seiner Freundin knutscht und vielleicht noch ganz andere Sachen macht." Sie war gegen Ende richtig laut geworden und spürte, wie ihre Stimme wegzubrechen drohte. Nein, keine Tränen jetzt, auch wenn sie aufgebracht war.

Alex hingegen war die Ruhe selbst. Er schaute sie nur die ganze Zeit an und verzog keine Miene. Eine ganze Weile schwieg er, aber was er dann fragte, ließ Sarah die Spucke wegbleiben: „Bist du eifersüchtig?"

Sie schnappte nach Luft. „Eifersüchtig? Ich? Ich glaube, du spinnst! Du hättest Lilly sehen sollen, als sie heute nach Hause kam. Sie war richtig geknickt und traurig, weil ihr Papa keine Zeit für sie hatte. Das war wirklich nicht nötig. Ich verlange, dass du sie nur noch dann zu dir holst, wenn du auch wirklich dafür garantieren kannst, dass sie deine hundertprozentige

Aufmerksamkeit hat. Außerdem verlange ich, dass du solche Aktionen, wie die Fahrt zum Festival, vorher mit mir absprichst und nicht mit Mira. Ansonsten kannst du dir nämlich sicher sein, dass ich dafür sorge, dass du sie nicht mehr zu sehen bekommst."

„Ich weiß nicht, ob du in der Position bist, hier Forderungen zu stellen", sagte Alex nur kalt zu ihr. Dann beugte er sich etwas vor und kniff drohend die Augen zusammen. „Ich bin hier schließlich derjenige, der jahrelang belogen wurde. Der plötzlich eine Tochter hat, die er nicht kennt. Kannst du dir vorstellen, wie sich das anfühlt?! Wenn man das Kind seiner Schwester besser kennt als sein eigenes? Wenn man noch nicht einmal weiß, ob sie lieber Schokoladeneis oder Vanilleeis isst? Weißt du, wie verarscht ich mir vorkomme? Und du willst mir hier Vorschriften machen? Es tut mir leid, dass Lilly das Gefühl hatte, ich hätte keine Zeit für sie gehabt, aber ich habe auf dem Festival nun mal gearbeitet und da habe ich nicht immer Zeit. Du gehst doch auch arbeiten, oder?" Jetzt wurde auch Alex lauter.

Sarah stand auf und funkelte ihn an. „Es geht gar nicht darum, dass du arbeiten musstest. Es geht darum, dass du vor meiner Tochter dein Liebesleben offenbaren musst. Die Kleine ist verstört, wenn ihr Papa die ganze Zeit mit einer fremden Frau rumknutscht, kannst du das nicht verstehen? Für sie gehören Papa und Mama zusammen." Warum sie den letzten Satz gesagt hatte, wusste Sarah selbst nicht. Jedenfalls war sie schon wieder den Tränen nahe. Alex war währenddessen ebenfalls aufgestanden. Er hatte offensichtlich noch nicht genug gesagt.

„Ach ja? Sei nicht so scheinheilig, meine liebe Sarah. Wie man hört, bist du in letzter Zeit wieder öfter mit James Hartfield unterwegs. Seid ihr zusammen?“

Sarah schnappte empört nach Luft. Es ging hier schließlich nicht um sie.

„Und selbst wenn, was ginge dich das an? Du gehst mir aus dem Weg, redest nicht mit mir und hast dich ja auch schnell mit diesem blutjungen Hüpfer getröstet.“ Ihre schneidenden Worte lösten irgendetwas in ihm aus, denn plötzlich kam er mit schnellen Schritten um den Tisch gelaufen, packte sie schmerzhaft am Oberarm und zog sie zu sich herum. Sein Gesicht war nur Zentimeter von ihrem entfernt, als er ihr entgegenzischte: „Lass dir eines gesagt sein, meine Liebe! Du bist mit Sicherheit die letzte Person in meinem Leben, der ich Rechenschaft über mein Verhalten schulde. Wir beide sind fertig miteinander. Aber eines werde ich dir noch verraten: Ich gehe dir zu deiner eigenen Sicherheit aus dem Weg, denn ich bin so wütend auf dich und deine Lügen, dass ich in deiner Nähe für nichts garantieren kann. Deshalb ist es wohl auch besser, wenn du jetzt gehst.“

Er schob sie unsanft in Richtung Tür, schnappte sich im Vorbeigehen ihre Jacke und drückte sie ihr in den Arm. Dann öffnete er die Haustür über ihre Schulter hinweg und bugsierte sie nach draußen, ehe er die Tür lautstark hinter ihr zuknallte.

Verdattert stand sie draußen, rieb sich mit einer Hand ihren schmerzenden Oberarm und hielt mit der anderen ihre Jacke fest. Was war das gewesen? Mit so einem Ausbruch hatte sie nicht gerechnet. Sie war diejenige, die wütend auf ihn sein sollte, doch jetzt fühlte sie etwas ganz anderes.

Hatte sie wirklich ein schlechtes Gewissen? Ja okay, sie hatte einen Fehler gemacht, einen großen Fehler, weil sie ihm das mit Lilly nicht gesagt hatte. Aber sie hätte nie damit gerechnet, dass er immer noch so wütend auf sie war. Sie hätte gedacht, dass sich seine Wut irgendwann legen würde und er sich dann vielleicht darauf besinnen konnte, dass er sie noch liebte. Diese Hoffnung lag nun im Staub vor ihr. Nein, er liebte sie nicht mehr. Sie war ihm vielleicht nicht gleichgültig, aber auf seine Liebe konnte sie nicht mehr hoffen. Der Gedanke daran machte sie unglaublich traurig. Sie hatte ihn durch ihre Feigheit jetzt schon zum zweiten Mal verloren und diesmal endgültig.

Mechanisch ging sie die Treppe hinab, stieg draußen in ihr Auto und fuhr nach Hause. Die Gedanken, die gerade noch durch ihren Kopf gewirbelt waren, waren auf einmal einem Gefühl der Leere und Taubheit gewichen. Die ganze Welt um sie herum wirkte irgendwie grau und trostlos auf sie.

Dieses Gefühl hielt den ganzen restlichen Abend an und begleitete sie auch in die Nacht. Sie schlief sogar komplett traumlos. So als wollte ihr Gehirn sie davor schützen, dass ihre Trauer sie überwältigte.

***

Als Sarah am nächsten Morgen die Augen aufschlug, fühlte sie sich überraschenderweise gar nicht so schlecht wie gedacht. Auch wenn sich alles um sie herum irgendwie unwirklich anfühlte, das Vogelzwitschern draußen erschien ihr lauter als sonst, die Luft klarer und die sonstigen Geräusche irgendwie gedämpfter, fühlte sie sich richtig gut. Irgendwie frei. Sie wunderte sich selbst darüber, wie sie so fühlen konnte, nachdem Alex ihr gestern unmissverständlich klar gemacht hatte, dass für ihn ihre Beziehung vorbei war, ohne Aussicht auf Versöhnung. Wie hatte er es ausgedrückt? „Wir beide sind fertig miteinander!"

Sie sollte traurig sein oder verzweifelt, aber es war, als hätte dieser Schlussstrich alle Gefühle für Alex in ihr ausgelöscht. So etwas hatte sie noch nie zuvor erlebt. Es war ein gutes Gefühl. Und sie fühlte sich, als könnte sie heute Berge versetzen. Doch ein Blick auf die Uhr trieb sie zur Eile an. Berge versetzen musste sie später, jetzt musste sie erst einmal sehen, dass sie pünktlich ins Hotel kam.

In der Mittagspause sah sie, dass sie eine Nachricht von James auf ihrem Handy hatte.

Tut mir leid, ich konnte doch nicht abwarten, bis du dich meldest. Wann sehen wir uns wieder?

Oh, James war ja auch wieder in der Stadt. In dem ganzen Chaos gestern hatte sie ihn irgendwie völlig vergessen. Schnell tippte sie eine Antwort.

Ich würde mich freuen, wenn wir uns heute noch sehen könnten. Nach der Arbeit? Hier im Hotel?

Keine zehn Sekunden später hatte sie die Antwort: *Gern.*

Sie freute sich darauf, James wiederzusehen, auch wenn sie nicht so richtig wusste, wie sie auf sein Angebot, ihre Freundschaft auf eine andere Ebene zu bringen, reagieren sollte. Sie wollte einfach das Wiedersehen abwarten und dann ihr Herz entscheiden lassen.

Sie versuchte, sich James vorzustellen, doch irgendwie gelang es ihr nicht, weil sich immer wieder das Bild von Alex dazwischenschob. Alex, wie er gestern so kalt und abweisend gewesen war. Dann Alex, wie er ihr wütend so nah gekommen war. Aber sie sah auch den lieben, netten, lustigen Alex vor sich. Doch bei all diesen Bildern spürte sie gar nichts. Nichts Positives und nichts Negatives. Gefühlsamnesie aufgrund eines Traumas? Ob es so etwas gab? Sie musste kichern. Die anderen Leute in der Cafeteria drehten sich zu ihr um, so dass sie schnell die Hand vor den Mund schlug und weitere Kicherattacken unterband. Was war nur heute mit ihr los?

***

Nach der Arbeit wartete James auf sie in der Hotellobby. Sarah hätte ihn erst fast nicht erkannt, denn er trug ein Baseballcap und einen ausgeleierten Jogginganzug. Dieses Outfit passte überhaupt nicht zu ihm. Hoffentlich wollte er so nicht mit ihr ausgehen. Sie ging zu ihm und küsste ihn kurz zur Begrüßung auf die Wange. Dann blickte sie fragend an ihm hinunter. Er grinste sie an.

„Ich hatte heute keine Lust auf Autogramme geben. Dafür ist diese Verkleidung ganz brauchbar." Jetzt verstand Sarah. Klar, hinter diesem Penner vermutete niemand James Hartfield. Ein Wunder, dass die

Sicherheitsleute aus dem Hotel ihn noch nicht auf die Straße gesetzt hatten. Zusammen gingen sie zur Bar und setzten sich auf zwei gegenüberstehende Sessel. Sarah winkte Toni, der sofort kam, um die Bestellung aufzunehmen. James sagte gar nichts, doch als endlich die bestellten Gläser vor ihnen standen, kam er sofort zur Sache.

„Und, hast du über alles nachgedacht?"

Sarah lehnte sich zurück, betrachtete James und fühlte in sich selbst nach, ob sie für ihren Freund das empfinden konnte, was er sich wünschte. Sie mochte ihn, ganz klar. Sie fühlte sich gut, wenn sie zusammen waren und sie fand seine Küsse auch nicht abstoßend. Sie versuchte, sich vorzustellen, wie sie gemeinsam bei ihr zu Hause sein würden, in ihrem Bett.

Nein, das konnte sie sich irgendwie nicht vorstellen, obwohl sie das sogar schon erlebt hatte. Aber sie hatte immer nur das Bild von Alex vor Augen. Dann stellte sie sich vor, wie sie gemeinsam, Hand in Hand einen Strand hinunterliefen. Das klappte ganz gut.

Irgendwie kam sie so nicht weiter. Also versuchte sie es anders herum. Sie stellte sich vor, wie sie fühlen würde, wenn er sich von ihr abwenden würde. Dieser Gedanke machte sie auf der Stelle total traurig. Sie würde total allein sein. Jedenfalls abgesehen von Mira und Lilly. Klar, Lilly blieb ihr auf jeden Fall, aber Mira würde irgendwann ihre Au-Pair-Stelle aufgeben und dann wäre auch sie weg. Allein sein wollte Sarah aber auf keinen Fall.

Dann sah sie James an, wie er sie immer noch erwartungsvoll anschaute. Nein, eher hoffnungsvoll. Ein warmes Gefühl stieg in ihr hoch. Sie nickte langsam.

„Ich möchte gern mit dir zusammen sein." Die Worte kamen ihr über die Lippen, ohne dass sie sie willkürlich formuliert hätte. Und sie waren sehr leise und vorsichtig, jedenfalls in Anbetracht der Reaktion, die sie auslösten. James sprang aus seinem Sessel auf und zog sie förmlich aus ihrem Sitz, um sie in seine Arme zu schließen. Fehlte nur noch, dass er laut gejubelt hätte. Dann schob er sie ein Stück von sich weg und küsste sie ganz sanft auf den Mund. Sarah ließ es geschehen, fragte sich aber gleichzeitig, ob sie wirklich die richtige Entscheidung getroffen hatte.

Anscheinend hatte er ihr Zögern bemerkt, denn er unterbrach sofort den Kuss.

„Es tut mir leid, ich wollte nicht so stürmisch sein. Du brauchst noch etwas Zeit, um dich an den Gedanken zu gewöhnen, das ist mir klar. Ich werde mich zurückhalten. Die Hauptsache ist doch, dass du uns eine Chance gibst."

Sarah nickte, während eine innere Stimme in ihr flüsterte: *Wenn du ihn lieben würdest, müsstest du dich nicht erst an den Gedanken gewöhnen.*

„Wollen wir noch etwas essen gehen?" fragte James in ihre Gedanken hinein. Sarah schüttelte den Kopf.

„Tut mir leid, ich kann heute nicht. Ich habe Lilly versprochen, sie heute ins Bett zu bringen." Das hatte sie zwar nicht, aber sie brauchte den Abend erst einmal für sich, um sich über die Konsequenzen ihrer Entscheidung klar zu werden.

„Wirst du es ihr erzählen?"

„Nein, heute noch nicht." James sah enttäuscht aus. Deshalb beeilte Sarah sich hinzuzufügen: „Versteh doch, sie hat gerade erst erfahren, dass Alex ihr Vater ist, da möchte ich sie nicht schon wieder mit einer Änderung in ihrem Leben konfrontieren."

James nickte. „Das verstehe ich." Er war so unheimlich verständnisvoll. Das machte ihr direkt ein schlechtes Gewissen. Sie verabredeten sich noch für den nächsten Abend.

James wollte sie nach Hause fahren, aber da Sarah natürlich mit ihrem eigenen Auto im Hotel war, machte das wenig Sinn. Zum Abschied küsste er sie ganz sanft auf den Mund. Sie legte die Hände um seinen Kopf und zog ihn ein Stück näher, um den Kuss zu intensivieren. Er sollte nicht so rücksichtsvoll sein. Das wollte sie nicht. Als sie wieder voneinander wegrückten, lächelte er glücklich. Sie lächelte zurück.

Ja, so sollte es sein.

***

Die nächsten Tage änderte sich eigentlich nicht viel für Sarah. Sie ging viel mit James weg, sie redeten und lachten und unternahmen Ausflüge in den Park und ins Theater. Er war sehr zurückhaltend, was körperliche Zuneigungsbekundungen betraf, aber Sarah wies ihn nie zurück, wenn er sie dann doch einmal küsste oder streichelte. Es ging nur eben nie von ihr aus.

Er kam nie zu ihr nach Hause, weil er abwarten wollte, bis sie Lilly von ihm erzählt hatte.

Zu Hause stürzte Sarah sich in die Vorbereitungen für Lillys Einschulung. Die Schulbücher mussten gekauft und eingeschlagen werden, dazu all die vielen anderen Kleinigkeiten, mit denen ein Erstklässler ausgestattet wurde. Am Tag der Einschulung sollte Lilly einen Zuckertütenbaum erhalten, also einen Baum, der mit lauter kleinen Zuckertüten geschmückt war. Auch hierfür musste sie alles einkaufen und auf die kleinen Schultüten verteilen.

Sie hatte so viel zu tun, dass sie keine Zeit hatte, um über Alex nachzudenken. Vielleicht war es auch genau andersherum, sie suchte sich so viel Ablenkung wie möglich, um nicht über Alex nachdenken zu müssen. Denn auch wenn sie getrennte Wege gingen, war er immer irgendwie präsent. Er war oft tagsüber da, wenn sie arbeiten war, das wusste Sarah durch die abendlichen Erzählungen von Lilly. Da sie zurzeit öfter mit James unterwegs war, hatte Alex natürlich freie Bahn. Aber sie bekam ihn nie zu Gesicht. Wenn es etwas zu besprechen gab, tat er das mit Mira oder schickte einen seiner Bandkollegen vor. Doch durch diese ständige Erinnerung an ihn, war es natürlich sehr schwer für Sarah, ihn aus ihrem Leben zu verdrängen und sich voll auf James einzulassen.

28. Kapitel

Zwei Wochen nachdem sie mit James in der Hotelbar gesprochen hatte, fragte er sie auf einmal, ob sie ihn auf eine Abendveranstaltung seines Musiklabels begleiten wolle.

„Muss ich da ein Abendkleid tragen?"

„Ja, aber das ist es nicht, was dir Sorgen machen sollte."

Sarah wurde hellhörig. Was sollte ihr denn sonst Sorgen machen? Sie blickte James fragend an.

„Dort wird viel Presse vertreten sein", gab er etwas zögerlich zu.

„Oh!" Sarah sah ihn skeptisch an. Presse. Wollte sie schon, dass ihre Beziehung zu James so öffentlich wurde?

„Du willst nicht mit mir in der Öffentlichkeit gesehen werden, stimmt's?", mutmaßte er mit einer Spur Unsicherheit in der Stimme.

„Das ist es nicht. Ich habe nur eben gedacht, dass ich dann besser mal vorher Lilly von uns beiden erzählen sollte, nicht wahr?"

Er lachte erleichtert auf. Sie hatte es wohl besser aufgenommen als er gedacht hatte. Die Veranstaltung war am Freitag, sie hatte also noch drei Tage Zeit, mit Lilly zu sprechen.

***

Am Mittwochabend brachte Sarah Lilly ins Bett. Das war die beste Zeit, um mit ihr zu reden.

„Mein Schatz, erinnerst du dich noch an James?" Sie strich ihrer Tochter die Haare aus dem Gesicht und sah sie forschend an.

„James Hartfield? Klar, warum?"

Sarah holte Luft. Jetzt musste es raus. „James ist jetzt mein Freund."

Lilly blickte ihre Mutter verwirrt an. „Er war doch schon länger dein Freund oder nicht?"

Lachend antwortete Sarah: „Klar, aber das meine ich nicht. Ich meine, ich bin jetzt mit ihm richtig zusammen."

„Warum?" Lillys Reaktion überraschte Sarah. Was sollte sie darauf antworten? Sie beschloss, mit einer Gegenfrage abzulenken. „Ich dachte, du freust dich. Schließlich war es mal dein sehnlichster Wunsch, dass James Hartfield dein Papa wird."

„Aber ich habe doch einen Papa. Alex ist mein Papa, hast du gesagt."

„Und das wird er auch immer bleiben, mein Schatz. Aber jetzt gibt es eben auch noch James in unserem Leben. Das ist doch toll! Zwei berühmte Musiker als Papas, wer hat das schon?"

Es war gemein, mit diesem Argument zu kommen, aber sie musste Lilly irgendwie auf ihre Seite ziehen. Der Versuch war offenbar fehlgeschlagen.

„Warum kannst du nicht einfach mit Alex zusammen sein?", fragte Lilly jetzt bittend. „Ich brauche nicht zwei Papas. Und ich mag Alex sehr."

Sarah wusste wieder nicht, was sie antworten sollte. Wie sollte sie ihrer Tochter erklären, dass mehr dazu gehörte als eine gemeinsame Tochter, um sich zu lieben.

„Weißt du, mein Schatz. Alex hat doch jetzt eine neue Freundin; Miriam. Da kann er nicht mehr mit mir zusammen sein."

Lillys kleines Gesicht verdüsterte sich augenblicklich bei der Erwähnung von Alex' neuer Freundin.

„Ja, Miriam", sagte sie nur düster. Dann hellte sich ihr Gesicht wieder auf.

„Ich glaube nicht, dass Alex Miriam liebt. Ich glaube, dass er dich liebt."

Jetzt war Sarah überrascht. Wie kam Lilly denn darauf? Oder entsprang der Gedanke einfach nur einem Wunsch? Dennoch keimte Hoffnung in ihr auf, ohne dass sie etwas dagegen machen konnte.

Lilly war jetzt richtig aufgeregt. „Er redet die ganze Zeit von dir, wenn wir zusammen sind. Er fragt nach dir und will wissen wie es dir geht und was du machst und so. Von dieser Miriam erzählt er nie."

Ja, weil ich ihm gesagt habe, er soll seine Beziehung von meiner Tochter fern halten, dachte Sarah. Aber konnte es stimmen, was Lilly erzählt hatte? Warum sollte er nach ihr fragen? Das ergab keinen Sinn. Und es brachte auch nichts, darüber zu spekulieren. Also kehrte sie zum eigentlichen Thema zurück.

„Jedenfalls bin ich jetzt mit James zusammen. Für dich wird sich aber nichts ändern, Süße. Alex ist und bleibt dein Papa und ihr werdet euch genauso oft sehen wie jetzt." Sie hoffte wenigstens, dass das stimmte. Dann las sie Lilly noch ihre abendliche Geschichte vor.

***

Später, als Sarah wieder runterkam, informierte sie Mira nur im Vorbeigehen: „Übrigens, ich habe Lilly gerade gesagt, dass ich mit James zusammen bin."

Mira fiel vor Überraschung fast die Kinnlade herunter.

„Du bist was?" Und als sie sich wieder etwas gefangen hatte, fügte sie noch hinzu: „Bist du sicher, dass das eine gute Idee ist?"

Sarah drehte sich zu Mira um.

„Natürlich. James ist ein wunderbarer Mann."

„Das meine ich auch nicht. Aber ... bist du sicher, dass das nicht nur eine Art Rache an Alex ist, weil er jetzt diese Miriam hat? Denn das wäre gemein und idiotisch."

Diese Worte trafen Sarah tief. Sie war empört über diese Vermutung, tief in ihrem Inneren merkte sie aber auch, dass Mira damit irgendwie ins Schwarze getroffen hatte. Wie um ihre Entscheidung vor sich selbst zu rechtfertigen, entgegnete Sarah etwas heftiger als beabsichtigt: „Das ist keine Racheaktion an Alex. James und ich sind wie füreinander geschaffen, da war es nur eine Frage der Zeit, bis wir zusammenkommen." Sie glaubte selbst nicht, was sie sagte. Um Mira daran zu hindern, weiter nachzubohren, wechselte Sarah das Thema.

„Und was ist eigentlich mit dir? Du rennst einem Jungen hinterher, der sich kein bisschen für dich interessiert. Und das ist nicht idiotisch?"

„Doch, das ist auch idiotisch. Und nur, falls du damit auf meine Schwärmerei für Eric anspielst, das ist vorbei. Ich habe einen Freund. Jemanden, der mich wirklich liebt." Sie war etwas schnippisch geworden, doch sie hatte Sarahs Interesse geweckt.

„Wirklich? Wen denn? Kenne ich ihn?"

Mira schüttelte den Kopf. „Er studiert mit mir zusammen."

„Lerne ich ihn denn mal kennen?"

„Ich wusste nicht, ob es okay ist, wenn ich ihn mitbringe. Wegen Lilly, meine ich."

Sarah nahm Mira in den Arm. Ihr kleiner Streit von eben war vergessen.

„Was hältst du davon, wenn wir alle beide hierher einladen? Vielleicht am Wochenende zum Grillen. Dann können wir uns alle kennenlernen."

Mira war sofort begeistert von der Idee.

„Ja, am besten am Samstag. Lilly kommt am Nachmittag von Alex zurück, dann haben wir den ganzen Vormittag Zeit alles vorzubereiten. Oder musst du arbeiten?"

Es war schon etwas komisch, dass Mira zwar immer wusste, wann Lilly bei Alex oder Alex bei Lilly war, aber die Arbeitstage ihrer Chefin nicht kannte. Sarah musste nicht arbeiten und so blieb es bei Samstag. Die beiden Frauen schnappten sich ihre Handys und informierten ihre beiden Freunde über ihr Vorhaben.

***

Am Donnerstag war Sarah zusammen mit James einkaufen. Da sie kein langes Abendkleid hatte, bestand er darauf, ihr eines zu kaufen. „Ich habe dich eingeladen und ich habe dir versprochen, dass du dir wegen dem Kleid keine Gedanken machen musst", hatte er gesagt und damit all ihre Proteste erstickt.

Sarah hasste es, etwas einkaufen zu *müssen*. Dann fand sie nie etwas. Doch James schleppte sie unerbittlich in eine Nobelboutique nach der anderen. Auf dem Kurfürstendamm gab es davon reichlich. Wenn sie zu sehr quengelte, machten sie eine Pause in einem Café, doch dann ging es weiter. Schließlich, nach gefühlten fünf Stunden, in Wirklichkeit waren vielleicht zwei Stunden vergangen, fanden sie ein Kleid, das beiden gefiel. Es war lang mit einem umschmeichelnden Schnitt. Der Farbton wurde als „opal" bezeichnet und Sarah fand das sehr passend, denn mit jedem Schritt änderte es die Schattierung und war mal blau, mal eher grün. Es gefiel ihr sehr gut und passte optimal zu ihrer Haarfarbe. Außerdem war es nicht schwarz. Diese Bedingung hatte James gestellt mit dem Hinweis, sie würden ja nicht auf eine Beerdigung gehen.

Mit dem Kleid im Gepäck gingen sie Abendbrot essen. Sarah fing schon an, sich wieder zu entspannen, da rückte er mit noch einer Überraschung heraus: er hatte für sie einen Termin bei einem Friseur vereinbart. Das ging Sarah dann doch ein bisschen zu weit.

„Magst du meine Frisur nicht?"

„Warst du schon einmal auf einer solchen Abendveranstaltung?", konterte er mit einer Gegenfrage. Obwohl sie durch ihre Arbeit schon viel mit Künstlern zu tun gehabt hatte, war sie bisher noch nie in den Genuss dieser legendären Veranstaltungen gekommen, bei denen es eigentlich nur ums *Sehen und Gesehen werden* ging. Also schüttelte sie den Kopf. Damit war für James das

Thema offenbar erledigt und Sarah blieb nur, sich ein wenig über seine Eigenmächtigkeit zu ärgern.

Der Friseur schaffte es allerdings, ihre schlechte Laune sofort wieder umzukehren, denn er konnte wahrhaftig zaubern. Er lobte die ganze Zeit Sarahs Haare, die Farbe, die Länge, die leichten Wellen. Dann allerdings änderte sich sein Ton und er grummelte etwas von „Vernachlässigung". Er schnitt und kämmte und föhnte an ihr herum und Sarah fand das Ergebnis wahrhaft grandios. Er hatte fast nichts von ihrer Länge weggenommen, aber er hatte es irgendwie geschafft, dass ihre Haare jetzt so über die Schultern fielen, wie sie sich das immer gewünscht hatte – in weichen Wellen. Außerdem glänzten sie wie Seide und wippten bei jeder ihrer Bewegung mit, als ob sie ein Eigenleben hätten. Zum ersten Mal freute Sarah sich wirklich auf den morgigen Abend. Mit dieser Frisur und dem wirklich zauberhaften Kleid würde sie richtig elegant aussehen und konnte sich selbstbewusst der Presse stellen, die sich bestimmt wie Aasgeier auf die neue Frau an James' Seite stürzen würden. Kurz dachte sie, dass es schön wäre, wenn Alex sie so sehen würde. Doch sie rief sich schnell wieder zur Ordnung. Sie musste endlich mit Alex abschließen.

***

Kaum waren sie aus der schwarzen Limousine ausgestiegen, blendeten sie unzählige Blitzlichter. James eilte an ihre Seite und half ihr, sich zu orientieren. Er wirkte kein bisschen nervös, eher ein bisschen genervt.

Unzählige Fragen stürmten von allen Seiten auf sie ein. Sie konnte sich gar nicht auf eine einzelne konzentrieren. Außerdem schob James sie dermaßen schnell durch die Reihe der Reporter, dass sie Mühe hatte, mit ihren hochhackigen Schuhen nicht zu stolpern. Kurz darauf hatten sie bereits die Eingangstür erreicht, vor der ein breitschultriger Türsteher stand und ihnen eben die Türflügel aufhielt. James nickte ihm nur kurz zu, Sarah hingegen schenkte ihm ein dankbares Lächeln, weil er sie vor der Meute der neugierigen Reporter gerettet hatte. Er reagierte gar nicht, also erstarb Sarahs Lächeln wieder und plötzlich tauchte sie in eine völlig andere Welt ein.

Sie befanden sich in einer Halle, die vollgestopft war mit Männern in dunklen Anzügen und Frauen in langen, farbigen Kleidern. Alle waren aufs äußerste gestylt, so dass Sarah nun wirklich dankbar war, dass James nicht nur auf dieses Kleid bestanden, sondern sie auch noch zum Friseur geschleift hatte. Sie lächelte ihn kurz an, doch er sah es gar nicht. Er wirkte anders als sonst, irgendwie weniger gelöst, fast ein bisschen knurrig. Sie hoffte, dass es nicht an ihr lag. Aber er war es schließlich gewesen, der darauf bestanden hatte, dass sie mitkam. Dann sah er sie unvermittelt an und sein Gesichtsausdruck wurde sofort weicher. Er lächelte sie warm an.

„Tut mir leid, dass ich dir diesen Wahnsinn draußen nicht ersparen konnte. Ich dachte, wenn wir später kommen, haben die schon aufgegeben, aber offenbar habe ich mich geirrt."

Ah, sie waren also später gekommen. Das erklärte zumindest, warum es hier so voll war. Sie blickte sich erneut um. Alle standen in kleinen Grüppchen beieinander oder um die verschiedenen Tische herum, die überall aufgestellt waren. Weiter hinten gab es eine kleine Bühne, die aber gerade nicht benutzt wurde. Rechts neben der Bühne war eine Bar, auf die James jetzt zielstrebig zusteuerte. Gegenüber davon befand sich eine lange Tischreihe, auf der ein Buffet aufgebaut war. Sarah hatte ein wenig Hunger, sie hatte wegen der ganzen Aufregung heute noch kaum einen Bissen gegessen. Aber James wollte offenbar erst einmal etwas zu trinken holen und das war sein gutes Recht.

„Was möchtest du trinken?", fragte er sie, als sie die Bar erreicht hatten.

„Vielleicht ein Glas Weißwein?" Sie wusste nicht, was man bei solch einer Veranstaltung am besten trank. Aber sie sah etwas weiter hinten ein paar Frauen mit Weingläsern stehen, also konnte das schon mal nicht falsch sein. James bestellte ihre Getränke und zog sie dann weiter zu einem kleinen unbesetzten Stehtisch in einer Ecke.

„Kann ich mir etwas zu essen holen? Ich habe den ganzen Tag noch nichts gegessen", fragte sie ihn unsicher. Sie fühlte sich im Moment nicht sehr wohl. Sie hatte das Gefühl, dass sie die ganze Zeit angestarrt wurde, obwohl sie niemand direkt zu beobachten schien.

„Ja natürlich, entschuldige, daran habe ich nicht gedacht. Hol dir einfach was vom Buffet."

„Willst du nichts?"

„Nein, ich habe keinen Hunger. Vielleicht später."

Sarah zuckte mit den Schultern und machte sich auf den Weg zum Buffet. Dort waren viele Köstlichkeiten aufgereiht. Sie nahm sich einen Teller und lud sich von allem, was ihr ansprechend erschien, ein kleines Stück auf. Mit dem vollen Teller in der Hand kehrte sie zu ihrem Tisch zurück. James schaute sich gerade im Raum um, so als würde er jemanden suchen. Dann jedoch wandte er sich wieder ihr zu und lächelte beim Anblick ihres vollen Tellers. Sie grinste ihn an.

„Ich sagte doch, ich habe heute noch nichts gegessen."

„Gut, dass du das sagst, sonst hätte ich angenommen, du hast seit zwei Wochen gefastet." Sie gab ihm einen Klaps auf den Arm. Er hielt ihre Hand fest und zog sie zu sich herüber. Dann gab er ihr einen Kuss. Das war ihr etwas unangenehm hier vor allen Leuten, besonders da sie sich immer noch so beobachtet fühlte.

„Entspann dich. Es ist alles in Ordnung. Du bist wunderschön!", flüsterte er ihr ins Ohr.

„Aber alle beobachten uns, das macht mich unsicher."

„Schätzchen, das ist der Sinn dieser Partys. Jeder beobachtet jeden. Du gewöhnst dich daran."

Sarah nahm sich eine Mini-Teigtasche und schob sie sich in den Mund. Während sie kaute, überlegte sie.

„Was ist das überhaupt für eine Veranstaltung heute? Ich meine, was ist der Anlass?", fragte sie, als sie das letzte Stück heruntergeschluckt hatte. Bildete sie es sich ein oder zögerte James mit der Antwort? Doch sie hatte sich sicher getäuscht, denn er antwortete mit völlig normaler Stimme.

„Sie feiern die Chartplatzierung und ein Platinalbum ihrer Vorzeigeband."

Sarah war neugierig, welche Band das war, aber James wollte oder konnte ihr nicht mehr sagen.

***

Später kam ein Mann an ihren Tisch. James hatte sich hier offenbar mit ihm verabredet, denn sie begrüßten sich gleich mit Handschlag. Dann wandte er sich Sarah zu.

„Sarah, dass ist Martin Lehmann. Er ist Reporter und möchte gern ein kurzes Interview und ein Foto haben. Wir machen das aber nur, wenn du einverstanden bist.“

„Für welche Zeitung arbeiten Sie?“, fragte Sarah.

„Ich bin freier Reporter“, antwortete er, während er ihr die Hand zur Begrüßung reichte. Sarah schüttelte sie ihm kurz und nickte James dann zu. Das hier war James' Tagesgeschäft. Für ihn waren solche Auftritte in der Öffentlichkeit wichtig und dazu gehörten auch Interviews. Das wusste und respektierte Sarah. Und sie hatte zugestimmt, mit ihm hier öffentlich aufzutreten, da machte es dann auch nichts mehr, wenn noch ein Zeitungsartikel darüber erschien. Die Reporter von draußen hatten schließlich auch haufenweise Fotos von ihnen beiden gemacht. Dann lieber ein ordentlicher Artikel mit Interview als auf so einer Seite, wo bloß darüber geschrieben wurde, wer was anhatte und ob ihm oder ihr das stand. Nicht, dass sie deswegen Sorgen gehabt hätte.

Der Reporter führte das Interview nur mit James. Er hielt sich kurz und stellte keine provozierenden Fragen. Die meiste Zeit ging es um James' Musik. Erst gegen Ende sprachen sie über die neue Frau an James' Seite. Aber auch dies ging nicht ins Detail und der Reporter versprach auch, ihren Namen rauszuhalten. Er machte noch zwei Fotos von ihnen beiden und verzog sich dann wieder. Das Ganze hatte nicht einmal zwanzig Minuten gedauert. Sarah blickte ihm nach, wie er einen anderen Mann ansprach. Als dieser sich ein Stück zur Seite drehte, erkannte sie in ihm einen anderen Sänger, der auch schon Gast in ihrem Hotel gewesen war.

Als sie sich wieder zurückdrehte, erkannte sie, dass James sich suchend im Raum umblickte. Er hatte vorhin also gar nicht diesen Reporter gesucht, wie Sarah angenommen hatte. Aber wen erwartete er jetzt noch? Sie hoffte, dass nicht noch weitere Reporter mit Interview-Wünschen zu ihnen kamen.

29. Kapitel

Plötzlich wurde es unruhig im Bereich der Eingangstür. Dort standen so viele Leute, dass Sarah zunächst gar nicht erkennen konnte, was los war. Erst nach einer geraumen Weile kam der Grund der Unruhe so nah, dass sie es sehen konnte. Ihr Herz setzte für einen Schlag aus, als sie Alex, Mika, Eric, Raffael und Rick sah, die sich einen Weg durch die vielen Leute bahnten. Die fünf gingen zu der kleinen Bühne, die bereits hell erleuchtet war. Wollten sie jetzt hier ein Konzert geben?

Sarah hatte Schwierigkeiten, einen klaren Gedanken zu fassen. Ihr Herz schlug wie wild und sie hatte Mühe, normal zu atmen. Urplötzlich brachen alle Gefühle mit Macht über sie herein, die sie seit dem Tag, an dem Alex gesagt hatte, dass er fertig mit ihr sei, komischerweise nicht gehabt hatte: Angst, Wut, Trauer und schon beinahe körperliche Schmerzen bei dem Gedanken, was sie mit Alex verloren hatte. Es war fast, als wären diese Gefühle bis gerade eben in einer dunklen Kiste eingeschlossen gewesen und Alex hatte diese Kiste jetzt mit seinem Auftauchen geöffnet.

Sie spürte, wie ihr die Tränen in die Augen traten, doch mühsam drängte sie sie zurück und schluckte hart, um den Kloß in ihrem Hals loszuwerden. Sie hielt sich am Tisch fest, um nicht zu schwanken. Sie hatte Glück, offenbar merkte niemand der Umstehenden, auch nicht James, was mit ihr los war. Alle starrten gebannt zu dieser kleinen Bühne, auf der die Jungs von *Sakrileg* jetzt zusammen mit einem dicken Mann in dunkelgrauem Anzug standen. Die ganze Szene wirkte irgendwie grotesk. Nicht nur, weil Alex und die anderen sich schon durch ihren Kleidungsstil sehr von den anderen unterschieden, sie trugen Jeans, T-Shirts und teilweise Lederjacken. Für Sarah hatte es zudem den Eindruck, als ob Alex heller leuchten würde als die anderen und als ob ihn alle anhimmeln und zu ihm aufsehen würden. Wie durch einen dicken Nebel drangen die Worte aus dem Lautsprecher zu ihr durch: „… möchte ich unseren Jungs hier deswegen einen riesengroßen Glückwunsch aussprechen zu ihrem Erfolg. Seit vier Wochen verteidigt ihr Album nun schon Platz 1.“

Jetzt begann Sarah zu verstehen. Sie waren die Band, für die diese Veranstaltung heute gedacht war. Ihre Gedanken rasten. Sie bekam nicht mehr mit, was der Mann auf der Bühne sagte, erst als Alex kurz ins Mikro „Danke an alle, die uns geholfen haben“ sagte, hörte sie wieder hin. Seine Stimme verursachte ihr Gänsehaut am ganzen Körper.

Oh nein, sie war ganz und gar nicht über Alex hinweg.

***

Irgendwann war der offizielle Teil des Abends vorbei, die Jungs von *Sakrileg* waren irgendwo in der Menge verschwunden und Sarah entspannte sich wieder etwas. Nur ihre Hände zitterten noch leicht. Als James sie sanft an der Taille umfasste und sie fragte, ob sie noch etwas zu trinken haben wollte, nickte sie mechanisch. Eines verstand sie nicht. James musste doch gewusst haben, dass *Sakrileg* heute geehrt werden sollten. Warum hatte er es ihr nicht gesagt? Und warum hatte er sie überhaupt mitgenommen? Vielleicht dachte er, sie wäre wirklich schon über Alex hinweg, weil sie jetzt mit ihm zusammen war. Das hatte sie selbst schließlich auch gedacht. Es war bestimmt keine böse Absicht von James gewesen. Sie sah ihm nach, wie er zur Bar ging. Er wirkte kein bisschen nervös, eher so, als wäre alles wie immer.

Aus den Augenwinkeln nahm sie eine Bewegung wahr. Kurz schloss Sarah die Augen. Das konnte jetzt einfach nicht wahr sein. Alex kam auf sie zu, mit seinem Arm hielt er Miriam fest umschlungen. Das Mädchen sah wieder aus wie eine Elfe, groß und schlank und sehr blond. Sie hatte ein blutrotes Kleid an und war mit mehr Schmuck behängt, als Sarah überhaupt besaß. Alles an ihr funkelte und klimperte. Dass Alex auf so etwas stand? Kurz dachte Sarah, dass sie nur zufällig in ihre Richtung kamen, aber sie steuerten zielstrebig auf ihren Tisch zu.

„Sarah? Du bist auch hier? Mir war so, als hätte ich dich vorhin mit James Hartfield gesehen?"

Alex hatte es als Frage formuliert, aber seine Worte waren eiskalt und schneidend. Unwillkürlich zuckte Sarah zurück. Eine Antwort blieb ihr erspart, denn sie spürte sofort einen schützenden, warmen Arm um sich und James Stimme neben ihrem Ohr. „Ja, sie ist mit mir hier. Was dagegen, Morgan?"

Die beiden Männer stellten sich einander gegenüber, jeder hielt seine Freundin fest im Arm, und starrten sich an. Es war wie ein stiller Machtkampf. Man konnte die gespannte Stimmung förmlich greifen, die zwischen ihnen herrschte. Hier konnte es jeden Augenblick zu einer handgreiflichen Auseinandersetzung kommen, das war Sarah in diesem Moment klar. Zum Glück rief gerade jemand mitten durch den Raum: „Alex Morgan, schön, dass ihr es doch noch rechtzeitig geschafft habt." Alex drehte sich um, um den Rufer ausfindig zu machen. Sarah nutzte den Moment und zog James mit sich in Richtung Buffet.

„Ich habe Appetit auf ein Dessert. Kannst du mir was empfehlen?"

James hatte ihr Manöver sicher sofort durchschaut, ließ sich aber ohne Protest mitziehen.

„Willst du was Süßes? Das wird schwierig, denn das Süßeste hier bist du." Dabei grinste er sie an. In seinen Augen war etwas, was Sarah in diesem Moment nicht deuten konnte. Sie wollte sich gerade den Naschereien auf dem Buffet zuwenden, da umfasste er sie plötzlich und drehte sie zu sich um. Sein Gesicht war ihrem ganz nah, viel zu nah für ihren Geschmack. Sie hatte noch damit zu tun, die Begegnung mit Alex zu verkraften. Doch als er sie küsste, wehrte sie sich nicht. Sie wollte nicht James dafür bestrafen, dass Alex ihr Gefühlsleben mal wieder in ein totales Chaos gestürzt hatte. Als er sie wieder losließ und sie sich beide umdrehten, sah Sarah, dass Alex sie beobachtete. Seine Augen waren ärgerlich zusammengekniffen und es sah aus, als hätte er die Kiefer fest aufeinander gepresst. Moment mal, was wurde hier gespielt? Sarah überkam der Verdacht, dass James sie gerade absichtlich geküsst hatte um Alex zu ärgern. Und wie es aussah, hatte er sein Ziel erreicht. Aber warum sollte James das machen? Das ergab doch überhaupt keinen Sinn.

***

Der Abend hatte für Sarah seinen Reiz verloren und sie drängte schon bald darauf, wieder nach Hause zu fahren. James wollte noch kurz mit seinem Manager reden, so dass Sarah schon mal zur Garderobe vorausging. Sie musste kurz warten, weil ein älterer Herr, der vor ihr dran war, offenbar die falsche Jacke bekommen hatte.

„Oh, Sarah, das hätte ich wirklich nicht von dir gedacht", hörte sie Alex' Stimme ganz nah an ihrem Ohr. Er hatte sich unbemerkt von hinten an sie angeschlichen. Seine Miriam hatte er diesmal nicht dabei. Als Sarah sich zu ihm umdrehte, war sie von seiner Präsenz mal wieder vollkommen gefangen. Sie nahm jedes Detail von ihm übergenau wahr. Die blonden Haare, die heute mal nicht ganz so verstrubbelt waren wie sonst. Die kleinen Fältchen um seine Augen, die sonst so gern lachten, aber jetzt beinahe spöttisch auf sie herabschauten. Seine blauen Augen und die kleinen Sprenkel darin, die die Pupille umrahmten. Seine gerade Nase, der sinnliche Mund, der ihr schon so oft kleine Schauer verursacht hatte. Unwillkürlich hielt sie die Luft an.

„Was meinst du?" Sarahs Stimme war mehr ein heiseres Krächzen. Sie räusperte sich und wiederholte die Frage.

„James und du, es ist also wahr. Ich dachte nicht, dass du auf ihn hereinfällst."

Sarah war empört und verwirrt. Was meinte er damit
genau? Sie wollte gerade erwidern, dass James es ernst
mit ihr meinte, da drehte er sich schon wieder um und
ging wieder in den Saal zurück. Kurz schaute er noch
einmal zurück und rief ihr zu: „Sei vorsichtig, ja? Ver-
sprich mir das!"

Damit ließ er sie völlig verdattert stehen. Erst die Gar-
derobenfrau holte Sarah in die Wirklichkeit zurück, als
sie sie nach ihrer Marke fragte.

***

Die ganze Fahrt nach Hause schwieg Sarah und hing
ihren Gedanken nach. Glücklicherweise hatte anscheinend auch James keine Lust auf eine Unterhaltung.
Doch eine Frage, die sie beschäftigte, musste sie unbedingt noch jetzt klären.

„Warum hast du mich mit auf diese Veranstaltung genommen? Ich meine, du wusstest doch, dass *Sakrileg*
kommen werden, schließlich ging es ja um sie. Und du
weißt auch, dass ich von unverhofften Begegnungen
mit Alex im Moment nicht sehr begeistert bin, um nicht
zu sagen, dass ich ihnen möglichst aus dem Weg gehen
will." Sie schaute ihn fragend an. Er schaute weiter auf
die Straße und sie vernahm nur ein undeutliches
„Hrmpf" aus seiner Richtung. Doch Sarah wollte das
jetzt wissen.

Nachdem sie eine Weile schweigend dahingefahren
waren, Sarah starrte James unverwandt an, setzte er
endlich zu einer Antwort an.

„Ich hatte es vergessen. Die Einladung habe ich schon ewig. Ich hatte nur im Kalender stehen, dass heute wieder so eine langweilige Veranstaltung der Plattenfirma ist, den Grund habe ich mir nicht mit aufgeschrieben. Ist ja eh immer dasselbe. Und ich habe mir gedacht, dass es mit dir als Begleitung vielleicht nicht langweilig wird. Außerdem wollte ich den Abend mit dir verbringen. Es tut mir leid, dass das so gelaufen ist." Er lächelte sie leicht an.

Obwohl ihr irgendetwas an seiner Erklärung nicht logisch erschien, kam sie im Moment nicht darauf, was es war. Also wollte sie es jetzt gut sein lassen.

Er fuhr sie bis vor ihre Tür, versuchte jedoch nicht mehr sie zu küssen, als sie ausstieg. Und sie war ganz froh darüber. Sie musste erst einmal ihre Gefühle ordnen. Auch wenn das vielleicht nicht ganz fair James gegenüber war, rief sie ihm nur ein leichtfüßiges „Gute Nacht" zu und verschwand im Haus. Durch die geschlossene Haustür hörte sie, wie der Wagen wegfuhr.

Nachdem sie nach den vielen Ereignissen nur schwer in den Schlaf gefunden hatte, schreckte sie mitten in der Nacht hoch. Jetzt wusste sie plötzlich, warum ihr James Erklärung spanisch vorgekommen war: mit der Veranstaltung wurde *Sakrilegs* Albumplatzierung und Verkaufserfolg gefeiert. Das Album war aber noch gar nicht lange auf dem Markt, allzu lange konnte es deshalb nicht her sein, dass James die Einladung bekommen hatte. Aber warum hatte er sie belogen? Das ergab keinen Sinn. Je länger sie darüber nachdachte, desto abstrusere Erklärungen für sein Verhalten fielen ihr ein. Und auch Alex' letzte Worte an sie fachten ihre Überlegungen noch weiter an.

***

Als die ersten Sonnenstrahlen durch ihr Fenster fielen, gab Sarah schließlich auf, einschlafen zu wollen und zog sich an. Es war noch früh, alle anderen schliefen noch. Also kochte sie sich einen Kaffee und setzte sich an ihren Laptop, um endlich die Einzelheiten für Lillys Einschulungsparty zu planen.

Später wurde Lilly von Raffael abgeholt und Mira und Sarah stürzten sich in die Vorbereitungen für die Grillparty. Obwohl Sarah gegen Nachmittag immer müder wurde, freute sie sich, endlich Miras Freund kennenzulernen.

Sie hatten gerade das Fleisch eingelegt und die Salate vorbereitet, als James eintraf und kurz darauf auch Stefan, Miras neuer Freund. Stefan war ein ruhiger junger Mann mit Brille, der Mira anscheinend vergötterte. Jedenfalls blieb er die ganze Zeit in Miras Nähe und sie genoss es, ihn mal hierhin und mal dahin zu schicken und so deutlich zu zeigen, wer in ihrer Beziehung das Sagen hatte.

Nicht lange nach den beiden Männern traf auch Lilly wieder ein. Diesmal wurde sie von Eric gebracht. Da niemand die Klingel gehört hatte, kam Eric zusammen mit Lilly nach hinten in den Garten. Lilly rannte wie immer auf Sarah zu und erzählte freudestrahlend und völlig unzusammenhängend, was sie alles erlebt hatte. Deshalb bekam Sarah nur am Rande mit, dass Eric nicht gleich wieder ging, wie sonst, sondern Mira und vor allem Stefan wie gebannt anstarrte. Das war ja interessant. Anscheinend war Mira ihm doch nicht so egal, wie er immer getan hatte.

Mit Lilly im Schlepptau ging sie wie zufällig an ihm vorbei und raunte ihm zu: „Tja, Pech gehabt, Junge. Jetzt hat sie sich einen anderen gesucht."

Es bereitete ihr eine diebische Freude, seine Reaktion zu beobachten, denn er schien plötzlich in sich zusammenzufallen. Ja, das hatte seinem Selbstbewusstsein wahrscheinlich einen gehörigen Dämpfer verpasst. Zu Recht, so wie er Mira behandelt hatte, oder eher nicht behandelt hatte, denn er hatte ihre Annäherungsversuche ja konsequent ignoriert, jedenfalls soweit Sarah wusste. Mit hängenden Schultern und ohne Verabschiedung ging Eric wieder.

Sarah stellte Lilly und Stefan einander vor, dann warf James fachmännisch den Grill an und schon kurze Zeit später verbreitete sich ein köstlicher Duft nach gebratenem Fleisch über den ganzen Garten. Nach dem Essen spielte James noch eine Weile mit Lilly. Sie schien ihn schon richtig ins Herz geschlossen zu haben, denn aus heiterem Himmel sagte sie irgendwann zu James: „Schade, dass du jetzt nicht mehr mein Papa sein kannst, aber Alex ist ja schon mein Papa. Und damit man das sieht, hat er auch extra meine blonden Haare geerbt. Und du hast ja braune Haare, also geht das nicht. Aber vielleicht kannst du einfach mein Freund sein?" James lächelte selig und umarmte Lilly.

„Na klar, meine Kleine. Wir sind beste Freunde."

Der Abend war trotz Sarahs Müdigkeit der beste, den sie seit langem erlebt hatte. Sie wünschte, er würde nie aufhören, aber irgendwann musste Lilly ins Bett und kurz darauf verabschiedete sich auch Stefan. James

half noch beim Aufräumen, entschuldigte sich dann
aber, weil er am nächsten Morgen nach Hamburg fahren musste. Also waren die beiden Frauen schon wieder allein. Sarah war das ganz recht, so kam sie wenigstens zum Schlafen.

***

Zwei Tage später waren die Fotos von James und Sarah in allen Zeitschriften zu finden. Überall wurde von
James' neuer Freundin berichtet und Mutmaßungen
über sie angestellt. Zum Glück hatte niemand an ihrem
Aussehen zu meckern, so dass sich die Mutmaßungen
darauf bezogen, wie sie sich kennengelernt hatten und
ob sie eine Chance auf eine glückliche Beziehung hatten. Sarah hatte so etwas schon erwartet und war nicht
sonderlich geschockt über all das öffentliche Interesse
an ihrer Person und ihrer Beziehung.

Die nächste große, jedoch nicht so positive Überraschung erwartete sie gleich am nächsten Morgen.
Deutschlands größte Klatschzeitung hatte einen Artikel über James, Alex und sie gebracht. Die Titelseite
zeigte ein Bild, welches James, Alex, Miriam und sie
zeigte, wie sie sich gegenüberstanden und James und
Alex sich gerade anfeindeten. Darüber stand in großen
Lettern: „Alex Morgan neidet der Mutter seiner Tochter
ihr Glück". Da hatte offensichtlich jemand gut recherchiert.

Der Artikel selbst ließ keine Fragen mehr offen.

„Die Gemüsehändlerin der jungen Frau erzählt, dass
Alex Morgen seine Tochter wohl jahrelang überhaupt

nicht beachtet hat und erst seit ein paar Monaten ab und zu mal Zeit mit ihr verbringt. Er soll der Mutter seiner Tochter sogar Unterhalt verweigert haben. Und nun, nachdem die junge Mutter endlich ihr Glück mit James Hartfield, einem der derzeit angesagtesten Rocksänger, gefunden hat, kann Alex Morgan sich nicht damit abfinden und greift das glückliche Paar offen an."

In genau dieser Manier ging es weiter. Anscheinend hatte der Reporter ein bisschen über Sarah recherchiert und sich dann im Dorf umgehört. Dass Sarah ein Kind hatte, wusste jeder. Der Reporter hatte den Artikel aus der englischen Jugendzeitschrift mit Lilly und Alex hervorgeholt, eins und eins zusammen gezählt und dann in Gerda jemanden gefunden, der nur zu bereit war, Lillys Vater ans Messer zu liefern. Sarah konnte Gerda nicht einmal böse deswegen sein. Die alte Frau wollte nur ihr Bestes und sie war nicht die einzige gewesen, die einen überzogenen Hass auf Lillys Vater, der sich angeblich nicht für seine Tochter interessierte, hatte. Der Reporter hätte eigentlich mit fast jedem aus dem Dorf reden können und dieselben Informationen bekommen.

Es war das Schlimmste eingetreten, was eintreten konnte: Ihre Beziehungen zu James und Alex waren öffentlich bekannt und sie konnte nicht einmal Lilly aus der Sache raushalten. Seltsamerweise war Sarah aber weder wütend noch besonders traurig darüber. Eher resigniert. Sie konnte jetzt sowieso nichts mehr daran ändern. Als sie zugestimmt hatte, mit James zu dieser Veranstaltung zu gehen, hatte sie auch zugestimmt, ihre Beziehung öffentlich zu machen. Aber wenn sie es da nicht gemacht hätte, wäre es zu einem anderen Zeitpunkt passiert.

Im Hotel wurde Sarah häufig auf ihre Beziehung zu James angesprochen. Obwohl sie sicher war, dass die meisten auch den anderen Artikel gesehen hatten, hielten sich die Kommentare dazu in Grenzen. Sarah war dankbar dafür. Sie wollte definitiv nicht mit wildfremden Leuten über das komplizierte Verhältnis zu Alex sprechen. Da war es viel einfacher, überall zuzugeben, dass sie und James Hartfield liiert waren.

Durch Eddis frühere Warnungen hatte Sarah Bedenken, dass sich die ganze Geschichte negativ auf ihre Arbeit auswirken würde. Bisher hatte sie nicht den Eindruck, aber im Moment hatte sie auch nicht allzu viel mit irgendwelchen Musikern zu tun. Spätestens im Herbst würden dann wieder Musikveranstaltungen anstehen und sie hoffte einfach, dass sie dann trotzdem auf einer professionellen Ebene mit den Künstlern bleiben konnte.

***

Die Vorbereitungen für Lillys Einschulung waren mittlerweile in vollem Gang. In ein paar Tagen war es soweit. Alle Bücher und Unterrichtsmaterialien hatten sie schon beisammen und Lilly packte alles stolz in ihren neuen Schulranzen. Damit lief sie manchmal tagelang herum, weil sie das Gefühl, ein Schulkind zu sein, so schön fand. Die Abschlussfeier im Kindergarten lag nun schon einige Tage zurück und für Lilly bedeutete das, dass sie jetzt schon ein Schulkind war. Sarah beobachtete ihre Tochter oft heimlich, wie diese vor dem Spiegel stand und sich betrachtete. Ja, sie war schon groß geworden, ihre Kleine.

Am Samstagmorgen war es dann endlich soweit. Lilly war seit sechs Uhr wach und hatte sich schon längst angezogen. Seitdem drängelte sie Sarah und Mira, sich doch zu beeilen. Obwohl die Einführungsveranstaltung in der Schule mit Übergabe der Zuckertüten erst um neun Uhr beginnen sollte, war Lilly dermaßen hibbelig und aufgeregt, dass sie am liebsten schon gegen sieben in der Schule gewesen wäre.

Sarah und Mira ließen sich von Lillys Aufregung anstecken, bestanden aber darauf, dass sie alle zuerst einmal in Ruhe frühstückten. Sie warteten noch auf James, der versprochen hatte, rechtzeitig zum Frühstück da zu sein. Es wurde ein gemütliches und fröhliches Frühstück mit frischen Brötchen, Eiern und Marmelade. Lilly entwickelte dann entgegen ihrer sonstigen Gewohnheiten doch noch Appetit und schlang ein ganzes Brötchen mit Marmelade und danach noch ein gekochtes Ei hinunter. Währenddessen plapperte sie in einer Tour. Die Zeit verging rasend schnell und schon mussten sie los. Gemeinsam liefen sie den kurzen Weg zur Schule. Lilly trug stolz ihren neuen Schulranzen und ging mit Mira an der Hand voran. Dahinter liefen Sarah und James. Von weitem hätte man von einer richtig glücklichen Familie ausgehen können, hätte Sarah nicht die ganze Zeit das Gefühl, dass sie eigentlich Alex an ihrer Seite haben müsste. Ob Alex auch zur Einschulungsfeier kommen würde? Sarah wusste, dass Lilly ihn darum gebeten hatte.

30. Kapitel

Alex

In der kleinen Aula waren mittlerweile fast einhundert Personen, meist Eltern und Großeltern, versammelt. Ganz vorn in der ersten Reihe saßen die neuen Erstklässler. Obwohl Alex ganz hinten stand, hatte er sie sofort erkannt: seine Lilly. Sie saß zwischen einem Mädchen mit schwarzen geflochtenen Haaren und einem kleinen dunkelblonden Jungen und fiel seiner Meinung nach durch ihre Größe, ihre blonden Haare und ihre selbstbewusste Haltung positiv auf. Er war so stolz.

Ein paar Reihen dahinter saß Sarah zusammen mit Mira und James Hartfield. Bei Sarahs Anblick wurde ihm ganz warm. Sie hatte ihn noch nicht gesehen oder nicht erkannt. Das war nicht weiter verwunderlich, denn heute hätte ihn selbst seine Mutter nicht erkannt. Er trug einen dunkelblauen Anzug, eine Krawatte, hatte eine verspiegelte Fliegerbrille auf und seine Haare unter einem Käppi versteckt. Sonst weigerte er sich immer, einen Anzug zu tragen. Es gab kein einziges offizielles Foto von ihm im Anzug. Niemand wusste, dass er überhaupt so etwas besaß. Heute war es eine optimale Verkleidung.

Gerade hatte die ehemalige erste Klasse ein kleines Stück aufgeführt. Danach erhielten die neuen Erstklässler ihre Zuckertüten und sollten dann gemeinsam mit ihrer Klassenlehrerin in ihren Klassenraum gehen. Alex klatschte mit am lautesten, als Lilly ihre Zuckertüte überreicht wurde.

Als die Kinder weg waren, kam Bewegung in die Erwachsenen. Kurz befürchtete Alex, erkannt zu werden, doch seine Angst löste sich auf, als er sah, dass sich viele der anwesenden Mütter auf James stürzten, um ein Autogramm oder vielleicht auch ein Foto zu ergattern. Alex war so froh, dass er inkognito da war. Doch ganz perfekt war seine Verkleidung offensichtlich doch nicht gewesen, denn Sarah, die in dem Massenansturm um James Hartfield etwas zur Seite gedrängt worden war, sah zu ihm herüber und winkte ihm zaghaft zu. Er glaubte sogar, so etwas wie ein Lächeln in ihren Mundwinkeln zu erkennen. Er hob leicht die Hand, um zurück zu winken.

Da war es wieder, das vertraute Kribbeln, das Alex immer dann spürte, wenn er Sarah sah oder an sie dachte. Eigentlich sollte sie seine Sarah sein, aber sie war ja jetzt mit James Hartfield zusammen und offensichtlich auch glücklich. Wie es aussah, hatte er sich doch in James getäuscht. Immer wenn ihm so wie jetzt bewusst wurde, was er mit seiner Dummheit verloren hatte, erfasste ihn eine unbändige Wut auf sich selbst. Wie hatte er Sarah gegenüber nur so ein Idiot sein können und das alles wegen dieser Zicke Miriam? Dass Miriam eine Zicke war, hatte er ja noch ziemlich schnell gemerkt, aber nicht, wie sie ihn manipuliert und gegen Sarah aufgebracht hatte mit ihrem scheinheiligen Getue. Er hatte geglaubt, dass Miriam auf seiner Seite war und ihn verstand. Jetzt wusste er es besser. Ihr einziges Ziel war gewesen, ihn ganz für sich allein zu haben und dann wie eine Trophäe herumzeigen zu können. Wie hatte er nur so blind und stur sein können? Blind gegenüber Miriams Absichten und stur, was die

Warnungen seiner Freunde betraf? Aber es war nun mal geschehen. Auch wenn er sich mittlerweile von Miriam getrennt hatte, konnte er das, was geschehen war, nicht rückgängig machen. Und das machte ihn nicht nur wütend, sondern auch unheimlich traurig.

***

Als Lilly zurückkam, rannte sie als erstes zu Sarah und zeigte stolz ihre Zuckertüte. Es sah so seltsam aus, das kleine blonde Mädchen mit dem riesigen Schulranzen auf dem Rücken und der noch größeren Zuckertüte im Arm. Sie war seine Tochter. Wieder übermannte ihn eine Welle des Stolzes. Wenigstens die Kleine würde ihm bleiben und für immer seine Verbindung zu Sarah sein.

Diese zeigte gerade in seine Richtung und Lilly blickte sich suchend um. Er nahm kurz seine Kappe und seine Sonnenbrille ab, so dass sie ihn erkennen würde. Schon kam sie mit fliegenden Haaren auf ihn zugerannt. Ein paar der anwesenden Eltern, die nicht auf ihre Kinder oder auf James Hartfield achteten, blickten ihr erstaunt nach, aber wenn sie ihn erkannten, beschlossen sie offenbar, ihn in Ruhe zu lassen.

„Papa", rief Lilly atemlos. „Du bist hier. Hast du alles gesehen? Schau mal, meine Zuckertüte, es ist die größte von allen." Sie umarmte ihn, so gut das mit der Zuckertüte im Arm ging und er strich ihr über den Kopf.

„Ja, meine Kleine. Du bist jetzt ein richtiges Schulkind. Die Schönste von allen. Jetzt musst du nur noch die Beste werden. Also streng dich immer schön an,

damit aus dir mal was Besseres wird als aus deinem
Papa." Sie lachte über seine Ermahnung. Erst vor ein
paar Tagen hatte sie ihm gesagt, dass sie später vielleicht auch mal in einer Band spielen wollte.

„Kommst du nachher zu meiner Party? Wir feiern bei
uns im Garten."

„Klar, Süße. Die ganze Band kommt vorbei. Sie müssen dir doch alle gratulieren. Und außerdem will ich dir
noch mein Geschenk geben."

Lilly drückte sich noch einmal an ihn, dann war sie
auch schon wieder verschwunden.

Kurze Zeit später machte Alex sich allein auf den Weg
zu Sarahs Haus. Als er am örtlichen Gemüseladen vorbei lief, schaute er durch das Fenster, ob er diese Gerda
zu Gesicht bekam, die dem Reporter so bereitwillig Auskunft über Lilly gegeben hatte. Der Laden hatte geschlossen und von der alten Dame war keine Spur.
Schade, er hätte sich gern mal mit ihr unterhalten und
ein paar Dinge richtiggestellt. Nur, falls sie mal wieder
einem Reporter ihr Herz ausschütten wollte.

***

Beim Haus selbst war noch niemand. Lilly hatte ihm
bei einem seiner letzten Besuche verraten, wo Sarah ihren Ersatzschlüssel aufbewahrte, doch ins Haus wollte
Alex im Moment nicht. Das Tor war nicht verschlossen,
also ging er schon mal in den Garten, um auf die anderen zu warten. Alles war schon für die Party nachher
vorbereitet und geschmückt. Im hinteren Teil des Gartens stand eine größere Tafel und überall noch

Stehtische, um keine starre Sitzordnung aufkommen zu lassen. An der Garage war eine Art Buffettisch aufgebaut. Ein paar abgedeckte Schüsseln sowie die Teller und das Besteck standen schon darauf. Links neben dem Buffettisch stand der Grill, bereit angefeuert zu werden. Getränke fand Alex keine, aber die hatte Sarah aufgrund der Wärme sicher noch im Haus oder im Keller stehen. Alles war liebevoll mit kleinen Zuckertüten dekoriert. Im vorderen Teil, beim Reinkommen, hatte Alex auch schon gesehen, dass an dem alten Apfelbaum eine Menge Zuckertüten hingen. Das war wohl der legendäre Zuckertütenbaum, von dem Lilly schon seit Wochen erzählte. In diesem Moment hörte Alex Lillys Lachen und die Stimme von Sarah, die ihm schon wieder einen Gänsehautschauer verursachte. Aber wo sie war, war dieser Hartfield vermutlich auch nicht weit, also vertrieb Alex sich alle Träume aus dem Kopf und beschloss, Lillys Geschenk aus seinem Auto zu holen. Er hatte es eine Straße weiter geparkt, damit sein Kommen eine Überraschung für Lilly blieb.

„Papa!" Lilly hatte ihn entdeckt, kaum war er aus dem Garten auf die Straße getreten. Sie fiel ihm sofort um den Hals.

„Hey, Süße. Ich wollte eben dein Geschenk holen. Aber du kannst mitkommen und mir tragen helfen."

Da ließ Lilly sich natürlich nicht lang bitten. Sie rief ihrer Mutter kurz zu, dass sie mit Alex ihr Geschenk holen wollte, dann schob sie ihre kleine warme Hand in seine große. Die Zuckertüte und der Schulranzen waren ihr auf dem Heimweg wohl zu schwer geworden, denn beides wurde von James getragen. Alex musste schmunzeln, als er Hartfield mit dem kleinen

Schulranzen, der an Lilly so groß gewirkt hatte, und der Zuckertüte sah. Er sah aus wie ein zu groß geratener Schulanfänger. Ein bisschen Wehmut war allerdings auch dabei. Eigentlich sollte es in Sarahs Leben nur einen Mann geben und das war er selbst. In diesem Moment beschloss Alex für sich selbst, dass er alles daransetzen wollte, Sarah irgendwie zurückzugewinnen.

Als er aus seinem Auto die schwarze Gitarrentasche mit der großen rosa Schleife zog, quietschte Lilly begeistert auf. Sie nahm ihr Geschenk ehrfürchtig an sich und öffnete vorsichtig den Reißverschluss. Dann strich sie andächtig über das schwarz-rot gefärbte Holz der Gitarre und zupfte an den Saiten. Was sie noch nicht entdeckt hatte, war, dass alle Mitglieder von *Sakrileg* auf der Rückseite der Gitarre unterschrieben hatten. Dann sprang sie auf und fiel Alex um den Hals.

„Papa, du bist echt der Beste!" Sie nahm ihre Gitarre und rannte damit zurück, um sie ihrer Mutter zu zeigen.

***

Lächelnd schloss Alex sein Auto wieder zu, als sein Handy klingelte. Er ging ran ohne sich zu melden.

„Alex? Ich habe hier gerade so einen seltsamen Artikel gelesen. Du weißt schon, von Tante Susi. Die soll mir doch immer alle Artikel schicken, die von dir in Deutschland erschienen sind."

„Mama?" Alex grinste. Seine Mutter wartete noch nicht mal ab, ob er wirklich am Telefon war. Sie quatschte gleich los.

„Ja, ich bin's natürlich. Jedenfalls, stimmt das, was ich gelesen habe?"

Alex beschloss, sie noch ein bisschen zappeln zu lassen. Außerdem, wer wusste schon, was sie genau gelesen hatte.

„Kommt darauf an, was du gelesen hast, würde ich sagen."

„Hier steht, du wärst Vater. Stimmt das? Oder ist das mal wieder dieser übliche Kram, den sie immer mal wieder über dich zusammen schmieren? Hier steht, du würdest der Mutter deiner Tochter ihr Glück nicht gönnen." Stille.

„Alex? Bist du noch dran? Was ist denn nun? Stimmt es? Hast du eine Tochter?"

Alex konnte sich die Ungeduld seiner Mutter bildlich vorstellen. Aber, was brachte es schon, sie noch weiter im Unklaren zu lassen?

„Ja, Mama, es stimmt", gab er mit neutraler Stimme zu.

Alex konnte die Überraschung seiner Mutter beinahe spüren. Dann hörte er im Hintergrund eine zweite Stimme: Maria. Er sah es schon vor sich, wie sie sich beide über den Artikel beugten, ihn lasen, diskutierten und schließlich beschlossen hatten, ihn anzurufen.

„Es ist wahr", sagte seine Mutter gerade undeutlich zu Maria. Anscheinend hatte sie die Hand über das Telefon gelegt, damit er nicht mitbekam, dass noch jemand mithörte.

„Mama? Maria? Tut mir leid. Das kann ich euch jetzt nicht näher erklären. Ich bin gerade auf der Einschulungsfeier meiner Tochter."

Wieder war ein aufgeregter Stimmenwirrwarr am anderen Ende der Leitung zu hören. Dann verstand er seine Mutter wieder deutlicher.

„Alex? Maria und ich wollen sie kennenlernen. Wir schauen, wann Maria ein paar Tage frei bekommt, dann kommen wir nach Deutschland."

Kurz stellte er sich vor, wie seine Mutter und seine Schwester plötzlich und unangekündigt vor Sarahs Tür standen. Sie würden sie zu Tode erschrecken. Aber vielleicht gab es noch eine andere Möglichkeit. Alex spielte schon seit einigen Tagen mit so einer Idee. Vielleicht sollte er sie wirklich in die Tat umsetzen.

Ein Lächeln umspielte seine Lippen als er antwortete: „Nein Mama, das braucht ihr nicht. Ich werde mit Lilly und ihrer Mutter so schnell es geht nach Helsinki kommen, okay? Dann erkläre ich euch alles. Und ihr könnt sie gleich kennenlernen."

Seine Mutter war natürlich einverstanden, gab die Neuigkeit sofort an seine Schwester weiter.

„Ich muss jetzt aufhören. Bis bald, okay?" Alex wollte schon auflegen, doch die Stimme seiner Mutter hielt ihn zurück: „Alex? Mach viele Fotos, ja?"

Er lächelte und legte dann auf.

***

Mittlerweile waren auch schon ein paar Gäste angekommen. Die meisten hatte Alex noch nie gesehen. Obwohl, dieser alte Mann da hinten am Grill kam ihm schon bekannt vor. Er musste eine Weile nachdenken, doch dann fiel es ihm wieder ein. Das war Eddi, der frühere Chef von Sarah. Alex war verwundert, ihn hier zu treffen. Waren Sarah und er so gut befreundet? Vielleicht ergab sich ja später eine Gelegenheit, mit Eddi zu sprechen.

Alex schnappte sich ein Bier, welches Sarah in der nun offenen Garage gelagert hatte, damit es nicht so schnell warm wurde. Damit setzte er sich auf einen der weißen Liegestühle auf der Terrasse und wartete, bis die restlichen Jungs von *Sakrileg* ankamen. Lilly war beschäftigt und Sarah sah Alex gerade nicht. Sie war sicher in der Küche bei den Essensvorbereitungen, da wollte er jetzt nicht stören. Auf ein Gespräch mit James hatte er keine Lust, obwohl dieser einsam am Grill stand und aussah, als würde er ein wenig Hilfe benötigen. Demonstrativ schaute Alex in die andere Richtung, in der Lilly gerade versuchte, ein paar der aufgehängten Zuckertüten zu erreichen.

„Alex Morgan?" Der Mann, der ihn angesprochen hatte, stand direkt vor der Sonne, so dass Alex erst nur Umrisse erkannte. Doch dann trat er ein wenig zur Seite und Alex sah, dass es Eddi war, der ihn angesprochen hatte. Er setzte sich auf und schob sich die Sonnenbrille auf die Stirn. Eddi setzte sich ihm gegenüber auf einen anderen Terrassenstuhl.

„Ich sehe, Sie haben meinen Rat von damals nicht befolgt?" Der alte Mann hatte ein Glitzern in den Augen, als er diese Frage stellte. Alex war sich nicht ganz sicher, was er meinte.

„Als ich Ihnen geraten hatte, sich von Sarah fernzuhalten?" Jetzt grinste der Alte und Alex war sich sicher, gerade veralbert zu werden. Doch er beschloss, das Spielchen mitzuspielen.

„Oh doch, das habe ich und es war der größte Fehler meines Lebens. Wussten Sie, dass Sarah damals ein Kind von mir erwartete?" Jetzt war das Grinsen aus Eddis Gesicht gewichen. Er nickte bedächtig. Dann schüttelte er den Kopf.

„Natürlich war mir damals klar, was zwischen Ihnen beiden geschehen war, aber dass sie davon schwanger war? Nein, das wusste ich zu diesem Zeitpunkt noch nicht." Wieder glitzerten seine Augen verdächtig und auch Alex konnte sich ein Grinsen nicht verkneifen. Doch Eddi war noch nicht fertig.

„Aber ich gebe zu, dass mein Rat damals falsch war. Ich bereue es bis heute, dass ich so maßgeblich daran beteiligt war, dass Lilly ihren Vater nicht kennenlernen durfte. Aber das haben Sie ja anscheinend selbst wieder hingebogen. Woher wissen Sie von Lilly?"

Alex musterte den alten Mann genau. Was wollte er? Warum suchte er das Gespräch über einen Vorfall, der schon so lange zurück lag und sich jetzt nicht mehr ändern ließ? Tat es ihm wirklich leid?

Vorsichtig begann Alex zu erzählen, wie er Sarah wiedergetroffen hatte, wie sie erneut zusammengekommen waren. Was er aber nicht erzählte, war, dass Sarah ihm Lilly erst einmal verschwiegen hatte. Eddi nickte immer wieder oder schüttelte betroffen den Kopf, unterbrach Alex aber kein einziges Mal.

„Und jetzt sind Sie wieder ein Paar?", fragte er schließlich. Alex schüttelte den Kopf. Dann rückte er auch damit heraus, dass er selbst herausgefunden hatte, dass Lilly seine Tochter war und dass er sich deshalb von Sarah getrennt hatte, die jetzt mit James zusammen war. Der alte Mann sah betroffen aus.

„Oh nein, das tut mir so leid. Sie hätten von Anfang an glücklich sein sollen. Aber ich habe damals wirklich geglaubt, das Richtige zu tun, wissen Sie? Ich war davon überzeugt, dass es Sarah nur schaden konnte, wenn bekannt würde, dass Sie sie verführt haben. Damals war ich der Meinung, dass ein Musiker wie Sie nur darauf aus war, so viele Mädchen wie möglich ins Bett zu bekommen und hinterher damit anzugeben. Und das wäre für Sarah so schlimm gewesen. Als ich dann mitbekam, dass sie schwanger ist, war es schon zu spät, verstehen Sie? Ich habe mich nicht mehr getraut, ihr die Wahrheit zu sagen."

„Welche Wahrheit?" Alex konnte sich nicht beherrschen, nachzufragen.

„Ich habe Sie damals belogen, als ich Ihnen erzählte, dass Sarah in ihrer Beziehung glücklich sei. Sie kam zu mir, direkt nach dieser Nacht und war total verwirrt. Sie hatte Angst, was passieren konnte. Sie hatte Angst, weil ich ihr diese Angst eingeredet hatte. Und ich habe sie noch darin bestärkt und sie nach Hause geschickt mit der Bitte, die nächsten Tage nicht mehr aufzutauchen." Er schwieg ein paar Sekunden.

Dann holte er Luft und redete weiter. „Außerdem habe ich ihr nie erzählt, dass Sie sie gesucht hatten. Ich habe ihr gesagt, Sie seien abgereist ohne noch ein Wort über sie oder das was passiert war, zu verlieren. Sarah war damals so traurig. Aber ich war eben der Meinung, es sei besser so. Sie müssen verstehen, dass ich das nicht böse gemeint habe. Ich wollte nicht, dass das passiert, was passiert ist. Glauben Sie mir?"

Eddi hatte immer eindringlicher auf Alex eingesprochen und ihn zuletzt sogar am Arm gepackt, um seinen

Worten mehr Gewicht zu verleihen. Seine grauen Augen bohrten sich fast in Alex hinein.

Doch Alex war nicht bereit, so schnell zu vergeben. Er musste erst einmal verdauen, was er eben gehört hatte. Vieles hatte er zwar schon von Sarah erfahren, aber dass der alte Mann gelogen hatte, was seine Bemühungen sie zu finden anbelangte, machte ihn wütend. Er schüttelte den Griff des alten Mannes ab und stand auf.

„Haben Sie Sarah all das auch erzählt?".

Eddi senkte traurig den Kopf und verneinte.

Alex holte tief Luft, um sich zu beruhigen. Dann setzte er sich noch einmal hin. Ja, es war falsch gewesen, was der frühere Chef von Sarah damals gemacht hatte, aber es war lange her. Außerdem rechnete er es ihm hoch an, jetzt die Wahrheit gesagt zu haben. Das hätte er nicht machen müssen.

Er klopfte Eddi auf die Schulter. „Vielleicht wäre es gut, wenn Sie heute auch noch mit ihr sprechen!"

Eddi sah ihn eine Weile an. Dann nickte er und stand auf.

***

Mittlerweile waren auch die anderen Jungs von *Sakrileg* eingetroffen. Rick und Raffael standen schon am Grill und Mika und Eric hatten es sich mit einem Bier an einem der Stehtische gemütlich gemacht. Alex ging zu Rick und Raffael und schnappte sich ein Würstchen. Die waren zwar noch recht blass, aber Alex hatte jetzt Hunger. Da sich momentan niemand hierfür zuständig zu fühlen schien, hatte sich Raffael hinter dem Grill platziert und wendete professionell das Fleisch und die Würste. Mika brachte ihnen Bier herüber und auch Eric stellte sich zu ihnen. Alex verzog kurz das Gesicht, sagte aber nichts dazu. Eric hatte sich seinen Platz in der Band wahrhaft erkämpft, er war gut und er wurde von den Fans akzeptiert, trotz seiner Jugend. Nun konnte auch Alex nichts mehr gegen ihn sagen. Erst vor zwei Tagen hatte er zugestimmt, dass Eric offizielles Mitglied der Band wurde. Und damit er es nicht nur auf dem Papier blieb, musste nun auch Alex seinen Teil dazu beitragen, dass die Band wieder wie ein Mann agierte und lebte. Er seufzte noch einmal tief auf und stieß dann mit Eric an.

„Auf die Band und ihren neuen Keyboarder." Die anderen stimmten ein und Eric lächelte glücklich in die Runde. Mika schlug Alex freundschaftlich auf die Schulter und raunte ihm ein „Danke" ins Ohr. Alex nickte nur kurz, es brauchte nicht viele Worte zwischen ihnen.

Sie waren nun schon von einigen Leuten umgeben, allerdings interessierte sich hier niemand für die Band, sondern einzig für das Essen. Raffael hatte alle Hände voll zu tun, alle mit Fleisch und Würsten zu versorgen. Zum Glück gab es auch noch ein paar Salate und nach einiger Zeit hatten sich alle glücklich ein Plätzchen zum Essen gesucht.

Nach dem Essen holte Rick seine und Alex' Gitarre und gemeinsam gaben sie Lilly ein Ständchen. Lilly durfte direkt neben Alex auf der kleinen Bank sitzen und freute sich sichtlich, im Mittelpunkt zu stehen. Alex schaute immer wieder zu Sarah hinüber, die endlich aus ihrer Küche gekommen war und nun zusammen mit den anderen ihrem kleinen Konzert lauschte.

James war nicht zu sehen. Dann fiel Alex' Blick auf Eric, der schräg neben ihm saß und auf einem imaginären Keyboard spielte. Vorhin hatte er ganz versunken gewirkt, aber plötzlich kam Leben in den Jungen. Diese Bewegung hatte Alex aufmerksam gemacht. Eric wirkte nun zappelig und rückte immer wieder auf seinem Stuhl herum. Erst ein paar Minuten später machte Alex den Grund für Erics verändertes Verhalten aus. Mira stand in zweiter Reihe und schaute ihnen zu. Alex war sich sicher, dass sie vorhin noch nicht dagewesen war. Erics Blick fiel immer wieder auf das Mädchen, aber die schaute ihn nicht an. Na so etwas, diese Entwicklung hatte Alex nicht vorausgesehen. Wie auch, bisher hatte er ja vermieden, sich mit Eric allzu sehr zu beschäftigen. In den letzten Wochen hatte er immer das Gefühl gehabt, dass Mira sich zwar ziemlich für Eric interessierte, dies aber nicht auf Gegenseitigkeit beruhte. Nun schien sich die Situation vollständig gewandelt zu haben.

***

Die Gäste applaudierten lang und ausdauernd, als *Sakrileg* ihr Spontankonzert beendeten. Alex bedankte sich lächelnd in die Runde, hatte aber nur Augen für Sarah. Neben ihr stand jetzt James und auch er applaudierte laut und kräftig. Dann legte er seinen Arm um sie und blickte Alex herausfordernd an. Alex drehte sich weg und schaute stattdessen nach Eric. Dieser war aufgestanden und zu Mira hinübergegangen. Die beiden unterhielten sich. Obwohl, eigentlich sah es eher so aus, als würde Eric Mira vollquatschen. Doch sie ging auch nicht weg und gab Eric somit wieder neuen Auftrieb. Alex musste grinsen. So jung und naiv war er auch einmal gewesen. Eigentlich schlug sich der Junge ja ganz gut mit dem ganzen plötzlichen Ruhm und den vielen eindeutigen Angeboten der weiblichen Fans. Er war aufmerksam und freundlich, blieb dabei aber unverbindlich. Alex wusste nicht, ob er schon einmal der Versuchung erlegen war, aber da Mika sein Mentor war, war dies eher unwahrscheinlich. Mikas strikter Grundsatz war es, sich unter keinen Umständen mit einem Fan einzulassen. Die anderen hatten sich früher die eine oder andere Chance nicht entgehen lassen, doch Mika war sich immer treu geblieben. Und später, als alle vernünftig geworden waren, hatte er ihnen auch immer wieder unter die Nase gerieben, dass er recht gehabt hatte.

***

Jetzt war es endlich soweit, Lilly durfte die Zuckertüten von ihrem Zuckertütenbaum abschneiden und verteilen. Sarah wollte ihr eine kleine Leiter holen, doch Alex hielt sie an der Schulter zurück.

„Lass mal, das machen wir schon." Dann ging er zu Lilly und hob sie sich zur Freude der anderen Gäste auf die Schultern. Jetzt war sie so groß, dass sie den Kopf einziehen musste, um nicht an den Ästen des

Apfelbaumes hängen zu bleiben, doch sie zappelte freudig auf ihm herum und schnitt eine Zuckertüte nach der anderen ab. Alex hielt die geernteten Tüten mit einer Hand fest, mit der anderen sicherte er Lilly ab, die laut quietschte und immer wilder auf ihm herumzappelte. Schließlich hatte sie alle Zuckertüten abgeschnitten und Alex setzte sie unter Applaus wieder auf den Boden. Dann überreichte er ihr mit einer Verbeugung ihre Beute und bekam zum Dank einen dicken Schmatzer auf die Wange.

Die erste Zuckertüte brachte Lilly ihrer Mutter, die zweite bekam Mira, doch schon die dritte schenkte sie Alex. Er musste in sich hineingrinsen, weil James erst die vierte Zuckertüte bekam. Nach und nach verteilte Lilly alle Tüten an ihre Gäste. Dann ging sie herum und half allen beim Öffnen, weil natürlich sie am neugierigsten auf den Inhalt war. In Alex' Zuckertüte befanden sich viele kleine Schokoladen und Lollis, aber auch ein paar lila Haarspangen, welche Lilly ihm gleich in die Haare machen wollte. Es war ihm ein klein wenig peinlich, doch er wollte kein Spielverderber sein und beließ die Haarspangen, wo sie waren.

***

Der ganze Tag war so aufregend gewesen, dass Lilly nach dem Abendbrot in Sarahs Armen auf der kleinen Bank einschlief. Alex bot sich schließlich an, sie nach oben zu tragen.

Gemeinsam brachten sie ihre kleine Tochter ins Bett. Als Sarah sich noch einmal zu der schlafenden Lilly beugte und ihr eine verirrte Haarsträhne aus dem Gesicht strich, wurde Alex ganz warm ums Herz. Das hier hatte eindeutig etwas von heiler Familie. Als Sarah sich zu ihm umdrehte, fühlte er ihren Blick mehr, als dass er ihn sah. Sie schaute ihn nur an und sagte gar nichts. Auch er wollte diesen magischen Moment nicht zerstören, also bewegte er sich nicht. Wie lange sie so da standen, wusste er nicht, er hatte in diesem Moment jegliches Zeitgefühl verloren. Doch er spürte eine Spannung zwischen ihnen beiden, die sich förmlich mit den Händen greifen ließ. Schließlich fasste er sich ein Herz und trat einen winzigen Schritt auf sie zu. Dann hob er seine Hand und streichelte ihr ganz sanft über das Gesicht. Sie lächelte ihn schüchtern von unten herauf an, in ihren Augen schimmerte es feucht.

„Danke", hauchte sie plötzlich.

„Wofür?" Er räusperte sich. Seine Stimme hatte in der Stille um sie herum unnatürlich laut geklungen. Sie lächelte ihn an.

„Dafür, dass du heute hier warst. Es hat Lilly viel bedeutet."

Er hob kurz die Augenbrauen.

„Und dir? Was hat es dir bedeutet?" Er musste es einfach wissen. War alles verloren oder gab es vielleicht doch noch Hoffnung für sie beide?

Sie starrte ihn an, sagte aber nichts. Dann drängte sie sich plötzlich an ihm vorbei und ging nach unten. Er stand in der Dunkelheit des Kinderzimmers wie bestellt und nicht abgeholt. Was war das gewesen? Wie sollte er ihre Reaktion deuten?

31. Kapitel

Sarah

Zitternd stand Sarah im Bad, in das sie eben geflüchtet war. Sie lehnte an der Tür und versuchte, ihre Atmung wieder zu normalisieren. Was war das eben gewesen? Sie war den ganzen Tag schon angespannt und unruhig gewesen, weil Alex da war. Aber das gerade eben in Lillys Kinderzimmer hatte noch einmal auf einer ganz anderen Ebene stattgefunden. Oder hatte sie sich das nur eingebildet? Alex war bisher immer so abweisend gewesen. Außerdem hatte er ja seine Miriam. Er war zwar heute ohne sie hier, aber da Sarah nichts in der Zeitung gelesen hatte, was auf eine Trennung zwischen Alex und Miriam hindeutete, bestand die Beziehung offenbar noch. Gut, heute war er den ganzen Tag lieb und sehr freundlich gewesen, aber das hatte er sicher Lilly zuliebe getan. Sie hatte sich dieses Knistern zwischen ihnen gerade eben sicherlich nur eingebildet. Ihr Gehirn hatte in die Situation mehr hineininterpretiert, als tatsächlich der Fall gewesen war, nur weil sie sich wünschte, dass Alex ihr verzeihen konnte.

Endlich hatte sich ihr Herzschlag wieder normalisiert. Sie verließ vorsichtig das Bad. Sie wollte auf keinen Fall jetzt auf Alex treffen. Sie musste aber mit jemandem reden. Mira.

Sie machte sich im dunklen Garten auf die Suche nach ihrer Freundin, konnte sie aber nirgends finden. Wo war sie nur? Dann endlich, unter dem Apfelbaum fand sie das Mädchen schließlich, aber sie konnte sie jetzt nicht stören. Mira saß halb auf Erics Schoß und knutschte wild mit ihm. Was war mit Stefan, Miras Freund? Sarah wusste es nicht, aber es machte gerade nicht den Eindruck, als sei Mira noch sehr verliebt in den.

„Sarah? Kann ich kurz mit dir reden?"

Ja, reden, genau das wollte sie jetzt. Aber nicht mit Eddi, der war gerade absolut der falsche Ansprechpartner für sie. Sie wollte ihn auf später vertrösten, doch dann sah sie den schon fast verzweifelten Ausdruck auf seinem Gesicht.

„Bitte, Sarah! Es ist wichtig. Ich muss dir etwas erzählen."

Auch wenn sie in letzter Zeit nicht mehr ganz so viel Kontakt hatten, war Eddi derjenige gewesen, der ihr damals, als Lilly auf die Welt gekommen war, am meisten geholfen hatte. Sie verdankte ihm nicht nur das Haus hier, sondern auch ihren jetzigen Erfolg als Unternehmerin. Und für Lilly war er immer so etwas wie ein Großvater gewesen. Sie mochte ihn so sehr, dass sie ihn sogar zu ihrer Einschulung eingeladen hatte. Da war Sarah es ihm einfach schuldig, sich jetzt die Zeit zu nehmen und ihm zuzuhören. Vor allem, wenn es ihm so wichtig war.

Sie setzte sich mit ihm zusammen an eine Ecke der großen Tafel. Die meisten Gäste waren mittlerweile gegangen, so waren sie ungestört. Eddi sah zerknirscht aus. Sein Blick irrte umher. Dann jedoch sah er ihr plötzlich in die Augen.

„Sarah, ich bin schuld daran, dass Lilly ohne ihren Vater aufwachsen musste. Und dass Alex seine Tochter erst so spät kennenlernen durfte."

Sarah winkte ab. „Jetzt mach aber mal halblang. Daran bist doch nicht du schuld. Den Mist habe ich ganz allein verbockt."

Doch Eddi schüttelte vehement den Kopf. Was war denn nur los mit dem alten Mann, so kannte sie ihn gar nicht.

„Nein! Ich war schuld daran, dass ihr euch damals nicht wiedergesehen habt."

Jetzt war Sarahs Interesse doch geweckt. Wie meinte er das? Sie legte ihre Hand auf seine und hoffte, dass er weiter erzählte.

„Als du damals zu mir kamst, hattest du Angst vor der Zukunft. Vor einer Zukunft mit Alex. Und ich habe dich in dieser Angst noch bestärkt. Ich habe damals gedacht, dass wäre besser so, aber ich habe mich geirrt. Ich habe einen riesengroßen Fehler gemacht!"

„Eddi, das ist alles so lange her und lässt sich auch nicht mehr ändern, also lass gut sein. Du musst dich nicht weiter quälen." Sie streichelte seine Hand in der Hoffnung, den aufgebrachten Mann etwas beruhigen zu können.

„Das war noch nicht alles", sagte er deutlich leiser. Seine Augen glitzerten verdächtig. Sie spürte ein Zittern in seiner Hand. Dann sprach er weiter: „Damals hat Alex nach dir gesucht. Er hat alle nach dir gefragt. Er hat sogar die Zimmermädchen bedroht, damit sie ihm verraten, wo du wohnst."

„Aber du hast doch damals gesagt, dass ..." Sarah verstand die Welt nicht mehr.

„Ja, dass er ohne ein weiteres Wort abgereist ist. Aber das war gelogen. Ich habe ihn überzeugt, dass es besser ist, dich in Ruhe zu lassen."

„Aber wie?“

„Ich habe ihm erzählt, du würdest alles bereuen, weil du mit deinem Freund so glücklich wärst. Deshalb wärst du weg, du wolltest ihn nicht mehr sehen und am besten so schnell es geht alles vergessen.“

„Oh!“ Sarah dachte kurz nach und sagte dann, wie zu sich selbst: „Und dann war ich schwanger.“

Jetzt nahm Eddi ihre Hand in seine und drückte sie fest. „Damals habe ich mir eingeredet, dass das Kind bestimmt von diesem Freund war, von dem du mir damals erzählt hattest. Doch als Lilly dann auf der Welt war, war ja nicht mehr zu leugnen, wer der Vater ist. Aber da war es zu spät, Sarah. Ich habe mich einfach nicht mehr getraut, dir die Wahrheit zu sagen.“

Offenbar hatte er alles gesagt, was er sagen wollte, denn er sprach nicht weiter. Sarah war geschockt. Das hatte sie nicht erwartet. Für sie hatte sich die ganze Begegnung damals ganz anders dargestellt, jedenfalls das Ende davon. Sie war überzeugt davon gewesen, dass Alex sich nicht weiter für sie interessiert hatte, nachdem er sie ins Bett bekommen hatte. Dass es genauso war, wie Eddi ihr immer gesagt hatte. Eddi war ihr Freund. Ihr Mentor. Sie hatte seine Loyalität nie in Frage gestellt. Und nun sollte alles ganz anders gewesen sein? Alex hatte sie gesucht?

Plötzlich ergaben seine Songtexte einen Sinn. Die Hoffnung, die sie eben schon in Lillys Schlafzimmer verspürt hatte, war wieder da und stärker als zuvor. Sie war Eddi nicht böse, nicht nach all der Zeit. Sie lächelte den alten Mann an. „Danke, dass du es mir gesagt hast!“

Er atmete geräuschvoll ein und aus. Sein Gesicht hellte sich auf. Er sah so unheimlich erleichtert aus, dass Sarah ihn fest umarmte. Sie wollte nicht, dass er sich Vorwürfe machte, an allem schuld zu sein.

Nun musste sie aber erst einmal alleine nachdenken. Sie entschuldigte sich bei Eddi und floh praktisch nach drinnen in ihr Schlafzimmer. Sie fühlte, wie ihr die Tränen kamen. Die Gefühle brachen nur so über sie herein. Sie weinte um das, was sie verloren oder eher nie gehabt hatte. Und wegen all der Fehler, die sie im Laufe der Zeit gemacht hatte, wegen den falschen Entscheidungen, die sie getroffen hatte – und sie hatte eine Menge falsche Entscheidungen getroffen. Angefangen damit, dass sie Alex keine Chance geben wollte. Später, als sie sich dann wiedergesehen hatten, hatte sie entschieden, ihm erst einmal nichts von Lilly zu erzählen und damit den Zeitpunkt verpasst, an dem sie es ihm hätte sagen können. Und zuletzt die falsche Entscheidung, eine Beziehung mit James zu beginnen. Denn diese Beziehung war nicht echt. Sie ersetzte nicht das, was sie mit Alex verloren hatte. Das war ihr nun klar. Und jetzt war sie hier, allein. Sie war mit dem falschen Mann zusammen und der richtige Mann war zu Recht sauer auf sie.

Und nun hatte diese Begebenheit heute in Lillys Kinderzimmer einen Hoffnungsschimmer in ihr geweckt. Hoffnung, dass doch nicht alles zu spät war. Vielleicht gab es noch eine kleine Chance auf ein Happy End. Aber nicht, wenn sie es nicht endlich schaffte, ihr Leben in Ordnung zu bringen und ihre Fehler wiedergutzumachen. Jedenfalls die, die sie wieder gutmachen konnte. Mit diesem Gedanken schlief sie ein, voll bekleidet und ohne sich abzuschminken. Am nächsten Tag würde sie die Rechnung dafür bekommen.

***

Doch ihr Schlaf war tief und erholsam, so dass sie am anderen Morgen gar nicht so zerstört aussah, wie sie gedacht hätte. Als sie den Garten betrat, war es, als hätte die Feier gerade erst aufgehört. Es waren zwar keine Gäste mehr hier, aber alles stand genauso da, wie sie es gestern Abend noch gesehen hatte. Irgendjemand hatte zwar geistesgegenwärtig die Schüsseln mit Alufolie zugedeckt, aber die Getränke standen noch herum und auf dem Grill lagen noch ein paar verkohlte Würstchen. Sarah begann damit, den Garten aufzuräumen, als ersten Schritt dahin, ihr Leben aufzuräumen.

Sie hatte einen Entschluss gefasst: Sie würde nachher zu James fahren und mit ihm reden. Sie konnten sich einvernehmlich trennen, er würde sie sicher verstehen. Doch jetzt musste sie erst einmal Lilly wecken.

***

Als sie später zu ihm fuhr, war sie richtig guter Laune. Sie konnte es sich selbst nicht erklären, schließlich hatte sie vor, mit James Schluss zu machen, alles in allem kein Grund zur Freude. Doch irgendwie kam ihr dieser Entschluss wie die erste richtige Entscheidung seit langer Zeit vor und sie freute sich darüber. Was danach kam, darüber wollte sie jetzt noch nicht nachdenken. Vielleicht konnten sie ja Freunde bleiben, falls er nicht allzu enttäuscht und böse war. Sie wünschte es sich, denn James war bisher immer ein sehr guter Freund gewesen.

Zum Glück wusste sie, in welchem Hotel und in welchem Zimmer er wohnte. Sie war zwar noch nicht hier gewesen, aber es war alles leicht zu finden.

Sie stand vor seiner Tür und fühlte sich total leicht und sogar irgendwie zu Scherzen aufgelegt. Also klopfte sie und rief: „Zimmerservice“ mit verstellter Stimme. Sie hörte drinnen etwas klappern und dann wurde ihr die Tür geöffnet.

Doch es war nicht James, der da vor ihr stand. Da stand ein hochgewachsener Mann mit dunkelbraunen etwas längeren Locken. Er war nackt bis auf ein Handtuch, dass er sich um die Hüften geschlungen hatte. Sie kannte ihn nicht und war überzeugt, sich einfach im Zimmer geirrt zu haben, als sie plötzlich James' Stimme von innen hörte.

„Wer ist es?“

Der Mann drehte sich um und ging zurück in den Raum. Die Tür ließ er einfach offen. Anscheinend hielt er sie wirklich für den Zimmerservice, denn sie hörte ihn sagen: „Das ist unser Frühstück, Liebling.“

Liebling?! Er hatte Liebling gesagt, oder hatte sie sich verhört? Unter Schock betrat Sarah das Zimmer und ging so weit, bis sie hineinsehen konnte. Was sie da sah, verschlug ihr im wahrsten Sinne des Wortes den Atem. Dort auf dem Bett lag James; ob er etwas anhatte, konnte sie nicht erkennen, denn er hatte die Bettdecke über sich gezogen. Der andere Mann war zu ihm ins Bett geklettert und lag halb auf ihm. Sarahs Gehirn suchte krampfhaft nach einer logischen Erklärung, einer anderen, als der, die sich förmlich aufdrängte.

Dann blickte James sie an und sein Gesicht wandelte sich von einem Lächeln in einen erschreckten Ausdruck.

Das riss Sarah irgendwie aus ihrer Erstarrung. Sie drehte sich um und rannte aus dem Zimmer. Hinter sich hörte sie etwas poltern und fluchen, doch sie drehte sich nicht um. Vor dem Zimmer musste sie sich kurz orientieren. Wo war die Treppe? Ach da, sie rannte los. Doch James war schneller. Nach wenigen Schritten hatte er sie eingeholt. Er hielt sie an der Schulter fest und drehte sie zu sich um. Seltsamerweise war das erste, was sie registrierte, dass er wirklich etwas anhatte, nämlich eine Jeans, die allerdings vorn offen stand. Weiter wollte sie nicht nachdenken, deshalb schaute sie ihm lieber ins Gesicht. Das schlechte Gewissen stand James förmlich ins Gesicht geschrieben. Er sagte gar nichts, sondern sah sie nur an.

****

„Wer ... wer war das?" Sarahs Stimme klang irgendwie piepsig. Sie räusperte sich.

James schaute zu Boden. „Das ist Lukas, mein ... Freund."

„Dein Freund?" Jetzt klang ihre Stimme seltsam schrill. Sie wusste nicht, ob sie jetzt lachen oder weinen sollte, beide Gefühle bahnten sich irgendwie gleichzeitig den Weg.

„Bitte, Sarah, ich möchte es dir erklären. Kannst du unten im Hotelrestaurant auf mich warten? Ich ziehe mir nur etwas über, dann komme ich runter. Bitte

Sarah, nicht weglaufen!" Er sah sie eindringlich an und sie nickte mechanisch. Dann ließ er sie los. Doch er ging erst in sein Zimmer zurück, nachdem er sich vergewissert hatte, dass sie langsam und ruhig zur Treppe ging. Vermutlich hatte er eine panische Flucht erwartet. Doch Sarah wollte um nichts in der Welt diese Erklärung verpassen.

Auf der Treppe war dann der Kampf in ihrem Inneren entschieden und sie fing an zu lachen. Sie konnte gar nicht mehr aufhören, die Tränen stiegen ihr in die Augen. Mittlerweile war es schon eher ein hysterisches Kichern, dass sich mehr nach Weinen anhörte. Sie musste erst einmal raus hier. Zum Glück gab es neben dem Restaurant einen Ausgang in den Innenhof des Hotels. Dort ging sie hinaus und lief erst einmal, ohne auf den Weg zu achten, durch den kleinen Garten. Ihre Gedanken fuhren Achterbahn in ihrem Kopf. Was sie da gesehen hatte, war mehr als eindeutig und sie hätte niemals mit so etwas gerechnet. Nie im Leben.

Sie versuchte, ihre Gefühle zu ordnen. Da waren Abscheu und Belustigung, Unglaube und Verwirrung. Aber sie war nicht wütend oder verletzt. Vielleicht ein bisschen, weil er so etwas vor ihr verheimlicht hatte. Doch sie wollte sich nun erst einmal seine Erklärung anhören, dann konnte sie immer noch entscheiden, was sie davon halten sollte.

Da sie sich jetzt wieder einigermaßen beruhigt hatte, drehte sie um und ging ins Restaurant. Sie hatte gerade einen Tisch in einer Ecke gefunden, da kam auch schon James und sah sich panisch um. Als er sie entdeckte, seufzte er erleichtert auf und kam schnellen Schrittes zu ihr herüber.

„Du bist noch hier, gut. Was möchtest du essen?"

„James, ich denke nicht, dass ich jetzt etwas essen möchte. Du wolltest mir etwas erklären, also los. Ich warte." Sie hatte bissiger geklungen, als sie sich fühlte. Wahrscheinlich hatte sie das Gefühl, dass er diese Reaktion von ihr erwartete. Aber Moment mal, wem spielte sie hier etwas vor? Warum sollte sie ihm Gefühle vorspielen, wenn er diese Gefühle gerade mit Füßen getreten hatte? Jedenfalls wenn sie sie gehabt hätte. Sarah schüttelte kurz den Kopf, um ihre verwirrenden Gedanken zu verscheuchen.

Jetzt, wo sie hier zusammen saßen, nahm sich James alle Zeit der Welt und bestellte zuerst einmal Kaffee für sie beide und ein englisches Frühstück für sich selbst. Er fragte sie noch einmal, ob sie etwas wollte, aber weil sie den Kopf schüttelte, schickte er den Kellner wieder weg.

Weil er immer noch nicht anfing mit seinen Erklärungen, stellte Sarah ihm die Frage, die ihr als erstes in den Sinn kam.

„Wie lange geht das schon?"

James schaute überall hin, nur nicht zu ihr. Offensichtlich war es ihm peinlich.

„Seit der Amerika-Tour. Da haben wir uns kennengelernt."

„Und was war ich? Das Alibi?"

Sie hatte das nur so scherzhaft gemeint, doch an seinem Gesichtsausdruck sah sie sofort, dass sie ins Schwarze getroffen haben musste.

„Du musst das verstehen", versuchte er sie zu überzeugen. „Meine Fans sind zu neunzig Prozent weiblich. Wenn herauskommt, dass ich schwul bin, kann ich meine Karriere vergessen. Es tut mir wirklich leid, dass ich dich da mit reingezogen habe, aber ich wusste keinen anderen Ausweg."

Sarahs Augen wurden immer größer, als sie begann, seinen Gedankengang nachzuvollziehen.

„Du hast gedacht, dass niemand merken würde, dass du schwul bist, wenn du in der Öffentlichkeit endlich eine Frau präsentieren würdest? Deshalb wolltest du unbedingt alles so öffentlich machen, nicht wahr?"

Das konnte doch alles nicht wirklich passieren! Eigentlich wartete Sarah darauf, dass James lachte und richtigstellte, dass es sich alles um einen Scherz handelte. Einen schlechten Scherz, aber einen Scherz. Doch er sah überhaupt nicht so aus, als würde er scherzen. Er nickte nur zu ihrer Mutmaßung.

„Es tut mir alles so unheimlich leid. Ich mag dich wirklich sehr. Und wenn ich auf Frauen stehen würde, wärst du auf jeden Fall die Frau meiner Träume."

Der Kellner kam und brachte die bestellten Sachen. Sarah hatte einen Moment, um nachzudenken. Sie war hierher gefahren, um James zu gestehen, dass sie in Wirklichkeit keine Gefühle für ihn hatte. Sie hatte Angst gehabt, ihn zu verletzten. In Wahrheit hätte sie ihn gar nicht verletzen können, denn er hatte ihr ebenso etwas vorgespielt. Wer war nun besser von ihnen beiden? Konnte sie sich überhaupt erlauben, über sein Verhalten zu urteilen?

Plötzlich erkannte sie die Komik in der Situation. Sie versuchte, ihre Gesichtszüge unter Kontrolle zu halten, doch das wollte ihr nicht gelingen. Sie prustete los. Und als der erste Lacher sich den Weg gebahnt hatte, konnte sie nicht mehr aufhören. Sie lachte, bis ihr schon wieder die Tränen kamen. So viel hatte sie seit Wochen nicht gelacht.

James schaute sie verunsichert hat. Er wusste nicht, was er von ihrer Reaktion halten sollte. Er hatte anscheinend mit allem gerechnet, nur nicht damit, dass sie einen Lachanfall bekommen würde.

„Bist du nicht böse?", fragte er vorsichtig. Von Lachkrämpfen geschüttelt, presste sie ein „Nein" heraus. Er entspannte sich sichtlich.

Sarah konnte sich erst wieder beruhigen, als sie ein paar Schlucke von dem heißen Kaffee genommen hatte. Sie wischte sich die Tränen aus dem Gesicht und versuchte, ruhig ein- und auszuatmen. Endlich hatte sie sich wieder soweit im Griff, dass sie normal reden konnte.

„Und dein Freund? Was macht er hier? Weiß er von uns?"

James biss von seinem Toast ab und schaufelte einen riesigen Bissen Rührei in sich herein, bevor er antwortete. Er schien kurz vor dem Verhungern zu stehen. War wohl eine heiße Nacht gewesen. Sarah musste bei dem Gedanken schon wieder grinsen.

„Er hat spontan beschlossen, mich zu besuchen. Er hat gestern Abend angerufen. Ich wollte mich noch von dir verabschieden, aber du warst verschwunden. Ich habe Mira gesagt, dass ich weg muss und dich heute anrufe. Das hat sie dir wohl nicht ausgerichtet?"

„Nein, sie war gestern noch mit Eric von der Band beschäftigt und heute habe ich sie nur kurz gesehen. Sie hat nichts erwähnt."

Er nickte. „Ja, das erklärt, warum du trotzdem aufgetaucht bist. Jedenfalls Lukas weiß, dass ich hier eine

Alibifreundin habe, aber er weiß nicht, dass du es bist. Jedenfalls wusste er es nicht, bis vorhin. Jetzt wird er sich die Geschichte wohl zusammengereimt haben."

Sarah prustete schon wieder los. All die verwirrenden Gefühle der letzten Stunden, dieses ständige Auf und Ab, forderten anscheinend ihren Tribut. Sie konnte sich einfach nicht beherrschen. Weil er immer verwirrter aussah, wollte Sarah James nicht länger im Unklaren lassen. „Ich bin ja auch nicht besser!", brachte sie unter wildem Kichern hervor.

James kniff die Augen zusammen. „Wie meinst du das?"

Sie zwang sich, wieder ernster zu werden. „Ich bin eigentlich hier, um mit dir Schluss zu machen."

„Oh!" Er lehnte sich zurück und forderte sie auf weiterzusprechen.

„Es tut mir leid, aber mir ist klar geworden, dass ich dich nicht liebe. Ich konnte einfach nicht länger so tun, als wäre es anders. Du bist mein bester Freund, aber mehr eben auch nicht." Sie sah ihn vorsichtig an. Wie würde er reagieren?

Er starrte sie eine Weile an und nickte dann. „Das hab ich mir schon gedacht."

„Und wie geht es jetzt weiter?" Sarah war mit klaren Vorstellungen zu James gefahren, aber die Situation hatte sich komplett geändert. Sie konnte ihn jetzt schlecht hängen lassen. Er war schließlich ihr bester Freund.

Er überlegte, während er aß. Als er den letzten Bissen hinuntergeschluckt hatte, war er zu einem Ergebnis gekommen.

„Wärst du damit einverstanden, wenn wir die Trennung im Stillen vollziehen, nicht mit großem Trara in den Medien? Dann kann ich es im Nachhinein als einvernehmliche Trennung darstellen und niemand wird groß nach dem Grund fragen."

„Du willst dich trennen?" Sarah hatte eigentlich erwartet, dass er ihre „Beziehung" so lange wie möglich aufrechterhalten wollte.

James nickte langsam. „Ist besser so. Außerdem ist es nur fair Lukas gegenüber. Und dir gegenüber wäre es auch unfair, wenn ich weiterhin deiner Liebe zu Alex im Weg stehe."

Ups, das hatte gesessen. Diese Worte musste Sarah erst einmal verdauen. Sie konnte es gar nicht richtig fassen. Wie kam er jetzt darauf?

Er kam auf den Stuhl neben ihr gerutscht und nahm sie in den Arm, nachdem er sich vergewissert hatte, dass das okay für sie war.

„Keine Angst, dein Geheimnis ist bei mir sicher. Obwohl es ziemlich offensichtlich ist, dass ihr beide euch zueinander hingezogen fühlt. Wenn ich nicht Lukas lieben würde, wäre ich zwischendurch ganz schön eifersüchtig gewesen. Jetzt hast du freie Bahn und er auch."

„Aber er ist doch mit Miriam zusammen", wagte sie einzuwerfen. Noch immer konnte sie gar nicht glauben, welche Richtung ihr Gespräch genommen hatte. Diskutierte sie jetzt ernsthaft mit James, mit dem sie bis vor ein paar Minuten zusammen gewesen war, über ihre Liebe zu Alex?

„Miriam? Ich bitte dich. Das ist doch keine Konkurrenz für dich. Wenn du mich fragst, hatte er sie nur, um dich eifersüchtig zu machen." Zu gern wollte sie James glauben. Da war er wieder, ihr bester Freund. Sie war glücklich, trotz der komischen Situation mit Alex. Einfach glücklich, ihren Freund wiederzuhaben. Und wenn er schwul war, umso besser.

Spontan gab sie James einen Kuss auf die Wange. Er tat gespielt geekelt und brachte sie damit zum Lachen. Zumindest hatte sie nun die Erklärung, warum er nie versucht hatte, mit ihr ins Bett zu gehen. Und sie hatte gedacht, er wäre einfach besonders rücksichtsvoll. Sarah musste schon wieder kichern.

„Es tut mir leid, die Situation ist schon irgendwie komisch. Ich dachte immer, sowas passiert nur in schlechten Liebesromanen."

32. Kapitel

Als sie später wieder nach Hause fuhr, wurde sie etwas schwermütiger. Eigentlich hatte sich an ihrer Situation nichts zum Positiven geändert. Gut, sie hatte James nicht als Freund verloren, aber von einem glücklichen Leben mit Alex war sie immer noch weit entfernt. Vielleicht sollte sie sich damit abfinden, dass Alex nicht für sie bestimmt war. Auch wenn James da offenbar anderer Meinung war, sie wusste es besser. Aber sie hatte immer noch Lilly und mit ihr einen Teil von Alex.

Noch bevor sie aus dem Auto ausstieg, fasste sie den Entschluss, nicht mehr dem nachzutrauern, was sie verloren hatte, sondern das Leben zu genießen, dass sie hatte. Auch auf sie würde irgendwann der perfekte Traummann warten. Und in der Zwischenzeit würde sie ihre Karriere vorantreiben und sich an Lillys Entwicklung erfreuen. Es war ja auch genug zu tun. Mira würde sie bald verlassen. Zumindest würde sie nicht mehr als Au-Pair-Mädchen bei Sarah arbeiten, sondern sich ganz ihrem Studium widmen. Also musste sich Sarah um ein neues Au-Pair kümmern. Diesmal vielleicht jemanden aus Frankreich, Französisch war so eine schöne Sprache. Oder jemanden aus Finnland, dann konnte Lilly ein paar Worte lernen, falls Alex sie wirklich mal mit nach Finnland nehmen wollte.

Zu Hause setzte Sarah sich gleich an den Rechner und schrieb der Agentur, die ihr auch Mira vermittelt hatte, dass sie wieder Bedarf hatte. Dann räumte sie die Spülmaschine aus und befüllte sie mit den restlichen

Gläsern von der Party. Das ganze restliche Essen war schon ordentlich in Dosen verpackt und im Kühlschrank verstaut. Das war wohl Mira gewesen. Doch von ihr selbst fehlte jede Spur. Da auch Lilly weg war, nahm Sarah an, dass beide zusammen unterwegs waren. Sie machte sich jedenfalls keine Sorgen. Um das Mittagessen brauchte sie sich nicht groß zu kümmern, es waren ja genug Reste da. Also setzte sie sich mit einem Teller voll Nudelsalat in den Garten und genoss die Sommersonne und die Stille. Dabei musste sie wohl eingeschlafen sein, denn sie erwachte ruckartig, als Lilly sich auf sie warf und sie umarmte.

„Mama, rate mal, wo wir waren!" Lilly war nicht allein gekommen. Nach ihr schlenderten langsam Mira und Eric, Hand in Hand, und hinter ihnen Alex in den Garten. Bei seinem Anblick wurde sich Sarah sofort bewusst, wie sie aussehen musste, ganz verknittert und verschlafen. Wahrscheinlich hatte sie sogar Reste vom Nudelsalat zwischen den Zähnen, sie war ja praktisch beim Essen eingeschlafen. Sie leckte sich kurz mit der Zunge über die Zähne und strich ihre Haare hinter die Ohren und die Kleidung glatt. Dann setzte sie sich auf und schob dabei Lilly von sich herunter.

„Keine Ahnung, mein Schatz. Wo wart ihr denn?"

„Auf dem Flughafen!" Lillys Stimme überschlug sich fast vor Aufregung. Auf dem Flughafen? Damit hätte Sarah nicht gerechnet. Was wollten sie denn da? Die Antwort auf ihre unausgesprochene Frage bekam sie dann auch gleich noch von ihrer Tochter hinterher geliefert.

„Papa hat einen Flug für uns gebucht. Er will mit uns nach Helsinki fliegen zu seiner Mutter und seiner

Schwester. Er hat gesagt, dass sind jetzt meine Oma und meine Tante, stimmt das, Mama?"

Es fiel Sarah schwer, den Gedankensprüngen ihrer Tochter zu folgen, weil sie immer noch verdauen musste, was Alex vorhatte. Und er hatte es nicht einmal für nötig befunden, sie vorher zu fragen oder wenigstens zu informieren, wenn er schon mit ihrer Tochter in ein fremdes Land wollte.

„Sie hat Schule, sie kann nicht so einfach nach Helsinki fliegen", sagte Sarah kälter als beabsichtigt und sah Alex abwartend an.

„Wir fliegen am nächsten Freitagnachmittag und kommen Sonntagabend zurück, das sollte also kein Problem sein. Ich hoffe, du kannst dir auch an diesem Wochenende freinehmen?"

„Ich? Wieso das denn?"

Alex vermied es mit einem Mal, ihr in die Augen zu sehen. Doch schon meldete sich Lilly wieder zu Wort, die immer noch halb auf ihrer Mutter lag: „Na, du fliegst natürlich mit, nicht wahr Papa?"

Sarah blickte von Lilly zu Alex, der es immer noch vermied, sie direkt anzuschauen. Aber er nickte immerhin. Dann schaute sie zu Mira, die aber sofort den Kopf schüttelte. „Nein, ich kann nicht. Und ich würde auch lieber hierbleiben. Ich muss noch lernen und außerdem ..." Sie ließ den Satz unbeendet in der Luft hängen, lächelte aber Eric an, der zurücklächelte und sie jetzt in den Arm nahm. *Aha, hier ist wohl die große Liebe ausgebrochen*, dachte Sarah sarkastisch. Sie wollte Mira dabei auf keinen Fall im Weg stehen.

„Es sollte kein Problem sein, ich habe die nächsten drei Wochenenden frei." Plötzlich konnte Sarah sich auch nicht mehr überwinden, Alex direkt anzuschauen. Was bezweckte er mit dieser Aktion? Sie suchte fieberhaft nach einer logischen Erklärung. Wahrscheinlich konnte er nicht einfach so mit Lilly ins Ausland fliegen, ohne das schriftliche Einverständnis der Mutter. Er war ja nicht sorgeberechtigt. Obwohl, das klang dann doch reichlich weit hergeholt. Warum sollte er ihr Einverständnis brauchen? Aber vielleicht wollte er es einfach Lilly nicht antun, sie in ein Land zu schleppen, dessen Sprache sie nicht sprach, zu für sie fremden Menschen, ohne ihre Mutter an ihrer Seite. Ja, das war wohl der Grund. Trotzdem meldete sich in ihrem Kopf hartnäckig eine leise Stimme, die behauptete, Alex würde vielleicht einfach wollen, dass sie mitkam, nicht als Mutter von Lilly, sondern als Sarah. Sie musste wieder an die Szene in Lillys Schlafzimmer gestern denken und die eben noch sehr leise Stimme wurde plötzlich ziemlich laut. Nein, schalt sie sich selbst, keine falschen Hoffnungen machen, sonst würde sie nur wieder enttäuscht.

Alex verabschiedete sich schnell wieder und auch Mira und Eric verschwanden bald darauf in Miras Zimmer. Nur Sarah und Lilly saßen noch im Garten und überlegten nun gemeinsam, was sie für die Reise brauchen würden. Eins war klar, mit dem Flugzeug konnten sie nicht so viel Gepäck mitnehmen, wie für eine Reise an die Ostsee. Andererseits würden sie im kalten Finnland vermutlich nicht in die Verlegenheit kommen, schwimmen zu gehen, also fiel ein Großteil des Gepäcks von vornherein weg. Wie warm war es eigentlich im August in Helsinki? Vermutlich nicht so warm wie hier. Würden sie Jacken brauchen? Wo würden sie dort schlafen? Es machte Spaß, mit Lilly zusammen Mutmaßungen anzustellen. So verging der Nachmittag sehr schnell.

***

Eine knappe Woche später stand Alex wie versprochen am Freitag zur Mittagszeit vor ihrer Tür. Lilly war erst vor ein paar Minuten von der Schule nach Hause gekommen und zog sich gerade eilig um. Mira war mit Eric unterwegs, sie wollten sich irgendwo in der Stadt eine Wohnung für Mira anschauen. Also öffnete Sarah selbst die Tür. Im Gegensatz zu ihrer letzten Begegnung mit Alex schaute sie ihn diesmal sehr genau an. Er trug eine leichte Jeans und ein blaues, kurzärmeliges Hemd, welches am Kragen offen stand. Seine Sonnenbrille hatte er auf die Haare geschoben und er lächelte sie wirklich nett an und hielt ihr seine Hand zur Begrüßung hin. Zögernd nahm Sarah sie und spürte schon wieder einen leichten elektrischen Schlag bei dieser unschuldigen Berührung.

„Wir sind gleich fertig. Lilly zieht sich nur noch schnell an. Beeil dich, Schatz." Die letzten Worte rief sie die Treppe hoch. Von oben kam ein undeutliches: „Komme gleich!"

„Kein Problem, wir haben noch genug Zeit. Wollen wir in der Zwischenzeit schon mal euer Gepäck einladen?" Sarah musste unwillkürlich grinsen, als sie daran dachte, dass sie sich vor ein paar Wochen in einer ähnlichen Situation befunden hatte, als James mit ihnen an die Ostsee gefahren war. Schon komisch, damals hätte sie nie damit gerechnet, dass sie so schnell mal mit Alex unterwegs sein würde. Andererseits war ja noch immer nicht ganz klar, was jetzt eigentlich sein Beweggrund war, sie mitzunehmen.

Lilly kam die Treppen heruntergehastet und fiel Alex um den Hals, als hätte sie ihn wochenlang nicht gesehen. Obwohl sie sich noch nicht so lange kannten, war Alex für ihre Tochter schon sehr wichtig geworden. Sarah rechnete ihm hoch an, wie er mit Lilly umging. Es war für die Kleine eigentlich unmöglich gewesen, ihn nicht zu lieben. Er war genauso, wie sie sich einen Vater für Lilly immer vorgestellt hatte.

Dann gab Alex ihr auch noch ein kleines Päckchen, mit den Worten, dass er etwas besorgt hätte, womit sie sich die Langeweile im Flugzeug vertreiben konnte. Lilly riss die Verpackung ungeduldig auf und zum Vorschein kam ein Tablet-PC. Lilly quietschte vor Freude auf und fiel Alex gleich noch einmal um den Hals, diesmal drückte sie ihm dabei noch unentwegt Küsschen auf die Wange und den Hals und rief immer wieder: „Danke, danke."

Sarah sah Alex gespielt böse an. „Ein Tablet? Ist sie dafür nicht noch ein bisschen jung?"

Er zuckte mit den Schultern. „Ich leihe es ihr ja nur für den Flug. Es ist eigentlich meines."

„Ja klar, seit wann stehst du auf lila Blümchen?"

In der Tat hatte das Tablet eine weiße Schutzhülle mit lauter Blumen. Sarah zog die Augenbrauen hoch und sah Alex fragend an. Er machte jetzt wirklich einen verlegenen Eindruck.

„Na ja, die Hülle ist neu und ich dachte, die könnte ihr gefallen."

Sarah beschloss, ihn endlich zu erlösen und strahlte ihn an. „Danke."

Er lächelte jetzt ebenfalls. Dann scheuchte er sie beide in sein Auto und sie fuhren gemeinsam zum Flughafen. Das Tablet durfte Lilly jetzt noch nicht nutzen, aber sie vertrieb sich und den beiden Erwachsenen die Zeit, indem sie pausenlos plapperte. Alex unterstützte ihren Redefluss noch, indem er sie nach der Schule fragte und wie weit sie mit dem Gitarre üben gekommen war.

Sarah war ganz dankbar für ein bisschen Ruhe, als Alex am Flughafen neben Lilly saß und ihr die Grundfunktionen des Tablets erklärte. Sie waren früh da und hatten noch genügend Zeit, so dass Alex für sich und Sarah je einen Latte macchiato besorgte, als Lilly endlich glücklich auf ihrem Stuhl saß und in die Spielewelt des Tablets eingetaucht war. Sarah wollte ein Gespräch mit Lilly anfangen, aber nachdem sie auf ihre Fragen entweder eine einsilbige oder gar keine Antwort erhalten hatte, gab sie auf und schaute, wo Alex mit ihren Getränken blieb. Sie sah ihn ein paar Meter weiter weg stehen, die beiden Becher in der Hand und mit zwei jungen Mädchen sprechen. Dann versuchte er, die Becher in einer Hand zu balancieren um mit der anderen auf hingehaltenen Zetteln der Mädchen zu unterschreiben. Sie machten auch noch ein paar Fotos mit ihren Handys, dann ließen sie Alex wieder ziehen. Der Latte macchiato war mittlerweile schon nicht mehr ganz heiß und Alex entschuldigte sich dafür, doch Sarah winkte ab. Er konnte ja nichts dafür und sie fand es nett, dass er sich wirklich immer und überall Zeit für seine Fans nahm.

***

Während sie ihren Kaffee tranken, stellte Sarah endlich die Frage, die ihr schon die ganze Zeit auf dem Herzen lag: „Alex? Warum hast du mich eigentlich mitgenommen?"

Er hatte gerade zum Trinken angesetzt und hielt jetzt mitten in der Bewegung inne. Es sah komisch aus, wie er da stand, den Kaffeebecher kurz vor seinen Lippen, und sie über den Rand dieses Bechers mit intensivem Blick aus seinen blauen Augen musterte. Dann führte er seine Bewegung zu Ende und trank einen großen Schluck. Er schloss kurz die Augen. Als er sie wieder öffnete, wanderten sie unstet von links nach rechts, so als wollte er vermeiden, sie wieder anzusehen. Sarah war sich plötzlich sicher, dass er ihr jetzt nicht die Wahrheit sagen wollte.

„Meine Familie möchte dich unbedingt kennenlernen."

„So ein Quatsch", rutschte es ihr heraus. Jetzt ruhte sein Blick wieder auf ihr.

„Doch, das stimmt. Als ich meiner Mutter und meiner Schwester von Lilly erzählt habe, wollten sie sie unbedingt kennenlernen. Und ihre Mutter auch."

„Und das ist der einzige Grund?"

In diesem Moment wurde ihr Flug aufgerufen, so dass ihm eine Antwort erspart blieb. Lilly murrte etwas, weil sie ihr Spiel unterbrechen musste, doch dann wurde sie von der Aufregung um sie herum gepackt und schaute sich interessiert um, als sie das Flugzeug betraten. Alex hatte für sie Plätze in der ersten Klasse gebucht. Sarah schimpfte ein wenig und murmelte etwas von „Promigehabe" und „nicht gut genug". Doch Alex klärte sie auf, dass er die Plätze in der ersten Klasse aus reiner Notwendigkeit buchte. In dieser Klasse flogen meist nur Geschäftsleute und diese würden ihn nicht mit Wünschen nach Autogrammen und Fotos nerven. Nachdem er jeder Stewardess Fotos und Autogramme, natürlich auch für deren Nichten, Schwestern und Freundinnen zugestanden hatte, verstand Sarah, was er meinte.

Der Start verlief problemlos und Alex erklärte Lilly alles, was gerade im und um das Flugzeug herum passierte. Als sie dann in der Luft waren und auch schon ihre Getränke hatten, wurde es wieder langweiliger und Lilly bekam ihr Tablet zurück. Kaum war sie wieder in der Welt der Spiele unterwegs, drehte Sarah sich zu Alex um.

„Du schuldest mir noch eine Antwort!"

Alex drehte sich umständlich auf dem Sitz nach links, so dass er ihr nun zugewandt war. Dann nahm er vorsichtig ihre Hand in seine.

„Sarah, ich habe dich mitgenommen, weil ich gehofft habe, dass wir vielleicht wieder Freunde sein könnten." Das Wort *Freunde* betonte er ganz komisch. Es klang so, als hätte er eigentlich etwas ganz anderes sagen wollen. Sonst klang es diesmal sehr aufrichtig. Sarah jubilierte innerlich. Wie es aussah, konnte er ihr nun endlich verzeihen. Glücklich lächelte sie ihn an. Sein Griff an ihrer Hand verstärkte sich und er drückte sie sanft. Dann lächelte er ebenfalls, drehte sich wieder in eine bequemere Sitzposition und lehnte sich entspannt zurück. Ihre Hand ließ er dabei nicht los. Sarah sah, dass er die Augen schloss. Er wollte doch wohl jetzt nicht schlafen?

Sie musste ihm jetzt unbedingt etwas sagen. Sie hatte keine Ahnung, wie er es aufnehmen würde. Doch sie wollte es nicht länger aufschieben und hier im Flugzeug konnte er weder weglaufen noch sie rausschmeißen. Hoffte sie jedenfalls. Also holte sie noch einmal tief Luft und fasste dann allen Mut zusammen.

„Alex? Ich möchte mich aufrichtig bei dir entschuldigen."

Er schlug die Augen wieder auf und sah sie erstaunt an.

„Wofür?"

„Dafür, dass ich dir nicht die Wahrheit von Lilly gesagt habe, als wir uns im Winter wiedergetroffen haben. Das war unverzeihlich. Vor allem, weil du es aus der Zeitung erfahren musstest. Aber vielleicht kann ich es ja erklären." Und dann erzählte sie ihm von ihren Ängsten, dass sie für ihn nur eine von vielen gewesen war, an die er sich nicht einmal erinnern würde. Davon, dass sie ihn erst kennenlernen wollte, bevor er von Lilly erfuhr. Er unterbrach sie nicht. Das war schon mal ein gutes Zeichen. Als sie eine Weile schwieg, musste er jedoch nachhaken.

„Warum hast du mich angelogen und gesagt, Lillys Vater wäre tot?"

Ohne lange zu überlegen, entschloss Sarah sich zur Wahrheit.

„Ich wusste damals einfach nicht mehr, wie ich dich von der Idee abbringen sollte, einen Anwalt auf Lillys Vater anzusetzen, um Unterhalt einzuklagen. Ich weiß, das war eine blöde Idee, aber ich habe nicht weiter darüber nachgedacht."

Zu ihrer Überraschung musste Alex sogar ein wenig lachen.

„Ja, das wäre was geworden, wenn der Anwalt, den ich bezahlen würde, dann plötzlich vor meiner Tür gestanden hätte."

Unwillkürlich musste auch Sarah kichern. Ein bisschen Erleichterung schwang auch darin mit, weil er ihr offensichtlich nicht mehr böse deswegen war. Deshalb beschloss sie auch, mit ihren Erklärungen weiterzumachen.

„Es gibt noch eine falsche Entscheidung, die ich bereue und gern rückgängig machen würde. Als wir uns das erste Mal gesehen haben, hatte ich solche Angst davor, dass sich diese Sache mit dir negativ auf meinen Job auswirken würde, dass ich gar nicht auf die Idee gekommen bin, dass du vielleicht nicht der typische Rockstar bist, der mit allem ins Bett geht, was nicht bei drei auf dem Baum ist."

„Der typische Rockstar, soso. Du hast mich also einfach in eine Schublade gesteckt und mir keine Chance gelassen."

„Ja, und das tut mir wirklich unheimlich leid! Ich war so dumm damals. Ich wollte nur vermeiden, dass jemand mitbekommt, was ich getan hatte. Ich habe irgendwelche Gefühle für dich nicht mal zugelassen. Ich wollte, ich könnte das rückgängig machen."

Sie spürte seine Arme um ihren Körper. Sanft streichelte er ihren Rücken.

„Mach dir keine Gedanken! Eddi hat mit mir gesprochen. Er hatte auch seinen Anteil an der ganzen Misere. Und es ist eben so gekommen, wie es gekommen ist. Das können wir nicht mehr ändern." Und wieder drückte er ihre Hand ganz fest. Es fühlte sich irgendwie tröstlich an. Sie war froh, das alles ausgesprochen zu haben.

Das Essen wurde gebracht und später wieder abgeholt, dann gab es noch eine zweite Runde Getränke. Die Stimmung war irgendwie komisch geworden, alles war gesagt und verziehen und jetzt wusste plötzlich keiner von beiden mehr, was er noch sagen sollte. Sarah versuchte sich vorzustellen, wie ihr Leben wohl verlaufen würde. Würden sie sich regelmäßig sehen? Vermutlich, vor allem wegen Lilly. Aber wie sollte eine Freundschaft mit Alex aussehen? Würde er ihr kostenlose Konzertkarten zukommen lassen und ab und zu mit ihr zusammen ausgehen? Natürlich nichts romantisches, aber vielleicht ins Theater oder zu Musikveranstaltungen. Jetzt hatte sie plötzlich zwei Freunde, dabei wünschte sie sich nichts sehnlicher, als dass der eine von beiden sie leidenschaftlich liebte und immer mit ihr zusammen wäre.

33. Kapitel

Schneller als gedacht, setzten sie zum Landeanflug an und nun war Lilly wieder der Mittelpunkt, nachdem sie das Tablet ausschalten musste. Sie plapperte fröhlich drauflos und merkte gar nicht, dass zwischen Sarah und Alex so viel passiert war. Sarah war froh, dass sie ihre Aufmerksamkeit wieder auf ihre Tochter lenken konnte und auf das, was sie hier in Finnland erwartete. Mehr als einmal lachten sie gemeinsam über die komische Sprache, die sogar Alex größere Schwierigkeiten zu machen schien.

„Werde ich meine Oma und meine Tante überhaupt verstehen? Und werden sie mich verstehen?", fragte Lilly auf dem Weg zum Parkplatz mit einem Mal. Ihre Aufregung war wohl einer gewissen Anspannung gewichen. Doch Alex konnte sie beruhigen.

„Meine Mutter ist Deutsche und meine Schwester ist genau wie ich mit Deutsch und Englisch als Muttersprache aufgewachsen. Du solltest also keine Schwierigkeiten haben. Allerdings spricht die Tochter meiner Schwester mehr Finnisch als Deutsch oder Englisch. Sie kann aber alle drei Sprachen; verstehen wird sie dich also auf jeden Fall."

Lilly wurde wieder ganz hibbelig bei der Erwähnung eines anderen Kindes. Sie hatte nicht gewusst, dass da noch ein Mädchen sein würde. Sarah strich ihr beruhigend über den Kopf. Dann schob sich Lillys kleine Hand in Sarahs und sie wurde wieder ruhiger. Alex führte sie zu seinem Auto und eröffnete ihnen dann, dass sie die erste Nacht in seiner eigenen Wohnung in Finnland verbringen würden. Den Rest der Familie würden sie dann am nächsten Tag treffen.

***

Die Fahrt dauerte nicht allzu lange und führte sie am Ende durch ein Wohngebiet, das man durchaus als gehoben bezeichnen konnte. Überall standen große, fast protzig wirkende Einfamilienhäuser und architektonisch wertvolle Mehrfamilienhäuser, mit jedoch nie mehr als vier Briefkästen an den Türen. Vor so einem Mehrfamilienhaus parkte Alex seinen Wagen. Dem Hinweisschild nach war es Alex' eigener Parkplatz.

Die Wohnung selbst wirkte ebenfalls sehr teuer und exquisit. Alles waren Designerstücke und sehr minimalistisch gehalten. Nirgendwo konnte Sarah persönliche Gegenstände von Alex entdecken. Er führte sie durch die Wohnung und zeigte ihnen, wo sie schlafen würden. Sein Gästezimmer war ziemlich groß und beherbergte neben einem großen Doppelbett einen hohen Schrank, eine Kommode und zwei Lehnstühle, die um einen kleinen Tisch herum angeordnet waren. Auf der Kommode stand sogar ein kleiner Fernseher. Lilly kletterte sofort auf das Bett und lag schon mal Probe, auf welcher Seite sie lieber schlafen wollte. Als nächstes besichtigten sie das Bad. Lilly war vor allem von der riesigen Badewanne begeistert. Alex erklärte ihr, dass nicht viele Wohnungen in Helsinki mit einer Badewanne ausgestattet waren, dass dies hier also etwas Besonderes darstellte. Lilly war eine Wasserratte und badete für ihr Leben gern. Sie konnte sich ein Leben ohne Badewanne gar nicht vorstellen.

Als nächstes führte Alex sie in sein Arbeitszimmer. Hier fühlte Sarah sich viel wohler als im Rest der Wohnung. Dennoch hatte sie das Gefühl, dass es Alex nicht so recht wäre, wenn sie sich hier allein aufhalten würde. Dies war sein Reich und repräsentierte alles, was ihm wichtig war. Lilly bewunderte die vielen verschiedenen Gitarren, die hier aufgereiht waren. Alex versprach, ihr bei Gelegenheit hier mal ein paar Songs vorzuspielen.

Dann schauten sie noch kurz in sein Schlafzimmer. Dieses war noch größer als das Gästezimmer, allerdings befanden sich hier lediglich ein Bett und ein Schrank.

Als sie dann in die Küche und ins Wohnzimmer kamen, stürzte Lilly sich sofort auf den riesigen Flachbildschirm und seine DVD-Sammlung.

„Oh cool, kann ich mir einen Film anschauen?" Noch während sie sprach, scannte sie die DVD-Hüllen.

„Hast du nichts anderes?"

Alex zuckte entschuldigend mit den Schultern. „Tut mir leid, ich glaube ich habe nichts, was dir gefallen könnte."

Aus Fernsehen, was Lilly stattdessen vorschlug, wurde auch nichts, da alle Sendungen ausschließlich auf Finnisch ausgestrahlt wurden. Alex wurde immer verlegener und entschuldigte sich schließlich bei Lilly, dass er kein Spielzeug, keine Filme und auch sonst nichts hatte, was ein kleines Mädchen begeistern konnte. Dann hatte er aber eine Idee.

„Morgen wollen wir sowieso einkaufen. Was hältst du davon, wenn wir in unseren großen Spielzeugladen gehen und du darfst dir all das aussuchen, was deiner Meinung nach in meiner Wohnung fehlt, damit du dich wohlfühlst?“

Sarah lachte wegen des großzügigen Angebotes, das Alex morgen sicher bereuen würde.

Lilly schaute ihren Vater aus ihren großen blauen Augen an.

„Aber Papa, ich fühle mich jetzt schon wohl. Vielleicht darf ich nachher baden gehen, dann würde ich mich sogar noch wohler fühlen. Aber wir können natürlich trotzdem morgen in diesen Spielzeugladen gehen.“

Mit dieser Antwort hätte nicht mal Sarah gerechnet. Sie gab ihrer Tochter voller Stolz einen Kuss auf die Stirn. Auch Alex schien mehr als erleichtert.

„So Leute, leider habe ich nicht viel im Haus. Was haltet ihr davon, wenn wir uns heute etwas zu essen bestellen? Wir haben hier die Wahl zwischen Chinesisch, Pizza und Indisch.“

Dabei hielt er die Speisekarten-Flyer wie Spielkarten in die Höhe. Sie entschieden sich gemeinsam für Pizza, zumal dieser Lieferant auch andere Speisen im Angebot hatte. Lilly bestellte sich eine kleine Portion Nudeln, Sarah eine Lasagne und Alex eine große Pizza mit Salami und Peperoni. Die Zeit bis zum Essen verbrachten sie auf Alex’ Balkon. Lilly spielte wieder mit dem Tablet und Sarah und Alex genossen den schönen Abend. Auch wenn es hier merklich kühler war als in Berlin, konnte man noch ohne Jacke draußen sitzen.

In der Ferne war das Meer zu hören.

***

Es war schon spät, als Sarah Lilly endlich ins Bett brachte. Nach dem Essen hatte Lilly wirklich noch gebadet. Jetzt kuschelte sie sich auf einer Seite des Doppelbettes im Gästezimmer ein und lauschte Sarah, die ihr aus Mangel an einem Buch eine selbst ausgedachte Geschichte erzählte. Der Tag war sehr anstrengend gewesen, vor allem für Lilly. So war sie schon sehr müde, als sie an Sarah gekuschelt dalag und schlief ein, noch bevor sie die Geschichte zu Ende gehört hatte.

Alex wartete im Wohnzimmer auf Sarah. Er hatte den Kamin angemacht und bot ihr etwas zu trinken an. Als sie ihm das Glas abnahm, berührten sich ihre Finger und Sarah meinte, einen leichten elektrischen Schlag zu spüren. Sie schaute Alex an, doch der machte nicht den Eindruck, dass er etwas gespürt hatte.

„Danke, dass ihr hier seid. Es ist mir sehr wichtig. Es tut mir leid, dass ich nicht besser vorbereitet war, aber irgendwie kam mir die Idee ganz spontan. Und Lilly hat wirklich toll reagiert."

Er schwärmte noch eine Weile davon, wie sie sich einfach mit ihrem Tablet und der Badewanne zufriedengegeben hatte. Sarah beobachtete Alex heimlich, während er von ihrer Tochter redete. Kam es ihr nur so vor oder waren seine Augen noch blauer als sonst? Irgendwie nahm sie die Details an ihm heute überdeutlich wahr. Den leichten Bartschatten, die kleinen Leberflecke auf seinem Hals, die starken Muskeln, über die sich das T-Shirt spannte, wenn er gestikulierte.

Sie musste schlucken und merkte, dass ihre Beine zu zittern anfingen. Sie musste sich schnell ablenken. Und was eignete sich jetzt als Thema besser als ihre Tochter? Also fing Sarah nun ihrerseits an, Anekdoten und Geschichten von Lilly zu erzählen. Schließlich hatte er als Vater auch ein Anrecht darauf zu erfahren, was bisher in Lillys Leben passiert war. Das reichliche Essen und die Wärme des Kaminfeuers machten sie bald müde. Sie gähnte immer öfter zwischen all den kleinen Geschichten. Schließlich hatte Alex Erbarmen mit ihr. „Wollen wir langsam schlafen gehen? Morgen wird bestimmt ein anstrengender Tag für uns alle."

***

Als Sarah am nächsten Morgen die Augen aufschlug, wusste sie für einen Moment nicht, wo sie war. Sie erkannte weder den Raum, noch den Ausblick aus dem Fenster. Doch dann sah sie Lilly, die neben ihr im Bett lag, natürlich schon lange wach, und mit ihrem Tablet spielte. Sofort fiel ihr alles wieder ein. Sie war bei Alex in Helsinki. Und heute sollte sie seine Mutter und seine Schwester treffen. Bei dem Gedanken wurde ihr etwas mulmig.

Sie schwang sich aus dem Bett und hoffte, sie erinnerte sich richtig, dass das Bad hinter der Tür gegenüber des Gästezimmers lag. Tatsächlich, da war es. Von Alex war keine Spur zu sehen. Bevor sie die Tür des Badezimmers hinter sich schließen konnte, schlüpfte Lilly noch schnell hindurch.

„Können wir zusammen Zähne putzen?" Sarah nickte lächelnd. Lilly war es wohl auch noch nicht so ganz geheuer in der fremden Wohnung. Sie putzten mal wieder um die Wette und Sarah verlor, wie immer. Nachdem beide gewaschen und angezogen waren, suchten sie nach Alex. Doch er war nirgends zu finden.

Lilly entdeckte schließlich einen Zettel, den er wohl für sie geschrieben hatte. Er lag auf dem Fußboden in der Küche. Wahrscheinlich hatte ein Luftzug ihn irgendwo herunter geweht. Auf dem Zettel stand nur, dass Alex Brötchen holen wollte. Ob es in Helsinki nicht so viele Bäcker gab? Jedenfalls vergingen noch fast vierzig Minuten, ehe im Schloss ein Schlüssel herumgedreht wurde und Alex im Flur stand. Jetzt war auch klar, warum er so lange gebraucht hatte. Er war nicht nur beim Bäcker gewesen, sondern noch in einem Supermarkt und hatte Milch und Eier, Käse, Honig, Marmelade und Butter gekauft.

„Ich hatte nichts mehr im Kühlschrank. Und außerdem wollte ich euch meine berühmten Pancakes backen."

„Pfannkuchen? Ist das ein übliches Frühstück in Finnland?" Sarah war verwundert. Alex schüttelte den Kopf.

„Keine Ahnung. Aber ich bin in New Jersey aufgewachsen und da waren Pancakes ein durchaus übliches Frühstück."

Ach ja, klar. Sarah vergaß immer mal wieder, dass Alex ja ein gebürtiger Amerikaner war. Schließlich sprach er ein sehr gutes Deutsch und hatte eher nach Finnland als nach Amerika Verbindungen. Während sie sich die Pancakes, die wirklich lecker waren, mit Honig und Marmelade schmecken ließen, weihte Alex sie in die Pläne für diesen Tag ein. Sie sollten zusammen in die Innenstadt fahren, wo sie dann auf Maria und seine Mutter treffen würden. Gemeinsam wollten sie ein wenig shoppen, vor allem Spielzeug für Lilly, wie versprochen. Dann sollte es ein gemeinsames Mittagessen in der Innenstadt geben. Für den Nachmittag war geplant, dass sie gemeinsam Sehenswürdigkeiten anschauen würden. Wenn das Wetter mitspielte, wollten sie auch noch an den Strand gehen. Nicht zum Baden, das Wasser war mittlerweile zu kalt dafür, aber auch so machte ein Ausflug an den Strand viel Spaß. Und für den Abend hatte Alex geplant, für alle zu kochen. Dazu mussten sie irgendwann am Nachmittag noch einen kurzen Ausflug zum Supermarkt einlegen. Heute Morgen wollte er nicht so lange wegbleiben, deshalb hatte er den größeren Lebensmitteleinkauf auf später verschoben.

Sarah spürte schon ein gewisses Maß an Erschöpfung, als sie den Plan nur hörte, aber Lilly war voller Begeisterung für alles. Sie freute sich schon darauf, ihre Oma und ihre Tante zu sehen. Da Sarah keine Geschwister hatte, hatte Lilly noch nie eine Tante gehabt.

***

Dann war sie aber doch recht schüchtern und zurückhaltend, als sie eine Stunde später auf die beiden Frauen trafen. Dabei gaben sich sowohl Alex' Mutter als auch seine Schwester wirklich alle Mühe, nett und nicht zu aufdringlich zu Lilly zu sein. Trotzdem konnte man ihnen ansehen, dass sie wirklich neugierig auf Alex' Kind waren. Auch Sarah wusste erst einmal nicht, über was sie mit den beiden reden sollte. Schließlich war sie bei diesem Treffen nur eine Nebenfigur, nur die Mutter sozusagen. Vielleicht sollte sie sich einfach ein bisschen im Hintergrund halten. Doch Maria, Alex' Schwester machte ihr sofort einen Strich durch die Rechnung, denn sie hakte sie auf dem Weg zum ersten Spielzeuggeschäft unter. Sie fanden schnell ein gemeinsames Gesprächsthema: Kinder und Schule. Maria hatte auch eine Tochter, die allerdings schon in die zweite Klasse ging. Auch wenn das finnische und das deutsche Schulsystem sich voneinander unterschieden, waren die Sorgen der Mütter dennoch dieselben, so dass die beiden bald darauf in ein längeres Gespräch verwickelt waren.

34. Kapitel

Es war schön zu beobachten, wie gut sich seine Schwester gleich mit Sarah verstand. Alex saß der vergangene Abend noch in den Knochen, so war er froh, dass er eine Weile Ruhe hatte, weil seine Mutter gerade mit Lilly beschäftigt war und mit ihr durch die verschiedenen Abteilungen des Geschäfts ging, um herauszufinden, was die Kleine gern haben wollte. Während er mit einem Auge seine Tochter und mit dem anderen Sarah und Maria beobachtete, ließ er den vergangenen Abend noch einmal Revue passieren.

Es war so schön, Sarah und Lilly bei sich zu haben. Erst durch die beiden hatte sich seine Wohnung zum ersten Mal wie ein richtiges Zuhause angefühlt. Irgendwie brachten sie Leben herein und schlossen damit eine Lücke, von der Alex vorher nicht einmal gewusst hatte, dass sie da war. Klar, er war nicht oft in seiner Wohnung, vielleicht insgesamt ein paar Wochen im Jahr. Dennoch dachte er immer, dass er sich ganz heimisch gefühlt hätte. Doch das Gefühl, dass er gestern gespürt hatte, hatte ihm klar gemacht, dass „sich heimisch fühlen" und „zu Hause sein" doch zwei ganz unterschiedliche Dinge waren.

Und wie toll Lilly damit umgegangen war, dass seine Wohnung alles andere als kindgerecht war. Sie hatte sich an dem erfreut, was er hatte und nicht dem nachgejammert, was er nicht hatte. Er war so unendlich stolz auf sie. Wie es aussah, hatte die Kleine auch schon das Herz seiner Mutter im Sturm erobert, denn sie lächelte die ganze Zeit. Bestimmt würde sie morgen Muskelkater im Gesicht haben. Und Maria und Sarah schienen sich ebenfalls sehr gut zu verstehen. Die beiden Frauen waren vollkommen in ihrer Welt und in ihrem Gespräch versunken, so konnte Alex sie beobachten, ohne dass sie es mitbekamen. Eigentlich beobachtete er hauptsächlich Sarah. Wie sie den Körper bewegte, wenn sie lachte oder etwas erklären wollte. Wie sie ihre Haare immer wieder zurückstrich. Wie die Welt um sie herum heller erschien, wenn sie lachte. Das war ihm auch gestern Abend aufgefallen. Wann immer sie lächelte oder lachte, schien das Auswirkungen auf ihr gesamtes Umfeld zu haben. Und sie hatte oft gelacht gestern. Er hatte sie die ganze Zeit beobachtet, als sie von Lilly erzählt hatte. Ihre Augen hatten geleuchtet und wenn sie von besonders lustigen oder dramatischen Begebenheiten erzählte, war ihr ganzer Körper beteiligt gewesen. Manchmal musste er sich zwingen, auf ihre Worte zu hören, wenn sein Verstand sich doch mit ganz anderen Dingen beschäftigte. Als sie dann müde wurde, hätte er sie am liebsten zu sich ins Bett gebracht, aber er hatte Angst, diesen Schritt zu tun und sich dabei vielleicht eine Abfuhr einzuholen. Schließlich hatte sie einen festen Freund. Er wollte lieber nicht riskieren, das, was er schon erreicht hatte, wieder zu verlieren.

„Na, Großer, ganz in Gedanken versunken?" Alex zuckte erschrocken zusammen, als er die Stimme seiner Mutter plötzlich ganz nah neben sich vernahm. Sie grinste ihn an und Lilly, die sie an der Hand hielt, grinste ebenfalls.

„Wir haben gerade festgestellt, dass Lilly Pferde so
gern mag. Was hältst du davon, wenn wir statt der Sehenswürdigkeiten heute Nachmittag mit Eleni in den
Reitstall fahren?"

Eleni war Marias Tochter und sie ging regelmäßig in
den kleinen Reitstall außerhalb der Stadt. Offenbar
war Lilly auch so pferdeverrückt. Und wirklich, sie hatten schon ein paar Dinge in der Hand, sie sie wohl kaufen wollten: lauter Spielzeugpferde, wie Alex bei einem
kurzen Blick erkannte.

„Wir können Sarah fragen, ob sie einverstanden ist."
Lillys Augen leuchteten bei Alex Antwort und schon
lief sie zu ihrer Mutter und sprach eindringlich auf sie
ein. Sarah unterbrach ihr Gespräch mit Maria und
hörte ihrer Tochter aufmerksam zu. Dann blickte zu
Alex, der nur mit den Schultern zuckte. Offenbar
stimmte sie dem Anliegen ihrer Tochter dann zu, denn
diese quietschte freudig auf und kam gleich darauf zu
Alex und seiner Mutter zurückgerannt.

„Ich darf! Fahren wir dann zum Reitstall?"
Alex' Mutter nahm sie wieder bei der Hand und erklärte ihr, dass sie vorher noch zusammen Mittagessen
wollten. Danach konnten sie Eleni bei sich zu Hause abholen und gemeinsam zum Reitstall fahren. Hoffentlich würden Eleni und Lilly sich mögen, das war bei
Mädchen in diesem Alter nicht immer ganz einfach.

Weil es sowieso noch eine Weile dauern würde,
suchte Lilly weiter die Regale ab und schaute sich auch
hier und da etwas genauer an. Alex' Mutter blieb bei
ihm stehen. Sie hatte wohl noch etwas auf dem Herzen.

„Ich freue mich, dass mit dem Mädchen alles zu klappen scheint."

„Ja, ist sie nicht wunderbar? Ich hätte nie gedacht, dass ich so tolle Gene zu vererben habe.“

Seine Mutter schaute ihn lange an und lächelte dann geheimnisvoll.

„Eigentlich hatte ich nicht Lilly gemeint, sondern Sarah. Wie es aussieht, stimmt die Story, die in der Zeitung stand, wohl doch nicht so ganz?“

Verlegen wechselte Alex von einem Fuß auf den anderen.

„Na ja, eigentlich doch. Sie ist mit James Hartfield zusammen. Und ich habe mich an diesem Abend aufgeführt wie der letzte eifersüchtige Trottel. Aber wir haben uns mittlerweile ausgesprochen und sind jetzt gute Freunde.“

Das war wohl nicht die Antwort, mit der seine Mutter gerechnet hatte, denn sie riss vor Überraschung die Augen weit auf.

„Ihr seid nicht zusammen? Ich hätte gedacht ... Oh Alex, sie ist so lieb und vernünftig und sie ist die Mutter deiner Tochter. Sie wäre perfekt für dich. Außerdem glaube ich, dass sie dich liebt. Vielleicht hast du da was falsch verstanden mit diesem James Hartfield?“

„Das habe ich bestimmt nicht falsch verstanden. Aber du hast recht, Sarah ist wirklich eine tolle Frau. Wir waren noch vor Kurzem ziemlich verstritten. Na ja, eigentlich war es wohl eher so, dass ich ziemlich ungerecht zu ihr war. Ich hätte es verdient, dass sie mich nicht mal in die Nähe von Lilly lässt. Aber so ist sie nicht. Ganz im Gegenteil, sie hat Lilly und mir nie im Weg gestanden und uns ermöglicht, zusammen zu sein. Ich bin froh, dass wir wenigstens Freunde sein können. Aber sie ist mit James Hartfield zusammen und ich werde bestimmt keine glückliche Beziehung zerstören.“

Barbara, seine Mutter, hatte während seiner Rede mehrfach angesetzt, etwas zu erwidern, es dann aber doch immer gelassen. Jetzt sagte sie erst einmal gar nichts. Dann jedoch stieß sie ihrem Sohn ihren Zeigefinger in die Brust.

„Jetzt hör mir mal zu, mein Lieber! Ich weiß nicht, ob sie in ihrer Beziehung glücklich ist. Aber so wie sie dich anschaut, finde ich es nicht sehr wahrscheinlich. Wenn du sie also liebst, solltest du nicht zögern und ihr das sagen. Wenn du damit zu lange wartest, könnte es sein, dass sie sich in der Zwischenzeit einen vernünftigeren Mann sucht und nicht einen großen Jungen, der am liebsten durch die Gegend reist, erst Mittags aufsteht und dann bis in die Nacht feiert. Ich weiß, dass du deinen Traum lebst, aber auch du wirst älter und solltest schauen, dass du nicht jede Chance auf eine glückliche Familie verstreichen lässt. Du musst selbst wissen, ob sie die Richtige für dich ist oder nicht. Aber warte lieber nicht zu lange!“ Dann wandte sie sich, ohne ihn noch mal anzuschauen, zu Lilly um und bestaunte deren Fundstücke.

***

Die Worte seiner Mutter gaben Alex ganz schön zu denken. Als sie später beim Mittagessen zusammensaßen, war er ganz in sich gekehrt. Er wollte in Ruhe nachdenken, so passte es ihm gar nicht, als auch noch seine Schwester nachbohrte, kaum dass Sarah mit Lilly auf der Toilette verschwunden war, warum um alles in der Welt er nicht seine Chance ergriff und mit Sarah zusammenkam. Seine Familie hatte offenbar schon entschieden, dass Sarah die richtige Frau für ihn war. Aber war sie es? Immerhin hatte sie ihm schon zweimal das Herz gebrochen.

Andererseits bedeutete das ja auch, dass sie ihm wirklich etwas bedeutete, sonst hätte sie ihm das Herz gar nicht brechen können. Außerdem hatte sie ihm ja in beiden Fällen erklärt, warum sie so gehandelt hatte. Und er konnte es verstehen. In einem Punkt musste er seiner Mutter jedoch recht geben. Es sollte keine Rolle spielen, ob sie gerade einen Freund hatte oder nicht. Wenn er ihr seine Liebe gestanden hatte und sie dann trotzdem mit Hartfield zusammen bleiben wollte, musste er diese Entscheidung akzeptieren.

Als Sarah und Lilly wieder an den Tisch zurückkehrten, hörte er genau auf sein Herz. Und auch dieses schien sich gegen ihn und seine Unabhängigkeit verschworen zu haben, denn es klopfte beim Anblick der beiden schneller. Für seine Tochter empfand er eine warme Liebe und Vaterstolz. Für Sarah empfand er eher … ja, was eigentlich? Er konnte es nicht in Worte fassen. Es war auf jeden Fall etwas anderes, als er für Lilly empfand. Sarah war ihm so vertraut und gleichzeitig so fremd.

Die plötzliche Aufbruchsstimmung am Tisch riss Alex aus seinen Gedanken. War schon so viel Zeit vergangen? Er winkte dem Kellner, um zu bezahlen. Ohne ihn in ihre Überlegungen mit einzubeziehen, hatten die anderen den weiteren Verlauf des Nachmittags schon komplett geplant. Die Sehenswürdigkeiten wurden auf einen anderen Zeitpunkt verschoben, stattdessen wollten sie sich am Reitstall treffen. Weil Barbara und Maria noch Eleni holen mussten, wollten Sarah, Alex und Lilly die Zeit nutzen, kurz in seiner Wohnung vorbeizufahren und Lilly umzuziehen. Außerdem mussten die vielen Einkaufstüten verstaut werden.

***

Sie trafen sich eine halbe Stunde später auf dem Parkplatz vor dem Reitstall. Alex fühlte sich dort zwischen all den kleinen Mädchen und den großen imposanten Tieren nicht ganz so wohl. Aber hier auf dem Parkplatz war noch alles in Ordnung. Deshalb wartete er lieber hier, bis die anderen eintrafen. Lilly wollte jedoch sofort zu den Pferden und zog Sarah mit sich. Alex rief den beiden noch zu, dass er dann mit Maria, Barbara und Eleni nachkommen würde, dann waren sie auch schon verschwunden. Zum Glück musste er nicht allzu lange warten. Eleni stürzte förmlich aus dem Auto, als sie ihren Onkel erblickte und fiel ihm um den Hals. Sie drückte ihm einen feuchten Kuss auf die Wange, dann schaute sie ihn gespielt böse an.

„Mama hat erzählt, dass ich eine Cousine habe. Warum hast du nie etwas davon gesagt? War sie ein Geheimnis?"

„Ja, du kleine Kröte, sie war so geheim, dass ich selbst nichts von ihr wusste. Aber jetzt ist sie ja nicht mehr geheim! Sie ist schon bei den Pferden. Sei nett zu ihr."

Eleni streckte ihm die Zunge raus und war ebenso schnell im Reitstall verschwunden wie vorhin Lilly und

Sarah. Maria und Barbara gingen auch schon voraus. Ergeben seufzte Alex auf und setzte sich in Bewegung, um den Anschluss nicht zu verlieren.

Es kam, wie es kommen musste. Binnen Minuten war er von einem Haufen Mädchen im Teenageralter umringt, die ihn um Fotos und Autogramme anbettelten oder ihm unbedingt ihr Lieblingspferd zeigen wollten. Es war unmöglich, seine Familie nicht aus den Augen zu verlieren. Erst eine lange Zeit später wurde er wieder freigegeben und konnte sich auf die Suche nach den anderen machen. Er fand sie auf einem kleinen Reitplatz. Lilly saß auf einem braunen Pferd, welches von einer älteren Frau longiert wurde. Eleni stand an der Bande, zusammen mit Sarah, seiner Mutter und seiner Schwester und übersetzte Lilly die Anweisungen der Reitlehrerin. Lilly wirkte sehr glücklich.

***

Alex beobachtete die kleine Szene erst aus ein paar Metern Entfernung. Jetzt wäre eine gute Gelegenheit mit Sarah zu reden. Sie zuckte erschrocken zusammen, als er sie sanft an der Schulter berührte.

„Kann ich dich mal kurz sprechen?" Alex sprach extra leise, damit seine Mutter und seine Schwester am besten nichts mitbekamen. Er hätte sich allerdings keine Sorgen machen müssen, denn beide waren voll auf Lilly konzentriert und halfen Eleni, wenn sie mit der Übersetzung Schwierigkeiten hatte. Sarah blickte ihn aus großen grünen Augen an, nickte dann aber und folgte ihm ein Stück hinter das Stallgebäude.

Er hatte keine Ahnung, wie er anfangen sollte. Um sich selbst keine Gelegenheit zu geben, zu kneifen, zog er sie, kaum waren sie außer Sichtweite der anderen, an sich und küsste sie mitten auf den Mund. Erst war Sarah ganz steif, aber dann begann sie, seinen Kuss vorsichtig zu erwidern und schmiegte sich an ihn. Glücklich intensivierte er seinen Kuss noch. Als sie sich nach einiger Zeit wieder voneinander lösten, öffnete Sarah die Augen und sah ihn aus ihren unergründlichen grünen Augen an. Er konnte ihren Blick nicht deuten, doch als sie dann einen Schritt von ihm wegmachte, rutschte ihm sein Herz in die Hose. Was war los? Hatte er sich gerade getäuscht, als er dachte, sie hätte seinen Kuss erwidert?

„Sarah, bitte! Was ist? Rede mit mir! Bist du mir böse? Ist es wegen James Hartfield?"

Sie sah kurz verwirrt aus. „James? Wie kommst du jetzt auf ihn?"

„Na ja, er ist dein Freund und ich habe gedacht ..."

„Wir haben uns getrennt." Oh, verdammt, sie liebte Hartfield und er hatte keine Chance. Moment. Was hatte sie gerade gesagt?

„Wie bitte?"

Sarah fühlte sich sichtlich unwohl.

„Na ja, wir haben uns kurz vor der Reise nach Helsinki getrennt."

„Warum?" Dämliche Frage. Aber sie war ihm einfach so rausgerutscht.

„Sagen wir es so, es war einfach eine falsche Entscheidung, mit ihm zusammen zu sein. Die letzte in einer ganzen Reihe von falschen Entscheidungen. Ich wollte einfach versuchen, wenigstens das wieder gut zu machen, was in meiner Macht steht."

„Ihr habt euch also wirklich getrennt. Wie hat er es aufgenommen?"

Zu seiner Überraschung fing Sarah an zu kichern.

„Nun ja. Ich würde sagen, er hat sich schon getröstet."

„Er hat schon wieder eine Neue?"

Sarah kicherte immer mehr und schüttelte gleichzeitig den Kopf.

„Wusstest du, dass er schwul ist?"

Alex schloss kurz die Augen. Diese Nachricht überraschte ihn nicht so, wie Sarah es wohl gedacht hatte.

35. Kapitel

Sarah

Im diesem Moment hätte Sarah sich selbst ohrfeigen können. James wollte bestimmt nicht, dass sie diese Information breittrat. Doch nun war es zu spät. Sie schaute Alex an, um zu sehen, wie er die Nachricht aufnahm und war mehr als überrascht, als er nur nickte und dann murmelte: „Ja, das habe ich schon vermutet."

„Was?" Eigentlich wollte sie nicht länger auf diesem Thema herumreiten, aber mit dieser Reaktion hätte sie nun wirklich nicht gerechnet.

Alex zuckte nur mit den Schultern. „Ich habe ihn vor ein paar Jahren in ziemlich eindeutiger Pose mit seinem damaligen Schlagzeuger gesehen. Seitdem tut er alles, um mich davon zu überzeugen, dass er hetero ist. Und ehrlich gesagt, habe ich ihm das mittlerweile auch abgenommen."

Jetzt wurde Sarah so einiges klar.

„Deshalb war er immer so erpicht darauf, mich vor deinen Augen zu küssen und zu umarmen."

Jetzt war es an Alex, überrascht zu sein. „Hat er das?"

Sarah nickte und grinste. Alex grinste jetzt auch. „Also für mich sah das auch ziemlich überzeugend aus. Wie hast du es herausgefunden?"

„Sagen wir es so, ich habe ihn auch in ziemlich eindeutiger Pose mit seinem Freund gefunden."

Jetzt mussten beide lachen.

Dann fragte Alex: „Habt ihr euch getrennt, weil er schwul ist?"

Sarah überlegte. Sie hatte schon die ganze Zeit hin und her überlegt, wie viel sie preisgeben wollte. Vorsichtig begann sie: „Als ich das von seinem Freund erfahren habe, war ich gerade da, um mit ihm Schluss zu machen. Beides hat also nichts miteinander zu tun."

Jetzt hatte Sarah Alex' volle Aufmerksamkeit. Er hing praktisch an ihren Lippen, als er fragte: „Warum wolltest du dann mit ihm Schluss machen?"

Sarah verließ der Mut. Sie hatte einfach Angst vor seiner Zurückweisung, wenn sie die Wahrheit sagte. Und dass er imstande war, sie zu verletzen, hatte sie in den letzten Monaten mehr als einmal erlebt. Am allermeisten hatte sie verletzt, als er damals so schnell mit einer neuen Frau an seiner Seite aufgetaucht war. Genau, was war eigentlich mit dieser Miriam? Bis zu diesem Moment hatte sie nicht ein einziges Mal mehr daran gedacht, dass Alex eine neue Freundin hatte.

„Warum hast du mich geküsst?" Sie entschloss sich zum Gegenangriff.

„Weil ich dich liebe."

Mit dieser Antwort hatte Sarah nicht gerechnet. Kurz verlor sie den Faden. Er liebte sie? Er liebte sie! Am liebsten hätte sie jetzt einen Freudentanz aufgeführt. Ihr wurde ganz warm und in ihr kribbelte alles.

Doch dann erinnerte sie sich wieder an den letzten Gedanken und kam jäh wieder in der Wirklichkeit an. „Und was ist mit dieser Miriam?"

Bei der Erwähnung seiner Freundin sah Alex plötzlich eher gequält aus.

„Wir sind nicht mehr zusammen", stieß er dann aus.

„Oh, das tut mir leid", rutschte ihr heraus. Es tat ihr natürlich nicht leid, aber irgendwie hatte sie das Gefühl, so etwas sagen zu müssen.

„Jetzt tu doch nicht so scheinheilig!", fuhr Alex sie an. „Du konntest sie doch nie leiden. Und sonst auch niemand." Den letzten Satz hatte er eher vor sich hin gemurmelt. Er verschränkte die Arme vor dem Körper. Hier hatte sie wohl einen wunden Punkt getroffen.

„Na ja, alle fanden, dass sie etwas jung für dich ist", versuchte sie vorsichtig zu vermitteln. *Und viel zu unhöflich und verzogen*, dachte sie noch für sich. Sie beobachtete Alex weiter und sah, dass sich sein Gesicht langsam zu einem Grinsen verzog. Dann drehte er ihr wieder seinen Kopf zu.

„Jaja, zu jung war sie. Und außerdem fand sie es viel interessanter, durch mich an die *richtigen Leute*, wie sie es nannte, heranzukommen, als mich selbst. Die Jungs haben mich von Anfang an gewarnt, aber ..." Er suchte nach den richtigen Worten. „Wahrscheinlich wollte ich einfach nicht zugeben, dass sie recht haben. Jetzt ist es jedenfalls schon eine Weile vorbei und ich bin auch froh darüber. Aber eigentlich will ich gar nicht über James oder Miriam reden."

„Über was möchtest du denn dann reden?", fragte sie mit weicher Stimme.

Statt einer Antwort nahm er sie wieder in den Arm und verschloss ihre Lippen erneut mit einem Kuss.

***

Viel später in Alex' Wohnung hatten sich alle am großen Esstisch zusammengefunden. Gegenüber von Sarah saßen Maria und Barbara, zwischen ihnen, eng aneinander gequetscht, aber sie wollten unbedingt nebeneinander sitzen, Lilly und Eleni, die sich schon seit dem Nachmittag über Pferde unterhielten. Maria lächelte ihr zwischendurch immer wieder zu. Neben Maria saß deren Mann, der leider kein Deutsch und kaum Englisch sprach, so dass er sich am Gespräch kaum beteiligen konnte. Alex' Vater saß gegenüber von Marias Mann an der anderen Stirnseite des Tisches. Und neben Sarah saß Alex. Er hielt schon die ganze Zeit ihre Hand. Überhaupt schien er sie gar nicht mehr loslassen zu wollen, seitdem sie sich am Nachmittag geküsst hatten.

Sie hatten die Einkäufe händchenhaltend erledigt und sich sogar beim Essen kochen nur losgelassen, wenn es absolut notwendig gewesen war. Deswegen musste Barbara beim Kochen auch tatkräftig mithelfen, denn Alex sah sich nur imstande, im Topf zu rühren, ab und an zu kosten, nachzuwürzen und Anweisungen zu geben, was als nächstes wie zubereitet werden musste. Sarah durfte keinen Finger rühren, denn sie sollte ja sein Gast sein. Und jetzt hielt Alex sie wieder die ganze Zeit fest, so dass das Essen sich etwas schwierig gestaltete. Wann immer jemand der anderen sie beide anschaute oder ansprach, wurde Sarah ganz rot im Gesicht. Sie konnte es noch immer nicht ganz fassen, dass Alex und sie sich wirklich wieder nähergekommen waren. Seit er sie am Nachmittag einfach aus heiterem Himmel geküsst hatte, schwebte sie wie auf Wolken. Sie hatten zwar noch nicht über die Zukunft gesprochen, aber das hatte auch noch Zeit. Im Moment hoffte sie einfach nur, dass ihr aus den Fugen geratenes Leben wieder in einer geraden Bahn verlief und sich auf einem Weg befand, den Sarah nur zu gern beschreiten wollte. Zusammen mit Lilly und Alex. Als kleine Familie. Sie wären bestimmt keine Musterfamilie, schließlich war Alex den größten Teil des Jahres unterwegs mit seiner Band. Aber das war im Moment nebensächlich. Wichtig war nur, dass sie endlich wieder zueinander gefunden hatten. Dass sie sich auch im Kreise seiner Familie so gut aufgehoben fühlte, war für Sarah ein schöner Nebeneffekt.

***

Als etwas später alle Gäste weg waren und Lilly schon längst schlief, standen Sarah und Alex noch nebeneinander auf dem Balkon. Alex schaute Sarah in die Augen und hielt ihre Hand ganz fest.

„Weißt du, was Lilly mir vorhin gesagt hat, kurz bevor du sie ins Bett gebracht hast?"

Sarah schüttelte den Kopf. Es fiel ihr schwer, sich auf seine Worte zu konzentrieren, wenn ihr Körper doch ganz andere Pläne hatte.

„Sie hat mir gesagt, was ihr größter Wunsch zum Geburtstag wäre."

Lilly wurde in vier Wochen sechs Jahre alt und der Gedanke an ihre Geschenkwünsche beschäftigte Sarah bestimmt schon seit einigen Monaten. Sarah war gespannt, ob sie sich von Alex eher das riesige Puppenhaus wünschte oder gleich ein Pony. Mit beidem lag sie

Sarah schon seit einiger Zeit in den Ohren. Sarah tippte nach den heutigen Ereignissen eher auf das Pony. Doch sie sollte sich täuschen.

„Sie hat sich gewünscht, dass wir alle als Familie zusammen leben. Du als Mutter, ich als Vater und wir beide als Mann und Frau." Sarah lachte, als sie das hörte, doch dann fiel ihr auf, dass Alex dabei völlig ernst aussah.

„Na ... das hat aber noch ein bisschen Zeit, oder?", sagte sie unsicher. Statt einer Antwort küsste Alex sie.

„Sicher, ein paar Monate hat das sicher noch Zeit. Aber vielleicht könnten wir ihr den ersten Teil ihres Wunsches doch schon jetzt erfüllen?"

„Oh Alex, nichts wünsche ich mir mehr."

Sie küssten sich wieder.

Dann schaute Alex sie plötzlich mit verdächtig blitzenden Augen an.

„Ich wünsche mir auch etwas von dir."

„Wieso das denn? Du hast doch gar nicht Geburtstag." Sie grinste ihn an.

„Nein, aber an meinem letzten Geburtstag hast du irgendwie mein Geschenk vergessen, vielleicht kannst du mir also jetzt etwas schenken?"

„Und was wünschst du dir?"

Alex antwortete nicht. Stattdessen ging er leicht in die Knie und ehe Sarah wusste, wie ihr geschah, hatte er sie schon hochgehoben und trug sie auf seinen Armen in sein Schlafzimmer. Er legte sie sanft auf seinem Bett ab. Dann legte er sich daneben und flüsterte ihr ins Ohr: „Ich wünsche mir, dass du heute Nacht hier schläfst. Bei mir."

Dann küsste er sie, während die untergehende Sonne Helsinkis durch das Fenster schien.